CHRI

Christian Carayon, agrégé d'histoire et professeur en lycée, vit dans la Sarthe. Véritable cinéphile, il est également féru d'écriture depuis son enfance. Il signe son premier roman avec *Le Diable sur les épaules* (Les Nouveaux Auteurs, 2012), un thriller historique se déroulant dans le Tarn, finaliste du Prix du jury du Polar historique de la revue *Ça m'intéresse Histoire*. *Un souffle, une ombre*, paru chez Fleuve Éditions en 2016, a été finaliste du Prix Michel-Lebrun et en sélection finale du Prix Ouest 2017. Les droits étrangers ont déjà été cédés dans plusieurs pays. Chez le même éditeur, il publie *Torrents*, en 2018, un polar palpitant dans lequel l'eau devient un motif obsédant. *Les Naufragés hurleurs*, en 2020, est son deuxième roman et la suite des aventures de Martial de La Boissière, enquêteur dans *Le Diable sur les épaules*. Il a récemment fait l'objet d'une réédition revue et corrigée chez Fleuve. Tous ses ouvrages sont repris chez Pocket.

LES NAUFRAGÉS HURLEURS

ÉGALEMENT CHEZ POCKET

LE DIABLE SUR LES ÉPAULES
UN SOUFFLE, UNE OMBRE
TORRENTS
LES NAUFRAGÉS HURLEURS

CHRISTIAN CARAYON

LES NAUFRAGÉS HURLEURS

L'éditeur de cet ouvrage s'engage dans une démarche de certification FSC® qui contribue à la préservation des forêts pour les générations futures.

Pour en savoir plus :
www.editis.com/engagement-rse/

Le Code de la propriété intellectuelle n'autorisant, aux termes de l'article L. 122-5, 2° et 3° a, d'une part, que les « copies ou reproductions strictement réservées à l'usage privé du copiste et non destinées à une utilisation collective » et, d'autre part, que les analyses et les courtes citations dans un but d'exemple et d'illustration, « toute représentation ou reproduction intégrale ou partielle faite sans le consentement de l'auteur ou de ses ayants droit ou ayants cause est illicite » (art. L. 122-4).
Cette représentation ou reproduction, par quelque procédé que ce soit, constituerait donc une contrefaçon, sanctionnée par les articles L. 335-2 et suivants du Code de la propriété intellectuelle.

© 2020, Fleuve Éditions, département d'Univers Poche.
ISBN : 978-2-266-26556-0
Dépôt légal : septembre 2021

« Le vent se lève !... Il faut tenter de vivre ! »

Paul Valéry, *Cimetière marin*

Prologue

Paris/Beaunac, mars 1925

Il y en avait pour croire que l'année 1925 serait la dernière du monde tel qu'on le connaissait. La fin était annoncée pour le solstice d'hiver, selon une prédiction que l'on disait fort ancienne. Mais on rappelait aussitôt qu'une fin est presque toujours un commencement. Car il n'était pas question d'une apocalypse, mais plutôt d'un grand chambardement, d'une grande tempête qui devait balayer ce monde-là pour laisser la place à des jours bien meilleurs. Il ne fallait pas en être effrayé, au contraire. C'était là une grande chance.

Il faut dire que le monde tel qu'il était ne semblait guère convenir à quiconque. Beaucoup se sentaient pris au piège d'une obscurité qui se faisait toujours plus épaisse. La guerre, qui s'était achevée plus de six ans auparavant, avait échoué à apporter durablement la lumière. L'armistice aurait dû être une aurore. Il avait été à peine un après-midi.

Chacun avait sa propre nuit. Pour les milieux catholiques les plus conservateurs, c'était la nouvelle rupture diplomatique avec le Vatican qui avait réveillé les vieilles rancunes. Pour le monde ouvrier, c'était la certitude d'être les grands oubliés de cette société, idée partagée par les paysans, confrontés à des temps qui galopaient quand eux allaient à pied et se sentaient déjà à bout de souffle. Les gouvernements qui se succédaient s'attiraient toujours plus de ressentiment. Et les anciens combattants, qui s'invitaient de plus en plus souvent dans le jeu politique, ne se privaient pas de critiquer et de contester ceux qui n'avaient pas su gérer leur victoire et les sacrifices qu'elle avait nécessités. Certaines de ces associations citaient en exemple les Faisceaux de combat qui avaient pris le pouvoir en Italie. L'almanach de l'Action française relatait par le détail une entrevue avec Mussolini, tandis que, quelques pages plus loin, Georges Valois espérait une « Révolution nationale » dont les grands artisans seraient les anciens combattants, réunis autour de leur chef, et qui, après avoir renversé « l'État libéral, parlementaire et bourgeois », redonnerait à la France son lustre d'antan.

Il n'y avait pas que le pays qui était détraqué. La météo s'y mettait à son tour. Les températures de janvier avaient battu des records de douceur, si bien qu'on se demandait où avait disparu l'hiver. Avant qu'il ne ressurgisse, violent, avec les tempêtes de neige de février qui furent d'une intensité inouïe. Et on n'était qu'au début du mois de mars !

Alors, à défaut de vraiment croire à cette prophétie, il y en avait pour espérer qu'elle dise vrai.

Martial ne regardait ce monde que de loin. Il ne le trouvait guère lumineux, mais n'en attendait pas davantage. Il avait tourné le dos à la religion dès qu'il avait eu la liberté de le faire. Il continuait de penser qu'il y avait du bon dans le progrès et il restait attaché à la République, même imparfaite. Enfin, il détestait les associations d'anciens combattants, auxquelles il avait refusé d'adhérer. Il portait sa guerre en lui, et elle devait y rester. Il ne reconnaissait que très peu de héros parmi ceux qui en avaient réchappé ; il ne voyait que des hommes ayant eu plus de chance que d'autres. Et cette chance ne les autorisait nullement à attendre de la nation rassemblée une reconnaissance éternelle. Quand il avait entendu parler de cette prédiction de fin du monde, il avait pensé que si certaines choses devaient être balayées, on pouvait commencer par les monuments aux morts et par les médailles accrochées aux revers des vestons. Cela aurait suffi pour éclaircir l'horizon.

Il vivait bien dans son monde à lui, abrité derrière les murs du domaine de Beaunac. Il avait son manoir, ses chevaux, ses forêts, ses combes, ses collines, son ruisseau. Il avait Raoul, dont la loyauté était aussi grande que son visage était ravagé. Il avait Camille, qui passait dans sa vie à défaut de la partager réellement. Et, quand il sortait de Beaunac, il avait le Cercle Cardan et ses enquêtes.

C'était pour cela que, en ce début du mois de mars, Martial était monté à Paris. Le Cercle y tenait sa réunion annuelle. L'Union Interalliée avait, pour l'occasion, prêté quelques-unes des luxueuses salles de son hôtel particulier de la rue du Faubourg-Saint-Honoré. L'engouement pour les sciences occultes ne se démentait pas, tandis que l'inexplicable trouvait dans ces temps assombris un terreau des plus fertiles : la peur naît presque toujours dans le noir. Le rôle du Cercle Cardan était là : s'attaquer aux peurs et aux superstitions, se confronter à l'inexplicable, enquêter sur ces affaires que la police ne faisait qu'effleurer quand elle daignait s'y pencher, démasquer les charlatans de tout poil qui usaient et abusaient de la situation... Parmi ses membres se trouvaient d'anciens policiers et magistrats, des scientifiques de renom, des médecins, des universitaires, des hauts fonctionnaires et même deux prestidigitateurs. Et Martial, qui n'appartenait à aucune de ces catégories.

Il n'était pas allé au bout de ses études en criminologie malgré l'insistance de son mentor, le docteur Reiss, qui tenait à le compter parmi ses étudiants à Lausanne. Sous ses ordres, il avait participé aux commissions d'enquête dans les Balkans, théâtre des débordements les plus sauvages de la guerre. Il en était revenu traumatisé, renonçant à sa carrière. Cependant, le Cercle Cardan, qui savait écouter ce qui se disait, avait eu vent de ses talents d'enquêteur. Martial avait été coopté et avait pris goût à ces enquêtes d'un autre genre, loin des lignes officielles. Quelques succès, dont l'affaire Duhamel, l'avaient placé en pleine lumière. Depuis, on lui réservait les cas les plus épineux, ceux qui réclamaient du temps et de la patience. Les enquêtes du Cercle étaient sa bouée de sauvetage quand sa vie prenait l'eau.

La journée de ce mardi s'organisait autour de la rencontre avec le docteur Eugène Osty, le nouveau président de l'Institut Métapsychique International, qui défendait depuis des années le spiritisme et cherchait à apporter les preuves de l'existence d'un monde invisible.

Le Cercle Cardan était son grand adversaire, surtout après avoir contribué à confondre le médium Guzik. Le docteur Osty souhaitait effacer tous les malentendus entre les deux organisations. L'année était importante pour son institut : au mois de septembre, il organisait le Congrès spirite international à Paris et avait obtenu la participation prestigieuse de Sir Arthur Conan Doyle, pour une conférence exceptionnelle. On ne voulait pas voir le Cercle Cardan gâcher la fête avec de nouvelles controverses.

Le docteur Osty, avec une belle faconde, souhaitait donner une nouvelle orientation aux travaux de l'Institut. Ainsi, il annonça qu'il voulait prendre ses distances avec les phénomènes physiques tels que les apparitions d'ectoplasmes ou la télékinésie. En revanche, il restait le farouche défenseur des phénomènes intellectuels sur lesquels il insista. Selon lui, certaines personnes avaient un don, celui de percevoir ce monde de l'invisible, et celui de savoir s'y mouvoir. Elles l'exprimaient de différentes manières : télépathie, vision du passé et de l'avenir, contact avec l'esprit des défunts... Les exemples ne manquaient pas. Or les nombreuses supercheries avaient fini par jeter le discrédit sur l'ensemble de cette « science », ainsi qu'il la nomma. C'est pourquoi l'Institut Métapsychique et le Cercle Cardan n'étaient pas voués à s'affronter mais, au contraire, à se compléter pour faire la chasse aux charlatans. Pour preuve, la revue que publiait l'Institut chaque mois n'hésitait pas à consacrer plusieurs articles aux cas de mystification.

Après le long exposé du docteur, on passa à une sorte de débat courtois, qui se durcit un peu quand il fut question des démonstrations publiques des protégés de l'Institut. La mise en scène qui entourait ces séances était pointée du doigt, avec des participants tenus à bonne distance du médium ou encore plongés dans une semi-obscurité, quand celle-ci n'était pas totale. Et on rappela que le médium Guzik, privé de ces artifices, s'était fait pincer, ce qui avait entraîné l'arrêt brutal de sa carrière et le tarissement de son « don ».

— Il a triché, certes. Mais cet environnement hostile l'a poussé à le faire !

Au moment de ces échanges un peu tendus, Martial avait perdu le fil de la conférence depuis longtemps. Assis près d'une des portes-fenêtres du salon, il avait laissé son attention s'échapper vers le grand jardin. Au-delà de la végétation fournie du magnifique parc, la ville bruissait, tandis que de lourds nuages s'amoncelaient, prêts à déverser une neige qui s'annonçait drue. La raison de cette inattention ne revenait pas aux propos du docteur Osty, mais plutôt à une enveloppe qui lui avait été remise par son voisin, Gaston Ferrand.

Cet ancien de Saint-Cyr avait été recruté au ministère des Affaires étrangères au lendemain des traités de paix. Mais son incapacité à garder sa langue dans sa poche et son franc-parler avaient fini par lasser le ministre, qui œuvrait jour et nuit à la réussite de la Société des Nations.

— Les Amerloques nous ont laissés à poil en refusant d'adhérer. À poil et le cul en l'air encore ! Quand l'ami Fritz ou les Bolchos vont venir nous le botter, on va bien les sentir, les clous de leurs semelles ! Voilà ce que c'est que l'esprit de Genève : nos fesses bien dodues offertes à la vue de tous !

Ce genre de remarque avait entraîné sa mutation vers un placard doré au ministère de la Guerre, ce qui lui laissait plus de temps pour ses activités au sein du Cercle. Il y était un des plus fervents soutiens de Martial, capable de débusquer une information en un rien de temps grâce à ses réseaux nombreux et étendus, toujours là quand il le fallait. « C'est moi qui suis allé le chercher, le petit », se vantait-il souvent en posant une main massive sur l'épaule de Martial, sa grosse moustache frétillant de plaisir. Cependant, quand on lui demandait quelque chose, il commençait toujours par râler. Et quand cette grande carcasse se mettait à râler, les murs menaçaient de se lézarder. Son verbe haut et peu châtié était aussi légendaire que son coup de fourchette. C'était un personnage tout en bruit. C'était aussi un modèle de courage et de franchise, qui plaçait la loyauté au-dessus de tout, ne laissant jamais un ami seul sous la mitraille et faisant demi-tour pour aller le chercher. En temps normal, on l'appelait « mon colonel » ou « colonel Ferrand ». Mais, pour les membres du Cercle, il insistait pour que ce soit simplement Gaston.

Martial lui avait téléphoné de Beaunac quelques semaines auparavant pour lui exposer sa requête. Gaston avait commencé par tonner avant de raccrocher dans un grognement. La veille, quand ils s'étaient retrouvés, il avait salué Martial avec tout l'enthousiasme dont il était capable, lui broyant la main puis l'épaule, mais sans dire un mot de leur conversation téléphonique. Puis, ce matin-là, il s'était lourdement assis à côté de Martial, dans le fauteuil Louis XV qui avait menacé de céder sous son poids gigantesque, et il lui avait tendu une enveloppe brune, cachetée à la cire.

« Tiens, avait-il glissé dans un soupir. Voilà les renseignements que tu m'as demandés. » Martial s'était saisi de l'enveloppe et l'avait fait disparaître dans sa poche, sans un mot, le cœur dans un étau.

« Cela fait deux fois que tu me demandes de retrouver ce bonhomme. Et plus ça va, plus ce bougre est loin. Tu n'es pas obligé de me répondre, petit, mais que tu t'inquiètes pour un gars qui vit de l'autre côté de l'océan, tu avoueras que ça a de quoi attiser ma curiosité.

— Si je te répondais, tu trouverais cela d'une banalité affligeante et même assez humiliante pour moi.

— Je me doutais bien qu'il y avait une histoire de bonne femme là-dessous ! »

Martial essaya d'afficher un sourire qu'il ne parvint pas à rendre convaincant. Cela n'échappa pas à Gaston Ferrand, qui cessa de parler et lui posa simplement une main dans le dos, juste quelques instants, avant de la retirer dans un nouveau soupir. Toujours debout sous la mitraille.

Le docteur Osty fut convié à déjeuner, puis il s'attarda encore un peu dans le petit salon où on avait servi le café et les alcools.

— Docteur, permettez-moi de vous présenter Martial de La Boissière.

Le président du Cercle n'avait pas eu l'occasion de le faire plus tôt.

— Je suis enchanté de vous rencontrer, monsieur de La Boissière. J'ai beaucoup entendu parler de vous.

Martial lui rendit la politesse.

— Certaines dérives nous ont fait du tort dans le passé. Il était temps de nous en écarter. Mais une nouvelle approche ne signifie nullement un renoncement, ne vous y trompez pas. Je crois au spiritisme, et nous sommes de plus en plus nombreux à travers le monde à nous retrouver autour de cette croyance. L'homme n'a jamais cessé de s'améliorer et de découvrir de nouvelles connaissances. Le spiritisme est la prochaine étape. Il marquera ce siècle, j'en suis certain. Notre domaine, voyez-vous, ne s'abreuve pas de la peur des gens. Il la combat, bien au contraire. Il est porteur d'espoir dans un monde qui, vous en conviendrez avec moi, en est de plus en plus dénué.

— Les tricheurs sont faciles à démasquer. C'est plus difficile pour les personnes qui ne mentent pas et qui se trompent en toute bonne foi. Dans l'Antiquité grecque, la Pythie de Delphes était censée entrer en contact avec les dieux. Elle recueillait ses oracles dans une fumée qui s'échappait d'une crevasse dans le sol. Cette crevasse représentait la bouche de la Terre, *Chasma gês*. Cette femme inhalait la fumée et entrait presque immédiatement en transe, ce qui lui permettait de « voir » et d'« entendre ». Je ne suis pas certain qu'elle trichait. Je pense même qu'elle croyait vraiment que les dieux s'adressaient à elle. Pourtant, tout était faux. Il suffisait de jeter quelques graines de jusquiame sur les braises et *Chasma gês* se mettait à parler. C'est une technique utilisée par les shamans d'Amérique, un voyage garanti vers un autre monde, invisible ou pas.

Le docteur Osty se contenta de sourire en hochant la tête. Il masquait difficilement la colère qui bouillait en lui.

— J'ai rencontré de nombreuses personnes qui ont ce don que vous contestez, monsieur de La Boissière. Et elles seront de plus en plus nombreuses. La plupart n'en feront jamais commerce, d'autres ne réussiront pas à le maîtriser. Mais le don existe. Nous travaillons depuis plusieurs mois avec un jeune homme aux capacités époustouflantes. Il ne respire aucune drogue, n'utilise aucun artifice. Et pourtant, il sait ouvrir la porte de l'autre monde et s'y enfoncer. Je n'ai jamais rien vu de tel, y compris chez la femme qui, dans ma lointaine province, a bouleversé ma vie il y a de nombreuses années. J'espère pouvoir un jour vous le présenter. Ensuite, si vous le souhaitez, nous pourrons reprendre cette conversation.

Le docteur quitta l'assemblée peu de temps après. Le président du Cercle le raccompagna avec solennité jusqu'à sa voiture.

— Il m'a l'air d'un brave homme, confia-t-il à Martial en revenant dans le salon. Beaucoup moins illuminé que son prédécesseur. Cependant, je le suspecte d'avoir deviné ce que nous avons préparé, quand il a évoqué ce jeune médium.

— De quoi s'agit-il au juste ? ronchonna Gaston Ferrand, qui avait suivi l'échange.

— Celui que notre ami le docteur tient pour un phénomène s'appelle Collas, répondit le président. Il doit être présenté au public lors du Congrès spirite. En attendant, il s'est installé à Paris et ses séances commencent à avoir un certain succès. C'est exactement ce qu'ils veulent : faire monter la mayonnaise jusqu'à septembre et faire de cet homme le clou de leur spectacle. Après Sir Arthur Conan Doyle, cela va de soi. Nous allons observer ce jeune médium dans son environnement habituel, pour ne pas être taxés de mauvaise foi. Et j'ai demandé à Martial de commencer dès ce soir.

— Tu as rendez-vous pour une séance ! Alors, sois certain qu'Osty est au courant. S'ils couvent leur pépite, ils ne vont pas nous laisser approcher du filon aussi facilement. La liste des participants doit être auscultée à la loupe.

— C'est pour cela que je ne vais pas y aller seul, expliqua Martial. J'ai un ami à Paris qui a accepté de m'accompagner en toute neutralité.

— Je ne vois pas ce que cela va changer. Ils vont t'attendre au tournant, accompagné ou pas !

— C'est un ami qui me connaît bien. Suffisamment pour se faire passer pour moi…

Martial persistait à présenter Alain Monsignac comme étant son ami. Pourtant, ils ne se fréquentaient plus depuis longtemps. Leur amitié était en fait ancrée dans leurs jeunes années. Et elle n'était plus faite aujourd'hui que de souvenirs. C'était au nom de ces souvenirs qu'Alain avait demandé à Martial d'être son témoin de mariage, deux ans auparavant, alors que parmi les nombreux invités on pouvait compter une bonne demi-douzaine de personnes qui auraient été plus légitimes dans ce rôle. De même, Martial avait demandé à Alain d'être son complice pour cette soirée particulière, face au médium Collas.

Ils avaient plus ou moins grandi ensemble à Castelnau. La mère d'Alain était la fille du propriétaire d'un vaste domaine viticole, voisin de celui du beau-père de Martial. Lorsqu'elle en avait hérité, la belle demeure perchée sur son coteau était d'abord devenue un lieu de villégiature. Dès le premier été, les parents avaient sympathisé et les enfants les avaient imités. Le père d'Alain était colonel de gendarmerie. Dès qu'il avait pu obtenir son affectation à Bordeaux, toute sa petite famille s'était installée à Castelnau. De camarade occasionnel, Alain était devenu pour Martial un « presque-frère » qui venait combler un peu sa solitude d'enfant unique.

Ils étaient pourtant différents en tout, quasiment l'inverse l'un de l'autre. Alain, qui avait un an de moins que Martial, était plus grand que lui. C'était un véritable athlète, au courage qui frisait parfois l'inconscience. Rien ne semblait l'effrayer. Il grimpait haut dans les arbres quand Martial, sujet au vertige, n'allait jamais au-delà des premières branches. Lorsqu'ils passaient la journée à l'océan, Alain bravait les immenses vagues de l'Atlantique, n'esquivant la masse des rouleaux qu'en plongeant au dernier instant. Il se moquait des courants qui pouvaient vous emporter au large en quelques secondes, et que Martial imaginait comme des monstres sous-marins vous saisissant les chevilles de leurs griffes pour vous entraîner avec eux dans les abysses. C'était toujours ainsi : si un danger quelconque se présentait, Alain ne songeait qu'à l'affronter, quand Martial se soumettait et changeait de trottoir. On les présentait toujours de la même manière : Alain était robuste et téméraire, une vraie graine d'aventurier, entreprenant et débrouillard ; Martial était réfléchi et cérébral, promis à une brillante carrière et à une vie de notable, bien raisonnable. Et ce dernier sentait bien que sa mère avait honte de la comparaison.

L'année de ses treize ans, Martial fut envoyé en pension à Toulouse. Un mur de glace s'élevait entre sa mère et lui, de plus en plus épais, tandis que l'indifférence que lui témoignait son beau-père était plus froide encore. Si bien qu'il multipliait les frasques au lycée, jusqu'au renvoi de trop. On l'expédia au loin et il comprit qu'on se débarrassait de lui. Il finit par ne plus revenir à Castelnau, y compris durant l'été, où il trouvait refuge chez son grand-père. Au début, il entretint une correspondance avec Alain. Mais le fil qui les reliait devint de plus en plus ténu. Alain, passionné par la mer, était parvenu à intégrer l'École navale. Il partit écumer les océans et gravit les échelons avec la même avidité qui lui permettait de monter aux arbres autrefois. Il fut ainsi repéré par le contre-amiral Ronarc'h, qui l'invita à se joindre à lui quand on lui confia le commandement de la Brigade des fusiliers marins créée au tout début de la guerre. Que ce soit sur terre ou sur mer, le lieutenant de vaisseau Monsignac fit la guerre en héros, et fut plusieurs fois cité pour bravoure. La Marine lui offrit ensuite un véritable *cursus honorum*, mais il y renonça, n'ayant aucun goût pour les bureaux du commandement. Au passage, il se brouilla avec Ronarc'h, ce qui lui valut d'être mis au placard, à Brest, et à terre de surcroît.

Son rêve, à cette époque, était de devenir sauveteur en mer. C'était, selon lui, la synthèse parfaite de tout ce qu'il était, de tout ce qu'il avait fait jusque-là. Mais la Société centrale de sauvetage des naufragés ne recrutait que parmi les marins des ports où elle était installée, en évitant scrupuleusement les militaires. Alors, cette fois, Alain resta loin de la bagarre. Pour son plaisir, il s'était construit un petit voilier avec lequel il participa à quelques régates. C'est au cours de l'une d'elles qu'il fit la connaissance de Baptiste Lestage, un riche notaire parisien avec qui il sympathisa. Un peu plus tard, ce dernier le présenta à sa famille. Parmi les quatre enfants du couple, il y avait Marie, de neuf ans sa cadette. Ils tombèrent amoureux l'un de l'autre. La vie vous prend régulièrement à contre-pied, même quand vous êtes Alain Monsignac. Il quitta la Marine et vint s'installer à Paris pour travailler aux côtés de celui qui allait devenir son beau-père. Il épousa Marie et, l'année qui suivit, un petit Rodolphe vit le jour. C'est ainsi qu'il était parvenu à trouver son équilibre, et il s'en disait heureux.

Avec Martial, ils s'étaient donné rendez-vous devant un café, à l'angle du boulevard des Capucines. Ils avaient d'abord exhumé le passé, histoire de retrouver ce qui les avait unis. Puis Alain avait parlé de sa vie et de son bonheur. Pour éviter d'avoir à en faire de même, Martial avait coupé court en évoquant leur mission du soir.

— Nous arriverons séparément, à un quart d'heure d'écart. Nous ne sommes pas censés nous connaître. Pour le reste, ne cherche pas à jouer un rôle. Comporte-toi comme tu le ferais en temps normal. Si quelque chose te dérange ou te fâche, n'hésite pas à le dire. Il s'attend que tu sois réticent, voire hostile. Imagine que ce soit le cas, mais que tu aies décidé d'être discret. Pas éteint, juste discret.

— Je dois t'avouer que je trouve cette expérience plutôt excitante. Quand nous en avons parlé avec mon épouse, je me suis rendu compte que c'était devenu ton quotidien, désormais. Les mystères, les énigmes, les assassins à démasquer, les escrocs à confondre... En fait, c'est toi qui as la vie aventureuse que l'on me promettait.

— Qui l'aurait cru, n'est-ce pas ?

— Moi. Je t'ai toujours trouvé bien plus fort que je ne l'étais, à réussir tout ce que tu entreprenais. Nous ne nous lancions pas dans les mêmes choses, voilà tout. Tes parents doivent être fiers de toi aujourd'hui.

Martial se doutait que, tôt ou tard, le sujet serait abordé. Il savait qu'Alain désapprouvait le fait qu'il ait tourné le dos à sa famille.

— Mes parents ne savent pas grand-chose de moi. C'est mieux pour tout le monde, je pense.

— Je ne comprends pas que tu puisses rester fâché avec ta mère après tout ce temps. Elle est la seule famille qui te reste.

— Pour être fâchés, il faudrait qu'il y ait eu quelque chose entre nous deux, autre que du vide. Nous ne sommes pas fâchés. C'est plus compliqué que cela. Nous ne nous connaissons plus, c'est tout.

— Le temps passe, Martial. Un jour viendra où il sera trop tard et tu regretteras de ne pas avoir...

Un voile était tombé sur la voix d'Alain. Il détourna le regard et se mit à triturer la petite cuillère dans son verre de vin chaud.

— Comment vont tes parents ? demanda Martial au bout d'un moment.

— Mon père est malade.

— Il a la peau dure, le colonel. Il va se défendre.

— Pas cette fois. Il est perdu.

Ce fut l'une des rares occasions où Martial perçut de la fragilité chez son ami.

— Tu descends souvent le voir ?

— Pas assez. Ma sœur est revenue vivre avec eux. Mais moi… En fait, plus il décline, moins j'ai envie de le voir. Mon père est en train de mourir et je ne suis même pas fichu d'être à ses côtés. J'aurais aimé avoir ce courage-là.

Un long silence s'installa entre eux, accompagnant Alain dans sa douleur. Les premiers flocons tombaient dans la lueur naissante des réverbères. Les rues se vidaient. Il n'y avait plus que des passants pressés de rentrer chez eux. L'heure du rendez-vous approchait. Martial se leva et alla décrocher son pardessus.

— J'y vais le premier. Tu comptes quinze bonnes minutes et tu me rejoins. Tu te souviens bien de l'adresse exacte ?

— Numéro quinze. Premier étage. Porte de droite.

Martial lui tendit une petite enveloppe.

— Le Cercle Cardan t'offre la séance. Douze francs. À ce tarif-là, il va rapidement faire fortune, ce médium !

Martial remonta le boulevard sous une neige de plus en plus épaisse. L'immeuble dans lequel il entra était une de ces bâtisses construites sous le second Empire, où le confort des appartements diminuait au fur et à mesure que les étages s'élevaient. L'entrée puis l'escalier étaient majestueux, en marbre blond rehaussé de tentures cramoisies. Mais, dès le palier du premier, le luxe ainsi affiché était quelque peu décati. Certaines boiseries s'écaillaient tandis que le tapis, autrefois épais, était usé jusqu'à la corde. Martial actionna la sonnette de la porte de droite. Rapidement, un homme long et maigre, au crâne dégarni, vint lui ouvrir.

— Bonsoir. Je suis Alain Monsignac. J'ai rendez-vous avec maître Collas.

— Bonsoir, monsieur Monsignac. Si vous voulez bien vous donner la peine d'entrer.

L'homme avait un phrasé lent, destiné sans doute à masquer un accent provincial trop marqué. Il portait un habit de soirée, avec queue-de-pie, mais n'y semblait pas très à son aise. Il s'écarta pour laisser Martial pénétrer dans un vestibule éclairé de quelques lampes discrètes. Puis il récupéra son manteau et son chapeau et les rangea dans une penderie cachée par une double porte aux moulures tarabiscotées.

— Nous ne sommes pas encore au complet. Je vous propose de patienter quelques instants dans le petit salon en compagnie des personnes qui vous ont précédé. Verriez-vous un inconvénient à ce que nous réglions dès à présent la question financière ?

Martial sortit une enveloppe de la poche intérieure de sa veste et la tendit au grand chauve, qui, sans l'ouvrir, alla la ranger dans le tiroir d'un meuble d'angle, qu'il referma ensuite à clé.

Ensuite, il conduisit Martial vers le petit salon où il le présenta aux quatre personnes qui attendaient là, réchauffées par un bon feu et, pour les hommes, par un fond d'alcool. M. et Mme Demangin, la soixantaine avenante, se montrèrent les plus chaleureux, sans pour autant déborder d'un simple « Bonsoir ». Un deuxième couple, les Reulet, nettement plus jeune et sans doute bien plus fortuné, se montra distant et méfiant. Tout ce petit monde s'évertuait à occuper un coin différent, parlant à voix basse. Martial accepta un peu de cognac et alla se poster devant la cheminée, en terrain neutre. L'atmosphère était pesante et la lumière, qui était ici un peu faiblarde, l'alourdissait. On sentait ces gens inquiets, tendus. L'ambiance était un des éléments clés d'une séance de spiritisme réussie ; celle-ci était dans le ton.

Un petit quart d'heure passa avant qu'Alain ne soit introduit à son tour, sous sa fausse identité. Il salua tout le monde, bouleversant par sa seule présence l'équilibre précaire entretenu dans la pièce. Il était grand, carré d'épaules et portait fort bien le costume trois-pièces. Ses yeux clairs n'avaient pas la froideur de l'acier, sans pour autant se délaver à la lumière. Sa prestance était réelle. Elle évoquait la force, la détermination, la droiture, et une sociabilité qui n'était pas feinte. Il parla à voix haute, n'hésitant pas à venir s'immiscer dans la conversation des deux couples, évoquant le froid et la neige, ne tenant pas compte des coups d'œil peu amènes que lui adressait Mme Reulet.

M. Knopp, le septième et dernier participant, les rejoignit peu de temps après. C'était un petit homme qui n'avait pas pris la peine de s'habiller pour la circonstance, ce qui lui valut d'être toisé par le jeune couple. Il semblait avoir le diable à ses trousses, toujours à regarder nerveusement par-dessus son épaule, le corps secoué de rafales de mouvements secs. Il ne se montra guère bavard et vida son verre d'un trait, avant de s'essuyer le visage avec un grand mouchoir épais.

Ils restèrent tous les sept enfermés dans ce petit salon pendant encore quelques minutes, avant que celui qui les avait accueillis ne vienne leur proposer de passer dans une pièce adjacente, plus vaste. En y pénétrant, on ne voyait qu'une grande table ovale, posée sur un tapis râpé, inondée d'une lumière vive par un grand lustre en faux cristal. Huit chaises massives étaient réparties tout autour, assises et dossiers brodés d'arabesques dorées sur un tissu qui avait dû être, en son temps, moins terne. L'éclairage étudié plongeait le reste de la pièce dans l'obscurité. On avait fermé volets et rideaux des trois portes-fenêtres qui donnaient sur le boulevard. Aucune autre lampe n'avait été allumée. On parvenait cependant à deviner une certaine surcharge de meubles et des tapisseries défraîchies. Martial savait que le médium et son assistant avaient emménagé dans cet appartement prêté par une famille de la vieille aristocratie urbaine, qui ressemblait à un lieu longtemps oublié. L'odeur de poussière ne trompait pas.

Le grand chauve désigna à chacun la place qui lui était attribuée. La chaise du bout étant réservée au médium, Alain fut placé à sa gauche tandis que M. Reulet était à sa droite, juste à côté de son épouse. Martial eut droit à la chaise suivante alors que les Demangin s'asseyaient à la gauche d'Alain, avec la femme au milieu. M. Knopp venait fermer l'ovale. Ils respectèrent tous un silence quasi religieux. Quand l'assistant considéra que tout le monde était en place, il disparut dans la partie sombre du grand salon. On l'entendit ouvrir une porte sans qu'aucune lumière n'y prenne naissance. Le médium Collas rejoignit l'assemblée, en sortant de la pénombre.

Il était difficile de lui donner un âge, mais il paraissait assez jeune. La première chose que l'on remarquait chez lui, c'était son regard. Ses yeux sombres, assez petits et enfoncés dans des orbites proéminentes, semblaient fixes, comme si l'homme se forçait à ne jamais cligner des paupières. Le visage était émacié, très pâle, les os prêts à déchirer la peau. Les cheveux, aussi noirs que le costume neuf que le médium avait revêtu, étaient courts et plaqués à la brillantine. Collas s'avança et salua chaque convive par une longue poignée de main, tout en les dévisageant de son regard hypnotique. Derrière lui, son assistant lui soufflait le nom de la personne. Il se contentait ensuite d'un « Bonsoir » à la texture de voix calculée. Après avoir fait le tour de la table, il vint s'asseoir à la place qui lui avait été réservée, et invita d'un geste théâtral les autres à en faire de même. L'assistant recula alors de dix pas, pour se tenir à la limite de l'obscurité, adossé à un mur, campé sur ses jambes et les mains croisées dans le dos.

— Mesdames et messieurs, je vous remercie de votre présence et de la confiance que vous me témoignez. Chacun d'entre vous est venu chercher ici des réponses. Peut-être parviendrons-nous à en satisfaire certains. Peut-être pas. Il se peut également que nous trouvions des réponses à des questions que vous ne vous êtes pas posées. Ce que je vois vient à moi sans que je puisse le décider. Je ne suis qu'un intermédiaire et non un guide. Et ce soir est un bon soir pour nous tous. Je ressens déjà beaucoup de choses. Nous allons nous donner la main. Formons un cercle et unissons nos énergies. La force qui me permet de voyager dans l'autre monde vient de vous, et non de moi. Laissez vos esprits vagabonder maintenant. Libérez-les de leur joug, qu'ils puissent aller et se poser où bon leur semble.

Le petit homme assis à côté de Martial s'était calmé, mais sa main était moite tandis que celle de Mme Reulet, parfaitement soignée, était sèche et dure. Le silence se fit, chacun jouant le jeu de la méditation. Le moment s'étira puis, tout à coup, le médium lâcha les mains de ses voisins, les yeux fermés et la tête penchée en avant. D'une voix moins maîtrisée qu'auparavant, il parla.

— Tout le monde écrit les lignes de son existence. Il y a celles qui l'ont été et celles qui sont sur le point de l'être. Je peux lire les unes comme les autres. Il y a du vent. Sentez-vous le vent ? Il transporte une odeur jusqu'à nous, c'est l'odeur de l'océan. Je parviens même à percevoir les bruits du ressac là-bas. Le vent charrie des lignes et des vies. Il s'engouffre partout, sous les portes et sous les fenêtres. Il m'emmène, il m'offre en ami le droit de voler dans ses bras. Je parviens dans une chambre, au-dessus d'un lit. Une femme est couchée là. Elle a peur. Elle a froid. Elle a froid depuis longtemps déjà. Elle sent la maladie en elle qui, chaque heure, lui prend un peu de vie. Elle se voit mourir. Mais elle ne meurt pas. La maladie est bien en elle, mais cette maladie est plus faible qu'elle. Les médecins se trompent. Ils le reconnaîtront bientôt, quand elle sera à nouveau capable de se lever, de se coiffer, de sourire et d'accompagner sa petite Rose sur le chemin de l'école.

M. Knopp fondit soudain en larmes, une main devant la bouche pour étouffer une plainte qui ne vint pas. Le médium ne s'interrompit pas pour autant.

Il continuait de parler, comme si rien n'existait autour de lui. Et, ce faisant, il souriait.

— Il y a bien un chemin, et il y a bien une école au bout de ce chemin. Le vent m'apporte les cris des enfants qui jouent. C'est l'heure de la sortie. Comme tous les soirs, Robert rentre chez lui. Il longe le presbytère. C'est son défi quotidien : grimper sur le muret et courir jusqu'au bout sans tomber. Il a peur du sacristain, qui lui crie dessus quand il le voit faire et qui menace de le rosser à coups de bâton. Mais l'excitation du danger est plus forte que la peur, et il court tous les soirs sur le muret. On remarque de loin sa maison, une belle maison. Sa mère l'y attend. Il prend son goûter dans la cuisine. Il y a de la confiture et du lait chaud, qui attire l'attention d'un jeune chat. Après, il monte dans sa chambre. Il joue entouré de ses soldats de plomb. Ce sont ses amis autant que les membres de son armée. Son préféré est un hussard qui monte un cheval noir et tient son sabre levé au-dessus de la tête. Mais sa main droite est cassée depuis que Robert l'a fait tomber du rebord de la cheminée. Cela le rend encore plus héroïque à ses yeux. C'est le chef de sa troupe. Son complice, son plus vieil ami. Robert est bon élève. Bientôt, il entre au lycée et veut devenir pharmacien, comme son père. Il aime Philippine, la sœur d'un de ses camarades de classe. Pour elle, il rêve d'inventer un médicament permettant de guérir la plus petite fille de cette famille, qui ne peut plus marcher. Il devient soldat et il fait la guerre. Un jour, après un assaut, il voit son ami le hussard se pencher sur lui alors qu'il est allongé sur le dos, dans la boue et la nuit. Il est grand lui aussi et, malgré sa main cassée, il vient le protéger, lui faire oublier la souffrance et la peur. Il a peur parce qu'il a compris que la mort est ici. Alors, son complice d'antan l'enlève et le ramène dans l'armée installée sur le parquet de sa chambre. Il n'a que neuf ans et il joue après être revenu de l'école. Il est heureux ainsi. Il veut que ses parents le sachent, il est heureux.

Mme Demangin pleurait en silence, et son mari, lui aussi bouleversé, avait posé son bras sur ses épaules.

— Le vent forcit encore. Il fait presque nuit, maintenant. Je vois la mer. Ses embruns caressent mon visage. De très loin, le bruit du tonnerre se fait entendre, mais il n'y a pas d'éclairs dans le ciel. La mer semble en colère. Elle s'agite. Quelque chose flotte sur l'eau. C'est une planche de bois. Non ! Ce n'est pas une planche, c'est une boîte, une grande boîte. Je crois même que c'est un cercueil. Quelqu'un est enfermé à l'intérieur. C'est un homme. Il est parvenu à écarter le couvercle. Il essaye de crier, mais je n'entends pas ses cris. Et le couvercle de bois est trop lourd pour lui. Il va se refermer alors que l'eau s'engouffre. Mon Dieu ! Il est en train de se noyer. Il ne peut pas crier parce que l'eau est dans sa gorge !

D'un geste brusque, Collas agrippa le bras d'Alain et y enfonça ses doigts. Il tourna vers lui un visage torturé par la douleur. Les yeux, révulsés, étaient encore plus terribles. Puis le médium se mit à hurler.

— Fuyez ! Fuyez ! Fuyez !

Ses hurlements retentirent dans tout le salon jusqu'à en devenir insupportables. Autour de la table, la panique était en train de naître. Alain essayait vainement de se dégager de l'étreinte, qui semblait le blesser.

— L'eau est en vous ! lui cria Collas. L'eau est en moi ! De l'air ! Par pitié, de l'air !

Il lâcha prise et porta ses deux mains à son cou. Il étouffait. Mme Reulet poussa un cri d'effroi et faillit tomber de sa chaise en s'écartant violemment de la table. La bouche tordue par un rictus affreux, Collas n'était plus qu'un râle. Son assistant, après avoir hésité, se décida à intervenir. Mais, avant qu'il n'atteigne la table, le médium se mit à vomir de l'eau, beaucoup d'eau, qui se déversa sur ses voisins. Au moment où il s'effondrait, le grand chauve le rattrapa et l'allongea sur le tapis. Martial avait également bondi.

— Ça va aller, lui intima l'assistant, agenouillé. Il ne faut pas le toucher quand il est dans cet état. C'est passé. Il respire à nouveau. Il faut juste le laisser tranquille.

À genoux, et bien que maintenu à distance, Martial jeta discrètement un coup d'œil sous la table, à la recherche d'un mécanisme qui n'y était pas. Quant à l'eau régurgitée, il la trouva salée quand il y trempa son index et le porta à ses lèvres. Salée comme de l'eau de mer.

Alain avait retiré sa veste et remonté la manche de sa chemise. Il se massait l'avant-bras, marqué au sang par les ongles de Collas, le regard fixé sur l'homme recroquevillé au sol.

— La séance ne va pas pouvoir continuer, annonça le grand chauve. Maître Collas doit se reposer. Si vous considérez qu'il n'a pas répondu à vos attentes, nous pourrons, dès demain, convenir d'un autre rendez-vous. À moins que vous ne préfériez récupérer votre argent…

Il aida le médium à se relever. Bien qu'affaibli, celui-ci trouva la force de chercher Alain des yeux.

— Je vous en conjure, mon ami, fuyez ! Fuyez tant qu'il est encore temps !

Puis il fut entraîné hors de la pièce, aspiré dans l'ombre, laissant les personnes présentes livrées à elles-mêmes. Les époux Reulet dévisageaient Alain avec colère et lui faisaient porter sans détour la responsabilité de la soirée avortée.

— Bon sang ! Il m'a fait mal ! lança celui-ci, un peu gêné, exhibant son bras blessé.

Mais, à l'exception de Martial, les autres se détournèrent et finirent par quitter le salon, sans un mot.

— Ça va aller ? demanda Martial quand ils furent seuls.

— Oui, je crois. Il a réussi à me flanquer la trouille, ton bonhomme. Dis-moi que tout ceci est un attrape-nigaud et que je me suis bien fait avoir.

— L'autre type m'a empêché d'approcher. Sans doute pour que je ne devine pas le dispositif qui devait être caché sous les vêtements de Collas et qui lui a permis de sortir toute cette eau. Mais c'était assez réussi, je dois l'avouer. Plutôt impressionnant.

Alain se rhabillait à présent.

— Verrais-tu un inconvénient à ce que nous sortions d'ici ? J'ai besoin de prendre un peu l'air.

Ils récupérèrent leurs manteaux et leurs chapeaux puis quittèrent l'appartement et l'immeuble sans échanger la moindre parole. Ils se retrouvèrent sur un trottoir recouvert d'une couche de neige importante, qui continuait d'épaissir à vue d'œil.

— Je vais y réfléchir à deux fois avant d'aller en mer, maintenant, avoua Alain avec un sourire un brin forcé.

— Tu navigues toujours ?

— Je crois bien que c'est plus fort que moi... Je me suis acheté un nouveau voilier, une vraie merveille. Je le remets en état tout seul. Il sera bientôt prêt. Il faudra que je t'emmène à bord.

— Je suis persuadé que tout ce qui s'est passé là-haut n'est qu'une mise en scène savamment orchestrée.

— Et ce qu'il a dit au sujet de la femme de ce pauvre type ? Et sur le fils de ce couple ?

— Rien ne nous permet de vérifier qu'il n'a pas tout inventé. Ces personnes pouvaient être ses complices. Collas connaît mon nom et il sait ce que je suis venu faire chez lui ce soir. Il a voulu m'en mettre plein la vue. Mais notre subterfuge a fonctionné.

— Alors pourquoi la mer ? Ce n'est pas vraiment ton domaine.

— La noyade est une mort qui terrorise beaucoup de monde.

Ils remontaient le boulevard, à peine conscients que tout était désert autour d'eux.

— C'est cuit pour un taxi avec ce temps-là. Je suis quitte pour prendre le métro.

— Tu es sûr que ça va aller ? Mon hôtel n'est pas très loin. On pourrait manger quelque chose, ou boire un verre.

— Ne m'en veux pas, mais j'ai juste envie de rentrer chez moi et de retrouver ma femme et mon fils.

La bouche de métro devant l'Opéra ressemblait à un gouffre fumant, creusé dans la neige. Ils se quittèrent avec une simple poignée de main, loin de l'époque où ils s'embrassaient. Alain descendit les escaliers avec prudence. Une fois en bas, il se retourna vers Martial et lui adressa un dernier geste de la main. Puis il disparut derrière les portes du souterrain, comme si celui-ci venait de l'avaler.

La neige écrasa Paris et une grande partie du pays. Bien que les routes fussent impraticables autour de Limoges, Raoul avait promis de venir chercher Martial dès qu'il aurait trouvé un train en mesure de circuler. Ce qui ne fut le cas que le surlendemain.
Raoul, comme à son habitude, avait tenu parole. Il était posté sur le parvis de la gare de Montjovis, juché sur le banc de la carriole qui servait habituellement à charrier le fourrage. C'était le seul moyen de locomotion qu'il avait trouvé pour passer. Et c'est ainsi qu'ils traversèrent les faubourgs nord de la ville puis la campagne, au pas prudent mais régulier de Paterne, le solide percheron. La neige s'accumulait sur leurs vêtements et elle s'effondrait en blocs quand elle devenait trop lourde. Le rideau de flocons ne s'écartait devant eux qu'au dernier moment pour laisser entrevoir un désert blanc.
Six heures leur furent nécessaires pour rejoindre Beaunac. La nuit était tombée depuis longtemps et ils avaient fini le trajet à la lanterne. Quand la silhouette massive du portail du domaine se découpa dans l'obscurité, Martial sentit une douce chaleur l'envahir. Le froid et la fatigue s'évanouirent tandis que son cœur semblait être plus haut dans sa poitrine. Denise et Lucien, les gardiens du domaine, guettaient leur arrivée depuis leur maisonnette. Ils proposèrent de remonter avec eux jusqu'au manoir, mais Martial refusa, arguant qu'il n'avait pas faim et qu'il était pressé de se coucher.

Dans la demeure silencieuse, seuls les feux crépitaient, et il faisait bon dans chaque pièce du rez-de-chaussée. Rien ne laissait deviner que, dehors, le froid mordait et que le ciel se déchirait. La bâtisse sommeillait, sûre de sa force. À peine, de temps à autre, se permettait-elle de gémir un peu, dans un craquement de charpente ou un grincement de boiseries. Pourtant, à chacun de ces bruits, le ventre de Martial se nouait. Chaque fois, il croyait y reconnaître les pas de Camille dans l'escalier. Mais le silence revenait et il restait seul.

Il avait menti à Denise : il était mort de faim. Il piocha dans les réserves du cellier. Puis, quand il se sentit rassasié, il rejoignit le petit salon où il aimait tant s'asseoir après le dîner. Il attisa le feu et resta à le contempler, avec pour seule lumière celle des flammes. Sur le dossier d'un des fauteuils, un châle noir était posé. Camille venait lire ici l'après-midi ou le soir, les jambes repliées sous elle. Elle jetait le châle sur ses épaules quand elle avait froid. Il était imprégné de son parfum.

Lorsque Martial avait quitté Beaunac, le dimanche précédent, il pensait qu'elle ne serait plus ici à son retour. Or il y avait encore le châle et d'autres traces d'elle dispersées dans les pièces du bas. De petites traces, minuscules, des détails que personne d'autre que lui n'aurait remarqués.

Depuis près d'un an que Camille était revenue à ses côtés, il la voyait avancer à tâtons. Leurs rapports étaient courtois et superficiels. Martial n'avait jamais retrouvé, ne serait-ce que l'espace de deux minutes, son amie d'antan, sa joie de vivre, sa fougue et sa lumière. Elle était présente mais égarée, subissant les choses, courbant le dos et l'esprit. Elle ne s'était pas perdue à cause de lui. Il l'aimait toujours. Néanmoins, l'amertume le tenaillait encore. Parce qu'il était mauvais.

Quand il était étudiant, à Paris, il fréquentait la bonne société, les spectacles et les soirées. Il régalait ses compagnons de ses pensées aiguisées et de l'argent de ses parents. Il paradait. La guerre l'avait ensuite retiré du monde. Pas de la même manière que Raoul, qui avait eu le visage détruit par un éclat d'obus. Sa figure à lui était intacte. C'était en dedans qu'il se sentait monstrueux. Un mal s'était réveillé, un mal qu'il portait en lui depuis le début. Il s'était révélé méfiant, rancunier et lâche. La culpabilité était devenue une compagne régulière, qui le rongeait. Il était coupable de s'être fâché avec sa famille et de refuser que les choses s'arrangent. Il était coupable d'avoir négligé ses vieux amis, se souciant peu d'eux et de leur devenir. Il était coupable d'avoir voulu trop longtemps être le centre du monde. Il était coupable de pousser une jeune femme à vivre une vie immobile qui n'était pas faite pour elle. Il était coupable de ne pas être capable de lui pardonner ni de l'aider à retrouver sa route. Un mauvais homme…

Voilà pourquoi il se trouvait mieux, enfermé à Beaunac. Voilà pourquoi il se ruait sur les enquêtes du Cercle Cardan, tentant de se prouver qu'il pouvait aussi faire autre chose que le mal autour de lui. Voilà pourquoi Camille était indispensable à son existence : elle était son parfait contraire.

Le lendemain matin, il trouva Denise dans la cuisine, qui l'informa que « Mlle Camille » était sortie se promener, comme elle le faisait tous les jours. Elle avait dit cela d'un ton désabusé. Ceux qui travaillaient au domaine n'appréciaient guère la jeune femme. À leurs yeux, elle n'était que de passage. De tous, Raoul était sans doute le plus revêche. Quand il ne parvenait pas à l'éviter, il se comportait comme si sa présence n'était pas réelle.

Raoul était un homme tout en masse, un colosse chez qui on devinait une force hors du commun. Il se tenait toujours à l'écart des autres, parce que son visage n'en était plus un. Même quand un des poulains qu'il avait élevés était engagé dans une course, il ne franchissait pas les limites de la propriété. Il ne voulait plus voir la peur ou, pire, le dégoût qu'il inspirait aux gens. Il préférait les animaux. Il racontait qu'en Normandie, quand il avait retrouvé son emploi après de longs mois d'hôpital, le seul être vivant qui l'avait reconnu était un pur-sang. Sous sa houlette, les écuries de Beaunac étaient devenues un refuge pour tous les chevaux blessés ou inaptes à courir, tous ceux qu'il était possible de sauver de l'abattage. Or s'il n'aimait guère la compagnie des hommes, c'était encore différent vis-à-vis de Camille. Ce n'était plus de la timidité. C'était de l'hostilité.

« Vous êtes un ami, Raoul. Et j'attends d'un ami qu'il me parle avec franchise. Qu'avez-vous donc contre elle ?

— Je vous ai vu tomber malade pour cette femme, parce qu'elle en a préféré un autre. Aujourd'hui que vous l'avez pour vous seul, je ne vous vois pas beaucoup plus heureux. Si elle est avec vous, mais que sa tête est ailleurs, ce n'est bon pour personne. Voilà ce que je pense. »

Ils avaient eu cette conversation quelques semaines plus tôt. Raoul s'était adossé à un des murs de la grange, comme si parler plus que de coutume menaçait de le déséquilibrer. Alors que son regard, lui, ne vacillait pas, droit et brûlant.

Camille avait débouché de la forêt par le sentier qui longeait ensuite l'étang. S'il ne neigeait plus guère, tout avait disparu sous une couche immaculée : le parc, les pâtures, les bois. Emmitouflée dans son manteau noir, un cache-nez interminable enroulé jusqu'aux yeux, elle rasa la terrasse et se dirigea vers l'entrée de service. Martial, qui l'observait de la fenêtre de son bureau, la devina en train d'entrer dans l'arrière-cuisine, se déchausser et mettre ses bottes à sécher. Puis enlever son manteau et son écharpe, les suspendre dans le vestiaire avant de se retrouver au pied du grand escalier.

Tout en lui s'arrêta quand il entendit un timide cognement contre la porte. Il se dépêcha de s'asseoir, d'avoir l'air occupé. Une nouvelle fois faire semblant... Il l'invita à entrer et sa voix eut à peine la force de s'extraire de sa gorge.

La promenade dans la neige avait repeint le visage de Camille. Ses joues étaient écarlates, et le bleu de ses yeux en devenait plus foncé. Avec ses longs cheveux coiffés en queue-de-cheval, elle paraissait encore plus fragile qu'à l'accoutumée. Elle lui adressa un gentil sourire.

— Ta réunion s'est bien passée ?

Martial acquiesça, noué de l'intérieur.

— Je ne t'ai pas entendu rentrer cette nuit. Le voyage n'a pas été trop pénible ?

Il pensa qu'elle mentait, qu'elle l'avait entendu, mais ne souhaitait pas le voir. Il s'en voulut d'imaginer cela. Le mauvais homme...

— Il me tardait de revenir, parvint-il à dire. Je crois que j'aurais été capable de faire le trajet à pied depuis la gare s'il avait fallu. Tout s'est bien passé ici ?

— Il n'a fait que neiger depuis trois jours.

— Je ne trouve pas que ce soit désagréable.

— Moi non plus. J'ai toujours aimé la neige. C'est comme si tout était effacé pour mieux renaître...

Elle s'apprêta à quitter la pièce.

— Camille...

Elle se retourna et il y eut un moment de panique dans son regard. Il se ravisa.

— Je suis vraiment content d'être rentré.

Le menton levé vers lui, elle eut un sourire triste.

Ils déjeunèrent ensemble. Martial parla un peu de sa réunion et beaucoup de la séance de spiritisme. Elle l'écouta avec attention et ne prit la parole que lorsqu'il eut fini son récit.

— N'as-tu pas pensé, à un moment ou à un autre, que cet homme avait peut-être un vrai don ?

— Le seul don qu'il a, c'est d'être très habile pour embobiner son monde.

Elle battit en retraite, comme d'habitude. Avant, elle aurait insisté, l'aurait poussé dans ses retranchements. Désormais, elle ne prenait plus cette peine.

Martial avait pris la décision, avant de partir pour Paris, que leur vie commune ne ressemblerait plus à ce qu'elle était. Il lui écrivit une lettre. Parce que, face à elle, il était certain de ne pas trouver les mots. Il lui répétait qu'il l'aimait, mais qu'il ne parvenait pas à lui pardonner. Il avait cru en être capable, pour une fois. C'était peine perdue. Il voulait qu'elle se sente libre, cette liberté retrouvée étant capable de les guérir tous les deux. Libre de rester ou de partir. Il était prêt à l'attendre, le temps qu'il faudrait.

À Paris, il avait ouvert l'enveloppe que lui avait remise Gaston Ferrand. Édouard, celui qu'il continuait d'appeler « le fiancé de Camille », vivait à Buenos Aires. Il était courtier en peaux, vivait dans l'ancien quartier colonial, fréquentait peu la communauté française et ne faisait guère de bruit, même quand il jouait un peu d'argent aux dés. Il n'était pas allé se perdre dans la pampa ou dans la cordillère des Andes. Il n'avait pas essayé de reprendre le bateau. Il ne s'était pas pendu dans sa chambre. Lui aussi attendait. Que Camille le rejoigne, ou que le moment soit venu de revenir.

Martial joignit ces informations à sa lettre et déposa le tout sur le fauteuil de Camille, dans le petit salon. Il la laissa s'y rendre seule après le dîner tandis qu'il s'enfermait dans son bureau. Il y resta jusqu'à plus de minuit, sans que personne ne vienne frapper à sa porte. Lorsqu'il se décida à ressortir, Camille était montée, mais son châle noir était toujours posé sur le bras du fauteuil. Sans faire de bruit, la poitrine serrée, il emprunta à son tour l'escalier. Il redoutait qu'elle l'intercepte et qu'ils aient à en parler. La Camille d'avant n'aurait pas agi autrement. Il ne se sentit soulagé qu'après avoir fermé la porte de sa chambre.

Il sursauta lorsqu'il se retourna et qu'il la vit assise sur le coin de son lit.

— Tu n'aurais pas ouvert, n'est-ce pas ?

Embarrassé par sa lâcheté, il sourit pour masquer sa honte.

— Je ne l'aime plus, Martial. J'en suis même arrivée à le haïr... Je donnerais tout pour qu'on revienne en arrière, quand tu étais à l'hôpital de Luchon et que je prenais soin de toi tous les jours. Que je rêvais de notre mariage. J'ai l'impression que tout ce qui s'est passé ensuite n'a été qu'une longue chute... Tu as raison, je dois partir. Il est temps que je regarde en face tout ce que j'ai perdu.

Martial sentit le monde s'effondrer autour de lui. Il eut du mal à respirer.

— Je guetterai avec impatience les lettres que tu m'écriras. Chacune d'entre elles sera un événement.

— Je t'écrirai tout le temps. Merci pour tout ce que tu fais.

Il ne faisait pas grand-chose.

Camille quitta Beaunac deux jours plus tard, une fois les routes dégagées. Martial ne l'accompagna pas à la gare. Il se contenta de regarder la voiture conduite par Lucien disparaître derrière les ormes de l'allée. Sans lutter, il retrouva sa vie immobile : la gestion des métairies, des coupes de bois, des travaux de réfection ; les chevaux sur lesquels il en apprenait davantage tous les jours grâce à Raoul ; les promenades dans le domaine, seul ou accompagné de son pur-sang estropié ; les discussions avec Lucien sur les sangliers, le retour des oiseaux migrateurs, les truites dans la rivière, les braconniers, le mur effondré dans la clôture du nord ; ses livres ; sa mauvaise conscience ; la mémoire de toutes les horribles choses qu'il avait déclenchées autour de lui...

PREMIÈRE PARTIE

LES NAUFRAGÉS HURLEURS

« Vous êtes tous les deux ténébreux et discrets ;
Homme, nul n'a sondé le fond de tes abîmes ;
Ô mer, nul ne connaît tes richesses intimes,
Tant vous êtes jaloux de garder vos secrets ! »

Charles Baudelaire, *L'Homme et la Mer*

1

Ainsi qu'elle l'avait promis, Camille écrivit de nombreuses lettres, et chacune d'entre elles vint agréablement chahuter le quotidien de Martial. Il y découvrait plus de complicité que durant l'année que la jeune femme avait passée à ses côtés. Et, à défaut de pouvoir y répondre, il les lisait plusieurs fois.
Il la découvrit d'abord à Toulouse, sur les traces de son enfance. Puis, vers la mi-juin, ce fut Bagnères-de-Luchon, témoin d'une autre période de sa vie, beaucoup moins heureuse. Les courriers furent ensuite plus espacés. Camille avait décidé de marcher sur les pas de son père et de s'aventurer dans les montagnes. Son projet était de traverser les Pyrénées d'est en ouest, pour se retrouver face à elle-même. Elle postait ses lettres depuis les vallées perpendiculaires qui coupaient son itinéraire. Elle y racontait le défi qu'elle s'imposait et qu'elle vivait comme une renaissance, aussi bien dans ses enchantements que dans ses peurs, ses blessures, sa fatigue et ses moments de découragement. À la mi-août, elle avait dépassé le val d'Aran et s'approchait du but. Elle disait nourrir d'autres projets, « *nés là-haut* », qui

devaient repousser sa ligne d'horizon aussi loin que nécessaire.

Elle avait eu du mérite de se lancer dans un tel périple parce que, dans les Pyrénées comme ailleurs, l'été avait été exécrable, noyé de pluie et abrégé par la fraîcheur. À Beaunac, les récoltes étaient catastrophiques, et Martial devait jouer son rôle de capitaine dans la tempête, à monter tous les deux jours faire le tour de ses métairies, pour rassurer son monde en renonçant à certaines clauses des contrats. En fait, l'été ne se décida à montrer son vrai visage qu'à la fin du mois d'août. Mais ce fut à ce moment-là que le temps se gâta réellement pour Martial. Pour cela, il avait suffi d'un simple coup de téléphone.

C'était un lundi. Quand il revint au manoir après une matinée consacrée à la pêche à la truite, Denise lui tendit un morceau de papier.

— Votre mère a téléphoné ce matin, annonça-t-elle, fière de jouer les messagères.

Martial resta cloué sur place, considérant avec méfiance la feuille qui lui était destinée. Sa mère ne lui avait plus donné signe de vie depuis des années. Entre eux, il y avait un mur qu'ils avaient érigé à deux, un mur qu'ils s'étaient interdit, l'un comme l'autre, de franchir. Jusqu'à ce jour. Le fait qu'on soit le jour de la Saint-Barthélemy était sans doute un signe funeste.

Denise continuait à lui tendre son papier et, comme Martial ne semblait pas décidé à s'en saisir, elle crut bon d'en livrer le contenu.

— Elle a juste dit que M. Monsignac était mort, et que sa famille souhaitait vous avoir pour la sépulture.

Il prit la feuille où chaque mot était identique à ce qui venait d'être dit. Monsignac était écrit en lettres majuscules, parfaitement détachées les unes des autres, sa mère ayant sans doute cru bon de l'épeler.

Martial était sonné. Moins par le fait que le colonel ait succombé à la maladie que par celui que sa mère ait osé appeler, prenant le risque que ce soit lui qui décroche. Il en voulait presque à Alain de ne pas l'avoir prévenu lui-même. L'avait-il fait exprès, utilisant le drame qu'il était en train de vivre pour convaincre Martial de se rapprocher de sa famille ?

Il aimait bien le colonel Monsignac, même si, quand il était petit, il lui faisait peur. Il était cependant hors de question qu'il se rende à son enterrement où il était condamné à croiser sa mère et son beau-père, une épreuve pour laquelle il ne se sentait pas de taille. Comme il ne se voyait pas appeler chez les Monsignac en de pareilles circonstances, il se décida à contacter l'abbé Trinquier, inamovible dans sa cure de Castelnau.

— Le jeune de La Boissière ! Sacré garnement ! Si on m'avait dit un jour que je serais content de t'entendre ! Dieu m'est témoin, mon pauvre garçon, que c'est pourtant le cas avec ce drame épouvantable qui nous touche.

— Je vous appelle parce que je n'ose pas téléphoner chez le colonel. Je n'ai pas réussi à obtenir toutes les informations. Peut-être pourriez-vous m'aider ?

— Tu veux parler des funérailles ? On l'enterre jeudi, en tout début d'après-midi. Le corps ne sera rendu à la famille que demain soir. Il doit arriver par le train, dans un cercueil plombé. Je sais que les desseins de Notre Seigneur sont incontestables, mais là, je dois t'avouer que je ne parviens pas à me rendre compte qu'il est mort. Je vous revois encore tous les deux... Vous étiez comme deux frères. Mais je m'apitoie sur mon sort alors que tu dois être encore plus bouleversé.

Comprenant sa méprise, Martial était effectivement pétrifié. Une mâchoire glacée lui enserra les entrailles. D'une voix éteinte, il parvint néanmoins à demander comment les choses s'étaient passées.

— Il s'est noyé, gémit le vieux curé. Un accident de bateau en Bretagne. Lui qui aimait tant la mer !

— Un accident ? Quand ?

— Jeudi dernier, je crois. Il ramenait sa belle-mère sur l'île où elle réside. Le voilier a percuté des récifs et Alain s'est retrouvé prisonnier de l'épave. Quand les sauveteurs sont arrivés, il était déjà mort. Le corps de la femme n'a toujours pas été retrouvé.

— Il s'est noyé...

— Tu as le droit d'être en colère, mon garçon. Nous le sommes tous, ici. Mais Alain avait choisi sa vie et les risques qu'elle comportait. Il savait à quel point la mer peut être ingrate et agir en ogresse. Respectons son choix et la volonté de Dieu de l'avoir rappelé auprès de lui. C'est ce que le colonel Monsignac souhaite. Nous pourrons en parler ensemble si tu en ressens le besoin.

Martial n'écoutait plus. Il raccrocha. Il entendait le médium Collas avertir Alain : « Fuyez ! Fuyez tant qu'il est encore temps ! » Il ne cessa d'y penser pendant plusieurs jours, jusqu'à ce qu'il revienne à Castelnau pour les obsèques.

L'église était trop petite pour accueillir tous ceux qui s'étaient déplacés pour la cérémonie. Martial était arrivé en voiture, en fin de matinée. Il avait attendu qu'il y ait le plus de monde possible pour approcher du parvis et se fondre dans les grappes de gens qui guettaient le corbillard. Celui-ci ne tarda plus, traînant un silence épouvantable dans son sillage. Marie, la toute jeune épouse d'Alain, marchait en tête du cortège. Elle ressemblait à une enfant perdue dans un monde d'adultes. Derrière elle, le colonel Monsignac était méconnaissable. Assis sur une chaise roulante poussée par sa fille, sa femme debout à ses côtés, il était tellement amaigri que son visage semblait déjà modelé par la mort. Malgré la chaleur, une épaisse couverture était remontée jusqu'à sa taille. Et ses yeux ne quittaient pas le cercueil de son fils. Un peu plus loin dans la colonne, Martial aperçut sa mère et son beau-père. Son corps se crispa et son estomac se tordit. Il ne chercha même pas à voir comment les années les avaient changés. Son regard, tombé sur eux par accident, s'en détacha à la vitesse de l'éclair.

On porta le cercueil, et tous ceux qui purent pénétrèrent dans l'église à sa suite. Martial se contenta de rester debout, dans le fond de la nef. Il connaissait bien cet endroit. Pendant des années, il avait été obligé d'assister, tous les dimanches, à des offices interminables. Pour passer le temps, il levait la tête vers les coursives où il imaginait des combats à l'épée quand, en héros, il défiait un assassin, sous les yeux de sa mère, émue aux larmes par tant de courage. Il s'en était passé des péripéties, dimanche après dimanche, dans cette église. Elles étaient ici, quelque part, suspendues en l'air, sous les hautes voûtes, à se cacher de l'abbé Trinquier.

Le vieux curé fit une belle messe, simple et sincère. Avec un courage surhumain, le colonel Monsignac prit la parole. Il mit un point d'honneur à se lever de son fauteuil et à se présenter debout devant l'assistance. La feuille sur laquelle il avait rédigé ce qu'il souhaitait dire tremblait entre ses doigts. Mais sa voix était intacte, sonore et grave.

— Mon fils avait une passion. Certains diront qu'il en est mort. Ceux-là ont tort. Une passion ne vous fait pas mourir, elle vous fait vivre davantage. Alain avait un courage et une force qui lui permettaient de renverser bien des montagnes. Certains diront qu'il n'était qu'un casse-cou. Ceux-là ont tort également. La bravoure n'est pas de l'inconscience. Alain était un bon fils, un bon mari et un bon père. Quand cela a été nécessaire, il a été un bon soldat. À la guerre comme ailleurs, il a toujours fait ce qui était le plus cher à ses yeux : protéger les autres. Au moment où il peut enfin se reposer, c'est à nous tous que revient la charge de le protéger. Protéger son souvenir, pour qu'il ne s'efface pas. Protéger ce qu'il a été, avec la fierté d'avoir un jour croisé sa route. C'est pour cela qu'aujourd'hui, Alain, je te le dis : sois tranquille, mon fils, nous veillons à ta place.

Jusqu'au bout de son texte, le colonel ne laissa pas l'émotion le dominer. À aucun moment, son timbre ne flancha. Que ce soit pendant l'hommage rendu aux anciens combattants par l'amiral Ronarc'h en personne ou encore au cimetière, lors de la bénédiction, ou bien quand la file se forma pour les condoléances. Même lorsque Martial arriva à sa hauteur, quand il leva les yeux et qu'il le reconnut, il resta tel qu'il avait toujours été, un roc. Cependant, il serra longuement sa main et ne consentit à s'en défaire qu'avec peine.

Devant la tombe béante, Martial vint jeter une pelletée de terre sur le cercueil de son ami. En guise d'adieu, il ne put s'empêcher de murmurer ce qu'il lui disait chaque fois, quand ils étaient enfants : « Qu'est-ce que tu es allé encore nous inventer ? » Puis, bouleversé, il alla trouver refuge sous un platane, à l'écart.

Marie n'était accompagnée que par un homme, que Martial reconnut comme étant un de ses frères. Tout le monde semblait se désintéresser d'elle alors que les Monsignac étaient très entourés. Quand cet attroupement montra des signes de dispersion, il décida qu'il était temps pour lui de partir. Mais, alors qu'il descendait l'allée du cimetière, la sœur d'Alain le rattrapa au pas de course.

— Martial, on fait quelque chose à la maison. Ce serait bien que tu viennes.

— Je ne vais pas pouvoir rester, Adèle. Je pense beaucoup à vous, à toi et à tes parents. Dis-leur que je pense à eux.

— Mon père veut te parler. C'est au sujet de mon frère. S'il te plaît ! C'est important pour lui.

Il ne put se dérober. Il accepta, expliquant seulement qu'il viendrait un peu plus tard.

Il alla faire un tour en voiture, jusqu'à l'océan, jusqu'à la plage qu'ils fréquentaient tous autrefois. Il s'assit un moment dans les dunes. La mer était houleuse. Il repensa à Alain venant défier les vagues, aux promenades au bord de l'eau, quand ils parlaient tous les deux sans que jamais leur conversation ne se tarisse. Et puis, il revit son ami face à Collas, la main du médium agrippée avec force à son avant-bras tandis qu'il lui annonçait sa mort prochaine. Cette image le hantait.

Il ne retourna à Castelnau qu'assez tard. La maison des Monsignac était telle que dans ses souvenirs, avec sa façade de pierres blondes percée de grandes fenêtres. Il y avait encore beaucoup de monde dans le salon. On avait mis les volets à demi fermés pour que la pièce reste fraîche. Les conversations étaient contenues, dans un bruissement feutré. Martial s'avança, espérant que le colonel remarque sa présence le plus rapidement possible. Sur le pas de la porte, il le chercha du regard. C'est ainsi qu'il tomba sur celui de sa mère, glacé, amer. Elle tourna précipitamment la tête de l'autre côté. Il n'eut même pas le temps de lui renvoyer toute l'hostilité dont il était capable. Adèle finit par l'apercevoir et prévint son père, installé dans le jardin d'hiver.

— Tu veux boire ou manger quelque chose ?
— Non merci.
— Papa t'attend dans son bureau. Tu te rappelles où il se trouve ?

Le bureau du colonel se situait à l'angle opposé du rez-de-chaussée. Quand, enfant, il venait jouer ici, c'était la pièce interdite, celle dont la porte restait close et à proximité de laquelle il fallait faire silence. Cet après-midi-là, cette porte était entrouverte. Alors que Martial s'apprêtait à frapper, la voix du colonel le devança.

— Entre, mon garçon.

La pièce était sombre, à peine éclairée par la lueur du soleil, qui parvenait à percer entre les lamelles des persiennes. Le colonel Monsignac était toujours sur sa chaise roulante, mais il n'avait plus la couverture sur ses jambes.

— Monsieur Monsignac, je suis bouleversé par ce qui arrive à votre famille. C'est une terrible tragédie.

— Il a fallu des années pour que tu cesses de me dire « colonel ». Mais tu n'as jamais réussi à m'appeler par mon prénom. Ce n'est pourtant pas faute d'avoir insisté. Alors, pour aujourd'hui seulement, s'il te plaît, pas de « monsieur ».

— D'accord, Louis.

— C'est bien que tu sois venu. Alain aurait été content. Il t'aimait beaucoup, tu sais.

— C'était un homme bien. Votre propos, à l'église, était juste du début à la fin.

Louis Monsignac sourit, mais ce sourire s'évanouit assez vite dans une grimace douloureuse. Sur le grand bureau régnait un désordre qui ne lui ressemblait pas. Il invita Martial à s'en approcher.

— J'avais gardé ses affaires d'écolier dans un carton. Il n'a jamais voulu les récupérer... Combien de fois ai-je dû me fâcher contre lui à cause de cette école ! Il n'aimait pas étudier et il n'aimait pas lire. J'en étais désespéré. Si j'avais pu savoir l'homme qu'il s'apprêtait à devenir, nous nous serions épargné bien des tourments, tous les deux... Je suis très attaché aux objets. J'aime à penser qu'ils s'imprègnent de l'âme de celui qui les possède. Je n'ai rien d'autre d'Alain que ces cahiers et ces manuels usés. Lire les lignes qu'il a écrites, tourner les pages qu'il a tournées... c'est important pour moi.

— Je comprends.

— Je lui ai toujours dit qu'un homme n'a besoin que de trois choses pour affronter toutes les situations de la vie...

— Une montre, un couteau et un livre.

— Tu t'en souviens ?

— Il me l'a répété tellement de fois !

— Je lui ai offert son couteau le jour de sa communion. La montre, c'était quand il a quitté la maison pour aller à l'École navale. Mais le livre... il n'y avait rien à faire ! Je l'ai questionné plusieurs fois sur celui qu'il aimerait avoir, celui qui pourrait l'accompagner partout, comme un complice. Et, chaque fois, il m'a répondu qu'il n'en voyait pas l'utilité. J'ai essayé de lui en offrir, de le forcer à les lire et je les ai tous retrouvés là, dans ce carton, comme neufs. Y compris ceux sur la mer. Un jour, il m'a demandé si, à la place, il ne pouvait pas avoir une boussole...

Martial accompagna le colonel dans son sourire qui, cette fois-ci, put s'étirer un peu plus dans le temps.

— J'aimerais que tu choisisses quelque chose parmi tout cela. Quelque chose que je veux te donner, en mémoire d'Alain. Ne fais pas cette tête embarrassée, Martial. Et épargne-moi tes protestations. Même malade, je parviendrai à te faire fléchir, de toute manière. Économise-nous du temps !

Martial regarda les livres et les cahiers qui se chevauchaient sur la table. Il en prit un, au hasard. La couverture annonçait un manuel de *Lectures littéraires expliquées, avec enseignement moral et civique*. Sur la page de garde, Alain avait écrit son prénom et son nom, d'une écriture très appliquée et bien droite. Cependant, dès la page suivante, il y avait des taches d'encre. Celles-ci constellaient çà et là les textes et les questions qui y étaient associées. Des feuilles étaient cornées, amputées d'un morceau. À force de feuilleter le livre, Martial finit par s'en souvenir. Ce furent les gravures qui lui rafraîchirent la mémoire. Elles étaient rares, et il se souvint d'Alain qui passait son temps à les contempler, rêvant devant ces dessins au lieu d'écouter ou de lire. Ou alors il tentait de leur ajouter un peu de couleur, du bout de sa plume. Toutes comportaient un ou plusieurs détails qui avaient été ainsi coloriés avec beaucoup de soin.

— Si cela vous convient, je crois que je vais prendre ce manuel.

— Cela me convient tout à fait. J'étais certain que tu choisirais un livre... Viens t'asseoir, mon garçon. Nous avons à parler. Ils lui font porter la responsabilité du naufrage. Ils disent qu'il a fait preuve de négligence et d'irresponsabilité. S'il n'était pas mort, je suis persuadé qu'ils l'accuseraient de meurtre.

— Que s'est-il passé au juste ?

— Je ne peux que te répéter ce qu'on a bien voulu me dire. Sa belle-famille possède une grande maison à Bréhat. Alain et son épouse y passaient leurs vacances. Jeudi dernier, il a pris la barre du voilier de son beau-père pour aller récupérer sa belle-mère à Saint-Brieuc et la ramener sur sa fichue île. La mer était assez mauvaise, d'après ce que j'ai compris. Selon eux, il serait passé trop près des côtes de l'archipel, dans un endroit plein de récifs et d'écueils, réputé très dangereux. Le bateau a percuté un rocher. Mme Lestage est sans doute tombée à l'eau à ce moment-là, tandis qu'Alain s'est retrouvé coincé dans le carré. Le voilier a coulé et il s'est noyé. Ils disent qu'il a ignoré la plus élémentaire des prudences, que jamais il n'aurait dû suivre cet itinéraire. Et, qu'à trop vouloir braver le danger, il a tué cette pauvre femme.

— Son corps a-t-il été retrouvé ?

— Non, pas encore. Mais avec la tempête qui est passée sur la Bretagne samedi, Dieu sait où il a été emporté...

— Quand vous dites « ils », à qui faites-vous référence ? À vos anciens collègues ?

— Non. Je parle des Lestage. Ils ont refusé de venir aujourd'hui. À peine ont-ils accepté que Marie fasse le déplacement sous l'escorte de son frère. Ils étaient si pressés qu'on les débarrasse de la dépouille d'Alain... Je sais qu'il n'a pas commis d'imprudence, c'était un excellent marin. Il y a forcément eu autre chose, sans doute un problème avec le voilier... Je vais bientôt mourir, Martial. Avant que cela n'arrive, je veux savoir ce qui s'est réellement passé. Je veux que tu t'en occupes, que tu ailles là-bas et que tu laves l'honneur de mon fils.

— Monsieur... Louis, je ne connais rien aux bateaux et à la navigation !

— S'il y a quelque chose à découvrir, je sais que tu le découvriras... Quand Alain s'est marié, c'est toute la famille Lestage qui lui a mis le grappin dessus. Ils le présentaient presque comme leur troisième fils. Tu imagines que j'ai un petit-fils que je n'ai vu qu'une fois ! Ils me l'ont pris, mon garçon, ils me l'ont pris durant des années et, aujourd'hui, ils me le rendent mort et coupable. C'était un héros de guerre. À Dixmude, il commandait à des gamins pour tenir pendant trois semaines à un contre dix. Son bataillon a été celui qui a eu le moins de pertes. Un irresponsable, lui ! Un assassin ! Je n'ai que toi vers qui me tourner. Je veux la vérité, Martial, quelle qu'elle soit. Venant de toi, je sais qu'elle sera incontestable. Et je vais consacrer tout ce qui me reste de forces à survivre jusqu'à ce que tu reviennes m'expliquer ce qui a bien pu tuer mon fils.

2

Le pouvoir de Baptiste Lestage se trouvait à terre, mais son rêve était en mer.

Notaire réputé à Paris, il s'était décidé à se lancer dans les « affaires » avant la guerre, investissant une grande partie de son argent non sans un certain talent. Il était ainsi devenu plus riche et, surtout, plus puissant. Avant le drame qui endeuilla sa famille au cours de l'été 1925, on lui prêtait même quelques ambitions politiques.

Il avait épousé Marie-Gabrielle Delaborde, unique héritière d'une famille de notables normands. Les parents Delaborde avaient fait l'acquisition, bien avant que ce soit la mode, d'une belle demeure à la pointe de l'Arcouest, qui s'avançait dans la Manche en avant de Paimpol et regardait en face l'archipel de Bréhat. C'était ici que leur gendre, encore jeune homme, était tombé amoureux de la mer. Chacun de ses séjours était prétexte à une initiation patiente à la navigation de plaisance. Dans ce domaine, comme dans tout ce qu'il entreprenait, il fit preuve d'une abnégation qui força le respect. Ses talents de marin étaient limités, mais il aimait être sur l'eau. Il s'était acheté un petit misainier qu'il avait fini par savoir manœuvrer seul. Certes ses sorties restaient confinées aux bordures, mais cela lui suffisait pour sentir les effluves d'aventure et de liberté lui caresser le visage.

Ce rêve de mer grandit en même temps que ses ambitions. Lorsque la pointe de l'Arcouest devint un lieu de villégiature prisé, la propriété des Delaborde fut vendue avec une belle plus-value. Baptiste Lestage s'occupa en personne des négociations, ayant flairé la bonne affaire avant tout le monde, comme à son habitude. Cependant, il n'était pas question pour lui d'abandonner l'endroit. Avec ses propres deniers, cette fois, il acheta la presqu'île de la pointe sud-est de l'île de Bréhat. Il y fit bâtir un superbe manoir qui épousait la mer avec magnificence. Le modeste misainier fut remplacé par un voilier ponté, un cotre de onze mètres qu'il fit construire à Saint-Malo, avec un carré aménagé en prévision de périples plus conséquents. Ce bateau fut baptisé *Saint-Liboire* et ancré à proximité de la nouvelle résidence de vacances de la famille Lestage, forte de quatre enfants.

Néanmoins, au fil des années, le couple Lestage avait cessé d'en être un. Marie-Gabrielle était une épouse délaissée, à l'humeur éteinte. Très pieuse, elle faisait de sa religion le ciment de son existence. C'était l'une des rares choses qu'elle partageait encore avec son mari, lui-même fervent catholique. Elle décida de quitter Paris et vint s'installer à demeure à Bréhat. Seule sa mère, qui vivait sous leur toit depuis son veuvage, l'y accompagna. Marie-Gabrielle Lestage ne quitta presque plus l'île, achevant de s'isoler de tout le monde, y compris de ses propres enfants. Quand sa mère décéda, elle plongea dans un chagrin sans fond. On lui découvrit un comportement de plus en plus étrange et on se mit à murmurer à propos de sa santé mentale. Le vent amena le murmure sur le continent, le faisant gonfler jusqu'à Paris.

Les étés restaient l'unique occasion de voir la famille Lestage réunie sur l'île. Mais celui de 1925 eut raison de cette unité de façade, vaincue moins par le mauvais temps persistant que par les humeurs insupportables de Marie-Gabrielle. Les deux fils aînés battirent en retraite dès le début du mois d'août, bientôt suivis par leur père. Marthe, la plus jeune des filles, la seule de la fratrie à ne pas être encore mariée, n'avait pas le choix. On lui imposait désormais Bréhat une grande partie de l'année. Sa sœur aînée, Marie, aurait pu quitter le manoir à son tour. Néanmoins, en accord avec Alain, son époux, elle avait préféré rester. Alain s'occupait, au nom de son beau-père, d'un projet d'envergure près d'Erquy. Demeurer quelque temps de plus à Bréhat lui évitait les allers-retours éreintants à la capitale. C'était aussi l'occasion pour lui de pouvoir profiter de la mer. Il était le seul que Baptiste Lestage tolérait sur son voilier. Il leur arrivait parfois de prendre la mer ensemble, partant avant le lever du soleil et ne rentrant que tard dans l'après-midi. Et, quand son beau-père n'était pas là, Alain avait le droit de sortir le *Saint-Liboire* au gré de ses envies et de ses besoins.

Le notaire revint sur l'île pour l'Assomption. Il resta deux jours et, quand il fut prêt à repartir pour Paris, son épouse surprit tout son monde en annonçant qu'elle souhaitait l'y accompagner. Elle avait obtenu de son mari une rente confortable, assise sur l'héritage Delaborde. Or cette émancipation financière réclamait que certaines affaires soient régulièrement mises en ordre. Chaque fois, Marie-Gabrielle refusait de faire le déplacement, et c'était l'homme de confiance de son époux qui venait lui quémander des signatures. Elle avait déjà dérogé à cette règle de conduite une fois, au mois d'avril, avec un passage furtif dans la capitale.

Au lendemain du 15 août, ce fut la deuxième entorse à ses habitudes. Elle affirma disposer de l'énergie nécessaire et qu'il était temps pour elle de tout mettre en ordre pour de bon afin qu'on cesse de la harceler. Il se raconta, dans les salons de la bonne société parisienne, qu'elle venait en fait préparer les modalités de son divorce. Toujours est-il que, le mardi 18 août, le couple Lestage arriva ensemble à Paris, ce qui ne s'était pas vu depuis une éternité. Marie-Gabrielle ne resta que peu de temps. Le jeudi matin, elle prit un train à la gare Saint-Lazare où l'accompagna le chauffeur de son mari. Il était entendu qu'Alain l'attendrait au port, ayant à faire ce jour-là à Erquy. Il devait ensuite la ramener sur son île à bord du voilier.

Selon les témoins, l'épouse Lestage arriva à la gare de Saint-Brieuc et prit un taxi pour aller jusqu'au port. Le chauffeur de taxi apporta ses bagages, deux sacs en cuir et un troisième en toile, plus volumineux. Alain Monsignac patientait là depuis un moment déjà. La lune venait de changer. On la disait mauvaise, et une tempête était annoncée. La mer était formée, peu conciliante. Le trajet pour l'île pouvait prendre au mieux une heure et demie. Cependant, ce jour-là, il fallait prévoir près du double, et le gendre des Lestage souhaitait lever l'ancre le plus rapidement possible. Le *Saint-Liboire* quitta le port de Saint-Brieuc vers dix-sept heures, Alain à la barre et Marie-Gabrielle Lestage, foulard sur la tête, sagement assise sur le pont. Ils n'arrivèrent jamais à destination.

Dans la nuit naissante, on vit le voilier depuis le sémaphore de Bréhat, où l'on s'apprêtait à lever la surveillance, s'empaler sur l'un des nombreux récifs qui assiègent l'est de l'île. On tira le canon pour donner l'alerte à dix-neuf heures et cinquante minutes. L'*Albert-Hariette*, le canot de sauvetage, fut mis à l'eau au sud-ouest de l'île. Il parvint sur les lieux du naufrage, à la rame, au bout d'une heure, ayant dû se battre contre les courants contraires.

Le *Saint-Liboire* s'était brisé par la proue et avait versé sur son tribord, prisonnier de l'éperon rocheux sur lequel il s'était échoué. Le mât avait cassé. Les sauveteurs ne trouvèrent pas âme qui vive. Puis, une fois qu'ils eurent réussi à dégager l'amas de débris et de voiles déchirées, ils purent pénétrer dans le carré submergé. Ils y trouvèrent le corps d'Alain, ainsi que les preuves qu'une deuxième personne se trouvait à bord – information confirmée par la capitainerie de Saint-Brieuc. On chercha partout autour du voilier, à la lampe-tempête. Chaque rocher fut approché, chaque îlot parcouru, et ils étaient nombreux. On reprit les recherches le lendemain, après le lever du jour. Sans retrouver quiconque. Le soir même, une violente tempête s'abattit sur la Bretagne, balayant la région pendant toute la nuit, puis le lendemain et la nuit suivante. Il n'y avait plus aucun espoir : Marie-Gabrielle Lestage fut déclarée disparue en mer.

On retrouva son corps le jour même des funérailles d'Alain. La marée le déposa sur une grève du continent, à vingt milles de l'île, dans un triste état. Le médecin qui examina le cadavre releva une forte commotion à la tête, sans doute causée par la bôme du voilier, à moins qu'au moment de l'accident elle ne soit venue heurter un rocher après être passée par-dessus bord. Cette blessure n'étant pas fatale, l'épouse du notaire était bien morte noyée. Les sauveteurs n'y auraient pas pu grand-chose.

Voilà toutes les informations que Martial était parvenu à récolter. Marie-Gabrielle Lestage fut enterrée dans le cimetière de Bréhat, le dernier jour du mois d'août. Le lendemain matin, Martial débarquait pour la première fois sur l'île.

Avant de prendre le bateau, à la pointe de l'Arcouest, il contempla l'archipel qui s'étalait à quelques milles de la côte, si près qu'on pensait pouvoir le toucher, mais trop loin pour s'offrir aussi facilement. L'île principale était encerclée d'îlots plus ou moins vastes, souvent hérissés de pointes rocheuses noires. Selon les cartes que Martial avait étudiées, et d'après ce qu'on avait bien voulu lui dire, Bréhat avait été coupée en deux. Une chaussée trapue, que l'on attribuait à Vauban, épinglait ensemble les deux morceaux. L'île du sud était celle des hommes, avec leurs chaumières groupées en hameaux innombrables et leurs jardins clos. Le temps y était clément, la terre docile et généreuse, les fleurs poussaient jusque sur les toits. L'île du nord était celle du vent et de la lande. Les maisons y étaient rares et les côtes déchiquetées, tandis que fougères et genêts y galopaient en broussailles. Tout ici semblait battre en retraite ou se tapir face aux éléments. Seuls le sémaphore et les deux phares osaient prendre de la hauteur, face à la pointe nord, qui était le seul versant de Bréhat à ne pas être ceinturé par les récifs et à recevoir la mer de plein fouet.

Septembre était né depuis quelques heures et reposait dans un berceau d'été. Depuis le Port-Clos, où il avait accosté de bonne heure, Martial suivit le chemin jusqu'au bourg. Il trouva une chambre dans une auberge qu'on lui avait indiquée, près de la grande place ombragée par des ormes. Puis il partit à pied à la découverte de l'île durant toute la journée, déambula dans les passages qui s'enfonçaient entre les maisons et bordaient des jardins luxuriants, longea les prés salés, où des moutons paissaient attachés à leurs piquets. Il traversa des bourgs sans nom, doubla des fermes abritées derrière de hauts murs, contourna de nombreuses buttes qui paraissaient avoir été plantées un peu au hasard. Il passa de la côte ouest, sauvage et tourmentée par les vents, à celle de l'est, plus apaisée avec ses anses tranquilles aux plages de sable blond. Il traversa le pont Vauban et comprit pourquoi on parlait d'une île à deux visages. La partie nord était revêche et dépeuplée. Le chemin s'arrêtait au niveau d'une grosse croix en granit noir qui en marquait l'entrée. Ensuite, de multiples sentiers zigzaguaient de manière anarchique. Les champs, entourés de murets ou d'une clôture de choux de mer, défiaient la lande. Plus on avançait vers le nord, plus celle-ci se faisait dense, cherchant à reprendre ses droits. On s'y enfonçait comme dans un dédale. Les pistes s'y croisaient et s'y recroisaient, sans que l'on puisse deviner où elles pouvaient bien aboutir. Elle ne s'estompait qu'au ras des côtes, et laissait place à un tapis d'herbe rase hérissé de rochers, de plus en plus épais. Ceux de la pointe nord se teintaient de rose et prenaient des formes saugrenues. Ici était planté le phare du Paon, qui bravait un vent permanent, seul au monde. Vers l'ouest, des marécages dormaient au creux des cuvettes entre deux buttes. Le vent s'y taisait soudain, remplacé par un silence moite et inquiétant.

Martial alla partout où il put, mais il évita la pointe sud-est, celle du manoir des Lestage. Il n'aperçut celui-ci que de loin, majestueux. Le soir, il dîna d'une soupe au lard et essaya de discuter avec l'aubergiste et les habitués de son comptoir. Il apprit que, pendant longtemps, Bréhat avait été une île de femmes, les hommes ne naissant ici que pour prendre la mer. Pourtant, avec le déclin de la pêche hauturière, c'était maintenant à bord des bateaux de l'État que ces marins embarquaient. Ils partaient à quinze ans, revenaient pour se marier et assurer leur descendance, repartaient avant que la retraite ne les ramène pour de bon vers leurs familles à quarante ans. Dès lors, ils vivaient de la terre ou des produits de la mer, surtout de la pêche aux homards et aux langoustes, qui se pratiquait à pied du côté des îlots et des rochers de l'est. On ne prenait le large que rarement, quand il fallait aller pêcher. Dans le Port-Clos ou dans celui de la Corderie, les embarcations étaient rares, et le temps où les voiles blanches des Bréhatins abondaient sur les flots des environs était révolu.

Martial, afin de délier les langues, ne cacha rien des raisons de sa venue. Ami de la famille Monsignac, il essayait d'en savoir un peu plus sur l'accident qui avait coûté la vie au gendre des Lestage. Ses interlocuteurs se montrèrent plutôt bavards. Alain était décrit comme quelqu'un de discret, qui venait de temps à autre au bourg pour accompagner sa belle-famille à la messe du dimanche matin ou faire quelques provisions. Il ne parlait pas beaucoup, mais se montrait plutôt agréable avec les gens, moins fier en tout cas que ceux du manoir. On savait qu'il avait fait l'École navale et qu'il était revenu de la guerre en héros. Et qu'il avait choisi de quitter l'armée pour travailler aux côtés de son beau-père, et que ce dernier lui faisait assez confiance pour l'autoriser à manœuvrer le *Saint-Liboire*. On disait qu'il était bien meilleur marin que le notaire. Quand il était sur l'île, il naviguait presque tous les jours. Et, quand ce n'était pas le cas, il marchait parmi les rochers et les îlots, laissant parfois la marée haute l'isoler pour quelques heures, comme un Robinson échoué sur une miette de terre.

Le soir du naufrage, il avait choisi de contourner l'île par l'est. Peut-être avait-il pensé qu'avec la tempête qui s'annonçait, le port de la Corderie serait un abri bien plus sûr pour un si beau bateau, à condition d'y parvenir avant la marée basse. On ne voyait que ça pour expliquer sa trajectoire, qui l'avait amené à passer au plus près de la côte, venant défier les innombrables brisants, à l'encontre de la plus élémentaire des règles de navigation. Là où les rochers pullulaient plus qu'ailleurs, ce qui n'était pas rien, le voilier était venu se fracasser contre un écueil acéré, près de l'îlot Roc'h Louet. Il y avait eu deux morts.

On conseilla à Martial d'aller voir ceux du sémaphore, qui avaient donné l'alerte, et de rencontrer Le Cleuziat, le patron du canot de sauvetage. Il avait dirigé la manœuvre après que le canon avait tonné et il était monté à bord du voilier immergé aux deux tiers pour en extirper le corps d'Alain. S'il était trop tard pour le sémaphore, on pouvait facilement trouver Le Cleuziat, qui avait ses habitudes au café de l'hôtel du Port-Clos, où il venait jouer aux cartes tous les soirs.

L'hôtel en question semblait désert. Seule la salle du bar était éclairée. Lorsque Martial y pénétra, les conversations se suspendirent et le silence devint vite embarrassant. Il commanda du cidre, alors que celui qu'il avait consommé à l'auberge lui brûlait encore le ventre. Une dizaine de clients étaient dispersés dans la salle, où plusieurs parties de cartes s'étaient interrompues.

— M. Le Cleuziat est-il ici ? demanda Martial au patron une fois que les conversations eurent repris.

L'homme le dévisagea avec suspicion tout en continuant de téter le tuyau de sa pipe éteinte.

— J'ai besoin d'un renseignement, continua Martial sans se démonter, et je crois qu'il est le seul à pouvoir me le fournir.

L'autre le fixait toujours avec une grimace de plus en plus méfiante.

— Ça dépend, finit-il par répondre. Des Le Cleuziat, y en a plusieurs. C'est lequel que vous cherchez ?

— Le patron du canot de sauvetage.

L'homme se mit alors à brailler à travers la pièce.

— Hé ! Joseph ! Y a ce monsieur qui te cherche, à ce qu'il paraît.

À la table du coin, tout le monde se retourna. L'un des quatre joueurs répliqua d'une voix de stentor :

— Eh bien, il m'a trouvé alors !

Martial emporta sa bolée jusqu'à une table solitaire, posée contre une des fenêtres. De là, on pouvait deviner le port dans l'obscurité et la mer qui s'était retirée assez loin. Les lumières du continent perçaient la nuit comme des étoiles. Martial tritura son bol entre ses doigts, incapable d'avaler une nouvelle gorgée. Personne ne faisait plus attention à lui. Les bribes de conversation qui lui parvenaient, tout comme les éclats de voix des joueurs de cartes, étaient en breton. Une bonne heure passa. Quelques clients avaient quitté le café, mais la partie s'éternisait à la table du coin. Cependant, à la fin d'un pli particulièrement bruyant, Joseph Le Cleuziat se leva de sa chaise et abandonna ses compagnons en réajustant son pantalon. C'était un homme trapu, carré d'épaules. Une grande et épaisse moustache aux poils blanchis lui donnait un air revêche.

— Alors, qu'est-ce qu'il me veut, ce monsieur ?

Il s'était assis lourdement en face de Martial, posant ses coudes sur la table qui en vacilla. Martial lui répéta les raisons de sa présence sur l'île et la mine grincheuse de Le Cleuziat s'effaça presque aussitôt. En quelques mots, il confirma tout ce que Martial avait déjà appris.

— C'est toujours terrible pour nous autres d'arriver trop tard. Nous portons à notre manière le deuil de ces hommes que nous ne parvenons pas à tirer de là. Je ne dis pas qu'il est aussi éprouvant que le vôtre, ou que celui des Lestage, mais c'est un deuil quand même.

Sa voix était assurée, apaisante. Il y avait de la bonté dans son intonation.

— Je voudrais aller voir l'épave, finit par lancer Martial. C'est important pour moi.

— Il ne reste rien là-bas, vous pouvez me croire. Ce que les rochers ont commencé, la tempête l'a achevé.

Le *Saint-Liboire* était un beau voilier, mais il n'est plus aujourd'hui qu'un morceau de bois brisé de partout.

— Quel serait votre prix pour m'y conduire ?

— Diable ! Vous ne m'avez pas entendu !

— Est-ce que cinquante francs vous semblent être un prix honnête ?

— Honnête ? Il n'y aurait rien d'honnête, monsieur. Ce serait même du vol. À ce tarif-là, vous trouverez du monde pour vous conduire jusqu'en Angleterre à la rame. Et encore en vous fournissant le boire et le manger !

— Si je parviens à approcher au plus près de l'épave, et si cela peut se faire dès demain, vous aurez cent francs.

Le lendemain, à l'aube, Martial retrouva Le Cleuziat sur le quai. Ils montèrent à bord d'une petite barque assez large. Il fallait profiter de la pleine mer pour circuler au milieu des rochers et des îlots, avant qu'ils ne se retrouvent à sec et que l'on soit ainsi obligé de les contourner en rallongeant sacrément la distance. Ils s'assirent côte à côte sur le banc et ramèrent ensemble au soleil levant.

Joseph Le Cleuziat parlait beaucoup. Il présenta chaque morceau de terre qu'ils dépassaient. Cinq d'entre eux pouvaient sans rougir, être qualifiés d'îles. Seule Logodec, la plus au sud, était encore habitée, par une seule famille. Les autres étaient désertes, dépourvues d'arbres. À cette époque de l'année, elles étaient le domaine réservé des moutons, qu'on lâchait au début des beaux jours avant de les récupérer quelques mois plus tard, ainsi que les agneaux nés dans l'intervalle.

Seul l'îlot le plus au nord leur échappait et n'intéressait guère les pêcheurs à pied. On le nommait Morbic, mais pour la plupart des Bréhatins, c'était plutôt « l'île aux Lépreux ». Autrefois, avant la construction du pont, c'était la moitié nord de Bréhat qui accueillait ces malades, « accueillir » étant cependant un bien grand mot. Après la construction de la chaussée, on les confina sur Morbic, jusqu'à ce qu'il n'y ait plus de lépreux à isoler. La petite île en avait gardé une réputation sulfureuse, inquiétante, et on préférait l'éviter, même pour y faire paître les bêtes.

Tout autour des cinq îles présentées par Le Cleuziat, il n'y avait que des récifs plus ou moins émergés. C'était comme si avait été pulvérisé dans les cieux un immense bloc de granit, dont les débris étaient tombés sous forme d'averse dans la mer et venus se planter là.

— La mer est traîtresse par ici. Des écueils comme ceux-là, il y en a partout. À choisir de passer à l'est, il vaut mieux virer bien au large et ne redescendre qu'à la hauteur du phare du Paon.

— Je ne comprends pas pourquoi Alain a pris ce genre de risque. Pourquoi avoir ignoré l'ancrage habituel du voilier ? Si la tempête l'inquiétait tant, il avait tout le loisir le lendemain matin d'aller abriter le voilier où il le souhaitait.

— Il y en a d'autres qui font ce qu'il a fait et qui passent sans encombre. L'autre soir, avec le temps couvert, la nuit était en avance. Il fallait soit avoir des yeux de chat, soit connaître par cœur l'emplacement de chaque caillou pour s'aventurer là-dedans.

La barque louvoyait avec aisance parmi les récifs. Le Cleuziat faisait cependant montre d'une grande prudence, se tenant à l'écart de chacun, prenant régulièrement seul les avirons. Ils finirent par sortir de ce défilé de granit gris et noir. Le fond de l'eau, clair jusque-là, devint sombre. Les rochers s'espacèrent pour laisser place à la mer, la vraie. Néanmoins, par endroits, celle-ci n'était qu'une mince pellicule d'eau qui couvrait à peine la roche. Le Cleuziat se retourna sur son banc et tendit son gros doigt couvert de cicatrices.

— C'est là, juste devant.

Aveuglé par le soleil, Martial ne distingua qu'un récif de plus, peut-être plus haut et plus pointu que les autres. Mais alors qu'ils s'approchaient, il reconnut la proue du voilier, qui était embroché dans l'écueil. Sa pointe se dressait vers le ciel, tel un bec d'espadon. On appelait ce genre de mât le « bout-dehors » et, quand Martial l'apprit, il trouva le nom fort bien choisi alors que tout le reste du bateau était sous l'eau.

— Il l'a harponné de pleine face, en venant du sud-est. Puis il a gîté sur tribord. Il s'est couché sur son flanc droit si vous préférez. L'eau a dû rentrer en quelques minutes... Il faut attendre un peu pour s'approcher davantage, la mer va baisser. On pourrait casser une petite graine, qu'est-ce que vous en dites ?

Martial acquiesça.

— J'ai du mal à me rendre compte des distances, mais combien y a-t-il jusqu'au premier îlot là-bas ?

— Roc'h Louet ? Disons, en langage de terrien, huit cents mètres. Mais, vous savez, même si votre ami ne s'était pas retrouvé prisonnier de la coque, il lui aurait été difficile de nager jusque là-bas. Les courants étaient contraires et, avec la nuit, il aurait vite perdu ses repères. Le seul espoir aurait été de se percher sur le récif et d'attendre notre arrivée, en priant pour que l'eau ne monte pas trop vite. Malheureusement, aucun des deux n'a eu cette possibilité.

— Comment a-t-il pu se retrouver bloqué ?

— Le choc a dû être terrible. D'après moi, votre ami aura été projeté vers l'avant et aura dégringolé jusqu'en bas, sans doute bien sonné. Assez pour ne pas avoir la force de sortir avant que l'eau n'ait tout rempli. Quand je l'ai trouvé, il avait les jambes prises dans un bout… Un bout, c'est une corde. Il y a des mots que l'on n'aime pas prononcer chez les marins, par superstition. Alors, on les remplace par d'autres. Un bout qui traîne sur un rafiot, c'est une mâchoire qui vous guette, prête à vous mordre. Plus on se débat pour s'en libérer, plus il resserre son étreinte.

— Vous croyez que je pourrais entrer dans le carré ?

— Vous voulez vous mettre à l'eau ? La coque peut se casser en deux à tout moment. Je vous ai promis de vous approcher au ras dans un moment, cela devrait vous suffire, non ?

Martial adressa à Le Cleuziat un sourire désolé.

— Pas vraiment.

L'autre comprit que cela ne servait à rien de lutter. Il sortit de sa besace quelques provisions qu'il voulut partager avec Martial, mais celui-ci ne se sentait pas en appétit. Le roulis ne semblait pas compatible avec l'activité normale de son estomac. Il essaya de penser à autre chose qu'à la nausée qui s'annonçait.

— Comment n'a-t-il pas vu le récif ? Je veux bien admettre qu'il ait fait sombre, mais la nuit n'était pas tout à fait tombée. Et pourtant, il est allé droit dessus.

C'était plus une réflexion à voix haute qu'une question. Cependant, la bouche pleine, Le Cleuziat lui répondit :

— Au sémaphore, quand ils ont aperçu le voilier en train de s'engager dans la passe, ils l'ont suivi à la longue-vue. Il est arrivé là toutes voiles dehors, il n'a même pas affalé, avec le vent qu'il y avait, en plus ! Affaler, ça veut dire enlever de la voilure. Il y a trois voiles sur un cotre comme le *Saint-Liboire* : la grand-voile et les deux voiles de l'avant, le foc et la trinquette. Il avait laissé les trois et est arrivé à pleine vitesse. Rien que ça, si vous me permettez, c'était de l'inconscience.

Un instant passa tandis que Le Cleuziat mangeait toujours.

— Comment les choses se sont-elles déroulées après la découverte du corps ?

— Mon frère m'a aidé à le sortir et on l'a monté à bord du canot. Je suis ensuite redescendu et j'ai trouvé deux sacs de voyage, des trucs chics, vous savez, en cuir. À l'intérieur, il y avait des vêtements de femme. Puis j'ai réussi à mettre la main sur le livre de bord, qui flottait dans tout ce merdier. Il y était écrit que le voilier avait quitté Saint-Brieuc à dix-sept heures trois et qu'il y avait deux personnes à bord : Alain Monsignac à la barre et Marie-Gabrielle Lestage comme passagère. Alors, on a cherché cette femme partout où c'était possible. On est même allés sur les rochers et sur les îlots, à la lanterne, bien qu'il ait été impossible qu'elle ait pu nager jusque-là. Nous, on savait qu'elle était morte. Mais le lendemain, quand il a fait jour, on a repris les recherches. Il ne restait plus qu'à espérer que la mer rende son corps. C'est ce qui s'est passé la semaine dernière.

Une demi-heure plus tard, Joseph Le Cleuziat s'était approché le plus près possible de l'épave. Tandis que le soleil montait de plus en plus haut, la mer descendait, et de nouveaux rochers faisaient leur apparition, exhibant d'autres pointes et d'autres arêtes traîtresses. Ce qui restait du *Saint-Liboire* se découvrait sous un amas de débris retenus par des cordages entremêlés. Martial s'était mis en sous-vêtements. L'eau dans laquelle il s'apprêtait à pénétrer était d'un noir profond, çà et là entaillé de stries claires dessinées par les langues de sable épargnées par le granit. Malgré toutes ses précautions, il vint d'emblée s'égratigner le genou contre un écueil immergé. La mer, très froide, lui avait coupé le souffle, si bien qu'il ne ressentit pas la douleur et vit simplement des volutes de son sang remonter à la surface. Il nagea comme il put jusqu'au voilier. Le poste de pilotage et la cabine étaient sous l'eau et y resteraient même au plus bas de la marée. Martial prit une profonde inspiration et plongea une première fois. Le sel lui brûlait les yeux et il n'y voyait qu'à travers une sorte de brouillard. Il toucha d'abord la barre, intacte, puis vint frôler le pont du bout des doigts. À la deuxième immersion, il réussit à passer la tête et les épaules par l'entrée du carré. Ici, la lumière ne parvenait que de manière intermittente, et il faisait sombre. Il put néanmoins ressentir ce qu'avait été la mort d'Alain. Il saisit, peut-être pour la première fois, ce que signifiait mourir noyé ; il comprit les paroles de Le Cleuziat quand il avait dit que cette mort-là avait un visage particulier.

En tout, il plongea quatre fois, un peu plus loin à chaque tentative. Il devina les cordages qui dansaient comme des lianes, perçut les craquements de la coque, qui n'en finissait plus de gémir de sa lente agonie. Avant que le froid n'ait raison de lui, il retourna dans la barque et se sécha au soleil, recroquevillé sur lui-même. Quand il remit finalement ses vêtements, accueillant leur chaleur comme un bienfait du ciel, Le Cleuziat avait déjà manœuvré pour pointer son embarcation vers le chemin du retour.

Cette fois, les basses eaux les empêchèrent de passer au milieu des écueils et des îlots. Il fallut contourner Logodec par le sud afin d'avoir le tirant d'eau suffisant. Ramer réchauffa Martial. On s'approcha de Bréhat avec une vue imprenable sur le manoir des Lestage. Le Cleuziat comprit, à l'attitude de Martial, qu'une halte ici était nécessaire. Il laissa donc la barque en liberté surveillée dans le léger courant.

— Pour sûr que c'est une belle maison. Sur cette pointe, il y a même une source et le manoir a été bâti autour d'elle. C'est la seule habitation de l'île qui dispose de l'eau courante. Ils sont pleins aux as, ces gens-là. Chaque année, ils se font livrer du bois par bateau, parce que, par ici, du bois on n'en trouve que dans les épaves.

L'avancée rocheuse était joufflue et s'en allait vers la mer dans un amas de grès roses et gris polis par les flots. Une grande terrasse avait été édifiée en avant de la demeure et dominait l'eau, bordée par une rambarde de granit. Derrière, le manoir était tout en décrochements et en tourelles, percé de nombreuses ouvertures aux formes différentes.

— Une digue les relie à l'île, mais ils l'ont construite assez basse pour qu'elle soit immergée quelques heures chaque jour, histoire de prendre un peu plus leurs distances. Vous voyez cette petite tour au coin de la terrasse ? Eh bien, c'est une chapelle. Elle a même été bénie par un évêque qu'ils ont fait venir spécialement. Mme Lestage a fait des pieds et des mains, quand sa mère est morte, pour pouvoir l'y enterrer. Comme elle n'a pas obtenu gain de cause, ils ont fait bâtir un grand caveau dans le cimetière du bourg. Celui où ils l'ont mise avant-hier.

Martial ne disait rien, absorbé par la contemplation du manoir. Mais Le Cleuziat continuait.

— Il se disait que cette pauvre femme passait ses journées à prier, cloîtrée, sans parler à qui que ce soit, même pas à ses propres enfants quand ils venaient. Les rares fois où elle sortait de là, c'était pour aller marcher dans la lande du nord pendant des heures en parlant toute seule. Du moins, c'est ce qu'on m'a raconté. Elle était étrange. Certains affirment qu'elle n'avait plus toute sa tête, que le décès de sa mère l'avait tant bouleversée qu'elle en avait perdu l'esprit. Vous savez, en juin dernier, elle a même disparu. Ses domestiques ont donné l'alerte au petit matin quand ils s'en sont rendu compte. On a fini par la retrouver complètement nue et presque morte de froid, tout là-bas, au bord de la lande. On n'a jamais su ce qui avait bien pu se passer et, pour vous parler franchement, je crois bien qu'elle l'ignorait autant que nous.

— Elle n'allait jamais en mer ?

— Le bateau, c'était l'affaire de son mari et de son gendre. À part pour passer sur le continent et en revenir, je crois qu'elle n'allait jamais sur l'eau. Quand on l'a cherchée partout en juin, ceux du manoir étaient persuadés qu'elle s'était noyée, parce qu'elle ne savait pas nager. Vous imaginez qu'elle a fini par mourir de la manière qu'ils redoutaient le plus. C'est cruel pour quelqu'un qui a passé sa vie à essayer de s'attirer les faveurs du bon Dieu.

Ils entrèrent dans le Port-Clos alors que celui-ci était largement à sec. Ils durent haler la barque jusqu'au fond de l'anse après être passés à côté de quelques bateaux, en équilibre précaire, les mollets enfoncés dans une vase malodorante. Ils se rincèrent ensuite avec l'eau du puits et Martial sortit deux billets de cinquante francs de son portefeuille.

— Sainte Vierge ! Je crois que c'est la première fois que j'en vois ! s'exclama Le Cleuziat.

— Je serais heureux de vous offrir un verre ce soir, en prime.

— Ce serait plutôt à moi de vous payer à boire. Vous savez ce qu'on va faire ? S'il n'y a pas de pépin, montez jusqu'à la chapelle Saint-Michel, disons vers vingt heures. Vous ne pouvez pas la manquer, c'est le point culminant de l'île. Je vous attendrai là-haut et j'amènerai de quoi trinquer. C'est le soir que j'aime le mieux mon île. Vous verrez...

— C'est quoi un « pépin » pour vous ?

— Si le canon du sémaphore est tiré, c'est qu'on doit sortir le canot. Dans ce cas, on reportera notre rendez-vous.

— Vous croyez qu'ils accepteraient de me parler, au sémaphore ?

— Demandez à voir Garric. Il était de garde l'autre soir. Dites-lui que vous venez de ma part, et il ne vous fera aucune difficulté.

Le sémaphore se dressait à plus de trente mètres au-dessus de la lande. De loin, sa haute antenne le faisait ressembler à un navire. Il veillait sur la passe de Bréhat et l'entrée de la baie de Saint-Brieuc du lever au coucher du soleil. Garric était un des sous-officiers de rotation. C'était lui qui avait déclenché l'alerte quand le voilier s'était échoué.

— J'assurais le dernier quart quand j'ai aperçu ce cotre en train de remonter toutes voiles dehors. Je l'ai suivi à la longue-vue et là, je me suis dit : « Il y va tout droit ! » J'ai appelé mon collègue en lui annonçant du grabuge. Et ça n'a pas manqué. Ce bateau était devenu incontrôlable. Il a échappé à son pilote. On a fait tirer le canon dès qu'il a percuté le rocher.

— Avez-vous vu ce qui s'est passé pour celui qui était à la barre au moment du choc ?

— Non. C'était impossible d'ici. Il commençait à faire sombre, mais c'est surtout que la voile nous le masquait. Ne pas affaler dans la passe, autant y aller les yeux bandés et les mains attachées dans le dos !

Cette image obséda Martial jusqu'au soir, où il retrouva Joseph Le Cleuziat en haut de la butte où était perchée la petite chapelle Saint-Michel. De ce promontoire, et encore plus ce soir-là, on pouvait admirer tout l'archipel, mesurer vraiment ce qu'était Bréhat, avec ses deux visages, ses âmes, sa mer. Le soleil se couchait dans un final époustouflant.

— Ça, c'est mon île ! répéta le patron du canot de sauvetage. On la sent respirer d'ici, on voit bien qu'elle vit. Vous êtes allé jusqu'au phare du Paon ? Il y a un gouffre là-bas, une grande crevasse entre deux falaises. Quand la tempête fait rage, la mer s'y engouffre comme une furie et soulève un énorme rocher à chaque ressac. Quand il retombe, ça fait un fracas du diable. Toute l'île l'entend, on sent même la terre vibrer sous les pieds. On l'appelle le marteau du Paon. C'est lui qui frappe le rythme du sale temps. Si vous allez dans les marécages du nord, vous pouvez aussi voir des feux follets. C'est pas des blagues ! De vrais feux follets, d'un bleu limpide, qui se montrent avant chaque tempête, parfois avec deux jours d'avance. Bréhat est comme ça : elle parle beaucoup. Il suffit de savoir l'écouter. Elle vous prévient, elle vous accompagne, elle peut même vous prédire l'avenir. La faille du Paon est aussi réputée pour ça. Les jeunes filles vont y demander la date de leurs noces, en jetant une simple pierre. Si elle tombe au fond sans rebondir sur les parois, le mariage est annoncé dans l'année. Sinon, pour chaque rebond, vous ajoutez un an. Et la lande ? C'est là qu'elle cache ses secrets. Parce que des secrets elle en a encore !

Au fur et à mesure que la nuit tombait, des points lumineux s'allumaient sur l'île et sur le continent. Derrière les vitraux de la chapelle, la lueur des cierges allumés faisait danser les ombres.

— La chapelle est dédiée aux disparus en mer. Chaque lumière est un peu la leur. Tenez, en parlant de lumière, je vais vous montrer quelque chose. Si on fait le tour de cette esplanade, on dénombre douze phares visibles d'ici, avec ceux de l'île. Douze, comme les douze mois de l'année.

Et Le Cleuziat entraîna Martial à sa suite pour les compter, donnant à chacun un nom que Martial ne put retenir.

— Les douze feux de Bréhat. Chacun est un compagnon qui montre la voie à suivre.

L'homme sortit une fiole en terre cuite et deux verres. Il les remplit à ras bord d'un alcool qu'il distillait lui-même.

— À la mémoire de votre ami. À la mémoire de tous ceux que la mer nous a pris.

Ils trinquèrent dans la pénombre. Le Cleuziat perça l'obscurité de ses yeux brillants pour dévisager Martial.

— Vous savez, dans quelques semaines, on nous offre un canot à moteur. Si on l'avait eu le soir du naufrage, votre ami serait peut-être en train de boire avec nous.

Martial ne répondit pas. La mer était partout en contrebas, qui résistait à la nuit avec ses éclats d'acier. Il vint s'asseoir sur le banc de pierre à l'abri du vent. Il n'avait pas envie de parler. Il avait juste besoin de silence. Le Cleuziat le comprit. Il se joignit à lui et ils restèrent ainsi jusqu'à ce que les lumières s'éteignent, ne laissant que les douze feux veiller sur la nuit. Alors, ils se serrèrent la main et chacun repartit de son côté.

3

— Alain n'est pour rien dans le naufrage du voilier. Ce n'est pas lui qui était à la barre.

Louis Monsignac avait tenu à quitter son lit pour écouter Martial. Il était si faible qu'il peinait à se tenir assis malgré les deux gros coussins censés le soutenir.

— Tout ce qu'on m'a décrit au sujet de cet accident laisse à penser que c'était un marin d'opérette qui dirigeait la manœuvre. Ce qui était loin d'être le cas d'Alain. Mais j'ai fini par trouver un témoin, un pêcheur de Saint-Brieuc qui a croisé le sillage du *Saint-Liboire* vers dix-neuf heures. Il a clairement distingué une femme qui tenait le gouvernail, et personne d'autre sur le pont. J'ai épluché les registres des capitaineries des ports du coin. Je cherchais un bateau rentré avant la nuit et qui aurait pu apercevoir le voilier. J'en ai trouvé trois. Deux d'entre eux l'ont bien vu, mais de trop loin pour me fournir un témoignage précis. Le troisième, en revanche, a pu me livrer une description assez détaillée et tout à fait crédible. Marie-Gabrielle Lestage a piloté le voilier de son époux, sans aucune expérience, sans aucune connaissance de la mer, un soir où celle-ci était particulièrement mauvaise, avec un vent forcissant. Alain n'aurait jamais commis toutes les erreurs dont on l'a taxé. Il n'en aurait même pas commis une seule.

Le colonel avait le corps tordu, mais essayait de maintenir sa tête droite.

— Pourquoi a-t-il laissé la barre à cette femme ?

— Parce qu'il ne pouvait pas en être autrement. Parce qu'il lui est arrivé quelque chose entre Saint-Brieuc et le moment où ce pêcheur a croisé le voilier. Quelque chose qui a laissé sa belle-mère livrée à elle-même, sans savoir quoi faire, sinon tenir le cap jusqu'à l'île, en espérant sans doute qu'on vienne les secourir tous les deux.

— Alain était une vraie force de la nature, un athlète.

— Je suis allé voir le médecin qui l'a examiné, et j'ai lu son rapport. Le corps d'Alain ne portait aucune contusion. Or cela vient contredire deux choses. La première, c'est que, sous le choc, il aurait été projeté dans le carré et que cela l'aurait suffisamment sonné pour qu'il mette du temps à recouvrer ses esprits. Dans ce cas, où sont les traces qu'une telle chute ne manquerait pas de laisser ? La deuxième, c'est qu'on l'a retrouvé, les jambes prisonnières d'un cordage qui se serait échappé d'un coffre. Mettons que cela soit le cas. J'imagine qu'il se serait débattu, n'est-ce pas ? La corde aurait marqué ses jambes. Où sont ces marques ? Et pourquoi n'a-t-il pas utilisé son couteau ? Ce couteau que vous lui avez offert et qui ne quittait jamais sa poche, là où l'ont retrouvé les gendarmes, la lame parfaitement affûtée. Alain n'était pas homme à paniquer. Il aurait pensé à couper la corde pour se sortir de la cabine. Rien d'autre ne pouvait l'en empêcher. S'il avait été conscient. Ce qui n'était pas le cas. Il a eu un problème qui lui a fait perdre connaissance. Il était dans la cabine, sans doute allongé sur la banquette. Et Marie-Gabrielle Lestage n'a pas su quoi faire. Affaler les voiles ? Comment s'y prendre ? Virer de bord ? Elle voyait peut-être les côtes de l'archipel, qu'elle connaissait par cœur. Elle savait qu'il y avait une veille au sémaphore, qu'on reconnaîtrait le voilier. Malheureusement, elle est entrée dans la passe beaucoup trop vite et il lui a alors été impossible de changer de cap. Il se peut, selon moi, qu'en essayant de manœuvrer malgré tout, à un moment ou à un autre, elle ait reçu ce coup de bôme qui l'a envoyée par-dessus bord. Et que ce soit un voilier sans pilote qui soit venu s'encastrer sur le rocher.

Le colonel se cramponnait au pommeau de sa canne.

— J'ai tout raconté aux gendarmes et ils ont rapidement rouvert le dossier. Les quelques relations dont je dispose ont ensuite fait le reste, et un article est paru dans un quotidien local.

Martial sortit de sa poche un journal plié en quatre avec soin. Il exhiba un titre sur trois colonnes : « RÉVÉLATIONS SUR LE NAUFRAGE DE BRÉHAT : LE GENDRE MIS HORS DE CAUSE. »

Le colonel Monsignac hocha la tête.

— Tu n'as pas répondu à ma question, mon garçon. Que lui est-il arrivé ?

— Il a débarqué de bonne heure à Saint-Brieuc, le jeudi matin. Ensuite, il a pris un taxi pour Erquy, où se tenait une sorte de réunion de chantier. Il a déjeuné là-bas puis est revenu au port en début d'après-midi. Il a préparé la traversée avec toutes les précautions nécessaires, allant prendre des informations à la capitainerie, veillant à remplir une gourde d'eau potable... Et il a patienté jusqu'à ce que sa belle-mère arrive. Tous ceux qui l'ont vu et qui lui ont parlé m'ont dit qu'il avait l'air en forme, peut-être un peu plus fatigué que d'habitude, mais rien de marquant. Il n'a pas bu une goutte d'alcool lors de son déjeuner. L'hypothèse la plus plausible est qu'il a eu une forme d'attaque. J'ai pris la liberté de contacter Marie. Elle m'a affirmé qu'Alain n'avait aucun problème de santé. Aucun traitement, aucun signe avant-coureur. En fait, il n'y aurait qu'une solution qui nous permettrait de comprendre.

— Il faudrait qu'on l'exhume, n'est-ce pas ?

Martial acquiesça, un peu honteux.

— Y a-t-il une autre hypothèse, en dehors de celle du malaise ?

— Il y a une histoire que les gens de là-bas racontent et que beaucoup prennent au sérieux... Celle des naufragés hurleurs. Il y a longtemps, un soir de tempête, un bateau a fait naufrage près de Bréhat. Douze personnes étaient à bord. À proximité des côtes, elles ont appelé à l'aide, persuadées qu'on les entendrait. Or, à cause du marteau du Paon, une roche qui déclenche un tonnerre épouvantable à chaque tempête, personne n'a perçu leurs hurlements. Lorsqu'on a découvert le naufrage, au petit matin, tous les corps avaient disparu, et on ne les a jamais retrouvés. On dit que les rochers se sont ouverts pour leur offrir une sépulture décente. Et, depuis, il arrive qu'on entende leurs hurlements. Ils sont si insupportables que celui ou celle qui les entend en perd connaissance. Malheur à lui s'il est sur l'eau ! C'est ainsi que s'accomplit la vengeance des naufragés hurleurs.

— Te moques-tu de moi, Martial ?

— Non, monsieur. C'est ce qu'on m'a raconté. Personnellement, je pencherais davantage pour une explication plus médicale.

— Je ne peux pas accepter qu'on sorte Alain de sa tombe. Il faut le laisser en paix.

— Je comprends. J'ai pris la liberté d'écrire une lettre à M. Lestage pour lui présenter tous les éléments de mon enquête. A priori, d'après les gendarmes, il en accepte les conclusions. Sans qu'il y ait besoin d'autopsie.

Le colonel avait maintenant le regard dans le vide. Il resta ainsi, silencieux, pendant près de cinq minutes. Soudain, il se tourna vers sa femme, qui se tenait en retrait, comme à son habitude.

— Je me sens fatigué maintenant. Je voudrais me recoucher.

On l'aida à se lever de son fauteuil pour le rasseoir dans sa chaise roulante. Il tendit alors une main décharnée à Martial, que celui-ci n'osa pas serrer de peur de la briser, se contentant de la prendre dans sa paume.

— Merci mille fois, mon garçon. Tu n'imagines pas le bien que tu m'as fait, que tu nous as fait à tous.

Le colonel Monsignac mourut deux jours plus tard. Martial en fut informé par sa fille. « Sans toi, il serait parti beaucoup plus tôt. Après ta visite, il s'est senti plus paisible. Il s'est contenté de se laisser aller, tout doucement. Et il a gardé l'article que tu lui as apporté bien en vue. Je pense même que c'est la dernière chose qu'il aura vue avant de fermer les yeux. Ma mère et moi, nous ne te remercierons jamais assez. »

Quelques minutes après le coup de fil, Martial écrivit aux deux femmes une longue lettre. Il n'irait pas aux funérailles, ne reviendrait pas à Castelnau. Il était lâche. Et il se sentait coupable. Coupable de ne pas avoir révélé le fond de sa pensée.

— Vous allez finir par dire ce qui vous chiffonne encore ?

Raoul n'avait pas pu s'empêcher de maugréer. Un poulain venait de naître. Il était magnifique. Ils avaient passé tous les deux la nuit auprès de la jument. À présent, le jour se levait à peine et ils étaient assis sur les balles de paille à admirer la mère et son petit. Martial n'en finissait plus de triturer entre ses doigts une corde accrochée au mur.

— Qu'est-ce qu'elle a donc, cette corde ?
— La corde n'y est pour rien. Du moins pas celle-ci.
— C'est quoi, alors ? C'est encore cette femme ?
— Camille n'y est pour rien non plus.
— Alors quoi ?
— C'est cet accident de bateau qui me turlupine. Et la corde qu'on a retrouvée enroulée autour des jambes de mon ami. Une corde ne vient pas se nouer ainsi toute seule, surtout quand vous êtes inerte.

— Donc, vous pensez que ce n'est pas vraiment un accident, c'est ça ?

Raoul soupira de lassitude, comme s'il avait trop souvent vécu pareil moment en compagnie de son patron, qui cultivait le côté sombre des choses, quitte à le créer de toutes pièces.

— Pourquoi l'aurait-on tué ? Si j'en crois ce que vous m'avez dit de lui, c'était un homme sans histoires.

— On visait peut-être sa belle-mère...

— Videz donc votre sac, ça nous soulagera tous les deux !

— J'ai envisagé pendant un moment qu'il y ait eu une troisième personne à bord. J'ai aussi pensé que Mme Lestage n'était jamais montée sur ce voilier et que son corps avait été jeté à la mer depuis le continent. Mais les témoins sont formels et assez nombreux par ailleurs. C'est bien elle qui est partie à bord du *Saint-Liboire*.

— Mais vous pensez que votre ami a été assassiné.

— Oui. Je ne sais pas si la corde était destinée à l'empêcher de s'en sortir ou à mettre en scène sa noyade. Cependant, elle est de trop.

Tout était paisible dans cette écurie, avec la jument épuisée maternant son petit, dans les rayons du soleil levant qui faisait danser les grains de poussière, avec ce silence parfait qui surgit juste après la fin du chaos. Tout évoquait la douceur et pourtant Martial trouvait encore le moyen d'abîmer le tableau.

— Vous allez repartir là-haut pour régler cette histoire, n'est-ce pas ?

— Je ne peux pas rester à ne rien faire. Je ne voulais pas que le père d'Alain puisse avoir vent de mes soupçons. C'est horrible à dire, Raoul, mais j'attendais sa mort pour pouvoir agir. Je vais commencer par Paris. C'est là que les affaires de la famille Lestage prennent leur source. Il faut s'assurer que ce qui s'en écoule est bien propre...

*

— Les affaires de ton notaire sont non seulement légales, mais aussi exemptes de tout reproche.

Gaston Ferrand avait fait fonctionner ses réseaux. Le soir même de son arrivée à Paris, Martial dînait avec lui. Et, si on mangea plus que de raison, il fut beaucoup question de la famille Lestage.

— Ce Baptiste Lestage semble effrayé à l'idée d'être suspecté de malhonnêteté. Il a toujours refusé de fréquenter les crapules, même de loin. Il y a quelques années, aux Batignolles, il s'est retrouvé associé à des gens moins honnêtes que lui sur une affaire de terrains à bâtir. Quand il s'en est aperçu, il s'est retiré aussitôt du projet, perdant au passage sa mise de fonds qui représentait pourtant un gros paquet. Il tient à ce que sa réputation soit sans tache. Pour te donner un exemple, il a été le premier à engager un juriste dans son étude, un homme dont la fonction est d'éplucher tous les contrats dans le but d'y déceler des failles à colmater. Et il ne s'entoure que de gens de confiance. Ses deux fils travaillent avec lui, l'aîné est également devenu notaire. Le deuxième est avocat et a rejoint le service juridique de l'étude.

— C'est quoi au juste, la nature des affaires qu'il mène ?

— L'immobilier en général. Il est également capable de tenter des coups. À la sortie de la guerre, il a pris des parts dans les Carrières de l'Ouest, à Erquy. Elles battaient de l'aile mais, avec la reconstruction, les commandes ont commencé à affluer, et il a fait une sacrée culbute. D'ailleurs, il semble obnubilé par ce coin. Il y a quelque temps, il s'est lancé dans un nouveau projet : construire une station balnéaire. Il s'est associé à un dénommé Brouard, qui avait trouvé un site à aménager de l'autre côté du cap d'Erquy, sur la Grande Grève du Minieu. Ils ont réussi à faire sortir du sable ce qui doit devenir la concurrente de Deauville ou de La Baule. Sables-d'Or, que ça s'appelle. On a vu des affiches dans tout Paris cet hiver. Ils viennent même d'y inaugurer un golf. Lestage a pris plusieurs concessions, notamment un gros morceau pour y réaliser un port de plaisance, comme ceux qu'il a pu voir en Amérique, du côté de Boston.

Il envisageait un port de voiliers, avec un yacht-club luxueux et un plan d'eau dédié aux régates. C'était sur ce projet que travaillait Alain. Lestage semblait l'avoir engagé en ayant déjà l'idée en tête, persuadé que la mer aurait son heure de gloire. Des stations de la sorte, il voulait en développer d'autres en Bretagne, sur l'Atlantique et même dans le Languedoc. Et partout, en plus de les faire se baigner, il voulait mettre les gens sur l'eau, à bord de bateaux de plaisance. L'investissement était énorme et représentait le projet de sa vie.

— Mais, avec lui, le risque est toujours calculé. Comment veux-tu qu'il se plante avec ce genre d'idée ? Et puis, financièrement, il a les reins solides. Tiens, par exemple, il n'a jamais touché à l'argent de sa belle-famille, deux millions dont la moitié en or. Même quand il a eu des problèmes de liquidités. Il a tout mis de côté ou placé et a donné la signature à sa femme. Il ne peut pas déplacer un centime sans son accord écrit. Tu vois ce que je te disais : une honnêteté maladive. De quoi décourager n'importe quel escroc ! Si tu veux mon avis, ce type-là, s'il n'avait pas été notaire, il aurait été moine.

— Il va hériter de sa femme ?

— Je te vois venir, mon jeune ami. Il devient simplement usufruitier des biens légués par son épouse. Ceux-ci reviendront au final à leurs enfants.

Ils avaient eu quatre enfants. Jean-Baptiste était l'aîné. Vingt-sept ans, notaire, marié à Christine Fauré, deux enfants, Blanche et Louis, un compte en banque confortable, une belle maison près du Panthéon, successeur désigné de son père. On le disait très effacé en société, mais aussi redoutable que son paternel en affaires.

Le deuxième fils se prénommait Pierre-Jean. Vingt-quatre ans, brillantes études de droit, avocat au barreau de Paris, marié à Élise Buffet et père d'une petite fille depuis le mois de mai.

Marie était la troisième de la fratrie. Vingt ans à peine, mariée deux ans plus tôt à Alain. Un fils était né peu de temps après : Rodolphe. Ils habitaient la plus belle maison de la rue de Saint-Simon.

Enfin, la petite dernière se prénommait Marthe. Dix-sept ans. En pension chez les sœurs, elle avait subitement arrêté sa scolarité en même temps que sa sœur se mariait. Ensuite, elle avait vécu chez son père, quasiment confinée, avant qu'elle ne soit envoyée pour de bon aux côtés de sa mère.

— Le temps qu'elle trouve un homme à épouser… Son père lui offrira alors une maison à proximité de la sienne, comme il l'a fait pour les trois autres, et l'heureux élu entrera sans doute dans l'étude. Parce que notre cher Lestage, il tient à tout contrôler et à ce que sa famille ne se disperse pas. Il veut garder tous ses enfants dans son giron. C'est peut-être cela son point faible. Toucher aux siens, c'est l'atteindre directement.

— As-tu trouvé quelque chose concernant Alain ?

— Pas d'inquiétude. Ton ami était quelqu'un de droit, un type exceptionnel même, d'après les rapports militaires. Il a démissionné de l'armée pour entrer dans l'entreprise de son beau-père. Il semble avoir vite appris puisqu'on n'a pas tardé à lui confier la gestion des dossiers bretons, d'abord les carrières, puis le projet du quartier nautique de Sables-d'Or. Des émoluments assez élevés, qu'il ne dépensait qu'avec parcimonie. La seule folie qu'il se soit accordée est l'achat d'un voilier à la fin de l'année 1922, une ancienne prise de guerre qu'il a fait immatriculer à Dinard juste avant l'été, ainsi que l'achat du matériel pour sa réparation. Rien de suspect. Le gendre a su rester à sa place et ne s'est pas pris pour ce qu'il n'était pas. Il s'est contenté d'obéir aux ordres et de représenter son beau-père avec la même prudence que ce dernier. En résumé, je n'ai rien trouvé de suspect dans toute cette famille. Tu veux que je te dise ? S'il n'y avait pas eu Collas et sa fichue séance de spiritisme, on ne serait pas ici à discuter de tout cela.

— J'ai lu dans la presse tout le succès qu'a obtenu le Congrès spirite, mais aucun article ne faisait référence à Collas.

— Officiellement, il était souffrant et n'a pas pu être présenté. Officieusement, il a fini par se faire coincer en juin. Je suis allé le consulter un mois avant et, sacré nom de nom, ce type a failli me faire douter de moi ! Il m'a sorti des trucs sur mon frère, celui qui est mort en avion. Il l'entendait parler, à ce qu'il disait, et me répétait ses paroles, des choses qu'il n'y avait qu'entre

lui et moi. Je suis sorti de là dans tous mes états...
En fait, c'est Houdini qui lui a donné le coup de grâce.

— Philippon.

— Ah oui ! Philippon. Je trouve cela un peu ridicule, tu n'es pas d'accord ? Pas ridicule, en fait, disons plutôt décevant. Tu imagines que ce gars se produit sur scène sous le nom du Grand Sinha alors qu'en fait il s'appelle André Philippon !

— Il est vraiment doué et nous a rendu de fiers services.

— Je le sais qu'il est doué, le bougre. Je le trouve très bien, efficace et tout, mais je préfère l'appeler Houdini. Passons... Le soir où notre ami prestidigitateur s'est glissé parmi les participants, Collas a voulu trop en faire. En évoquant un jeune gars tombé au front, il s'est mis à saigner de la tête. Du vrai sang, comme les stigmates du Christ chez saint François ! Panique générale autour de la table, le coup du malaise, tu connais le cinéma, tu nous l'as décrit dans ton rapport. Et c'est grâce à ça qu'Houdini a pu trouver. Bien entendu, il a essayé de s'approcher de Collas avant d'être gentiment écarté par le sbire chauve. Mais il s'est plutôt intéressé au gars qui était assis à la droite du médium. C'est lui qui portait le mécanisme : une poche de sang sous l'aisselle et un tuyau le long de sa manche qui remontait dans le dos de Collas. Quand celui-ci a feint son malaise, il a agrippé ses deux voisins. Là, l'autre envoie la sauce et, quand Collas tombe, il en profite pour retirer le tuyau d'un coup sec. Notre président est ensuite allé voir le docteur Osty, mais ce dernier n'a pas voulu en démordre : selon lui, Collas a été victime du commerce qu'il faisait de son don. Il était dans une période de fatigue qui l'empêchait de « voir ». D'où l'utilisation de subterfuges pour compenser, pour qu'il se passe « quelque chose » dans ses séances. On a ensuite appris que Collas n'irait pas au Congrès. Cela ne l'empêche pas d'avoir repris ses consultations, avec moins de succès qu'auparavant, dit-on...

— Collas ou pas Collas, je suis certain de ce que j'avance. Le naufrage du *Saint-Liboire* n'est pas un accident. Je dois savoir laquelle des deux personnes présentes à bord était visée. Et pour cela, il me faut un mobile... Je te remercie pour tout le mal que tu t'es donné, Gaston. Mais il y a forcément quelque chose à trouver. Quelque chose d'autre.

4

Le lendemain, en fin de matinée, Martial se rendit à l'étude Lestage. On lui avait consenti un rendez-vous avec Jean-Baptiste, qui tenait les rênes durant l'absence de son père. L'hôtel particulier, qui avait vue sur le palais du Luxembourg, dégageait un luxe discret et efficace, sans fioriture, tout en étant dénué de fausse modestie. À peine Martial se présenta-t-il à l'accueil qu'on le conduisit au premier étage avant de le faire entrer, sans attendre, dans un bureau gigantesque. Les deux fils Lestage le reçurent poliment, comme un client potentiel, et l'invitèrent à s'asseoir face à eux. On voyait bien que Jean-Baptiste était l'aîné. Il faisait plus vieux que son âge, le front déjà dégarni, les joues sèches et le regard ferme. Ses gestes étaient lents, calculés, mais décidés : une attitude de chef de meute. C'était lui qui accompagnait sa sœur aux funérailles d'Alain. Son frère, qui s'était greffé au rendez-vous, semblait moins sûr de lui. Il ne cessa, au cours de leur rapide entretien, de croiser et de décroiser les jambes, ne sachant trop quoi faire de ses mains. Ses yeux sautaient de gauche à droite et son verbe était saccadé. Avec son nœud papillon mal ajusté et son visage rond, il avait des airs et des manières de jeune adulte quand son aîné paraissait n'avoir jamais été jeune.

Martial ne chercha pas à biaiser et expliqua pourquoi il avait besoin de renseignements sur Alain et les affaires dont il s'occupait au sein de l'étude.

— Que cherchez-vous au juste, monsieur de La Boissière ? interrogea Jean-Baptiste Lestage d'un ton assez froid.

— Je voudrais m'assurer que rien d'autre qu'un accident de santé ne puisse expliquer que votre mère se soit retrouvée livrée à elle-même sur le voilier.

Il le dévisagea sans un mot, les deux bras posés sur les accoudoirs de son fauteuil. Pierre-Jean, de son côté, affichait une moue d'étonnement un peu trop forcée et ramena ses deux mains jointes sous son menton, comme pour mieux les garder à l'œil.

— Ce « rien d'autre » pourrait-il être un acte délibéré selon vous ? finit par lancer Jean-Baptiste.

— Alain n'avait pas bu, ne souffrait d'aucun problème de santé particulier, et son corps ne portait aucune trace de traumatisme. Je veux bien qu'il ait eu une attaque subite. Cependant, plusieurs indices laissent penser que quelqu'un aurait pu donner un coup de pouce au destin.

— On appelle cela un assassinat.

— Un double assassinat même.

— Vous voulez donc savoir ce qui, dans la vie du mari de notre sœur, pourrait expliquer un tel acte.

— Il me faut bien commencer par cela.

— Vous rendez-vous compte, monsieur, qu'en agissant de la sorte, vous jetez la suspicion sur les affaires de notre famille ?

— Je suis persuadé de l'honnêteté d'Alain et de celle de votre famille. Je veux juste cerner les mobiles possibles. Et je saurai me montrer discret.

— Notre père, coupa Pierre-Jean, ne se sent pas apte, pour l'instant, à reprendre ses activités. Nous savons pertinemment qu'on ne donne pas cher de nous si cette absence devait se prolonger. Nous devons rassurer nos clients et apporter des garanties à nos partenaires. Si on apprend…

— Nous allons néanmoins accéder à votre demande, monsieur de La Boissière, intervint Jean-Baptiste d'un ton monocorde. Mais soyons francs, tout d'abord : malgré ce que vous avez réussi à établir, nous tenons, mon frère et moi, Alain Monsignac pour responsable de la mort de notre mère. Que vous le vouliez ou non, sur ce voilier, il a manqué à son devoir. S'il ne se sentait pas bien, quelle que soit l'origine de son malaise, il aurait dû mettre en panne. Un voilier sans voile ne va nulle part. Il a commis une erreur fatale. Et cette erreur, il l'a commise par suffisance, à toujours penser que rien ne pouvait lui arriver. Nous ne sommes pas disposés à lui pardonner. Cependant, je dois ajouter qu'Alain était quelqu'un de loyal et d'honnête. Il a travaillé chez nous pendant plus de deux ans et tout le monde n'a eu qu'à se féliciter de son travail. Les livres de comptes sont à votre disposition pour attester de la parfaite transparence des affaires qu'il a eu à mener sous la tutelle de notre père. Ainsi que les effets qui étaient dans son bureau.

— Je connais la réputation de votre étude, messieurs. Je ne doute pas une seule seconde de la parfaite légalité de tout ce que vous entreprenez. Mais votre famille a de l'argent et du pouvoir. La réussite entraîne des rancœurs et les ambitions peuvent gêner des personnes moins scrupuleuses que vous.

— Je peux vous assurer que nous n'avons reçu aucune menace, aucune tentative d'intimidation ou de chantage. Parce que c'est bien à cela que vous pensez, n'est-ce pas ?

Jean-Baptiste Lestage donna des ordres. Quelques minutes plus tard, un employé entra dans le bureau avec une boîte en carton qu'il déposa sur la table basse, suivant ses indications.

— Notre père a demandé que le bureau d'Alain soit débarrassé.

La justification puait l'embarras. Martial s'accroupit et souleva le couvercle. Il y avait là deux cadres : un avec la photographie de son mariage, l'autre avec celle de son fils. Une pendulette assez bien ouvragée devait avoir une certaine valeur. Le petit globe terrestre en bois qui pivotait sur son axe était plus modeste mais, connaissant Alain, ce devait être un objet plus cher à ses yeux. Parmi quelques fournitures de bureau, dont un porte-plume en ivoire, il y avait un agenda à la couverture en cuir. Sur la page de garde, quelques mots étaient écrits, arrondis et amples : « Je suis fière de toi. Tous les jours. Je t'aime, Marie. » Les autres pages retraçaient le premier semestre de l'année 1925, les rendez-vous à Erquy, à Saint-Malo ou à Sables-d'Or, les horaires des trains, les anniversaires, les dîners en ville... La date du 10 mars était entourée de rouge : « Martial. 18 heures devant café de la Paix. » Ces quelques mots glacèrent Martial. Il les regarda un long moment, figé. Quand il reprit sa lecture, ce fut pour tomber sur un autre cercle rouge, au mois de juin : « Maître Collas. 20 heures. » Trois mois plus tard, Alain était revenu voir le spirite. Seul. Il n'y eut que ce secret à exhumer. Rien d'autre. Ce fut en feuilletant cet agenda que Martial prit vraiment conscience de la mort de son ami. À partir du mois d'août, il n'y avait plus que des pages blanches. Et le vide.

Martial se releva. Les deux frères ne l'avaient pas quitté des yeux.

— Si nous avions eu le moindre doute sur l'attitude d'Alain dans son travail, nous aurions réagi très tôt, vous pouvez en être certain. Et si nous nous étions sentis vulnérables ne serait-ce qu'un instant, nous serions aussitôt allés voir les forces de l'ordre.

— Pouvez-vous en être sûrs au sujet de votre mère ?

Les Lestage restèrent cois.

— Je sais qu'elle avait de l'argent, et elle vivait loin d'ici...

— Je crains de ne plus vous suivre, répliqua Jean-Baptiste.

— Il y a eu deux morts lors du naufrage. Si ce n'est pas un accident, rien ne nous dit qu'Alain était visé. L'éliminer ce soir-là, c'était conduire votre mère à la mort, elle qui ne savait pas plus manœuvrer un bateau que nager. Si elle avait été l'objet de pressions, pensez-vous que vous auriez pu l'apprendre ?

Pierre-Jean se montrait de plus en plus agité.

— Notre mère connaissait quelques désordres émotionnels ces derniers temps. Elle vivait isolée du monde et les histoires d'argent ne l'intéressaient guère.

— Ce qui en faisait sans doute une proie plus facile.

Martial quitta l'hôtel particulier aussi vite qu'il y était arrivé. Puis il traversa le jardin du Luxembourg et s'arrêta dans une brasserie pour déjeuner. La conviction de passer à côté de quelque chose le tenaillait. La méfiance, toujours la méfiance, au sein de laquelle il avait été nourri enfant. Il en arriva à s'énerver tout seul. Un petit démon lui mordait le ventre de l'intérieur. Il laissa son assiette à moitié pleine et faillit renverser son verre de vin en quittant précipitamment sa banquette. Il régla l'addition au comptoir avant de sortir. Il lui fallut un moment pour retrouver un peu de calme, le temps d'arpenter le quartier avant de trouver un endroit où s'asseoir à l'ombre d'un marronnier. Il attendit là que ce soit l'heure pour se rendre rue de Saint-Simon.

On ne lui avait pas menti : la maison que Baptiste Lestage avait offerte à sa fille et à son gendre était charmante. Bien que très jeune, Marie Monsignac avait su donner à son intérieur une réelle identité. Il y avait de la clarté, du goût, des parfums de campagne. Même le deuil qui venait de frapper ne parvenait pas à effacer cela. Martial le remarqua alors qu'il suivait une bonne peu amène jusqu'au jardin, à l'arrière. Marie était installée sous un portique chargé de glycine, un châle sur les épaules malgré la douceur de cet après-midi ensoleillé. Elle fit l'effort d'accueillir Martial avec les formes, se forçant à sourire, à parler d'une voix égale, à boire une ou deux gorgées de la citronnade qu'on leur apporta sur un plateau en argent. Cependant, on devinait qu'elle étouffait sous le mélange du chagrin et de la colère. Elle frissonnait en permanence, comme si elle avait de la fièvre.

Martial lui avait téléphoné avant même d'avoir mis le pied dans le train qui l'avait ramené à Paris. Il voulait s'assurer de la trouver chez elle et non en Bretagne. Elle lui avait alors avoué qu'elle ne supportait plus cette île qui lui avait tant pris et que, malgré l'absence cruelle d'Alain, la maison de la rue de Saint-Simon valait mieux pour elle et son fils.

— Comment va-t-il ? demanda Martial quand il fut question du petit Rodolphe.

— Il a la chance d'être encore un enfant. Il ne se rend pas bien compte. Du moins, je l'espère. Il sait que son père et sa grand-mère sont au ciel, qu'ils ont rejoint Dieu et que plus rien ne peut leur arriver, désormais. Il pense qu'ils nous attendent et que nous les reverrons un jour... Il s'est débarrassé de son chagrin avec une telle facilité ! Je l'envie.

Martial continuait de penser que Marie était elle-même encore une enfant et que les enfants ne se débarrassent pas d'un chagrin, qu'ils l'enfouissent.

— Et votre père ?

— Il ne s'en remet pas, répondit la jeune femme après une hésitation. Ma mère et lui, ces dernières années, ce n'était plus... Vous comprenez, ils ne s'entendaient pas très bien. Lui travaillait ici, le nez plongé dans ses affaires, et elle vivait sur son île, loin de tout le monde. Il est difficile d'apprendre que le mariage de vos parents n'est pas un mariage heureux, qu'il perdure uniquement par souci des convenances. J'ai eu beaucoup de mal à comprendre l'attitude de ma mère et je lui en ai voulu. Néanmoins, sa disparition a dévasté mon père. Il veut rester là-bas, dans le manoir. Il dit que Paris ne l'intéresse plus. C'est comme s'il voulait marcher dans ses traces, pour ne pas la perdre totalement.

Elle essayait de conserver un visage impassible et les yeux secs. Toutefois, l'effort que cela nécessitait tordait un peu sa bouche et parvenait à la rendre un peu moins jolie.

— J'ai été prévenue du décès du père d'Alain, continua-t-elle malgré tout. Je ne l'ai connu qu'à travers les yeux et les mots de son fils, et cela m'a suffi pour bien l'aimer. J'ai beaucoup de peine pour son épouse. Je ne pense pas pouvoir guérir un jour de la mort d'Alain. Mais si je devais perdre mon enfant, je suis certaine que je n'aurais plus envie de vivre. Je ne sais pas comment elle fait pour tenir le coup...

Elle marqua une pause.

— J'ai été très sensible à ce que vous avez fait pour laver l'honneur de mon époux. Vous m'avez dit au téléphone que vous vouliez parler de lui. Depuis le naufrage, je n'ai eu l'occasion que de parler toute seule. Je suis contente que vous ayez appelé et que vous soyez venu jusqu'ici. Évoquer Alain avec vous, qui l'avez si bien connu, c'est... comment dire ? C'est important. A-t-il eu l'occasion de vous raconter comment nous nous sommes connus ?

— Non, pas vraiment.

— C'était sur un bateau. La mer me l'a donné et c'est elle qui me l'a repris... Nous étions en vacances sur l'île. Un été magnifique. Mon père naviguait presque tous les jours sur son voilier. Et puis, une fois, il m'a proposé de l'accompagner. C'était une première. Personne chez nous n'avait eu droit à une telle invitation, pas même mes frères. Nous avons fait le tour de l'archipel, tous les deux. Nous avons déjeuné à bord... Ce fut une belle journée. En tout cas, elle a convaincu mon père de nous emmener tous pour une petite croisière, jusqu'à Jersey. Il voulait nous faire partager un peu de sa passion. Mais comme son voilier était trop petit pour nous six, il a décidé d'en louer un plus gros, à Saint-Malo. Et pour assurer la manœuvre de ce grand bateau, on lui a conseillé de se payer les services d'Alain, qui était lui-même en vacances. C'est lui qui nous a conduits à destination. Trois jours merveilleux ! J'ai aimé Alain à la seconde où je l'ai vu. Avec mon père, ils sont devenus complices et il leur est arrivé de naviguer tous les deux par la suite. Il venait souvent nous voir à Bréhat. Pour mon plus grand bonheur, je me suis rendu compte que ses visites aussi fréquentes n'étaient pas seulement dues à mon père ou à la mer, mais que j'y étais aussi pour quelque chose. Nous nous sommes fiancés au printemps suivant. Et puis, il y a eu notre mariage et la naissance de Rodolphe.

— Et Paris...

— Oui. Paris, cette maison... Il a renoncé à sa carrière et à ses rêves de voyage au bout du monde pour moi. Mon père lui faisait confiance : il disait qu'on sait vite de quoi est fait un homme quand on le voit en mer. Et il aimait bien ce qu'il avait vu chez Alain. Il l'a embauché et n'a pas hésité à lui confier quelques responsabilités. Je crois que, au bout du compte, il a fini par aimer son nouveau travail.

— C'est ce qu'il m'a dit lorsque nous nous sommes vus au mois de mars dernier. Il aimait beaucoup la vie qu'il menait.

— Je vous remercie de me dire cela. Alain était un bon mari et un bon père. Il a toujours tout fait pour nous protéger. Nous essayions de partager le plus de choses possible. J'ai trop souffert de la distance entre mes parents pour supporter que mon mariage aille dans le même sens que le leur. Quand l'autre jour, vous m'avez demandé s'il avait des problèmes de santé, je vous ai répondu que ce n'était pas le cas. S'il avait été malade, il aurait essayé de me le cacher, pour m'épargner. Pourtant, je l'aurais deviné. Il était trop franc pour faire un bon menteur. Cependant, il y a une chose que nous ne partagions pas : sa passion pour la mer. Alain m'a offert sa vie, il m'a offert le droit de ne pas avoir à le partager avec les océans. Mais je ne voulais pas qu'il renonce complètement à tout cela. Il avait besoin d'être sur l'eau et d'y être seul. Je l'ai encouragé à continuer, à acheter le bateau de ses rêves et à le remettre en état. Les quelques absences que cela impliquait n'étaient rien en comparaison de celles que nous aurions connues s'il était resté dans la Marine. Je sais qu'il projetait de nous emmener sur son voilier, Rodolphe et moi, dès que celui-ci serait mis à l'eau. Il voulait que nous allions jusqu'à Jersey, afin que notre fils puisse comprendre comment ses parents étaient tombés amoureux l'un de l'autre. Quand le moment sera venu, je souhaite que ce voilier revienne à Rodolphe. Pour qu'il connaisse mieux son père et qu'il puisse voir et toucher ce morceau de lui. Je m'occuperai de faire achever les travaux dès que j'aurai recouvré un peu de forces. Il n'est pas question que quelqu'un d'autre s'en occupe à ma place, ainsi que je l'ai dit à mes frères.

— Je vous comprends, Marie.

— Alain m'a dit que son amour pour la mer était né dans son enfance. En avez-vous été témoin ?

Martial sourit.

— Il nous arrivait, aux beaux jours, d'aller jusqu'à l'océan. Et là, on ne pouvait plus le sortir de l'eau. Il y passait des heures, jusqu'à en avoir les cuisses et le ventre irrités par le sel. Je me souviens du jour où il a réussi à me convaincre de le suivre un peu plus loin que d'habitude, de l'autre côté de la barre, là où les vagues s'abattent. Il m'avait dit alors de l'imiter et de se tourner vers la plage, enfoncé dans l'océan jusqu'au cou. Quand les vagues se gonflaient entre nous et la terre, elles nous en masquaient la vue. Il ne semblait plus n'y avoir que la mer et le ciel. Alain était tout heureux. « Tu vois ! On se croirait en plein milieu de l'océan, sans rien autour ! » Il adorait cette sensation.

Marie déployait des efforts surhumains pour se retenir de pleurer.

— Il y a quelque chose que vous devriez peut-être voir, parvint-elle à dire en contenant un sanglot. Alain s'était réservé une petite pièce au premier étage, une sorte de bureau. Il y rangeait tout ce qui comptait pour lui. C'est là que j'ai fait mettre ce qu'il avait sur lui le soir où il est mort. En attendant le jour où je me sentirais capable d'entrer à nouveau dans cette pièce pour tout ranger un peu mieux. Il y est encore partout. Je le sens même à travers la porte fermée. Vous pouvez monter voir. Cela devrait vous intéresser.

La pièce en question était plutôt étroite, tout en longueur. Deux hautes fenêtres, occultées par des persiennes, donnaient sur la rue. La décoration était succincte, et l'ameublement se résumait à un grand bureau en bois brut et à un fauteuil au cuir craquelé. Martial s'était attendu à trouver un enchevêtrement d'objets hétéroclites, il n'en était rien. L'antre d'Alain ressemblait plutôt à la cellule d'un moine et sentait le renfermé. Une petite cheminée ouverte dans le mur du fond, encadrée par deux placards. Dessus, un tableau de bonnes dimensions représentait la mer, sous un ciel chargé de nuages menaçants. Les vagues étaient hautes et rondes. C'était le seul ornement du bureau. Le tableau n'était pas une peinture comme Martial l'avait d'abord cru, mais un autochrome. Il n'en était que plus fascinant, car on était en droit de se demander où le photographe avait bien pu se tenir pour capturer un tel cliché. « On se croirait au milieu de l'océan, sans rien autour » : les mots d'Alain, à défaut d'être écrits, étaient accrochés sur ce mur.

Dans les placards, il avait archivé tout ce qui concernait son foyer : cahiers de comptes scrupuleusement tenus à l'encre violette, actes notariés, factures… Tout était classé, ordonné, avec une rigueur qui rappelait celle du colonel Monsignac. Il y avait également trois uniformes suspendus, protégés par des housses en coton imbibées de naphtaline. Et, dans un carton à chapeau, il y avait trois casquettes assorties aux uniformes, séparées les unes des autres par du papier de soie. À l'intérieur d'une grande boîte métallique, Martial trouva le livret militaire d'Alain et ses médailles, dont la croix de guerre, agrafées dans leurs écrins. Puis un gros paquet de lettres, tenues ensemble par une simple ficelle nouée. Martial ne les parcourut pas toutes, mais elles paraissaient se ressembler. Certaines avaient été écrites par d'anciens camarades, d'autres par les familles de ceux qui n'étaient pas revenus. On y remerciait Alain de son dernier envoi, de son courage, on lui disait qu'on ne l'oublierait jamais, qu'on avait tant entendu parler de lui, qu'il serait toujours le bienvenu... On faisait souvent référence à Dixmude, à ce sacrifice héroïque qui avait ralenti l'avancée des troupes allemandes en Belgique. On évoquait la mémoire du millier de morts de la Brigade des fusiliers marins. On était poursuivi par la sensation de la baïonnette qui s'enfonce dans le ventre de l'ennemi, des coups de couteau donnés au hasard et du sang poisseux qui finissait par vous coller les mains.

Sous le paquet de lettres, il avait glissé une pile de photos. On y trouvait celle, très officielle, du président Poincaré en train de passer en revue la brigade de l'amiral Ronarc'h au tout début de l'année 1915. Une autre montrait Alain à la tête de son bataillon. C'était au moment du recrutement. Il se tenait debout, au milieu de ses hommes. D'hommes, ils n'en avaient que le nom, mais pas encore l'âge. Ils arboraient un regard décidé, fier, tandis que celui d'Alain était plus sombre, sévère, comme s'il savait à l'avance où il allait les mener. Martial s'arrêta longuement sur cette image. Tous ces jeunes gens le dévisageaient par-delà leur mort. Ils avaient alors encore un avenir, du temps devant eux. Ils le croyaient, du moins. La plupart n'avaient rien eu de tout cela, finalement. Les autres photos étaient prises dans les cahutes en Belgique, le long des chemins boueux ou dans la neige. Cependant, la plupart d'entre elles montraient un port, des bateaux, des hommes en uniforme de marin, et la mer chaque fois dans leur dos.

Martial remit tout à sa place dans les placards avant d'aller s'asseoir dans le fauteuil. Les tiroirs du grand bureau détonnaient avec le contenu des étagères. Il y régnait un certain désordre. Là, un vieux briquet qui ne faisait même plus d'étincelles et une pipe droite qui n'avait jamais été culottée. Ici, des crayons de bois et un vieux dictionnaire Larousse dont les pages se détachaient. On pouvait tomber sur le menu du mariage d'Alain et de Marie, conservé dans une pochette en carton, sur un mouchoir propre mais déplié, sur un collier de coquillages... Des images découpées dans les journaux montraient des voiliers et des îles. Des îles de toute sorte, sous toutes les latitudes. Il y avait aussi des reportages relatant des régates sur la côte est-américaine ou des périples autour du monde. Tout était en vrac, accumulé. Quand Martial souleva le sous-main, il découvrit dans le soufflet un article plus récent, évoquant le drame de Kérity, survenu quelques mois plus tôt. Quinze sauveteurs de la Société centrale de sauvetage des naufragés avaient péri. Les faits étaient relatés avec une froide précision. Le mot « courage » revenait souvent, et un passage en particulier avait été souligné au crayon : il était écrit que la mer était « absolument déchaînée, telle que les sauveteurs déclarent n'en avoir jamais vu de pareille ».

Enfin, posée sur un coin du bureau, une autre boîte contenait les derniers effets d'Alain, ceux qu'il portait sur lui lors du naufrage. À commencer par un portefeuille en cuir noir. À l'intérieur de celui-ci, quelques billets tachés d'humidité. Il en était de même pour la photographie de Marie, le petit Rodolphe sur les genoux, prise dans un studio parisien. Il y avait une montre épaisse, les aiguilles bloquées sur la demie de huit heures, le fameux couteau pliant, au manche en corne d'un noir d'ébène strié de blanc. Une montre, un couteau, mais pas de livre... Enfin, dans un étui épais et raide, une petite clé plate était accrochée à un anneau métallique. Martial questionna Marie au sujet de cette clé, avant de prendre congé. Elle ignorait ce à quoi elle pouvait servir, mais supposait qu'elle avait un rapport avec le voilier d'Alain.

— J'ai pensé vendre cette maison, ajouta la jeune femme en le raccompagnant. Mais si je me décidais, il faudrait défaire le bureau d'Alain. Tout ce qui faisait mon époux est là-haut. Je suis tentée de tout laisser en l'état pour Rodolphe, pour qu'il puisse y entrer plus tard comme vous venez de le faire.

Tout ce qui faisait Alain n'était pas dans cette petite pièce. Martial n'avait rien trouvé sur son enfance à Castelnau, ni sur ses parents ni sur sa sœur, pas la moindre trace. Si son intimité se résumait à ce qu'il avait trouvé dans les placards et dans les tiroirs du bureau, alors elle n'était qu'une parenthèse ouverte au beau milieu d'une phrase qui n'avait pas de début. Il restait du vide, beaucoup trop de vide.

5

Dans les années 1910, le chantier naval Abeking et Rasmussen, à Lemwerder, construisit plusieurs voiliers de plaisance de type ketch à gréement aurique, dont les longueurs variaient entre quinze et vingt-trois mètres. Il s'agissait de bateaux magnifiques, parfaitement équipés, et leur architecture était unique en son genre, avec une coque en bois sur des armatures d'acier. Pour leur baptême, chacun d'entre eux reçut pour nom celui d'une étoile. Le *Stella Maris* fut le troisième à être mis à l'eau, en 1915. Mais il ne quitta jamais son port de Basse-Saxe, à cause de la guerre. Après celle-ci, il fut confisqué à l'Allemagne et donné à la France à titre de réparation.

Le voilier fit donc son premier voyage pour venir s'ancrer à Cherbourg, en attendant que la Royale lui trouve une fonction. C'est ici qu'Alain Monsignac le vit pour la première fois et qu'il en tomba amoureux. Finalement, il fut décidé que le ketch serait vendu. On organisa des enchères à la bougie auxquelles Alain participa. Malheureusement pour lui, il ne put s'aligner sur l'offre d'un lord anglais qui devint son nouveau propriétaire. Le *Stella Maris* fut alors condamné à barboter dans la Manche. Taillé pour la haute mer, on lui offrait au mieux une baignoire. En effet, comme l'Anglais était propriétaire d'une belle villa à Dinard, il venait y passer trois ou quatre mois, à la belle saison, prenant alors la barre de son voilier, secondé par un matelot, et faisant la traversée depuis Brighton. Le *Stella Maris* était utilisé pour quelques sorties en mer à la journée. Il était devenu le jouet briqué d'un rentier en mal de sensations. Au lieu de courir, il louvoyait.

Le second été après son achat, cet homme se mit en tête de faire la traversée seul. Une tempête soudaine s'abattit ce jour-là et il n'arriva jamais en vue des côtes françaises. On repéra son voilier, trois jours plus tard, au large de Guernesey, démâté et les voiles en guenilles. On ne retrouva jamais le riche lord. Sa veuve, qui tenait le bateau pour responsable de son malheur, eut d'abord la tentation d'ordonner sa destruction. Cependant, devant faire face à de nombreux tracas financiers, elle y renonça et le *Stella Maris* fut condamné à pourrir à Dinard où il avait été remorqué.

C'est ainsi qu'Alain croisa une deuxième fois sa route. Et comme il n'avait pas fait le deuil du bateau de ses rêves, il multiplia les courriers pour l'Angleterre, allant même jusqu'à se déplacer à Londres pour rencontrer les héritiers du lord. Sa patience et ses économies finirent par emporter le morceau. À la fin de l'année 1922, il devint le nouveau propriétaire de l'épave. Il loua un entrepôt à Saint-Malo pour y abriter le *Stella Maris*. Il voulait le remettre en état tout seul, le ramener à la vie de ses propres mains. Pour cela, il ne ménagea pas sa peine, profitant de ses nombreux séjours en Bretagne pour consacrer le temps qu'il lui restait, parfois même la nuit, aux multiples réparations nécessaires. Il respecta chaque matériau d'origine : du pin d'Oregon pour le pont, de l'acajou du Honduras pour la cabine... Les travaux furent achevés au printemps 1925, et le voilier remis à l'eau en juin, par une journée froide et brumeuse, ce qui ne suffit pas à ternir sa renaissance. Ceux qui y assistèrent parlèrent d'un moment magique, à la vue de ce voilier effilé, avec sa silhouette si harmonieuse, venant déchirer la brume, qui semblait s'écarter par respect. En hommage à l'ancien propriétaire, Alain le déclara à Dinard où il fut ancré. Néanmoins, il lui donna un nouveau nom : *Arctic Tern*.

Début juillet, le voilier avait quitté son port d'attache et on ne l'avait pas revu depuis. On ne savait pas où il se trouvait. Mais un bateau comme celui-ci était bâti pour le voyage.

Martial était passé par Cherbourg, puis par la capitainerie de Dinard, et enfin par le port de Saint-Malo afin de reconstituer l'histoire du voilier d'Alain. Il apprit qu'un ketch était un voilier à deux mâts – le grand mât à l'avant et un mât d'artimon à l'arrière –, qu'une voile aurique ressemblait à un quadrilatère asymétrique, ce qui la distinguait des voiles carrées ou triangulaires. On lui avoua que, après avoir pris l'ancien lieutenant de vaisseau pour un fou, on avait fini par l'admirer, d'autant plus qu'il parlait de son bateau avec amour et de la mer avec respect. On lui raconta que, durant tous ces mois de travaux, Alain avait surnommé le voilier *Joshua*, parce qu'un bateau sans nom cela porte malheur, et qu'il ne voulait plus utiliser le nom d'origine, qui semblait maudit. On avait d'abord pensé que c'était en rapport avec la Bible, vu qu'un curé était venu le bénir quand il avait commencé à prendre forme. Lorsque quelqu'un lui avait posé la question, Alain avait expliqué que c'était en hommage à un marin d'exception, un Américain nommé Joshua Slocum.

Tout ce que Martial ne trouva pas dans ses échanges avec ses différents interlocuteurs, il alla le chercher dans les livres. Joshua Slocum avait fait le tour du monde en solitaire, entre 1895 et 1898, sur un voilier de onze mètres, le *Spray*, qu'il avait lui-même transformé en ketch en ajoutant le mât d'artimon. Quant à la sterne arctique, traduction française du nom choisi par Alain, c'était un oiseau qui avait pour particularité de migrer chaque année d'un pôle à l'autre, ce qui en faisait l'un des êtres vivants qui parcourait le plus de kilomètres au cours de son existence, qui était par ailleurs fort longue.

En revanche, rien ne lui disait où était passé l'*Arctic Tern*, ni pourquoi Alain avait préféré garder sa mise à l'eau secrète pour sa famille, notamment pour son épouse. La navigation de plaisance avait le vent en poupe depuis la fin de la guerre et, bien qu'encore modeste, le nombre de voiliers ne cessait d'augmenter. On en trouvait dans les ports, mêlés aux bateaux des pêcheurs, le plus souvent au mouillage. On en trouvait dans les criques, à proximité des grèves : il n'y avait aucune règle concernant leur ancrage ni aucun document officiel. Il ne restait donc plus à Martial qu'à courir les capitaineries ou écumer le littoral en espérant tomber sur le voilier disparu. Une chose était certaine : il n'était pas à Bréhat. Néanmoins, il ne pouvait pas être loin. Pour un tel bijou, Alain avait dû choisir un écrin sûr et bien abrité, un endroit où il pouvait se rendre régulièrement depuis le manoir de sa belle-famille. Et s'il voulait que le secret soit bien gardé, il valait mieux, pour lui, éviter les ports.

À l'aide d'une carte, Martial délimita une frange du littoral qui semblait correspondre, un espace situé entre Sables-d'Or et la pointe de l'Arcouest. Il commença ses recherches par la nouvelle station balnéaire. Quelques belles villas, deux hôtels, un golf et de larges voies qui traversaient des lieux encore vides à proximité d'une plage magnifique, mais pas de voilier en vue. Un peu plus loin, à Erquy, il longea la grève de Nantois jusqu'à la pointe de Pleneuf, jumelles autour du cou, sans apercevoir l'*Arctic Tern*. Puis il descendit au fond de la baie pour retrouver le port de Saint-Brieuc, toujours bredouille. Pis, personne ne semblait avoir vu un tel bateau dans les environs. Le lendemain, il repartit dans sa quête, remontant la côte ouest de la baie. À Binic, il fit à nouveau chou blanc. Plus loin, le port Sainte-Anne n'abritait aucun voilier. À partir de là, le littoral devenait très accidenté et difficilement accessible. Quelques ouvertures permirent cependant à Martial de poursuivre ses recherches. Il avait repéré un mouillage en eaux profondes entre la pointe de Saint-Quay et l'île de la Comtesse, mais il n'y trouva pas l'*Arctic Tern*. Pas plus que le long des quelques kilomètres qu'il parcourut jusqu'à la pointe du Bec-du-Vir. Derrière celle-ci, le port d'échouage de Goret lui redonna un bref espoir, vite déçu. Il en était à son deuxième jour de marche le long du rivage. Il avait laissé ses affaires dans un hôtel de Saint-Brieuc et commençait à se faire à l'idée de devoir encore repartir le lendemain. Mais alors qu'il s'était fait conduire en haut de la pointe de Plouha, il finit par trouver le voilier d'Alain.

Au pied de la pointe, vers le sud, se dessinait une assez large crique vers laquelle tout semblait dégouliner, à commencer par les hautes falaises qui la cernaient. Selon la carte, le lieu portait le nom de Port-Logat. L'*Arctic Tern* était là, seul, bien abrité par cet amphithéâtre naturel, toujours dans l'eau quelle que soit la marée. Les voiles avaient été soigneusement enroulées et couvertes de bâches. Le pont, en bois clair, semblait avoir été ambré par le soleil tandis que la coque faisait penser à de la porcelaine. Sur son flanc, à hauteur de la barre, son nom était peint en lettres bleues.

Port-Logat apparaissait inaccessible par la terre. La grève que Martial devinait en contrebas était coupée du monde. Les versants qui venaient s'y échoir étaient couverts d'arbustes, de ronces et de fougères. Depuis la pointe, il débusqua ce qu'il crut tout d'abord être un sentier, mais qui se transforma assez vite en une simple ornière creusée par les eaux de pluie. L'après-midi était déjà bien avancé et la prudence aurait dû conduire Martial à ne pas renvoyer son taxi, à rentrer à l'hôtel pour revenir le lendemain matin. Il pensait que ce bateau pourrait combler les vides qu'il avait devinés dans l'existence de son ami, et l'impatience l'emporta. Il s'engagea donc dans le fossé.

La pente était raide, vraiment raide, tandis que la coulée traçait un chemin incertain entre les broussailles, ses bords devenant de plus en plus hauts. Les fougères étaient déjà fanées en de nombreux endroits et rappelaient une chevelure entre le brun et le roux, couvrant une végétation épaisse, qui faisait bloc pour lutter contre les difficultés du relief. Martial s'y griffa le visage, les bras et les jambes. Il y abîma son pantalon pourtant épais ainsi que sa chemise. À plusieurs reprises, bien que le sol soit sec, il dérapa malgré ses bonnes chaussures.

Quand l'ornière s'élargit pour ressembler à nouveau à un petit sentier, et que le sol se fit plus plat, Martial eut la sensation d'être parvenu au bout d'une longue glissade, essoufflé et les mollets en feu, les vêtements déchirés et trempés de sueur. Il se retrouvait maintenant devant un enchevêtrement d'arbustes rabougris, de ronces et de broussailles, qui le séparait encore de la grève. Il chercha sur un côté un endroit moins touffu que les autres. Puis il essaya d'avancer, pas à pas, écartant les branches griffues, enjambant les buissons noirs ou les obligeant à s'aplatir à coups de semelle. Il faillit tomber quand son pied se posa sur un sol qui se déroba, imbibé d'une eau stagnante qu'il n'avait pas suspectée. Par chance, un tronc dénudé lui permit de se rattraper et d'éviter de s'étaler de tout son long dans les aiguillons acérés. Il reprit sa respiration, agrippé à son bout de bois. Et il se remit en marche, persévérant dans sa lutte contre ces barbelés naturels, qui tentaient de lui barrer le passage. Enfin il parvint à voir la mer entre les branches. Il entendit même le clapot des vaguelettes contre la grève. Il arriva sur celle-ci, vainqueur de son duel, les vêtements en loques, le sang perlant en de nombreux endroits sous les déchirures.

Les galets gris du rivage devenaient gravier en approchant de l'eau. Chaque pas faisait chanter ces confettis de roche dans lesquels on s'enfonçait en douceur. Les couleurs du soir qui s'annonçait étaient magnifiques.

Et l'*Arctic Tern* trônait au milieu de tout cela, sa proue effilée tournée vers le large, sa poupe arrondie venant épouser les flots avec sa forme de coquille retournée. Un seigneur en son fief ! On ne sentait pas le vent, pas même une légère brise. La mer dormait dans cette crique, et le bateau ne se permettait de déranger cette tranquillité que par le tintement musical de ses agrès et de ses poulies.

Alain avait fait beaucoup d'efforts pour cacher son voilier. Restait à savoir dans quel but. Une autre question se posait : comment avait-il quitté le voilier après l'avoir ancré et comment comptait-il monter à bord ou l'avitailler ? Martial, lui, n'avait pas le choix. Il se déshabilla et enveloppa ses vêtements dans sa chemise, ou du moins ce qu'il en restait, et en noua les manches autour de son cou. Il laça ensuite ses chaussures ensemble et les suspendit à ses épaules. Puis il s'avança dans l'eau bien plus froide qu'il n'aurait cru après plusieurs belles journées ensoleillées. Il mit du temps à trouver le courage de s'y enfoncer tout à fait. Les dents serrées, la respiration à moitié coupée, il nagea vers le voilier. Ses chaussures le gênaient à chaque mouvement de bras et le baluchon dans son dos se faisait plus lourd au fur et à mesure qu'il s'imbibait d'eau. Quand il toucha enfin la coque nacrée du bout des doigts, il commença par lancer ses chaussures sur le pont. Ensuite, il fit de même avec son paquet de vêtements trempés. Ainsi délesté, il nagea encore un peu jusqu'à l'endroit où la coque s'incurvait au plus près de l'eau. C'est ici qu'il tenta de monter à bord.

Il s'agrippa des deux mains et, quand il essaya de se hisser, il s'aperçut que ses bras le trahissaient. Il ne put que passer la tête au-dessus du rebord avant de retomber dans l'eau. Il se maudit alors de s'être trop rapidement débarrassé de ses affaires. S'il ne parvenait pas à monter, il les perdrait et se retrouverait nu de la tête aux pieds tandis que la nuit allait tomber. Il retenta sa chance, prenant appui comme il le pouvait sur la coque avec ses orteils qui dérapaient. La colère lui permit d'aller un peu plus haut que la première fois et de balancer sa jambe gauche sur le côté, essayant de l'arrimer sous les filins du bastingage. Il échoua à nouveau et retomba de tout son poids dans la mer. Il ne manquait plus que sa vieille blessure au dos se réveille pour que le tableau soit complet. Il fulminait, or la rage est un moteur, il le savait. Il l'utilisa pour une troisième tentative, se hissant avec un cri de sauvage, les dents serrées, puis lançant sa jambe gauche. Cette fois-ci, son talon parvint à accrocher le bord du pont. Martial était suspendu comme un pantin désarticulé, les fesses à l'air. Il tira sur sa cuisse et sur sa hanche et reprit espoir quand il s'aperçut qu'il gagnait un peu de hauteur. Il put alors glisser un avant-bras, puis le deuxième. Il rampa sous le filin et roula sur les planches en pin d'Oregon qui lui offrirent, en plus du soulagement, la chaleur qu'elles avaient dérobée au soleil.

Le voilier sembla s'éveiller sous son poids. Il s'agita un peu en grinçant. Martial se releva et dénoua son ballot de vêtements. Il mit le tout à sécher même si le soleil disparaissait derrière la pointe. Il avait froid et les choses n'allaient pas s'arranger.

Le pont était large et dégagé. Trois écoutilles donnaient vers le carré. À la proue, un simple hublot venait s'ajuster au ras des planches. Du côté de la poupe, juste devant la barre, c'était un coffre aux parois latérales vitrées également verrouillé de l'intérieur. Celle du milieu était couverte d'un coffre plus haut et plus large. Par ses vitres, on devinait un escalier évasé qui descendait. La double porte et le toit coulissant étaient réunis par un cadenas à clé plate. Martial fut à nouveau gagné par le découragement. Soit il trouvait un moyen d'entrer, soit il en était quitte pour se remettre à l'eau, nager jusqu'à la grève, remettre ses vêtements trempés et déchirés, franchir à nouveau les broussailles avant de remonter jusqu'en haut de la pointe et d'essayer de trouver un moyen de revenir à Saint-Brieuc. Il n'avait pas de quoi forcer le cadenas et, de toute manière, ne s'autorisait pas à dégrader le rêve d'Alain, ne serait-ce qu'en cassant une vitre. Son seul espoir était qu'il ait laissé un double des clés à bord. Restait à trouver la cachette.

Les coffres en bois foncé qui prolongeaient les cadres des écoutilles ne contenaient que des cordages neufs. Il chercha dans le moindre interstice, sous les bâches des voiles, au pied des mâts, sous la barre, mais il ne trouva aucune clé. « Où as-tu pu la cacher ? » murmura-t-il. Le vent qui se levait au large ne lui apporta aucune réponse, sinon ce que Martial interpréta comme un rire moqueur. « Si c'était moi, où est-ce que je l'aurais mise ? » s'interrogea-t-il, grelottant de plus belle. Cette fois, le vent lui répondit : « Là où tu as déjà cherché, imbécile ! » « J'ai passé ma vie à cacher des choses qui n'ont jamais été trouvées », rétorqua Martial en élevant la voix. « Alain a trop bien suivi tes leçons, dans ce cas. » L'une d'elles concernait des images glissées dans une enveloppe, que Martial avait dénichées dans les affaires de son beau-père au grenier. Des photos de femmes nues, aux seins lourds et aux fesses larges. Il les avait montrées à Alain. Il avait fallu ensuite les cacher pour pouvoir les garder et les revoir encore et encore.

« Dans le tiroir de ma table de nuit, avait proposé Martial.

— T'es fou. Ils vont les trouver. C'est même le premier endroit où ils chercheront.

— Justement, c'est ici qu'il faut les cacher.

— Ce n'est pas une bonne cachette. Un tiroir, ça se fouille...

— Sauf si tu colles ce que tu as à cacher sous la planche supérieure. Quelque chose de plat, bien collé... À moins de passer la main, c'est impossible à déceler. »

Le petit Alain avait ouvert de grands yeux.

« Ah oui ! s'était-il exclamé. Ça, c'est une cachette d'enfer ! T'es un génie, Martial ! »

Aucun tiroir sur le pont du voilier. Mais des coffres et des étagères. Le châssis qui supportait la barre en possédait une, étroite. Martial glissa la main dessous, obligé pour cela de se mettre à genoux, le nez collé contre la roue. Ses doigts rencontrèrent un carré de tissu épais, identique à celui dont on faisait les voiles. Il était collé sur trois côtés. Le quatrième servait d'ouverture. Une clé plate en laiton y avait été glissée.

Le cadenas s'ouvrit sans difficulté. Les panneaux coulissèrent sans se faire prier. Martial descendit alors dans le ventre de l'*Arctic Tern*. La cabine courait sur presque toute la longueur du bateau. L'acajou brillant était partout, jusque dans les portes qui séparaient les compartiments. Cela donnait une impression de robustesse et même de quiétude. Dans le moindre détail, il y avait une attention qui rendait l'endroit chaleureux et vivant. Le carré central accueillait deux tables posées devant des banquettes en U. Celle de gauche, plus petite, avait tout du poste de navigation : une grande boussole y était sertie dans le bois, voisinant avec un baromètre qui lui ressemblait comme deux gouttes d'eau. Les rangements, au-dessus et en dessous des banquettes, abritaient des instruments de navigation que Martial ne savait pas nommer, et des cartes. Il y avait des cartes partout, classées par région du monde. La plupart portaient le sigle d'une maison d'édition de Greenwich. Si on avait eu la surface suffisante, en les dépliant les unes à côté des autres, on pouvait à coup sûr reconstituer toutes les mers et tous les océans de la planète. À sa grande surprise, Martial trouva également des livres. Dans un coin, le récit en anglais du long voyage de Joshua Slocum puis une encyclopédie de médecine en quatre volumes à l'épaisse couverture de cuir rouge.

Dans les soutes qui occupaient les deux extrémités du bord, il y avait deux jeux de voiles de rechange et une panoplie complète d'outils de charpentier qui avait déjà servi. Des réservoirs d'eau douce avaient été placés sous les petites écoutilles plates de l'avant, tandis que la soute de la proue abritait un gros moteur diesel. Trois bidons pleins d'essence à ras bord étaient arrimés par des sangles le long des cloisons. Dans les rangements autour de la plus grande table du carré central, se trouvaient de la vaisselle, des boîtes de conserve, plusieurs bouteilles d'un whisky écossais de douze ans d'âge. Le tout parfaitement calé dans des espaces réservés. Deux glacières étaient aménagées dans un coin un peu à l'écart, vides. En revanche, les coffres de cet angle-là regorgeaient de sacs de gros sel et de bidons d'huile à lampe. Martial compta cinq lampes-tempête dans les placards qu'il ouvrit. Dans un autre endroit se logeait une minuscule salle d'eau avec une cuvette incrustée dans un coffre de bois et un miroir au-dessus. De vraies latrines occupaient le pan opposé. Enfin, vers la proue, deux chambres se faisaient face. La plus grande contenait un lit plutôt large, des coffres dans lesquels il y avait des draps et des couvertures. Martial en déplia une et s'y enroula. L'autre chambre, plus petite, était meublée de deux lits superposés, plutôt étroits. Sous le grand escalier, l'espace avait été utilisé pour caser des placards. Dans l'un d'entre eux, des vêtements étaient pliés et rangés sur les étagères. D'autres étaient pendus sur une tringle à ergots qui emprisonnaient le crochet de leurs cintres. Martial s'habilla de la tête aux pieds avec ces habits trop grands pour lui. Puis il alla s'asseoir sur une des banquettes.

Le secret d'Alain était sur ce voilier. Il n'avait pas renoncé à la mer. Il s'apprêtait à partir, loin et pour longtemps. Les deux chambres, dont celle avec les petits lits, les placards vides prêts à recevoir d'autres vêtements, l'encyclopédie de médecine pour intervenir en cas de coup dur, les voiles de rechange et les outils de charpentier... À première vue, tout laissait penser que Marie et le petit Rodolphe avaient leur place dans ce projet. Cependant, Alain avait omis de prévenir sa jeune épouse que les travaux du voilier étaient terminés et que celui-ci était déjà à l'eau. Entre-temps, il avait dû décider de partir sans eux, Martial le sentait. Ce n'était pas un simple départ, c'était une fuite, protégée par cette crique inaccessible.

Il remonta sur le pont alors que la lumière du jour avait décliné. Il attrapa ses vêtements mouillés qui pendaient le long du bastingage. Puis il referma soigneusement l'écoutille avant de redescendre dans la cabine. Là, il alluma une des lampes. Il inspecta à nouveau chaque recoin, s'arrêtant plus longuement. Dans un des coffres, il piocha une poignée de biscuits bourratifs et osa se servir un verre de whisky pour les aider à descendre. Il éplucha les cartes marines à la recherche d'annotations : il n'en trouva aucune. Dans le beau livre de bord, vierge de toute écriture lui aussi, il trouva, coincé entre deux pages, le reçu d'une épicerie de Saint-Malo. La liste était celle d'un avitaillement complet : conserves, sucre, café, pois, viande séchée... De quoi tenir au moins deux mois sans se restreindre. Avec les vivres déjà à bord, on pouvait même aisément doubler ce chiffre.

Sous l'une des banquettes, les rangements étaient profonds. En y regardant de plus près, il y trouva un coffre de bois verni, assez large mais pas très haut. Un écusson de la Royale ornait le couvercle qui n'était fermé que par un simple loquet. À l'intérieur, Alain avait rangé la moitié de sa vie, celle qui manquait dans la maison de la rue de Saint-Simon. Les photographies de son enfance étaient ici : la propriété de Castelnau, les journées à la plage, l'école communale, la communion... La famille Monsignac était partout, le colonel trônant avec fierté au milieu de sa petite tribu. Martial apparaissait de temps en temps sur les clichés : à la fête foraine de la foire de Bordeaux, dans les vignes ou au bord de l'océan... En plus des images, il y avait les carnets scolaires d'Alain : des notes peu brillantes, mais des commentaires positifs sur son dynamisme, son sens de la camaraderie et, une fois de plus, son courage, notamment face aux difficultés. L'époque de l'École navale était regroupée en dessous : de nouvelles photos, montrant le navire-école dans des ports lointains et près d'îles paradisiaques ; des itinéraires tracés sur une carte, dans les Caraïbes et le long des côtes africaines ; un sifflet doré qui lançait un cri strident ; des galons, sans doute les premiers obtenus par Alain, posés l'un sur l'autre. Et puis, un livre. *Vingt mille lieues sous les mers*, dans une belle édition à la couverture dorée. « Un couteau, une montre et un livre », pensa Martial en l'ouvrant et en découvrant quelques mots déjà anciens : « *À tes douze ans, mon fils.* »

Sous le couvercle du coffre, une autre phrase était gravée dans le bois. Martial ne l'avait pas remarquée au premier abord. Une phrase, creusée avec finesse et recouverte d'une couche de vernis, une phrase familière, celle que le colonel Monsignac citait toujours, surtout le soir de Noël, quand leurs deux maisonnées réunies se réchauffaient devant le feu de bois au retour de la messe de minuit. Il l'avait trouvée sous la plume de Frédéric Mistral : « Les arbres aux racines profondes sont ceux qui montent haut. » Les racines d'Alain étaient dans ce petit coffre. Le reste avait été abandonné dans le bureau de sa maison. « Abandonné » était bien le mot qui convenait.

Alors que la nuit était là depuis un bon moment, Martial ne résista pas plus longtemps à la fatigue. Il se coucha dans le grand lit. Alain avait sans doute déjà dormi ici. Quand il était venu superviser le projet de son beau-père à Sables-d'Or, par exemple. Il n'avait pas pu résister à l'envie de passer une nuit, au moins une, à bord de son joyau.

Martial avait éteint la lampe. Par le hublot, la lueur de la lune repeignait la cabine en bleu foncé. On entendait un clapot tranquille contre la coque. Les mâts et leurs armatures tintaient toujours, mais cela n'avait rien d'agaçant, bien au contraire. Ils battaient la mesure, comme un métronome, et Martial s'endormit ainsi avec la musique de la mer.

Le jour le réveilla. Il était près de huit heures et il avait dormi d'un bloc. Il s'étira comme un chat, avec le sentiment d'être meilleur que la veille. Une sensation qu'il n'avait pas ressentie depuis longtemps. Ce bateau respirait la liberté et, a priori, c'était contagieux.

Alors qu'il était encore allongé, il vit la photo. Au-dessus de la couchette, coincée dans un angle du plafond qu'on arrivait à toucher en tendant le bras. Cette photo d'Alain était récente. Il y était tel que Martial l'avait vu la dernière fois. Il paraissait heureux, vraiment heureux : ce n'était pas juste une pose. Il tenait la barre de son voilier, chaudement vêtu à en juger par son gros pull-over. Dans son dos, on devinait la brume, épaisse, qui venait envelopper l'ensemble d'une sorte de cocon. Exactement comme le jour où l'*Arctic Tern* avait repris la mer après sa résurrection. Quelqu'un avait pris ce cliché, qui se trouvait à bord avec lui. Et, au dos de la photo, on avait recopié une phrase extraite de *Vingt mille lieues sous les mers*. L'écriture était assurée, les lettres joliment déliées, ostensiblement féminines : « Ah ! Monsieur, vivez, vivez au sein des mers. Là seulement est l'indépendance ! Là, je ne reconnais pas de maîtres ; là, je suis libre ! »

Martial observa longuement la photo avant de consulter la page de garde du livre de bord. Là étaient écrits à la main le nom du voilier et celui de son propriétaire. L'écriture ressemblait beaucoup à celle que Martial avait lue dans l'agenda ; celle au dos de la photo était différente, sans qu'il y ait le moindre doute possible.

Finalement, il se déshabilla et enfila ses vêtements encore humides. Il replia avec soin ceux qu'il avait empruntés et les rangea dans l'un des placards sous l'escalier. Les vêtements suspendus à la tringle étaient regroupés du même côté, lui faisant porter tout le poids, tout en laissant une bonne dizaine d'ergots libres. Martial s'arrêta à ce détail. Ensuite, il ouvrit le placard adjacent, celui aux étagères vides, et remarqua des traces d'une fine poussière dans laquelle on aurait tracé au cordeau des rectangles. Des vêtements pliés avaient été rangés là. Et les ergots libres sur la tringle avaient reçu d'autres cintres. Des cintres qu'on avait enlevés, des vêtements qu'on avait repris, déséquilibrant le rangement de ces placards.

Quelqu'un était entré dans ce bateau après la mort d'Alain. Quelqu'un était venu reprendre des affaires, des affaires destinées à un long voyage, sans doute sans retour. Cette personne était celle qui avait pris la photo et qui avait écrit au dos une citation du roman de Jules Verne. Elle devait partir avec Alain. Les faits devenaient évidents : le secret jalousement gardé, l'abri de Port-Logat... Alain avait voulu reprendre le fil de sa vie interrompue, et quelqu'un l'y attendait. Une autre personne. Une autre femme, sans doute.

Martial en eut le sang glacé. Non pas parce qu'il jugeait son ami, mais plutôt parce qu'il se rendait compte que, quelque part, il existait une deuxième veuve. Une veuve qui n'avait pas le droit de montrer sa douleur, qui devait la taire. Une veuve qui devait effacer les traces de sa liaison avec cet homme pour que d'autres qu'elle puissent le pleurer sincèrement. Pouvait-on imaginer pire souffrance ?

Il remonta sur le pont, verrouillant l'écoutille avec le cadenas et remit la clé dans sa cachette. Il prit la mesure de ce qu'était ce voilier. Si beau et pourtant mélancolique, passant, malgré ses boiseries précieuses et sa coque de nacre, à côté de sa destinée. Un voilier bâti pour le large, et que la fatalité ne cessait de retenir à terre. À moins qu'il ne faille plutôt parler de malédiction.

6

Adèle savait qu'Alain avait acheté un bateau et qu'il le réparait tout seul. Mais elle ignorait qu'il avait déjà été mis à l'eau. Elle ne connaissait d'ailleurs pas beaucoup de choses de la vie de son frère. Ils n'avaient jamais été très proches.

Elle s'inquiéta des questions de Martial. Ce dernier expliqua que la mort d'Alain l'avait secoué et qu'il avait pris conscience de leur éloignement. Apprendre à le connaître un peu mieux était sa manière de faire son deuil. Certes, il aurait dû préparer un mensonge plus consistant avant de téléphoner. Néanmoins, après avoir raccroché, il se dit que ça n'en était pas entièrement un.

La mort d'Alain n'avait rien d'accidentel. Plus il avançait, plus il en était persuadé. On aurait pu vouloir le punir de son projet de fuite et de son adultère. Quelqu'un dans le clan Lestage aurait pu lui faire payer le prix de sa trahison. L'assassiner et cacher la cause de sa mort par un naufrage et une noyade, pourquoi pas ? Mais il y avait eu une autre victime et cela ne collait plus. Alain était souvent sorti en mer cet été-là. Seul. Les occasions n'avaient pas manqué de lui régler son compte. Non, décidément, cela ne collait pas ! Il y avait un autre mobile. Un mobile qui expliquait pourquoi tout cela s'était produit au moment où Marie-Gabrielle Lestage était à bord.

L'épicier de Saint-Malo confirma qu'une commande lui avait bien été passée, au nom de Monsignac. C'était au mois de juin. Un acompte de vingt francs avait été versé. Quelques jours plus tard, on lui avait téléphoné pour lui expliquer que le voyage était ajourné. D'un mois au minimum, peut-être davantage. Il avait été convenu qu'on le préviendrait une semaine à l'avance de la nouvelle date choisie pour la livraison. Depuis, il n'avait plus eu de nouvelles.

« S'il est question de tout annuler, je dois vous prévenir que je garde l'acompte.

— Gardez-le, et annulez la commande. »

Alain avait prévu de s'en aller entre la fin du mois de juin et le début du mois de juillet. S'il l'avait fait, il serait loin. Loin et vivant. Or quelque chose ou quelqu'un l'avait poussé à différer son départ alors qu'à bord de l'*Arctic Tern*, il avait commencé à faire le plein de vivres et de carburant. Était-ce l'état de santé de son père ? Il le savait malade depuis un moment déjà. Cela ne l'avait pas empêché de prévoir son voyage, sachant qu'il ne reverrait plus le colonel. Cette idée l'avait peut-être fait fléchir au dernier moment. Revoir son père, l'accompagner lors de ses derniers instants. Et partir ensuite... Martial se souvenait de leur conversation dans le café du boulevard des Capucines, avant d'aller chez Collas. Alain lui avait avoué son peu de courage face à la déchéance du colonel, ne se sentant pas de taille pour affronter la maladie à ses côtés. Les choses avaient-elles changé depuis ?

Collas ! Ce fichu pseudo-médium pouvait-il avoir eu un rôle dans l'hésitation d'Alain ? Quand ce dernier l'avait consulté à nouveau, au mois de juin.

— Maître Collas se prépare pour la séance de ce soir. Il ne peut pas vous recevoir. Mais, si vous le souhaitez, nous pouvons convenir d'un rendez-vous dans une dizaine de jours.

Comme Martial s'y attendait, le grand chauve lui barra la route.

— Je vous demande seulement de prévenir votre associé que je suis ici et que je souhaite m'entretenir avec lui d'une affaire importante.

— Je vous répète, monsieur, que c'est impossible.

— Je m'appelle Martial de La Boissière et je suis membre du Cercle Cardan. Et, bien que n'étant pas voyant, je suis persuadé qu'il acceptera de me recevoir si vous voulez bien vous donner la peine de l'avertir.

— N'allez pas penser, monsieur de La Boissière, que votre cercle a tous les droits. En tout cas, ici, il ne vous ouvrira aucune porte.

— Il y a quelques mois, M. Collas a annoncé à un homme sa mort imminente, avec des détails particulièrement précis.

— Maître Collas a toujours des visions précises.

— L'homme dont je vous parle est mort, comme l'avait dit votre ami.

— Je suis ravi que vous acceptiez de reconnaître les dons de maître Collas.

— Je ne reconnais rien du tout. Il se pourrait que nous soyons face à un meurtre, comprenez-vous. Comme des preuves ont été apportées sur les tricheries pratiquées dans cet appartement, cela vous place tous les deux dans une position assez inconfortable.

Le grand chauve avait le visage empourpré, ce qui chez lui était plus qu'une image.

— C'est du chantage, n'est-ce pas ? Vous espérez peut-être nous soutirer de l'argent.

— Non, monsieur. J'ai tout l'argent qu'il me faut, et bien plus encore. Je souhaite que M. Collas me consacre quelques minutes. Je veux bien le rémunérer d'ailleurs. Disons que ce sera une séance privée.

L'homme hésita, encore tout à sa colère. Mais celle-ci, au lieu de le pousser à chercher la confrontation, le faisait reculer. Il finit donc par céder. Il referma la porte, abandonnant Martial sur le palier. Deux petites minutes filèrent avant qu'il ne revienne.

— Maître Collas va vous recevoir. Si vous voulez bien me suivre...

Il conduisit Martial jusqu'au grand salon poussiéreux. La lumière de l'après-midi parvenait à se frayer un passage entre les volets clos, révélant une pièce vétuste, surchargée de meubles en bois verni et de croûtes aux murs. Collas était déjà assis sur sa chaise, à la même place que la première fois. Il portait des habits râpés et ses cheveux n'étaient pas coiffés.

— Où dois-je m'installer ? demanda Martial qui, sans le vouloir, avait baissé la voix.

— Où vous le souhaitez, répondit le grand chauve dans son dos.

— Alors je vais prendre la chaise qu'occupait mon ami le soir où nous sommes venus ensemble.

— Nous parlons bien de M. Monsignac, n'est-ce pas ? Parce que quand il est revenu, sous sa véritable identité cette fois, il était assis un peu plus loin.

Collas avait lancé cela avec un sourire un brin narquois, visiblement ravi d'avoir décontenancé Martial.

— Il était effrayé par ce que j'avais vu lors de notre première rencontre. Et il voulait savoir si cela le concernait réellement. Après tout, il était censé être vous, monsieur de La Boissière, le soir où il a tant neigé.

— Et qu'avez-vous vu lors de sa deuxième visite ?

— C'était moins clair. Il y avait encore l'océan et cette sorte de cercueil dans lequel le pauvre homme était coincé, condamné à couler avec lui.

— Avez-vous vomi de l'eau salée ?

— Non. Pas cette fois. Mais j'ai vu à nouveau votre ami mourir. Il était piégé. Par une force malveillante, aussi sombre que la nuit... Je le lui ai redit. Et je lui ai à nouveau conseillé de fuir.

— Comment auriez-vous pu dire le contraire ? Vous n'alliez tout de même pas vous déjuger.

— Je crains que cette conversation ne nous mène nulle part. Qu'attendez-vous de moi au juste ?

— Vous savez que M. Monsignac est mort...

— Je lis les journaux. Il s'est noyé lors du naufrage de son voilier, en Bretagne. Vous n'êtes pas obligé de me croire, mais cette nouvelle m'a bouleversé. La vision que j'ai eue, lors de la première séance, est encore en moi. J'étais dans la mer avec lui, pris au piège avec lui. Et j'ai senti la présence de cette ombre... Je vois que vous ne me croyez pas, mais j'ai bien un don, monsieur de La Boissière. Longtemps, je l'ai vécu comme une malédiction. Jusqu'à ce que je décide de retourner les choses à mon avantage et d'en faire commerce. Néanmoins, pour que ce commerce fonctionne, il me faut parfois tricher, exagérer et aussi, je l'avoue, inventer. Les visions me parviennent sans que je puisse les contrôler. Elles ignorent les rendez-vous à heure fixe. Souvent, le simple fait d'être en contact avec d'autres personnes les déclenche. C'est ce qui s'est passé le soir où vous êtes venu. D'autres fois, je reste aveugle et sourd... Mais chacune d'entre elles est un poids à porter.

— Prenez donc des vacances. Essayez de changer d'air.

— Je ne joue pas la comédie, monsieur de La Boissière. Accepteriez-vous que je prenne votre main ?

— Je vous demande pardon ?

— Donnez-moi votre main. Vous ne risquez rien, je vous le promets. Si bizarre que cela puisse paraître, votre présence est en train de déclencher quelque chose.

Martial sourit et s'exécuta. Collas saisit sa main et la serra fortement. Sa paume était sèche. Il ferma ses yeux si étranges et laissa passer un temps. La proéminence de ses sourcils s'accentuait. Il respirait maintenant plus fort, comme s'il peinait à trouver son souffle.

— Vous êtes dans le vide, commença-t-il à brûle-pourpoint. Il y a du vide sous vos pieds, du vide tout autour de vous. C'est un trou, un trou noir qui n'a pas de fond. Il va vous happer. Vous êtes suspendu au-dessus de sa gueule et vos bras faiblissent... Mon Dieu ! Cette douleur dans le dos ! Elle est atroce. C'est semblable à un poignard planté dans vos reins.

Il grimaça et porta sa main dans le bas de son dos.

— Vous ne pouvez plus tenir. Vous allez tomber. Vous le savez. Vous savez que vous allez mourir là. Une pensée vous envahit. C'est une femme. Vous pensez à elle. Vous allez mourir et vous pensez à elle. Vous l'appelez. Vous l'appelez encore. Vous criez son prénom, mais elle ne vous répond pas. J'entends ce prénom : Camille... Elle ne vous voit pas. Elle ne vous entend pas. Elle sait pourtant où vous êtes, mais c'est comme si elle était perdue. Vous allez tomber et elle ne peut rien pour vous. Parce qu'il y a un autre homme, un homme entre vous deux. Vous appelez l'élue de votre cœur et c'est celui qui a pris le sien qui vous agrippe maintenant. Il est robuste. Il est plus fort que vous. Il vous sauve. Vous ne tomberez pas. Pas cette fois. Le trou ne vous avalera pas.

Martial retira sa main que Collas était en train d'écraser. Ce dernier cessa alors de parler, les yeux fermés et les bras ramenés contre sa poitrine. Il semblait à bout de souffle comme s'il venait de faire un effort surhumain. Quand il finit par se redresser sur sa chaise et par ouvrir les yeux, il fixa Martial.

— Cela a déjà eu lieu, n'est-ce pas ? Ce n'est pas l'avenir, c'est le passé. Au fond de ce trou, il y avait l'enfer. Bon sang ! Vous avez côtoyé le diable !

Martial n'avait plus de salive dans sa bouche et il crut que c'était lui, cette fois, qui allait vomir.

— Vous êtes un excellent sujet, monsieur de La Boissière. C'est pour cela que j'ai eu des visions aussi claires le soir de votre séance.

Collas ne cachait pas sa satisfaction. Martial essayait de retrouver une certaine contenance.

— Vos tarifs sont-ils les mêmes ? demanda-t-il en portant la main à sa poche intérieure.

— Lors de votre première expérience autour de cette table, la séance a malheureusement été interrompue avant qu'on n'en vienne à vous. Disons que vous avez payé d'avance pour aujourd'hui.

Il fallut du temps pour que la sensation de morsure disparaisse des entrailles de Martial. Il resta sur le trottoir, hébété, marchant un peu et s'arrêtant beaucoup. Finalement, il était toujours à proximité de l'immeuble de Collas quand il repéra les personnes qui, à un rythme régulier, franchissaient la porte d'entrée pour assister à la séance du soir. Il en compta cinq en tout, trois hommes et deux femmes. Tous très bien habillés. Il les imagina ensuite, qui patientaient dans le petit salon. Un peu plus tard, ils s'installaient à la table ovale du médium, avant que celui-ci ne les rejoigne, ne leur serre la main, ne s'asseye sur sa chaise pour commencer sa représentation.

— Cela fait deux fois que tu me bernes, espèce d'escroc, siffla Martial entre ses dents. Je te donne ma parole qu'il n'y en aura pas trois.

— Allez-vous revenir bientôt, monsieur ?

Denise hurlait toujours dans le combiné, de peur qu'on ne l'entende pas bien.

— Est-ce que tout va bien ?

— Oui, je crois. Mais Raoul n'arrête pas de demander après vous. Il n'est pas très à l'aise de devoir décider de tout à votre place.

— Et concernant le courrier ?
— Il s'occupe des factures. Le reste s'empile sur votre bureau.
— Est-ce que parmi les lettres, il y en a quelques-unes dont je devrais être informé ?
Elle ne répondit rien, préférant se racler la gorge.
— Denise ? Vous m'entendez ?
— Oui, je vous entends, monsieur...
Elle soupira sans chercher à cacher son exaspération.
— Elle vous a bien écrit. Deux lettres en une semaine.
— Très bien.
Martial se réjouissait à l'avance des mots de Camille.
— La seconde porte le cachet de la poste de Saint-Nazaire.
Il eut l'impression qu'elle jubilait à l'autre bout du fil. Saint-Nazaire. Le port et ses bateaux. Dont ceux qui partaient pour l'Argentine.
— Je vais rentrer, annonça-t-il.
— Il y a aussi le télégramme.
— Un télégramme ?
— Oui. Nous l'avons reçu hier après-midi. Raoul a essayé de vous joindre, mais à l'hôtel ils ont répondu que vous n'étiez plus chez eux.
— Lisez-le-moi, Denise.
Il fallut un moment, que Martial trouva désespérément long, avant qu'elle ne revienne au téléphone.
— Voilà, je le tiens. « Besoin de vous de toute urgence à Bréhat. Révélations importantes. » Et c'est signé : « Baptiste Lestage ».
— Ses fils ont mis plus de temps que prévu pour le prévenir.
— Vous dites, monsieur ?

— Je dis que, finalement, je ne vais pas rentrer tout de suite. Il va falloir se passer de moi encore quelques jours.

— Comment peut-on vous trouver s'il y a besoin ?

— C'est écrit sur le télégramme, Denise. Je serai sur l'île de Bréhat.

En attendant le train qui devait le ramener une fois de plus en Bretagne, Martial ne put s'empêcher de téléphoner à Saint-Nazaire. Il enroba si bien son mensonge qu'une femme à la voix charmante accepta de lui donner l'information qu'il demandait. Une dénommée Camille Purseau avait bien acheté un billet pour l'Argentine. Un aller simple. Le bateau avait quitté le port la veille.

« Qu'il en soit ainsi », se répéta-t-il. Pourtant, la douleur ne voulait pas se laisser convaincre et elle ne refluait pas. Le vent qui soufflait à la pointe de l'Arcouest parvint à faire plus de bruit qu'elle.

Ce vent qui charriait la vie clandestine d'Alain. La souffrance de la dernière femme qu'il avait aimée. La folie présumée de Marie-Gabrielle Lestage... Il charriait tant de bruits que Martial crut même y entendre les cris des naufragés hurleurs.

Deuxième partie

Le treizième feu de Bréhat

« L'enfer, c'est l'absence éternelle.
C'est d'aimer. C'est de dire : hélas ! où donc est-elle,
Ma lumière ? Où donc est ma vie et ma clarté ? »

Victor Hugo, *La Fin de Satan*

7

Martial revint sur l'île de Bréhat le dernier jour de l'été 1925. Il avait pris la première vedette du matin, ce qui le fit arriver un peu trop tôt pour aller se présenter tout de suite au manoir des Lestage. Cette fois, il tenta sa chance à l'hôtel qui dominait les quais du Port-Clos, là où Joseph Le Cleuziat jouait aux cartes. Il y fut accueilli sans chaleur excessive. On lui proposa une chambre avec vue. Il y monta ses affaires. Puis il marcha jusqu'à la côte est où il s'assit sur un rocher, regardant la mer et les îlots qui étaient inondés par le soleil levant. Il attendit ici que l'église du bourg sonne dix heures. Alors, il se leva et suivit le sentier jusqu'à la grève du Guerzido.

Comme le lui avait expliqué Le Cleuziat, la pointe sur laquelle le manoir se dressait était reliée au reste de l'île par une digue large et basse. La marée descendante venait de la libérer. Elle n'était pas très longue, trente mètres au maximum, mais, en l'empruntant, Martial eut malgré tout la sensation de changer de monde. Il avait vu la propriété côté mer, là où la roche dessinait à la fois son assise et son enceinte. Côté digue, on avait construit un muret pour finir d'encercler le promontoire tandis que le manoir se cachait derrière des pins parasols. Il fit tinter la cloche massive qui veillait sur un portail blanc. Un homme d'une cinquantaine d'années surgit bientôt dans l'allée qui descendait jusque-là. Il déverrouilla le portail sitôt que Martial se fut présenté. Puis, après avoir refermé à double tour, il le devança dans l'allée jusque devant le manoir, traversant un morceau de terre où, entre les grappes de rochers et les quelques pins, les fleurs gambadaient.

— Je vais vous demander de patienter un moment. Je dois m'assurer que M. Lestage peut vous recevoir ce matin. Il n'est pas toujours très disponible.

— Je suis désolé d'arriver si tôt. Son message avait l'air urgent.

L'homme abandonna Martial au pied d'un escalier d'une dizaine de marches qui passait sous une voûte percée d'une niche, d'où une statuette de la Vierge l'observait avec méfiance. Le perron couvert qui suivait était fermé d'une double porte, qui sembla particulièrement lourde lorsqu'elle se referma.

La demeure était construite en pierre de taille, dans des tons gris aux nuances roses. Sa forme était biscornue, tout en décrochements et tourelles rondes ou carrées, qu'une toiture en ardoise essayait de suivre docilement. Les ouvertures variaient de figure en fonction de ce qu'elles venaient percer, tantôt en hautes et larges fenêtres, tantôt en meurtrières resserrées, quand ce n'était pas en œils-de-bœuf ou en lucarnes quand elles s'élevaient jusqu'à soulever le toit pentu. La bâtisse comptait trois étages, peut-être quatre avec les combles. Sa silhouette massive prolongeait un peu plus la presqu'île au-dessus de la mer.

L'homme qui avait reçu Martial réapparut.

— M. Lestage accepte de vous recevoir. Je peux vous proposer de vous installer dans la bibliothèque le temps qu'il descende. Je vous conseille de l'attendre sur la terrasse, de l'autre côté. La vue y est bien meilleure.

Martial se retrouva sur une grande plate-forme qui semblait avoir été taillée dans la roche qu'elle arasait. Délimitée par une rambarde de grès rose, elle s'avançait autant qu'elle le pouvait vers la mer et, quand elle s'interrompait, ce n'était que vaincue par les rochers qui prenaient alors le relais. Des escaliers creusés dans leurs flancs descendaient vers les flots ou s'aventuraient plus loin vers la pointe. Le manoir était de ce côté-ci encore plus lumineux. Les fenêtres se multipliaient, plus grandes et plus hautes. La mer était un spectacle et chaque pièce faisait penser à une loge dont la seule fonction était de le savourer.

Martial s'accouda. Il aurait pu rester ici, sans bouger, durant des heures. Mais il entendit une des portes vitrées s'ouvrir dans son dos, et Baptiste Lestage vint le rejoindre.

Martial ne gardait qu'un souvenir très flou de cet homme. Il ne l'avait croisé qu'une fois, le jour des noces d'Alain, et le notaire pouvait facilement passer inaperçu dans une foule. De taille moyenne, un peu bedonnant, des cheveux grisonnants et clairsemés, une moustache ordinaire, bien que soigneusement taillée, un regard neutre, une démarche voûtée : il n'était pas doté d'une prestance exceptionnelle. Cependant, à le côtoyer de plus près, on remarquait ses gestes secs et précis, la lumière vive dans ses yeux, le ton assuré de sa voix. Autant d'indices montrant qu'il n'avait rien d'insignifiant, qu'il pensait vite et bien, qu'il avait plus de force qu'on n'aurait pu croire au premier regard. Il portait ce matin-là un costume de prix rehaussé d'une cravate en soie et des chaussures italiennes. Il s'avança vers Martial d'un pas décidé et lui serra la main avec fermeté, sans un sourire, presque brusquement.

— Monsieur de La Boissière ? Soyez le bienvenu. Je suis ravi que vous ayez trouvé le temps de vous déplacer jusqu'ici.

— Veuillez m'excuser, mais je n'ai été mis au courant de votre télégramme que tardivement.

— Mes fils m'ont dit que vous continuiez d'enquêter sur cet affreux naufrage.

— Ils ont gentiment accepté de répondre à quelques questions. Tout comme votre fille aînée d'ailleurs.

— Je me suis plié à vos premières conclusions, de mauvaise grâce, je dois vous l'avouer. Mais vos relations n'ont guère laissé de place à la contradiction. La vitesse avec laquelle plusieurs articles ont été publiés pour dédouaner Alain Monsignac était surprenante.

— Je n'avais guère le temps d'attendre, monsieur. J'avais donné ma parole à un mourant.

— Au colonel Monsignac... J'ai su pour son décès. J'ai tout de suite vu en lui un homme rare. Et je ne peux que vous complimenter de savoir tenir vos promesses. Alain était un fils pour moi. Lui aussi était un homme rare, solide et fiable. Nous nous entendions bien, tous les deux. Sa perte est plus douloureuse que vous ne pouvez l'imaginer. Mais je ne peux m'empêcher de lui en vouloir. Mon épouse a péri, monsieur de La Boissière, alors qu'il s'était porté garant de sa sécurité. Il a failli, et comme toute personne défaillante, il est coupable. Voilà le fond de ma pensée. Cependant, la colère et le chagrin qui sont les miens aujourd'hui ne doivent pas m'aveugler. Je n'ai rien d'autre à lui reprocher. Pour ce qui est des affaires que nous menions ensemble, je crois savoir que mes fils ont été clairs sur sa loyauté et sa grande honnêteté. Pour ce qui est du reste, il aura été une de mes plus belles rencontres, même si elle s'est révélée funeste.

— Nous sommes donc d'accord sur quelques points, malgré tout.

— D'après ce que j'ai compris, vous remettriez en cause la théorie de l'accident, c'est bien cela ?

— Les circonstances du naufrage m'ont effectivement conduit à en douter.

Martial s'attendait que Lestage lui laisse exposer ses arguments, au lieu de quoi il coupa court.

— C'est pour cela que je désirais vous parler.

— Votre télégramme faisait état de « révélations importantes »...

— Il y a un autre point avec lequel nous sommes en accord, monsieur de La Boissière. Comme vous, je crois que ce qui s'est passé ce soir-là n'est pas un accident. Il s'agit d'un meurtre. On a tué mon épouse et on l'a fait délibérément, avec préméditation. Comme vous, j'ai mené mon enquête. Pendant que vous cherchiez dans la vie de votre ami ce qui pouvait justifier qu'on veuille l'éliminer, j'ai cherché dans celle de ma femme. Je n'ai pas le talent que l'on vous prête, je pense néanmoins avoir bien avancé.

— C'est-à-dire ?

— Je connaissais mal mon épouse. Cette triste affaire m'a permis de la découvrir, à titre posthume pour mon plus grand malheur. Marie-Gabrielle avait une liaison. J'en ai la preuve. J'ai également la preuve qu'une forte somme d'argent a disparu, près d'un million de francs, en or. Et je crois que je vais même vous étonner davantage en vous disant que je connais le nom de l'assassin.

— L'homme avec lequel elle entretenait cette liaison, je suppose ?

— Je ne pense pas, non. Il s'agit d'une autre personne. Une personne qui a savamment ourdi son plan durant des mois. Je vois que vous ne me croyez pas, n'est-ce pas ? Je vais vous montrer ce que j'ai réussi à dénicher. Peut-être serai-je plus convaincant. Auparavant, pour que vous compreniez mieux cette triste histoire, il me faut vous parler de mon épouse.

Le ton de sa voix changea. Il fut plus abîmé.

— Marie-Gabrielle était une femme fragile. Je l'ai toujours su. Et, aveugle que j'étais, je n'ai pas su le supporter. De là où je viens, monsieur, la fragilité est une faiblesse. Sa fragilité à elle était plutôt une force. Elle l'a obligée à déployer une grande énergie pour tenir et rester debout. Longtemps, la religion l'y a aidée. La vie intérieure qu'elle s'est ainsi forgée, à l'abri de tout ce qui pouvait la faire flancher, était d'une richesse infinie. Personne n'en saura sans doute jamais rien… Elle avait trouvé dans ce manoir un lieu où elle se sentait bien, un endroit qui lui a permis, durant de nombreuses années, de trouver un certain équilibre. Mais le décès de sa mère adorée a détruit beaucoup de choses en elle. Elle a changé, négligeant ses propres enfants, reniant même la religion, pourtant si importante à ses yeux. Elle a adopté un comportement que je n'hésite pas à définir d'anormal. Si ce n'était déjà fait, vous aurez tôt fait d'entendre ces rumeurs qui la disaient folle. Elle, qui plaçait la vertu au-dessus de tout, s'est mise à se complaire dans le péché. L'adultère d'abord, puis le vol. Tout cela ne pouvait que très mal se terminer.

Le notaire marqua une pause, lissant sa moustache du bout des doigts, le regard porté vers le large.

— Une personne est à l'origine de la transformation de mon épouse, une personne qui a compris sa fragilité et qui en a abusé, une personne qui a inoculé tout ce poison dans l'esprit de Marie-Gabrielle. C'est elle qui l'a tuée. Et qui a pris l'argent qu'elle l'avait convaincue de retirer dans le coffre de notre banque, à Paris.

— S'agit-il d'une connaissance ?

— Oui. Malheureusement, je ne la connais que trop bien. Elle vit sur cette île. Pardonnez mon langage, monsieur, mais elle en est la putain.

— C'est une femme ?

— Je ne sais pas si une telle créature mérite d'être nommée ainsi. Une pécheresse, un cancer pour cette communauté, une fille de Satan, voilà des mots que j'emploierais plus volontiers la concernant ! Je crois que nous devrions rentrer. J'ai beaucoup de choses à vous montrer et à vous dire.

— Quel est le nom de cette femme que vous accusez ?

Baptiste Lestage paraissait maintenant plus inquiet, presque aux aguets, impatient d'aller s'enfermer derrière les murs épais du manoir. Avec une grimace où la haine couvrait à peine le dégoût, il livra sa réponse.

— Élisabeth Briant. Plus connue par ici sous le nom de « Sorcière » ou encore de « Putain rousse » !

Au moment où il disait cela, Martial remarqua qu'on était en train de les observer, d'une des fenêtres du deuxième étage. Avant que les rideaux en dentelle ne se referment, il eut le temps d'apercevoir deux jeunes femmes.

— Suivez-moi, cher ami. Je vais vous montrer les appartements de ma défunte épouse. J'y ai entreposé les fruits de ma récolte.

Martial ne bougea pas, restant adossé à la rambarde et à la mer. Le notaire faillit en prendre ombrage.

— Que se passe-t-il ? lança-t-il, maussade.

— Je ne sais pas ce que vous attendez de moi, monsieur Lestage.

— Je crois que c'est pourtant clair ! Je veux que vous continuiez votre enquête, en tenant compte des informations que je m'apprête à vous confier. Je suis disposé à payer le prix qu'il faudra, et même au-delà.

— Je ne suis pas policier et encore moins enquêteur privé.

— Je me suis renseigné sur votre compte. Vous êtes doué. Doué et discret. Et, dans ce que j'ai découvert, il y a des choses que je ne souhaite pas voir étalées au grand jour.

Il s'était rapproché, presque agressif, le doigt pointé.

— Si vous désirez partager avec moi quelques informations, cela me convient. Toutefois, si je décide de persévérer dans mes investigations, je ne le ferai que de mon propre chef, suivant les pistes que je jugerai fiables. Personne ne me l'ordonnera ni ne m'y contraindra. Je préfère que ce soit clair entre nous, monsieur

Lestage. Avant que je ne vous suive dans cette magnifique demeure.

Lestage perdit un peu de son arrogance. Au début, il avait semblé prendre cela pour un affront. Assez rapidement, il battit en retraite.

— Je ne vous impose rien, monsieur de La Boissière. Je me suis montré maladroit, veuillez me pardonner. La mort de mon épouse m'a abattu. Je sais que vous avez déjà dû apprendre que nous n'étions plus un couple, que nous ne l'avons même jamais vraiment été. Mais je l'aimais. Et, en la découvrant enfin, je l'aime plus encore. Je ne me suis jamais senti à mon aise ici, comme si je n'y avais pas ma place. Aujourd'hui, c'est différent. Tout ce qui compte pour moi se trouve ici, sur cette pointe. C'est pour cela que je tiens à y vivre, pour y être encore un peu avec elle.

Il semblait ému sans pour autant montrer des signes physiques de son émotion, un tremblement des épaules ou une crispation des doigts.

— Venez voir. Juste là, au coin de la terrasse...

Il marcha vers la tourelle ronde qui occupait l'angle de la plate-forme, celui qui allait le plus loin vers la mer. Cette fois, Martial le suivit. L'homme ouvrit la porte, qui grinça. L'intérieur, aussi rond que l'extérieur, tout en pierre, était percé d'un carré sans vitre face au large. Il y avait un autel, sobre, sculpté d'un seul tenant dans un rocher autour duquel la chapelle semblait avoir été bâtie. Une croix taillée dans le granit se dressait. Puis, sur un socle de bois verni, une statue de la Vierge était tournée vers l'entrée. D'une blancheur presque surnaturelle, elle était ciselée avec une finesse de maître. À ses pieds, un bouquet semblait l'admirer. Le vent se faufilait par la lucarne, sur le rebord de laquelle était posée une grosse lanterne aux verres impeccablement nettoyés.

— J'ai demandé qu'on continue à mettre des fleurs tous les jours et qu'on allume la lanterne toutes les nuits. Ainsi que Marie-Gabrielle le faisait depuis des années, l'une des rares choses qu'elle n'avait pas abandonnées. C'est ici, voyez-vous, que je la retrouve le mieux. Elle venait prier, jusqu'à trois fois par jour. Et, même après avoir tourné le dos à sa foi, elle y venait encore. Voilà pourquoi on comprend mieux qu'elle ne soit pas devenue ce qu'elle était à la fin, sans y avoir été conduite. La lanterne était une lumière qui, selon elle, veillait sur les défunts. Elle l'appelait « la lanterne des morts »... Il n'y a pas de vice dans cet endroit, pas de mensonge ; il n'y a que de la bonté et de l'espoir. Si vous acceptez d'écouter ce que j'ai à vous dire et de regarder ce que j'ai à vous présenter, peut-être comprendrez-vous pourquoi j'ai porté ces accusations.

Martial contemplait la petite chapelle. Elle était effectivement une invitation à la paix. Elle était parfaite, jusque dans sa petitesse. Alors il accepta de suivre Baptiste Lestage dans le manoir.

8

De l'aménagement intérieur du manoir, Martial ne vit pas grand-chose la première fois. Baptiste Lestage était si pressé qu'ils traversèrent le vestibule et le grand hall au pas de charge. Puis il y eut un majestueux escalier en bois. Ce ne fut qu'une fois qu'ils se retrouvèrent sur le palier du premier étage que le notaire ralentit l'allure. Un couloir s'échappait sur leur gauche tandis que l'escalier continuait vers les étages supérieurs. Face à eux, le palier desservait deux doubles portes, qui s'ouvraient dans un mur concave. Lestage fouilla dans la poche de son veston et en sortit une clé.

— Depuis la disparition de mon épouse, sa chambre reste fermée à double tour. Je me charge de l'aérer matin et soir et on n'y fait le ménage qu'une fois par semaine, uniquement en ma présence. Je ne souhaite pas que certains indices viennent à disparaître.

— Vous méfiez-vous des autres personnes qui vivent sous ce toit ?

Le notaire hésita, gardant en suspens la réponse qui avait commencé à se dessiner sur ses lèvres. Puis il se résolut à la lâcher.

— Je me méfie de tout le monde, monsieur de La Boissière. Et ce depuis des années. La méfiance est souvent bonne conseillère, du moins n'ai-je jamais eu à m'en plaindre. Les gens qui me connaissent le savent et y sont habitués.

Puis il glissa avec précaution la clé dans la serrure et la tourna lentement, comme si elle pouvait à tout moment se briser entre ses doigts. Il poussa le battant et invita Martial à entrer, se dépêchant ensuite de verrouiller la porte derrière eux.

— À droite, il y a la salle d'eau, expliqua Baptiste Lestage. La chambre est à gauche.

Il laissa Martial découvrir une grande pièce qui regardait la mer à travers trois portes-fenêtres. Le parquet en chêne était dans les tons miel. Avec le manteau de marbre de la cheminée, les meubles de prix disposés çà et là et les quelques cadres suspendus, c'étaient les seules touches de couleur d'une chambre immaculée. Les murs, les plafonds, les menuiseries, les rideaux : tout était blanc. Avec le soleil, la clarté en devenait presque aveuglante.

— Marie-Gabrielle a demandé que tout soit repeint. Une des nombreuses lubies qui sont apparues après la mort de sa mère. Dans le même temps, elle s'est évertuée à se vêtir de toutes les couleurs de l'arc-en-ciel. Allez comprendre ! J'ai fouillé ce manoir de fond en comble, monsieur de La Boissière. Je n'ai pas honte de l'avouer. Néanmoins, tout ce que ma femme a voulu me cacher se trouvait dans cette chambre. Dans les tiroirs de ce bureau, dans ceux des chevets, dans l'armoire. Et même... Laissez-moi vous montrer... Ici, au pied de la cheminée. J'y ai découvert cette lame qui s'escamote.

Voilà ! De cette manière. Il y a une cachette là-dessous. Une cachette ! Dans sa propre chambre ! Un endroit où je n'avais jamais mis les pieds depuis des années... J'ai mes propres appartements juste à côté, ajouta-t-il aussitôt.

— Elle était sans doute aussi méfiante que vous.

Le notaire ne sembla guère goûter la remarque de Martial. Mais il ne releva pas.

— Prenez le temps de faire le tour. Et dites-moi ce que vous remarquez.

— Je remarque que cette pièce est magnifique, très lumineuse et que la vue est encore plus grandiose que je ne me l'étais imaginée. On pourrait s'attendre à trouver une chambre plus classique, mais tout ce blanc lui donne un côté moderne qui lui sied à merveille. La décoration est très discrète. Chaque tableau représente des saisons et un paysage différents. Aucun en revanche ne montre la mer ou les îles. Sur le bureau, le nécessaire est en cuir, un très beau cuir. Il y a quelques livres rangés dans la petite bibliothèque à droite de la cheminée. Une vingtaine d'ouvrages. Le fauteuil me paraît très moelleux, une véritable invitation à la lecture, du moins quand le temps n'autorise pas qu'on sorte s'installer sur la terrasse...

— Si vous me permettez, mon ami, vous me décevez quelque peu. Vous ne voyez donc rien ?

Martial sourit.

— Je vois qu'il n'y a pas de croix accrochée au-dessus du lit ni au-dessus de la porte. Et je crois avoir remarqué que parmi la vingtaine de livres dont je vous parlais à l'instant, aucun ne traite de religion. Rien dans cette pièce ne rappelle, même de loin, la piété qui a été celle de votre épouse. Ce qui est un peu contradictoire avec le rituel de la chapelle.

— Exactement, monsieur de La Boissière ! Très brillant ! Je n'ai trouvé qu'une bible, dans le tiroir de cette table de chevet. Elle a abandonné le chapelet qui ne la quittait jamais dans un pot en étain de la bibliothèque du rez-de-chaussée. Il y avait trois croix dans cette chambre et des émaux peints qui représentaient le calvaire du Christ. Je les ai retrouvés couverts de poussière dans un coin du grenier.

— Une révolution silencieuse...

— Que dites-vous ?

— C'est ainsi que l'on nomme la période qui a précédé la Révolution : les gens ont adopté ce genre de petits gestes, prouvant leur émancipation par rapport à l'Église.

— Des petits gestes ! Renoncer à sa foi, vous appelez cela des « petits gestes » !

— Une émancipation commence toujours par des signes discrets, sans bruit.

— J'ai la prétention de me considérer comme un bon croyant, monsieur de La Boissière. Ma foi est une part importante de ma vie, elle en est même un pilier. J'entends qu'elle le soit également pour mes enfants et qu'elle le devienne pour mes petits-enfants. Je vais à l'église, je prie tous les jours. Je ne dis pas que je suis un modèle mais, si vous m'ôtez ma religion, vous m'enlevez un organe vital. Sachez, monsieur, que mon épouse était encore plus croyante et plus pratiquante que je ne le suis. Et vous voudriez que je croie qu'elle a soudain renoncé à tout cela pour je ne sais quelle révolution !

— Elle n'y a pas entièrement renoncé. Vous avez trouvé sa bible. Et il y a la chapelle…

— Elle n'allait plus à la messe. En mai dernier, le curé est venu jusqu'ici s'en inquiéter. Il me l'a raconté. Elle lui a répondu que sa chapelle lui suffisait, qu'elle n'avait nullement besoin de lui, avant de le jeter dehors comme un malpropre. Il m'a fallu me montrer très convaincant pour que ce brave homme accepte de faire les choses comme il se doit pour les funérailles… Elle n'a pas renié tout ce en quoi elle croyait sans y être encouragée ou forcée.

— Venez-en aux faits, monsieur Lestage. S'il vous plaît.

— J'ai trouvé une lettre dans le tiroir du bureau. Pliée et cachetée à la cire. Elle ne comportait aucun nom ni aucune adresse. Mais j'y ai reconnu l'écriture de Marie-Gabrielle.

Il ouvrit le tiroir en question et en sortit une feuille qu'il déplia délicatement avant de la tendre à Martial. La lettre était datée du 12 août. Elle était courte, quelques lignes à peine, tracées à l'encre bleue d'une écriture ample. « Je revis. Ou plutôt, je vis. Enfin. Grâce à toi, mon amour. Tu es la clé qui a ouvert les portes de ma prison. Tout en toi est lumière, cette lumière qui m'a ouvert et les yeux et le cœur. Tu es le vent qui va m'emporter. Le péché est tellement plus agréable ! Avec toi, je vais vivre, je vais vivre, je vais vivre. » En guise de signature, deux initiales séparées d'un trait d'union : « M.-G. »

— Vous êtes formel pour l'écriture ?

— Je le suis. Je peux même vous affirmer que cette lettre a été écrite à ce bureau, sur ce sous-main en cuir, sur ce papier italien, avec ce porte-plume en ivoire et cette encre. Je savais que le comportement de ma femme était devenu incompréhensible. Néanmoins, jamais je n'ai préjugé un seul instant qu'il y avait un autre homme.

— Avez-vous une idée de son identité ?

— Pas la moindre, hélas ! On a vu Marie-Gabrielle se pavaner dans des tenues de carnaval, on l'a vue errer dans la lande en train de parler toute seule, on l'a même retrouvée nue au petit matin. Mais personne ne l'a surprise avec un homme. Personne !

— La lettre que vous avez trouvée était bien cachetée ?

— Absolument. Elle n'a pas eu le temps de la lui envoyer.

— À moins qu'on ne la lui ait retournée. Sans la lire.

— Vous avez vu par vous-même qu'elle ne comportait aucune adresse.

— Peut-être n'avait-elle pas besoin d'en écrire une... Une lettre ne se poste pas forcément.

— Si vous insinuez que cet homme était tout près d'ici, je suis d'accord avec vous. Il était sur cette île. Mais il a su se montrer discret. Très discret même. Je n'ai pas été capable de trouver le moindre indice le concernant. Ma femme, un amant ! Personne ne voudrait le croire, même avec cette lettre sous les yeux. Personne !

— Sauf vous.

— Je le crois parce que j'ai compris ce qui s'est passé dans l'existence de Marie-Gabrielle, ce qui a tout déclenché. C'est l'autre putain qui a accompli son œuvre. C'est elle qui a perverti mon épouse. Elle l'a détournée de l'Église, elle l'a éloignée des siens, elle lui a fait faire toutes ces excentricités. Prendre un amant est une suite logique. Voyez-vous, Marie-Gabrielle détestait cette Élisabeth Briant. Dès que cette dernière a mis un pied sur cette île, elle lui a livré une guerre sans nom. L'autre n'avait de cesse de la provoquer par ses frasques, ses mœurs dépravées et le commerce qu'elle ne cache pas tenir avec les Ténèbres. Et voilà que, du jour au lendemain, elles deviennent amies, quasiment inséparables. La voilà sa révolution, comme vous dites ! Mon épouse s'est laissé entraîner par cette abjecte créature. L'homme à qui cette lettre était destinée est peut-être même un de ses complices. Avec un seul but en tête : l'argent ! Lorsque Marie-Gabrielle a hérité de son père, elle voulait un placement sûr. Alors, je lui ai fait acheter de l'or. Un million en louis et en napoléons. Nous l'avions déposé dans un coffre, dans notre banque de Paris, un coffre à nos deux noms, de sorte qu'aucun des deux ne puisse y accéder sans l'aval de l'autre. Je ne voulais pas que l'on puisse me suspecter de quoi que ce soit, vous comprenez. La dernière fois que nous sommes allés ensemble dans cette banque, c'était au mois d'avril dernier, au cours d'une des rares visites de Marie-Gabrielle à la capitale. Elle m'avait demandé d'aller au coffre, pour y déposer les bijoux de sa mère qu'elle craignait de laisser ici. Je l'ai accompagnée. Je l'ai vue déposer les bijoux. Il n'y a que ce jour-là qu'elle a pu prendre l'or. Au moment où, ne me sentant pas dans mon assiette, j'ai dû quitter la salle pour boire de l'eau et prendre un peu l'air. Après son décès, j'ai fait ouvrir le coffre afin que les bijoux puissent revenir à nos filles. Je me suis aperçu que l'or n'y était plus. Cette lettre est claire, non ? Notre homme lui a fait croire qu'ils pouvaient fuir ensemble. Et je parie qu'il n'avait pas un centime en poche. Elle lui a sans doute promis qu'il n'avait pas à se faire de souci, qu'elle pouvait largement financer leur nouvelle vie. Et voilà : le piège s'est refermé sur elle.

— Entre avril et août, il a mis tout de même quatre mois à se refermer.

— Ils ont attendu la bonne occasion, celle qui permettait de se débarrasser de Marie-Gabrielle sans que l'on puisse suspecter quoi que ce soit. C'était compter sans vous et moi !

— L'occasion, si je vous suis, a été offerte par la décision de votre épouse de venir passer quelques jours à Paris, après l'Assomption.

— Elle a émis le souhait de m'accompagner au cours d'une des rares fois où elle a daigné m'adresser la parole. Elle voulait mettre de l'ordre dans ses affaires. Il était à nouveau question de l'argent de sa famille : elle souhaitait vendre les terres de Normandie. Elle m'a signé un pouvoir pour que je puisse m'en occuper. Elle n'a pas quitté notre hôtel particulier durant son bref séjour. Puis, le jeudi matin, elle a pris le train pour Saint-Brieuc.

— Où Alain devait l'attendre, avec votre voilier.

— Je lui avais demandé de rester dans le coin durant l'été. Pour la première saison de Sables-d'Or, il était important que tout se déroule au mieux. Je voulais qu'il s'en assure. Le *Saint-Liboire* lui permettait de ne pas être dépendant des horaires des vedettes.

— S'entendait-il bien avec votre épouse ?

Baptiste Lestage esquissa un petit sourire, le premier depuis qu'ils étaient tous les deux.

— Si vous aviez connu Marie-Gabrielle, vous ne poseriez pas ce genre de question. Elle était « fermée », je crois le mot bien approprié. Dès qu'il s'agissait de la famille, surtout. Elle avait choisi de prendre ses distances.

— Cela n'a dissuadé aucun de vous de venir passer du temps dans ce manoir.

— Nous y avons passé tant d'étés... Mais, cette année, elle s'est montrée si désagréable, si glaciale, que mes fils et moi avons décidé de raccourcir nos vacances. Alain devait rester pour les raisons que je vous ai exposées et il était normal que Marie en fasse de même. Quant à Marthe, la plus jeune de mes filles, elle ne semblait pas sensible aux humeurs de sa mère. Et nous étions d'accord pour la tenir éloignée de Paris. Nous avons recueilli la nièce de Marie-Gabrielle, Maëlle, il y a déjà quelque temps. Elle a accepté de venir lui tenir compagnie.

— Qui d'autre loge au manoir, en temps normal ?

— Un couple de domestiques, Ronan et Antoinette Le Flahec. Vous avez rencontré Ronan tout à l'heure... Ils sont à notre service depuis le début, des personnes tout à fait loyales et travailleuses. Je comprends que vous ayez des questions à poser, mon ami, mais je voudrais vous montrer la suite de mes découvertes. À mon grand regret, vous n'avez pas semblé très intrigué par la cachette près de la cheminée.

— Détrompez-vous, monsieur Lestage. Elle m'intrigue beaucoup, au contraire.

— Venez voir par vous-même.

Le notaire s'agenouilla à nouveau et fit basculer la lame du parquet. L'orifice qu'elle masquait n'était pas très profond. Lestage en extirpa un à un plusieurs objets. Un pendentif ovale tout d'abord, suspendu à une cordelette en cuir très ordinaire. Il représentait un œil qui s'insérait à l'intérieur d'un cercle, sur un fond aussi noir que l'ébène. Martial s'en empara. Il était assez lourd, visiblement en or blanc et en jais, un bijou de prix qui détonnait avec le simple lacet qui permettait de le porter.

— Vous avez vu cette horreur ? Un signe cabalistique.

Baptiste Lestage extirpa de la cache un chapelet en bois brut, sans aucune croix. Dans le même bois, une sorte de talisman sculpté fut également retiré du trou dans le plancher. Il était fait d'une seule pièce, de la longueur d'un doigt, qui se terminait, aux deux extrémités, par des juxtapositions de sphères de différentes tailles.

— Savez-vous ce que sont ces choses, monsieur de La Boissière ?

— Le chapelet sans croix est habituellement utilisé pour marquer son appartenance à la sorcellerie. Quant au talisman, il s'agit sans doute d'une protection contre le mauvais sort.

— Il y a un homme près de Roscoff, qui se nomme Folinier. Il sait enlever les sorts. C'est lui qui m'a appris tout cela. Et, quand il a eu ces objets en main, il a ressenti une terrible force en eux, une force obscure. Ce n'est pas tout...

Baptiste Lestage replongea la main dans le trou et fit apparaître plusieurs flacons de verre, chacun fermé par un large bouchon en liège.

— Dans le plus grand, il n'y a que des cendres. Dans les quatre autres, ce sont des graines. Folinier m'a également été d'un grand secours, car j'avoue ma totale ignorance de ces choses-là. Ces quatre plantes sont celles des sorcières : aconit, belladone, datura et jusquiame. Elles sont utilisées au cours de leurs sabbats. Quand un nouvel initié rejoint leurs rangs, il doit brûler quelque chose qui lui est cher et conserver ensuite les cendres. Le sabbat doit se tenir dans un lieu particulier, dans la nuit du jeudi au vendredi. Il y a également des dates incontournables pour le pratiquer : les solstices et les équinoxes. Au moment du dernier solstice, savez-vous ce qui est arrivé à ma femme ?

— Je crois le savoir.

N'écoutant pas la réponse, Lestage continua, le regard allumé par la colère.

— On l'a retrouvée au petit matin, nue et presque morte de froid. Elle n'a jamais été capable de dire ce qui s'était passé, pourquoi elle était partie ainsi dévêtue dans la nuit, pour se rendre dans la lande. Ou, du moins, a-t-elle refusé de l'avouer. Mon épouse en était venue à participer à ces rites ignobles. Et savez-vous qui l'a initiée ?

— Élisabeth Briant, je suppose.

— Vous trouvez mes accusations rapides, n'est-ce pas ? Laissez-moi vous parler de cette créature perdue. Élisabeth Briant s'est installée sur cette île il y a plus de trois ans. Personne n'a jamais su d'où elle venait ni ce qu'elle faisait. Elle était seule, ne travaillait pas, mais pourtant semblait assez fortunée. Elle a acheté une maison dans le nord de l'île, là où personne n'habite. Et pas n'importe quelle maison. Les gens de Bréhat l'appellent la « maison visitée ». Des événements étranges s'y sont toujours produits. Par exemple, elle est restée inhabitée durant de nombreuses années, or elle ne s'est jamais dégradée. Puis, quand on a trouvé des ouvriers assez fous pour la détruire, ils n'ont pas pu y mettre un seul coup de masse ou de pioche. Leurs outils se sont systématiquement brisés avant qu'eux-mêmes ne tombent malades. Pour finir, plus personne n'osait s'y attaquer et elle est restée là, soigneusement évitée par tous les habitants, jusqu'à ce que la Rousse vienne s'y installer. Une fois installée, elle s'est mise à vivre comme une…

Il fit à nouveau une moue de dégoût.

— Comme une catin. Recevant des hommes régulièrement, des hommes du continent, pour des soirées contre nature. Quand elle n'offre pas ses charmes, on la voit arpenter le nord de l'île, de jour comme de nuit, se tenant volontairement à l'écart, mais habillée d'une telle façon qu'on ne peut que la remarquer. On sait qu'elle va régulièrement dans l'ancien cimetière de Saint-Riom ou sur l'île aux Lépreux, pour y pratiquer ses rites. Les femmes qui s'occupent du phare du Paon l'ont aperçue plus d'une fois. Des sorts ont été jetés contre ceux qui se sont montrés trop vindicatifs envers elle. Ou trop curieux. Il y a eu des maladies subites, des animaux morts sans raison, des récoltes pourries… C'est pour cela qu'on la laisse faire : elle fait peur !

Le poids de sa haine semblait si lourd pour lui qu'il s'était assis sur la chaise du bureau.

— Il y a un an environ, mon épouse et elle ont commencé à se fréquenter. Je n'ai pas trouvé la façon dont elle s'y est prise, mais je pencherais volontiers pour une sorte d'envoûtement. Elles ont passé de plus en plus de temps ensemble. Les domestiques pourront même vous dire que la sorcière est venue plusieurs fois ici, dans cette maison, dans cette chambre, parfois à des heures indécentes. Je crois aussi que Marie-Gabrielle est allée chez elle, dans le lupanar qui lui sert de maison. Dieu seul sait à quelles dépravations elle a pu se rabaisser alors ! Elle l'a écrit elle-même dans sa lettre : « Le péché est tellement plus agréable. »

— Je comprends votre émotion, monsieur Lestage. Cependant, rien de tout cela ne permet d'incriminer qui que ce soit. La lettre que vous avez trouvée est certes compromettante, mais pourquoi la laisser dans le tiroir du bureau au lieu de la dissimuler, dans cette cachette par exemple ? Surtout en sachant qu'elle allait quitter le manoir durant plusieurs jours pour vous suivre à Paris.

— Que voulez-vous dire ?

— Peut-être souhaitait-elle que cette lettre soit trouvée.

— Pourquoi donc ? Pour faire davantage de mal à sa famille ?

— Pour vous pousser à bout, vous convaincre de divorcer, ou du moins de ne plus venir sur cette île. Si Élisabeth Briant maîtrise si bien les plantes, elle aura sans doute vendu ou offert à votre épouse cette expérience qui consiste à s'évader de notre monde grâce à une poignée de certaines graines. Elle ne parvenait pas à se relever de la mort de sa mère. Ces quatre flacons contiennent chacun un hallucinogène assez puissant pour l'aider à surmonter sa mélancolie, ce que la religion ne parvenait plus à faire. D'où les liens qui ont pu se tisser entre les deux femmes. Des liens d'amitié. Ce ne sont que des suppositions, monsieur Lestage. Juste pour vous montrer que tout cela ne représente aucune preuve formelle. Ce ne sont que des interprétations.

Le notaire dévisageait Martial avec stupeur. La colère était toujours là. Cependant, il ne dit pas un mot.

— Je suis plus préoccupé par cet or que votre épouse a fait sortir de la banque. Nous tenons là un mobile solide.

— Si vous voulez retrouver cet or, suivez la piste de la sorcière !

— J'aimerais bien rencontrer cette personne. Surtout parce qu'il me semble qu'elle a bien connu votre épouse au cours de ces derniers mois, et qu'elle a sans doute des choses à nous apprendre à son sujet.

— Vous savez, elle n'aimait pas les bateaux, Marie-Gabrielle... Elle aimait être au bord de la mer, elle aimait cette île, mais elle n'aimait pas les bateaux.

Baptiste Lestage semblait soudain plus petit sur sa chaise, plus vieux et plus fatigué.

— Elle m'a laissé un poème.

— Pardonnez-moi ?

— Elle a écrit un poème, et j'aime à croire qu'il m'était destiné. Parce qu'il parle de bateaux avec amour. Il était rédigé sur la page de garde de sa bible. Je l'ai recopié pour l'avoir toujours avec moi, même si j'en connais tous les vers par cœur.

Il sortit de son portefeuille une feuille du même papier italien qu'il y avait dans le bureau. Il la tendit à Martial.

— Serait-il possible de voir cette bible ?

— La bible ? Ce ne sera pas faisable, je le crains. J'ai tenu à ce que Marie-Gabrielle l'ait avec elle pour son dernier voyage. Je crois que, malgré tout, elle aurait aimé cette idée.

Martial lut le poème. Au même moment, Baptiste Lestage ne put s'empêcher de le réciter à haute voix.

Avec prestance,
ils dérobent
aux îles fantastiques
l'aimé et le rêve.

Avec panache,
défiant l'horizon de leurs toiles tendues,
aux vents complices et aux astres bienveillants,
ils sourient, onduleux.

Ainsi passent
de beaux bateaux rapides et lumineux,
d'une valeur comparable
aux châteaux dressés vers le ciel.

Attends patiemment,
depuis les cailloux gris ;
ces oiseaux voleront à toi en amis fidèles,
excitant le vertige de leurs ailes agiles.

— L'« aimé » dont elle parle, il est possible que ce soit moi, n'est-ce pas ? Moi et ma passion pour les bateaux...

Martial acquiesça, hypocrite. « Il y avait quelqu'un d'autre qui aimait les bateaux plus que toi dans cette maison. Es-tu donc aveugle, Lestage ? Ou me prends-tu pour un idiot ? »

9

— Acceptez au moins de loger ici le temps de votre séjour. Il y a plus de place qu'il n'en faut. Et vous serez bien mieux qu'à l'hôtel...

Baptiste Lestage venait à nouveau de proposer à Martial une somme indécente destinée à financer l'enquête, mais surtout à garantir sa discrétion.

— Vous avez ma parole que j'irai aussi loin que possible dans mes investigations. Toutefois, je vous répète que mes services ne sont pas monnayables.

Le notaire avait repris le dessus, retrouvant l'attitude qu'il avait abandonnée un court moment. Il s'était remis debout, avait rajusté les pans de sa veste et lissé son pantalon du plat de la main.

— Je n'ai donc d'autre choix que de vous faire confiance.

— Je vais me permettre d'emblée d'user un peu de cette confiance, si vous me le permettez. En fait, j'aurais plusieurs faveurs à vous demander.

— Je vous écoute, cher monsieur.

— J'aimerais avoir la possibilité d'interroger les personnes qui vivent sous ce toit.

— Le nécessaire sera fait pour qu'elles se tiennent à votre disposition. Dès ce matin si vous en exprimez le vœu.

— Je souhaiterais commencer par vous.

L'homme se raidit, décontenancé.

— Je peux répondre à vos questions, bien entendu.

— Avant cela, j'aurais une deuxième requête. Rester un moment seul dans cette chambre.

Cette fois-ci, Lestage se montra plus hésitant. Il eut un mouvement de recul, comme s'il venait d'être poussé. D'un geste automatique, il glissa sa main dans la poche de son veston pour rechercher le contact de la clé.

— J'avoue ne pas bien comprendre. Je peux vous donner ma parole d'honneur que tout a été fouillé minutieusement, à plusieurs reprises.

— Vous m'avez dit tout à l'heure que je comprendrais mieux votre femme en venant ici. Je pense que vous avez raison. Je sais que c'est beaucoup vous demander. Après tout, vous ne me connaissez pas.

— Vous êtes l'une des rares personnes à vous soucier encore de cette tragédie. Je n'ai pas besoin de vous connaître pour vous en être redevable. Je vous laisse la clé. Veillez à bien refermer avant de descendre. Je vous attendrai dans le petit salon.

Il n'avait accepté que contraint, craignant qu'un refus ne se retourne contre lui. Il posa la clé sur le bord du bureau, bien en évidence.

— Pourriez-vous également me confier le poème ?

— Monsieur de La Boissière, je...

— Juste quelques minutes. Je voudrais le relire.

Baptiste Lestage céda à nouveau, ne cherchant pas à lutter. Il glissa la feuille pliée en quatre sous la clé. Puis il s'éloigna, jetant un œil sur les objets et les meubles qu'il était sur le point d'abandonner. Il prit tout son temps pour quitter les appartements de sa défunte épouse.

Martial laissa passer deux ou trois minutes. Ensuite, il alla fermer la porte à double tour. Il ne cherchait pas un nouveau secret, bien qu'il ne puisse s'empêcher de passer la main dans l'orifice de chaque tiroir afin de s'assurer que rien n'y avait été collé. Il avait dit la vérité : il voulait essayer de mieux connaître cette femme, que l'on disait folle ou même envoûtée, mais qui se préparait à tout quitter, un sacré magot en poche, en compagnie d'un autre homme dont elle était tombée amoureuse et qui avait de grandes chances d'être son gendre.

Il ne trouva aucune extravagance dans la salle d'eau aussi immaculée que le reste. Les quelques bijoux, le parfum, le nécessaire de toilette propre et bien aligné : tout était raffiné. Dans l'armoire de la chambre, les vêtements de la défunte étaient tout aussi bien rangés. Sur les étagères les plus hautes étaient disposés les habits d'une sobriété presque écrasante, élégants, mais ternes, sombres. Ces affaires étaient empilées, comme mises au rebut. Deux cartons contenaient des chapeaux à l'avenant : d'un autre temps. Cependant, si on considérait les étagères plus basses et qu'on détaillait les vêtements suspendus à la tringle, on avait une tout autre image. Il y avait là de la couleur, beaucoup de couleur, dans les robes et les jupes amples où les volants se superposaient. Les chemisiers jouaient avec les lacets et la broderie anglaise. Il y avait même deux pantalons.

Les bottes et les bottines côtoyaient des chaussures basses bicolores, des escarpins sans talons et une paire de brodequins très masculins. Des souliers pour l'aventure et les promenades au grand air, sur la plage, ou les flâneries sous les arbres lors des belles soirées d'été. Deux vies se côtoyaient dans cette armoire, et l'une avait pris le dessus sur l'autre. Martial trouva également deux sacs de voyage en cuir. Ils étaient difformes et aplatis à force d'être vides. Le cuir blond était taché, de larges auréoles témoignant qu'ils avaient pris l'eau.

Pour le reste, Baptiste Lestage avait effectivement tout recensé. Il ne restait plus rien qui puisse témoigner d'un quelconque attachement à la religion. Quant aux photographies, elles étaient rares, quelques-unes à peine regroupées dans une chemise en carton épais, dans un tiroir du second chevet. On y voyait une famille, en habits d'apparat, posant dans un studio. Le père était debout, massif. Sa femme, assise devant lui, était encadrée par deux jeunes enfants, un garçon et une fille. D'autres images montraient ensuite les membres de cette famille à d'autres époques, plus dispersés. La fillette grandissait avec un regard de plus en plus triste. Elle se mariait, assez jeune, et on reconnaissait Baptiste Lestage à son bras. Marie lui ressemblait beaucoup sans avoir sa prestance ni cette mélancolie dans le visage qui le rendait moins lisse. Le petit garçon devenait jeune homme puis posait en uniforme, visiblement très fier. Il disparaissait. Datée de septembre 1915, une lettre mélangée aux photos, à l'orthographe chaotique, annonçait la mort du lieutenant Delaborde d'un éclat d'obus reçu en pleine gorge. Quatre jeunes enfants faisaient ensuite leur apparition, deux garçons et deux filles.

Sagement alignés sur un banc, à nouveau dans le studio d'un photographe, ils fixaient l'objectif avec gravité. La petite dernière, encore bébé, était même sur le point de pleurer tandis que Jean-Baptiste, à l'autre bout du banc, avait déjà l'air plus vieux que son âge. Le dernier cliché était enchâssé dans un carton blanc, tatoué d'arabesques en filigrane, qu'un large ruban noir venait interrompre dans un coin. On reconnaissait la mère de Marie-Gabrielle, toujours aussi austère. Un portrait sur fond clair, une photographie de deuil.

Martial s'était assis au bureau, face aux trois portes-fenêtres. Son esprit voletait dans la pièce, passant de la cachette au pied de la cheminée à l'armoire, des flacons remplis de graines aux livres sur les étagères.

— Quelle femme étiez-vous, Marie-Gabrielle Lestage ?

« *Une femme triste, Martial. Une femme enfermée, qui, à défaut de réussir sa vie, s'est évertuée pendant trop longtemps à réussir sa mort, se saoulant de religion jusqu'à en étouffer.* »

— Pourtant, en fondant une famille, vous auriez dû trouver un peu d'espoir.

« *Une famille ? Il n'y a pas de famille qui tienne. Il y avait moi d'un côté et eux de l'autre. Passé un certain âge, les garçons ont été accaparés par leur père. Cet homme est terrifié à l'idée de perdre quelqu'un ou quelque chose. Il les a tous écartés de moi pour les avoir plus près de lui, y compris les filles.* »

— Vous avez donc choisi l'exil et vous êtes venue vous isoler sur cette île.

« *Isoler est bien le mot qui convient, Martial. Qu'avais-je d'autre à faire ? Rester là-bas, à jouer les mondaines, dans l'ombre d'un époux qui me méprisait ?* »

— Il vous aimait, Marie-Gabrielle. Et il vous aime encore plus aujourd'hui.

« *Il se rend compte qu'il m'a rendue malheureuse. Mon mariage aurait dû me libérer, or il m'a enfermée davantage. Je suis née dans une prison, et mon mari en a fait doubler tous les barreaux. Il y a autre chose qu'il craint, c'est que ses péchés ne lui soient pas pardonnés. Alors il essaye de se racheter. Il se souvient que j'ai existé. Il se mortifie de n'avoir pas su me voir.* »

— Vous dites que vous êtes née en prison, mais c'est un sentiment en contradiction avec le profond attachement pour votre mère.

« *Elle était comme moi. Seule et enfermée. Regardez donc les photos sur lesquelles elle apparaît. Quand j'ai fini par le comprendre, je me suis rapprochée d'elle. Je lui ai pardonné. J'ai accepté de subir sa froideur. Elle n'a jamais connu rien d'autre que la vie qu'on avait décidée pour elle.* »

— Son décès vous a anéantie. Autant que celui de votre frère.

« *Nous portons nos morts en nous. Leur poids est écrasant.* »

— Néanmoins, vous vous êtes métamorphosée, Marie-Gabrielle.

« *J'ai trouvé l'issue. Une sortie par le haut. Qui me l'a indiquée ? Mon époux a sans doute raison, quand il cite cette femme, celle que j'ai longtemps appelée la sorcière, comme tout le monde. Il n'y a pas de sorcière, Martial. Il n'y a que des femmes libres. J'ai voulu être libre. J'ai voulu être comme elle.* »

— Pourquoi cacher ces objets sous le plancher ?

« *Cela m'amusait d'avoir des secrets. Le chapelet et le talisman peuvent être des cadeaux, qu'en pensez-vous ? Ils font tellement peur que cela en est réjouissant, pour moi qui n'ai jamais fait peur à quiconque. Les cendres dans le flacon sont une trace de mon ancienne vie, pour me rappeler ce que je ne voulais plus subir.* »

— Qu'avez-vous brûlé ?

« *Observez bien, Martial. Vous allez bien trouver sans que je sois obligée de vous le souffler.* »

— Les cendres sont lourdes, agglomérées. Ce n'était pas du papier, encore moins du carton ou du tissu. Je dirais quelque chose de peint : la peinture a fondu et a collé ensemble les débris. Une image, sur du papier glacé ou verni. Ce morceau-là garde un peu de mémoire sous la brûlure. Il y a un mot que l'on devine un tout petit peu. Il me faudrait une loupe.

« *Il y en a une dans le nécessaire de bureau.* »

— Attendez... Il est écrit : « *ristie* ». « *Eucharistie* » ! Vous avez brûlé des images saintes.

« *J'ai aimé avoir la foi, je l'ai aimé passionnément. Jusqu'à ce que je comprenne ce que voulait vraiment dire "aimer".* »

— Nous allons y venir, Marie-Gabrielle. Mais je souhaiterais que nous en restions encore un moment à ces objets. Toutes ces plantes, c'était dans quel but ?

« *Ouvrez l'un des flacons, Martial. Que sentez-vous ?* »

— La jusquiame... C'est d'une puanteur abominable !

« *Si vous en jetez une petite poignée dans le feu et que vous inspirez la fumée, l'odeur va vous enchanter, je vous le garantis.* Chasma gês ! *Pensez à* Chasma gês. *Un voyage qui vous est offert sans que le moindre barreau ne puisse vous arrêter, au moins pour quelques heures. Et l'avantage de la jusquiame est qu'elle ne laisse aucun souvenir, donc aucune honte ! Seulement la sensation d'avoir été soi-même et d'avoir aimé cela. Voilà une des nombreuses choses que m'a enseignées ma nouvelle amie.* »

— Cela peut aussi mal tourner. N'est-ce pas ce qui s'est produit, en juin, quand vous êtes sortie en pleine nuit, omettant de vous vêtir ?

« *Moi qui ai vécu dans le dégoût de mon corps, voilà que je me suis mise à l'aimer. Moi qui ai vécu dans l'exécration de ma sexualité, voilà qu'elle est devenue ma complice. Parce qu'il me faut être franche avec vous : la liberté passe aussi par là. Que dit-on du sabbat des sorcières ?* »

— Durant cette cérémonie, on s'y accouple avec des démons, des incubes et des succubes, suivant que l'on est une femme ou un homme. Tout commence par la prise d'un hallucinogène.

« *Comme dans un rêve : nul interdit, nul jugement. J'y ai découvert le péché. Ne rougissez pas, Martial ! Moi aussi, j'ai rougi au début. Et je trouve que le rouge me va bien.* »

— Les livres de votre petite bibliothèque sont assez osés. Sade, Pierre Louÿs... Je n'y vois pas *Vingt mille lieux sous les mers*.

« *Vous l'avez trouvé ailleurs. Posez-moi donc cette question qui vous obsède depuis que mon époux vous a montré la lettre que j'ai écrite.* »

— Êtes-vous tombée amoureuse d'Alain ?

« *J'ai découvert l'amour, Martial. Vous êtes bien placé pour savoir de quoi je parle, n'est-ce pas ? Il était bel homme. Lui aussi était enfermé dans une vie qu'il n'avait pas voulue. Cela aurait pu nous rapprocher.* »

— Vous n'aviez alors d'autre choix que la fuite. Vous avez été tous les deux très discrets mais, tôt ou tard, on aurait su. Le scandale aurait été énorme, insupportable même. Et vous deviez également en avoir assez de vous cacher.

« *Partir était une nécessité.* »

— Pourtant, vous n'aimiez pas les bateaux !

« *Qui sait ? J'ai changé, on ne cesse de vous le dire.* »

— La lettre cachetée lui était destinée. Le cachet n'a pas été brisé. Il ne l'a pas lue.

« *Personne n'a pu la lire avant que mon époux ne le fasse.* »

— Il n'y avait pas d'adresse parce qu'elle n'était pas censée aller bien loin, au bout du couloir tout au plus. Voilà un grand risque alors que, quelques jours de plus, et vous vous retrouviez seule avec lui, sur le voilier qui vous ramenait de Saint-Brieuc.

« *Je sens que vous brûlez, Martial. Je suis curieuse d'entendre ce que vous pensez vraiment.* »

— Vous vouliez que cela se sache.

« *Oh ! Mon cher, ne pouvez-vous donc pas faire mieux que cela ?* »

— Il hésitait à partir. Il ne cessait de repousser votre départ. Cela vous a attristée. Et vous lui avez écrit. Une lettre remise en toute discrétion, loin des regards. Peut-être parce qu'il vous fuyait. Cependant, il vous l'a rendue, sans la lire. Juste avant que vous ne partiez pour Paris. Un voyage décidé sur un coup de tête, à cause de la déception. Paris n'était qu'une excuse pour l'obliger à vous ramener en bateau. Deux à trois heures en sa compagnie. Deux à trois heures pour qu'il se décide enfin. Ou qu'il meure.

« *Vous avez laissé partir la femme que vous aimez, Martial. Maintenant que vous savez qu'elle a choisi l'autre, souhaitez-vous sa mort ? Souhaitez-vous la vôtre ?* »

— Vous avez goûté à une nouvelle vie, à l'amour. Revenir en arrière ne pouvait être qu'insupportable. Insupportable !

« *Nous le savons, tous les deux. Soit. Je le tue et je me tue. Qui donc est allé retirer mes affaires de l'*Arctic Tern *ensuite ?* »

— Alain aurait pu le faire. Avant d'aller vous attendre à Saint-Brieuc, vous livrant ainsi la réponse que vous redoutiez, celle qui vous a mise hors de vous.

« *Les sauveteurs les auraient retrouvées.* »

— Ils n'ont repêché que vos deux sacs en cuir. D'après les témoins, vous en aviez un troisième, en toile, plus volumineux. Qui n'a pas été récupéré... Il y a d'autres possibilités. Peut-être n'avez-vous pas été si discrets que cela. Comment votre époux aurait-il encaissé la nouvelle de votre liaison ?

« *Pensez-vous qu'il aurait été si en colère qu'il en serait venu à commettre l'irréparable ?* »

— Je ne le sais pas encore.

« *Soyez patient, Martial. Vous n'êtes qu'au début de vos recherches. Vous ne m'avez pas encore parlé du poème. Comment le trouvez-vous ?* »

— Maladroit.

« *Je me suis pourtant donné du mal.* »

— Écriviez-vous souvent, Marie-Gabrielle ?

« *Si tel était le cas, on aurait trouvé d'autres textes dans mes tiroirs. Or il n'y a rien, même pas un carnet. Remarquez que j'aurais tout aussi bien pu m'en débarrasser, les brûlant dans la cheminée par exemple.* »

— Pourquoi avoir conservé celui-ci dans ce cas ?

« *Peut-être ces quelques lignes étaient-elles plus importantes à mes yeux.* »

— Peut-être sont-elles les seules que vous ayez jamais écrites... Il est question de bateaux qui ressemblent à des oiseaux, qui viennent vous chercher pour vous emmener loin. L'image est un peu éculée, si vous me permettez cette remarque.

« *Je ne suis pas très douée en poésie. Néanmoins, je vous répète que ces strophes étaient importantes, si importantes que je les ai écrites dans ma bible.* »

— J'aimerais bien comprendre pourquoi cette bible était toujours dans votre chambre. Pour quelqu'un qui a choisi de ne plus croire, ce n'est pas un objet anodin. Il aurait même dû être le premier à passer à la trappe. Je pense que votre époux a raison : ce poème lui était destiné. Lui seul pouvait attacher une certaine importance à cette bible, imaginer que vous n'aviez pas rompu tous les liens avec votre passé. Qui d'autre s'en serait soucié ? Qui d'autre l'aurait ouverte ? C'est une énigme, n'est-ce pas ? Le poème est une énigme que vous avez laissée à Baptiste.

« *À quoi servirait-elle ?* »

— À retrouver l'or, par exemple. Vous l'avez fait disparaître à Paris et vous l'avez apporté ici. Ensuite, il vous a fallu le cacher. Au moins jusqu'à votre départ.

Vous sentiez-vous menacée, Marie-Gabrielle ? Avez-vous pensé, durant un moment, que vous ne pourriez pas récupérer cet argent vous-même ? Que personne ne le pourrait ?

« *Vous allez en revenir à votre première idée, je le crains.* »

— Avant Paris, vous avez pris vos dispositions. Si vous ne parveniez pas à convaincre Alain de ne pas rompre, aucun de vous deux n'était censé survivre. Il aurait été dommage que l'or soit perdu. Le message dans la bible aurait tout aussi bien pu s'adresser à quelqu'un d'autre, quelqu'un qui aurait été dans le secret, à qui vous auriez pu dire : « S'il m'arrive quelque chose, trouvez ma bible et lisez ce que j'y ai écrit. »

« *Cet or fait beaucoup parler de lui. Pourquoi croyez-vous que mon époux garde ces appartements fermés à clé ?* »

— Il pense que le million s'y trouve. Ces louis d'or seraient sans doute une sacrée aubaine pour lui. Ce pourrait être la même chose pour vos enfants. Sans doute même pour vos domestiques.

« *Vous allez apprendre à tous les connaître.* »

— En tout cas, maintenant, c'est vous que j'ai l'impression de mieux connaître.

« *Vous a-t-il suffi de quelques lignes écrites à l'encre, de quelques objets, d'une armoire remplie de vêtements ? Ce n'est pas très flatteur.* »

— N'oubliez pas les photographies. Votre tristesse apparaît sur chacune d'entre elles. Celle de votre mère également. Sur la dernière, on devine de la colère dans ses yeux. Je n'arrive pas à imaginer, en la voyant ainsi, qu'elle ait pu être la femme soumise que vous m'avez décrite.

« *Elle était déjà âgée sur ce cliché. Elle portait le deuil de mon père et celui de mon pauvre frère. Elle portait le deuil de toute son existence, y compris celle à venir. Vous voyez de la colère ; moi, je ne vois qu'un effort immense pour endurer encore tout cela. Quand je doutais de moi, Martial, quand je doutais de la voie que j'avais choisi de suivre, il me suffisait de regarder ce cliché pour ne pas être tentée de revenir sur mes pas.* »

— Marie-Gabrielle, on dirait qu'un coin du carton qui l'encadre est décollé. Vous avez glissé quelque chose dessous. Une autre photographie. Une photo de vous !

« *Vous rougissez à nouveau, Martial ! C'est bien moi et je suis nue. Entièrement nue, allongée sur un tapis d'herbe rase. La mer est derrière moi. Mes cheveux sont détachés, le vent les taquine. Regardez-moi rire ! Regardez comme je pouvais être belle quand je me sentais en vie et libre.* »

— Qui a pris cette photo ?

« *Quelqu'un qui savait me rendre heureuse.* »

— J'ai vu une épreuve très ressemblante, dans le voilier d'Alain. Il y avait une citation de Jules Verne écrite au dos.

« *Il y a également quelque chose d'écrit au dos de celle-ci.* »

— La même encre. La même écriture fine qui ne ressemble pas à celle de votre lettre. Un extrait d'une fable de La Fontaine. Quand j'étais écolier, je l'ai sue par cœur. *Le loup et le chien*... « — Attaché ? dit le

Loup : vous ne courez donc pas où vous voulez ? — Pas toujours ; mais qu'importe ? »

Martial sursauta presque au son de sa voix qui résonna dans la chambre blanche. Il avait lu à haute voix. Il retourna la photographie et contempla à nouveau Marie-Gabrielle Lestage. Elle avait cessé de lui parler.

Il remit tout en place. Tout sauf cette image qu'il emporta. Pour qu'en la regardant, il n'oublie pas, lui non plus, la voie qu'il avait choisi de suivre. Pour qu'il ne soit jamais tenté de renoncer à découvrir la vérité sur cette histoire.

10

Après le dîner, Martial monta, seul, jusqu'à la chapelle Saint-Michel. Quelques nuages avaient commencé à voiler le ciel et ils étaient maintenant plus épais dans le coucher du soleil. Il s'assit sur le banc de pierre que la chapelle abritait du vent. Une partie de l'île s'étirait à ses pieds, paisible.

La journée avait été riche en informations. Après avoir quitté la chambre de Marie-Gabrielle Lestage, il était allé retrouver le notaire. Tout en boiseries et en tentures, le petit salon devait paraître chaleureux et confortable. Or, après la luminosité assumée des appartements de la défunte, la pièce lui parut trop sombre et mal vieillie. Il avait restitué la clé de la chambre à Baptiste Lestage ainsi que la feuille sur laquelle ce dernier avait recopié le poème de son épouse, que lui-même avait pris soin de retranscrire dans son carnet. Puis il avait posé quelques questions.

Le jour du naufrage, Lestage se trouvait à Paris. On lui avait téléphoné pour lui apprendre la terrible nouvelle. Il avait aussitôt fait réveiller son chauffeur et, sans plus attendre, ils avaient pris la route jusqu'à l'Arcouest, où

Ronan Le Flahec était venu le récupérer avec le canot à moteur de son fils. Le soleil était levé et les recherches pour retrouver Marie-Gabrielle avaient repris. Quant au corps d'Alain, il avait été emmené au sémaphore pour les examens d'usage. On ne l'avait rendu à sa veuve que dans l'après-midi mais, compte tenu des circonstances, Baptiste Lestage avait demandé qu'il soit installé à la morgue de l'hôpital de Saint-Brieuc. Ses deux fils étaient arrivés dans la journée, devancés de peu par Robin Vellout, l'homme de confiance de l'étude.

Il y avait bien des vêtements dans les deux sacs de voyage de son épouse. Mais pas ceux qu'elle portait depuis quelque temps : Lestage lui avait interdit de venir ainsi accoutrée à Paris. Elle avait fini par accepter de retrouver un style vestimentaire plus en rapport avec leur position dans la capitale. Il y avait donc trois tenues de rechange, deux autres paires de souliers, son linge intime, celui pour la nuit et son nécessaire de toilette. Les vêtements avaient été lavés, repassés et remis à leur place dans l'armoire de la chambre. Le nécessaire de toilette avait été nettoyé et rangé dans la salle d'eau. Il y avait aussi des livres neufs, achetés à Paris. Des romans essentiellement, qui n'avaient pas supporté le séjour dans l'eau de mer et avaient été jugés irrécupérables et brûlés. Baptiste Lestage n'avait pas assisté au départ de son épouse le jeudi matin, il ne savait donc rien du troisième sac, celui qui était en toile et assez volumineux.

Un peu plus tard, Antoinette Le Flahec confirma qu'aucun vêtement ne manquait dans l'armoire. Elle se ravisa cependant assez vite.

— Il y a juste une chose qu'on n'a pas retrouvée. C'est une cape. Une cape en laine, assez longue, avec un grand capuchon. Mme Lestage l'aimait beaucoup et la revêtait très souvent. Elle était aussi rouge que le rouge de notre drapeau. Elle ne passait pas inaperçue avec ça sur le dos.

— Savez-vous depuis quand cette cape a disparu ?

— Non. Je ne m'en suis aperçue qu'après la mort de Madame, quand il a été question de savoir ce qui allait la vêtir dans son cercueil. Je peux vous dire qu'elle l'avait encore au début du mois d'août, parce qu'elle me l'avait donnée à laver.

Antoinette Le Flahec allait sur ses cinquante ans. Robuste et décidée, elle avait des gestes posés et une voix agréable. Elle travaillait au manoir depuis le début. C'était une bonne place pour quelqu'un comme elle, qui était née sur l'île. Bien payée et assez tranquille vu que, en dehors de la belle saison, il n'y avait pas grand monde. Et surtout parce que son mari avait été embauché avec elle.

— Ça lui a permis de rester à terre. Nous avons vécu heureux ici. Mme Lestage était très gentille et, malgré ses originalités, pas très difficile à contenter. Nous avons notre logement dans le prolongement de la cuisine. C'est ici que notre fils a grandi.

Dès qu'il s'agissait de son fils, elle devenait intarissable. Il s'appelait Erwan, avait vingt-trois ans et travaillait sur les vedettes qui assuraient le passage vers la « grande terre ». Elle s'inquiétait beaucoup pour lui parce qu'il vivait seul, dans la petite maison qu'Antoinette avait héritée de ses parents, dans le bourg.

Elle espérait qu'il finisse par trouver une femme et un métier mieux payé.

Martial dut insister pour qu'ils reviennent à leur sujet, à savoir Marie-Gabrielle Lestage. Sa métamorphose ? La mort de sa mère l'avait détruite.

— Détruite de l'intérieur. Elle s'est mise à s'habiller comme une bohémienne, à sortir à n'importe quelle heure du jour ou de la nuit... Bien entendu, je me suis inquiétée. Une femme comme elle, si pieuse, si sévère avec elle-même, toujours bien mise... Elle a fréquenté une certaine personne de l'île, qui n'est pas très recommandable. Briant qu'elle s'appelle. Nous avons eu à subir ses visites, à plusieurs reprises. Mon mari et moi, on ne voulait pas trop l'approcher ni lui parler. Madame s'est mise en colère. La seule fois où elle nous a crié dessus en plus de vingt ans. L'autre, là, ça lui faisait plaisir qu'on se fasse enguirlander de la sorte. Vous auriez vu les regards qu'elle nous a lancés, ce jour-là, mais aussi toutes les autres fois. Cette femme n'a aucune moralité et le diable lui chuchote à l'oreille le secret des plantes, vu qu'elle est en cheville avec lui.

Il avait fallu repeindre les appartements de Mme Lestage, retirer tous les crucifix et les statuettes dans les pièces qu'elle occupait.

— Elle ne voulait plus de Dieu dans cette maison. Nous autres, on lui a dit que le malheur serait sur nous, parce qu'une maison sans Dieu est une maison perdue.

La nuit de juin où Marie-Gabrielle avait quitté le manoir, personne ne l'avait entendue sortir. Antoinette s'était rendu compte de sa disparition le lendemain matin : dans la chambre blanche, le lit n'était pas défait.

— Je n'ai pas eu le temps de donner l'alerte que déjà on venait tirer la cloche au portillon pour nous dire qu'on l'avait retrouvée, toute nue, presque morte, non loin de la terre aux Lépreux. On nous l'a ramenée ici, et elle est restée alitée près d'une semaine. Elle affirmait ne pas se souvenir de ce qui s'était passé, et le docteur qui est venu de Saint-Brieuc a même parlé de somnambulisme. Mais moi, je n'y ai pas cru. Parce qu'elle semblait être fière de ce qu'elle avait fait. Surtout quand on lui a dit que tout le monde en parlait et que ça n'allait pas tarder à s'ébruiter sur le continent. Je revois encore son visage s'éclairer : « Vous croyez, Antoinette, on va en parler aussi loin que cela ? » Il a bien fallu qu'on prévienne Monsieur. On lui a téléphoné et, deux jours après, il est venu. Il nous a ordonné de mieux surveiller son épouse et, à elle, il a dit que, si elle continuait « son cirque », il la ferait enfermer chez les fous. Il criait si fort qu'on l'entendait de la cuisine. Il y a eu aussi l'autre sorcière qui n'a pas pu s'empêcher d'admirer ce qu'elle avait déclenché. Elle est restée au chevet de Madame jusqu'à ce que M. Lestage arrive. C'est la dernière fois qu'on a vu cette peste sous ce toit.

Ensuite, il fut question d'Alain.

— Quelqu'un de gentil. Ça se voyait à ses yeux. Très effacé. Je crois qu'il ne s'est jamais senti très à l'aise au manoir. Lui, ce qu'il aimait par-dessus tout, c'était être sur l'eau. Je connais bien ce sentiment. De nombreuses femmes de l'île pourraient vous en parler.

— Comment s'entendait-il avec Mme Lestage ?

— Pour vous parler franchement, je crois qu'elle ne l'aimait pas beaucoup. Elle ne parlait pas bien de lui quand il n'y avait plus que nous pour l'entendre.

Elle l'appelait « le grand dadais » ou encore « l'imbécile qui a épousé ma fille ». S'il était présent, elle se forçait à être plus aimable. Mais elle en rajoutait tellement que personne ne pouvait être dupe. Je crois même...

Elle hésita.

— Je crois qu'elle le faisait exprès pour qu'il comprenne à quel point elle le méprisait.

Ronan Le Flahec, avec ses manières rustres et son regard méfiant, confirma les dires de sa femme. On sentait bien que, s'il avait aimé sa patronne, il ne portait pas le reste de la famille dans son cœur, à l'exception de Marthe, la petite dernière, qu'il décrivait comme « une bonne fille, la seule à garder de la tendresse pour sa mère ».

— Mme Lestage avait tourné le dos à sa famille, ça c'est sûr. Mais il faut aussi dire que ses enfants lui ont rendu la pareille. Personne n'a levé le petit doigt quand ils l'ont vue changer. Elle a connu une lente dégringolade, sans rien à quoi se raccrocher, sans personne, surtout.

Au début de leur conversation, dans le parc du manoir, Le Flahec avait gardé une certaine réserve. Puis, au fur et à mesure que Martial le laissait s'exprimer, il franchissait toutes les digues qu'il s'était imposées. Les Lestage avaient abandonné Marie-Gabrielle. Ils avaient même eu honte d'elle. Il n'osa pas dire que sa mort les soulageait, mais il n'était pas loin de le penser très fort.

— On a essayé, avec ma femme, de l'aider comme on pouvait. On a essayé d'éloigner la Briant, mais Mme Lestage a menacé de nous renvoyer sur-le-champ. On a voulu prévenir son époux, mais il n'a rien fait d'autre que vociférer. Comme il n'était pas question pour nous de la laisser, on s'est tu.

— Pensez-vous qu'elle avait vraiment perdu l'esprit ?

— Elle n'était pas folle. Elle s'était retirée du monde, et la tête avait fini par suivre à son tour... Alain venait parfois seul au manoir. On savait qu'il travaillait du côté d'Erquy. Il ne restait jamais très longtemps, seulement pour s'assurer que tout allait bien. En gros, il était envoyé pour surveiller sa belle-mère.

— Quels rapports entretenait-il avec votre patronne ?

— Je sais qu'il était votre ami. Néanmoins, sans vouloir offenser sa mémoire, M. Monsignac n'était pas très liant. Il était ici, à tourner en rond, pressé de repartir. Il m'est arrivé de l'aider à appareiller le *Saint-Liboire*. Et même là, il ne disait pas grand-chose. Je pense qu'il n'aimait pas cet endroit, et qu'il n'aimait pas Mme Lestage non plus. Quant à elle, dès qu'elle savait qu'il débarquait, elle faisait tout pour éviter de le voir et de lui parler.

— Je crois que M. Vellout la visitait aussi régulièrement.

— C'était un peu différent. Lui, il venait pour les papiers à signer, pour les comptes et pour payer nos gages.

— Tout à fait entre nous : M. Lestage pense que son épouse entretenait une liaison.

— Je suis au courant. Il nous a assez questionnés sur le sujet. Je vais vous répondre la même chose qu'à lui : nous ne nous sommes aperçus de rien. Connaissant la réputation de celle dont Mme Lestage est devenue la complice, cela n'est pas impossible. Elle aura voulu suivre son exemple.

— Quelqu'un de l'île ?

— Il n'y a pas beaucoup d'hommes par ici, à part les plus jeunes et les plus vieux. Les hommes, ils sont en mer, et ils y restent longtemps.

— Cela n'empêche pourtant personne d'attribuer de nombreuses aventures à Mlle Briant.

— Les hommes qui viennent chez elle arrivent tous du continent. Ils séjournent un ou deux jours, ils repartent, et on ne les revoit plus. Parfois, ils sont plusieurs en même temps. Je ne vous fais pas un dessin… Personne par ici n'oserait aller avec une femme comme elle, si envoûtante qu'elle soit. On sait tous ce qu'elle fait et ce qu'elle est. Quand elle va à la « grande terre », il paraît même qu'elle participe à des soirées très « spéciales » dont elle est l'attraction principale. On l'aurait même reconnue à Nantes, qui jouait les occasionnelles dans un bordel pour riches…

Originaire de Paimpol, Ronan Le Flahec avait suivi la tradition familiale. Jusqu'à ce qu'il rencontre Antoinette lors de la fête annuelle. Ils s'étaient mariés et n'avaient eu qu'un fils, Erwan. L'accouchement avait été compliqué et Antoinette n'avait plus pu porter d'enfant ensuite. Quand il y avait eu cette occasion au manoir, elle avait su convaincre son mari de postuler. Il ne le regrettait pas, même si les autres le considéraient encore comme un lâche. Il y avait du travail ici. La maison était grande. Il fallait l'entretenir, s'occuper du parc, du ravitaillement, alimenter la chaudière et les cheminées. Veiller sur les canalisations reliées à la source.

— Si mon fils avait voulu, il aurait pu lui aussi travailler au manoir. Il a eu la chance d'éviter la guerre et j'aurais aimé qu'il puisse être comme moi, éviter de dépendre de la mer. Mais il n'a rien écouté. C'est mon seul gars, vous comprenez... On voudrait qu'il se marie au moins. Et lui n'a pas l'air bien décidé.

— Votre épouse a insisté sur ce sujet tout à l'heure. Il est encore jeune.

Ronan Le Flahec passa le dos de la main sur son menton râpeux.

— Tous les étés, les enfants Lestage devenaient ses compagnons de jeu et, avec Marie... Comment vous dire ça ? Ils s'étaient rapprochés. Je suis un peu embarrassé d'avoir à raconter ces histoires. Quand elle s'est fiancée avec votre ami, Erwan a été dévasté. Il a même parlé de s'engager. Il savait pourtant que les Lestage n'auraient jamais autorisé qu'une telle union s'officialise.

Il hésita, marquant une pause, écrasé sous un poids dont il voulait se délester.

— Il faut que je vous avoue quelque chose, monsieur. Depuis qu'elle est veuve, il s'est mis en tête de reconquérir Marie. Et mon fils parle trop, surtout quand il a un coup dans le nez, ce qui arrive malheureusement trop souvent. Il s'est déjà vanté de ses projets, assurant à qui voulait l'entendre que la mort de M. Monsignac était un signe du destin. Je ne voudrais pas que vous vous mépreniez quand vous aurez eu vent de cela. Je sais bien que, comme M. Lestage, vous pensez que le *Saint-Liboire* ne s'est pas échoué par accident...

Le fils Le Flahec buvait une partie de ses sous dans les différents bistros de l'île. L'autre partie était mise de côté pour la vie à venir dont il rêvait toujours. Il se tenait à l'écart du manoir, obéissant ainsi à ses parents. Néanmoins, il continuait de promettre qu'un beau matin, il prendrait le bateau puis le train pour aller à Paris et retrouver Marie. À écouter son père, il était aveugle, ne remarquant pas combien la jeune femme avait changé, qu'elle n'était plus la fille enjouée et gentille d'autrefois.

— Son mariage lui a fait perdre son nom, mais il en a fait une vraie Lestage, aussi fière et sèche que son père et ses frères.

Dans la bouche de Le Flahec, seule Marthe Lestage s'en tirait bien. C'était une jeune fille qui, au premier abord, paraissait effacée. Elle répondit timidement aux questions de Martial. Ses yeux noisette étaient presque trop grands dans son visage où s'éternisaient les rondeurs de l'enfance. Cela lui donnait en permanence un air inquiet. Comme elle était très pâle, le rouge de ses lèvres, très marqué, était la seule touche de couleur qu'elle semblait s'autoriser. Ses cheveux étaient simplement coiffés sur le côté. Elle portait des vêtements masculins, plutôt sombres. Aucun bijou n'apparaissait tandis que ses ongles étaient coupés court. Elle ne cherchait pas à être jolie alors que sa beauté, moins perceptible que celle de sa sœur aînée, se révélait captivante.

Plusieurs fois, Martial dut répéter ses questions, car elle ne les avait pas entendues, sursautant soudain de sa propre distraction. Marthe avait suivi sa scolarité dans une pension religieuse pour jeunes filles, en Normandie. On l'en avait retirée l'année de ses quinze ans. Ensuite, elle avait habité à Paris, « chez mon père », disait-elle. Dès le mois de juin, on l'envoyait à Bréhat et elle y restait jusqu'à la fin de l'année. Elle semblait se contenter d'aller où on lui disait, sans esprit de contradiction, ni envie de révolte. Elle aimait cette île. Et, plus surprenant, elle aimait la compagnie de sa mère.

— Je l'ai toujours connue silencieuse, dit-elle d'une voix fluette. Avant, c'était parce qu'on l'avait élevée comme ça. Elle n'était pas aliénée, elle était absente. Moi, cela ne me dérangeait pas. Nous n'avions pas besoin de beaucoup nous parler. Plus le temps passait, plus nous nous comprenions.

Marthe ne jugeait pas mal Marie-Gabrielle, au contraire elle semblait l'admirer. Elle admirait cette quête de liberté et le courage qu'il lui avait fallu pour se dresser ainsi contre toutes les convenances. Martial reconnut en elle la même tristesse que sur les photos de Marie-Gabrielle jeune. En revanche, contrairement à cette dernière, il n'y avait ni souffrance ni colère. La jeune femme savait qu'elle n'aurait pas à vivre comme cela longtemps. Elle attendait patiemment, sans faire de bruit, que les portes se présentent devant elle. Portes dont elle paraissait déjà avoir trouvé la clé.

Sa mère était morte et elle en semblait réellement affectée. Ses yeux rougirent à plusieurs reprises au cours de l'entretien. Son père remuait ciel et terre, criant à l'assassinat, évoquant un adultère. Elle n'en tenait pas compte. La disparition d'Alain la laissait de marbre. Elle l'avait trouvé gentil, mais ils n'avaient jamais été proches. C'était triste pour sa sœur et le petit Rodolphe. Frères et sœur étaient pour elle des connaissances, pas davantage. Sa famille brassait des millions et cela ne l'intéressait pas le moins du monde. De toute manière, elle n'entendait rien aux affaires. Elle aimait bien sa cousine, Maëlle, qu'on avait recueillie après la mort de sa mère et qui était chargée de la chaperonner et de lui éviter de commettre « des bêtises ». Cependant, si elle pouvait choisir, elle aimait mieux la solitude et aurait voulu demeurer sur l'île en permanence, « mais sans mon père ».

Marthe Lestage se tenait en dehors du clan. Sa fébrilité apparente et sa passivité affichée ne devaient tromper personne. Elle ne fut pas d'un grand secours pour Martial, se déclarant ignorante de beaucoup de faits. Sans doute trop, d'ailleurs.

Maëlle Delaborde se montra, elle, beaucoup plus bavarde. À l'inverse de sa cousine, elle aimait bien être dans la lumière.

Elle était la fille du frère de Marie-Gabrielle, décédé alors qu'elle n'avait que douze ans. Quand sa mère était morte à son tour, dix-huit mois plus tôt, elle s'était retrouvée sans le sou. Son oncle avait accepté de la prendre sous son aile. Il lui avait demandé, en échange, de veiller sur Marthe qui, selon lui, « manquait de repères ».

— J'aime beaucoup ma jeune cousine, mais je dois reconnaître qu'elle a une façon d'être qui peut inquiéter. Quand on voit comment est devenue sa mère... Mon oncle craint qu'elle ne soit atteinte du même mal.

— Est-ce pour mieux la surveiller qu'il l'a retirée de son pensionnat ?

— Non. Il a été contraint de le faire !

Elle avait réagi sans réfléchir, regrettant ensuite son empressement, tordant la bouche dans une grimace d'hésitation. Hésitation qui ne dura guère.

— Marthe a eu des ennuis là-bas. Elle a été victime de violence de la part des autres élèves. On l'a retrouvée un soir couverte de sang et d'ecchymoses, quasiment inconsciente. Elle n'a rien voulu dire, affirmant qu'elle avait glissé dans les escaliers. Toutefois, la supérieure a dû prévenir son père. Il a décidé de la retirer.

Marthe n'y avait fait allusion qu'une seule fois. Un groupe de filles, parmi les plus grandes, s'en étaient bien prises à elle. Chez les Lestage, on en connaissait la raison, qui avait convaincu le père de surveiller sa cadette et de l'éloigner de la capitale.

— Elle a eu des relations contre nature avec une autre fille, dans son école. Cela s'est su, et on le lui a fait payer. De retour chez elle, elle a failli tomber malade de chagrin. Puis elle a essayé de renouer les liens avec sa... Enfin, avec cette fille, quoi. Mon oncle l'a découvert...

Maëlle avait accepté sa mission. Bréhat était un bel endroit sous le soleil, cependant il prenait un autre visage quand il se retrouvait sous la brume, ce qui était hélas assez fréquent. Elle avait tellement aimé vivre à Paris qu'elle brûlait de s'y installer pour le reste de ses jours. Pour compenser son sacrifice, on l'avait autorisée à installer son atelier sous les toits. Une pièce immense, rien que pour elle.

— Vous peignez ?

— Oui. Je pourrais peindre plusieurs jours d'affilée sans m'arrêter. Mon oncle dit que j'ai du talent.

Maëlle connaissait mal sa tante. Quand elle l'avait revue, celle-ci avait déjà « perdu la tête ». Elle avait été marquée par l'épisode de la disparition du mois de juin, ce qui lui avait fait penser, à l'époque, que tout cela finirait mal.

— Je l'ai même dit à mon oncle. C'était comme si elle ne savait plus ce qu'elle faisait.

Elle avait été choquée de voir la « sorcière rousse » se précipiter à son chevet, se comportant comme si « elle était chez elle ».

Alain était relégué au rang de simple figurant, à peine aperçu. Ronan Le Flahec lui faisait un peu peur. Pierre-Jean, son cousin, dépassait à peine de l'ombre. Mais, quand elle parlait de son oncle, Maëlle s'éclairait davantage, ses paroles faisaient de lui un roc, un homme tel qu'on n'en trouvait plus. Elle lui était réellement dévouée. Martial commença à se demander si cette dévotion ne cachait pas des relations moins avouables. Il eut la même impression quand on évoqua l'autre cousin, Jean-Baptiste. À son sujet, la jeune femme ne dit presque rien, ce qui était déjà surprenant de sa part. Le rouge qui lui monta aux joues dès que son prénom fut prononcé pouvait se passer de mots.

Ce soir-là, quand la fraîcheur de l'air poussa Martial à pénétrer dans la chapelle Saint-Michel, il contempla pour la énième fois le cliché qu'il avait dérobé. Celui d'une autre femme qui était pourtant la même. Nue, allongée sur un tapis d'herbe, riant aux éclats. Une vraie lumière. Il relut les quelques mots écrits au dos. Les cierges étaient si nombreux qu'ils illuminaient l'intérieur de la chapelle. Il faisait bon. L'endroit était apaisant, accueillant. Le vent venait buter contre ses murs épais sans pouvoir y pénétrer.

— Vous avez bien trompé votre monde tous les deux ! Alain et vous.

Cependant, dans cette chapelle, il n'y eut personne pour lui répondre.

11

Le poème laissé par Marie-Gabrielle Lestage se composait de quatre quatrains. Chacun de leurs premiers vers ne comportait que deux mots, deux mots qui commençaient par les deux mêmes lettres : A et P. Jusque tard dans la nuit, Martial avait essayé de percer le mystère de ces quelques lignes. Finalement, le sommeil avait eu raison de lui après qu'il avait tenté tous les bricolages possibles.

Le lendemain matin, réveillé de bonne heure par les bruits du port, il était sorti marcher. C'est ainsi qu'il découvrit que les matins sur l'île commençaient dans le grincement des poulies pour la première corvée d'eau de la journée. Et aussi qu'on ne lui avait pas menti : partout, près des puits, dans les potagers, dans les champs, sur les chemins et même sur les quais du port, il n'y avait quasiment que des femmes.

Le ciel nuageux venait marquer à sa manière le début de l'automne, mais ne remettait pas en cause la douceur de l'air. Martial eut vraiment l'impression de rencontrer l'île, comme si sa première visite n'avait été qu'un rapide survol. Il franchit l'épais pont de pierre, dépassa la croix qui marquait la frontière entre les deux mondes, laissant les dernières grappes de maisons dans son dos. En suivant la direction de la pointe du Paon, cherchant sa route parmi les multiples sentiers, il espérait tomber sur Saint-Riom. « Si vous cherchez la marque des sorciers, commencez par là », lui avait conseillé Joseph Le Cleuziat, la veille au soir, quand il était venu le saluer entre deux parties de cartes. Ils avaient bu un verre ensemble.

Il découvrit sans mal les ruines de l'ancienne chapelle. Les quatre murs peinaient à tenir encore debout. Une fontaine les devançait, de l'autre côté du chemin. Personne ne venait y tirer de l'eau parce qu'on la disait maléfique. Derrière les vestiges, un cimetière abandonné disparaissait sous la végétation.

Martial sortit ensuite de la lande pour parvenir à l'endroit où les ajoncs et les fougères ne supportaient plus le vent. L'herbe rase y cohabitait avec les rochers. Les rafales l'obligèrent à boutonner sa veste. Ronan Le Flahec lui avait expliqué comment repérer l'endroit où on avait retrouvé sa patronne au petit matin, nue et inconsciente. Il fallait prendre à droite, au premier embranchement après Saint-Riom, puis aller tout droit, jusqu'à la mer. De cet endroit, on pouvait contempler Morbic, l'île aux Lépreux, là où, selon les îliens, la magie noire régnait en maîtresse et où se tenaient des cérémonies dont il ne fallait pas prononcer le nom.

Marie-Gabrielle Lestage avait quasiment traversé l'île de part en part. Comme on n'avait jamais retrouvé de vêtements et que rien ne manquait dans son armoire, on en avait conclu qu'elle était déjà nue en quittant le manoir. Pourquoi était-elle venue ici ? Elle avait l'habitude de s'y rendre depuis quelque temps déjà, selon son époux. Faire ce qu'« on » – à savoir Élisabeth Briant –, lui avait enseigné : communier avec le Malin, sur cet îlot où même les oiseaux refusaient de se poser. Le bras de mer qui le séparait de la côte était tout de même assez large, y compris à marée basse. « Ceux qui ont osé les épier quelquefois, au risque d'être ensorcelés, disent que la Rousse flottait au-dessus de l'eau et qu'elle tenait Mme Lestage par la main. »

« Ceux qui ont osé les épier… » avait dit Le Cleuziat, autrement dit ceux qui les avaient suivies en pleine nuit, et n'avaient discerné que des silhouettes dans le halo des lanternes. Martial chercha bien, mais ne trouva aucune embarcation. Soit celle-ci était trop bien cachée, soit les deux femmes connaissaient un gué. Lui avait opté pour la solution la plus simple : trouver quelqu'un pour le faire traverser.

Erwan Le Flahec finissait son service du matin après la vedette de dix heures. Il ne reprenait ensuite que pour les deux allers-retours du soir. Son père avait promis à Martial qu'il viendrait lui faire traverser le bras de mer lorsque, la veille, il avait émis le souhait de se rendre sur l'île aux Lépreux. Le jeune homme possédait une barque, qui était ancrée à la grève de l'Église. Il y avait fait monter un de ces nouveaux moteurs diesel. Ronan serait bien venu lui-même, mais Martial avait compris qu'il souhaitait qu'Erwan et lui puissent discuter. Il était donc convenu qu'il attendrait le fils Le Flahec sur la grève face à l'îlot.

La terre s'en allait dans la mer avec calme, en pente douce, sans beaucoup de rochers. La mer le lui rendait bien en se montrant bienveillante et apaisée. Une des pointes de Morbic s'avançait en une langue de sable et de gravier, à deux cents mètres de là. Martial n'eut pas à patienter bien longtemps. Erwan était même en avance. Martial vit la petite embarcation couper à travers les morceaux de roches qui étaient dispersés dans l'eau. Le jeune homme se tenait debout, à l'arrière, la main sur le gouvernail. Sa barque glissait, sans à-coups. Quand il réduisit les gaz, jusqu'à ce que son moteur ne soit plus qu'un hoquet, elle continua d'avancer vers Martial, écartant l'eau de sa proue en deux vagues argentées.

Le jeune Le Flahec ne semblait pas ravi de devoir jouer les passeurs. Grand et maigre, les épaules tombantes, une barbe qui refusait de pousser au-delà du menton, des cheveux clairs en broussaille, des cernes gris qui ne parvenaient pas à effacer l'azur de ses yeux, on le devinait fragile, physiquement fragile.

L'eau dans laquelle Martial mit les pieds pour atteindre la barque le saisit. Il laissa échapper un petit cri de surprise. Empoté dès qu'il s'agissait de mer et de bateaux, il réussit néanmoins à monter à bord sans se ridiculiser davantage. Puis, en un rien de temps, ils franchirent la petite étendue d'eau, et la barque vint accoster sur la langue sableuse.

— Je vous attends dans le canot, bougonna Erwan.
— Très bien. Je ne serai pas long.

La roche grise avait essaimé partout et semblait sortir de terre comme si on en avait jeté les graines à la volée. L'îlot s'étirait tout en longueur vers le nord. Son centre était marqué par une crête. Le versant qui regardait Bréhat subissait les vents d'ouest. De l'autre côté, on se trouvait soudain à l'abri, non seulement des rafales, mais aussi des regards. La végétation, bien qu'encore tapie, reprenait ici un peu de force. L'herbe était plus épaisse, plus verte. Et les rochers se risquaient à prendre un peu plus de hauteur.

Martial découvrit une sorte d'amphithéâtre naturel ouvert sur la mer, à quelques pas d'elle. Un large cercle avait été tracé par terre, à l'aide de cailloux. Au centre de ce cercle, le velours de l'herbe n'existait plus, mangé par des cendres anciennes, amalgamées en paquets solides et épais. Il n'y avait aucune trace de charbon : le combustible utilisé n'était pas du bois. Martial fouina dans les interstices entre les rochers, à la recherche d'objets ou de vêtements. Il souleva les galets, sonda le sol afin de détecter un éventuel trou dissimulé. Sans résultat. Alors, il élargit le rayon de ses investigations. Dans son poème, Marie-Gabrielle faisait référence aux « cailloux gris ». Il était possible que l'or soit caché ici. C'est en essayant de découvrir cette éventuelle cachette qu'il parvint sur une autre esplanade herbeuse tout aussi abritée. Le tapis d'herbe y était vierge, épargné par la pierre et le feu. Il sortit la photographie de son portefeuille. C'est ici qu'elle avait été prise, et il put même se placer à l'endroit exact où avait dû se tenir le photographe quand il avait capturé sur sa plaque le rire et la nudité de l'épouse Lestage.

Il inspecta aussi bien qu'il le put le versant est de l'île aux Lépreux et, quand il remonta vers la crête rocheuse, il fallait bien admettre que les traces d'un ancien feu ne prouvaient rien. Il se tint debout, retrouvant le vent, essayant de mémoriser les lieux. Plus loin, Erwan Le Flahec était assis dans sa barque et fumait sa pipe. Machinalement, le regard de Martial se porta sur la grève où il avait patienté, en attendant qu'on vienne le faire traverser. Il sentit un corset invisible l'enserrer, qui lui coupa la respiration. Au bord de cette plage, il y avait une silhouette, enfouie sous une cape et une large capuche. Une cape rouge, écarlate. Elle semblait l'observer mais, à la place du visage, il n'y avait qu'un ovale noir. Cela dura à peine deux ou trois secondes. Soudain, une rafale de vent plus violente que les autres vint le gifler et faillit le renverser. Il rattrapa son équilibre à la force de ses cuisses, prêt à basculer vers l'arrière. Quand il releva la tête, la cape rouge avait disparu. Il observa les alentours un bon moment, sans bouger, guettant le moindre mouvement, le moindre indice de cette présence, dissimulée derrière un des rochers. Mais il ne vit rien et se demanda si son imagination ne lui avait pas joué un mauvais tour. Tout en sachant, au fond de lui, qu'il avait bien vu.

Encore un peu retourné par cette apparition, il rejoignit la barque. Il était temps pour Martial de recouvrer ses esprits et de respecter sa part du marché.

— Votre père m'a dit hier que vous connaissiez bien les enfants Lestage...

Le jeune homme, bien droit et les lèvres closes, lui adressa un regard impassible.

— Vous avez grandi au manoir, n'est-ce pas ?

Il acquiesça.

— Vous avez dû jouer avec eux.

Le rempart ne résista pas plus longtemps.

— Surtout avec Pierre-Jean. Son frère aîné était plus distant avec moi. Il n'aimait pas trop ma compagnie, je crois.

— Et Marie ?

Erwan Le Flahec redevint celui qu'il était vraiment, malgré son simulacre de barbe, malgré le torse qu'il essayait de gonfler.

— Marie aussi. Enfin, je veux dire qu'elle jouait avec nous.

— Vous étiez amoureux d'elle ?

La question, brutale et peu courtoise, fit perdre pied au fils Le Flahec.

— Vous pouvez être franc avec moi. Tout cela restera entre nous. Il se raconte que vous auriez eu des commentaires déplacés sur le drame de cet été. Il ne faudrait pas que cela se retourne contre vous...

— Oui, répondit le jeune homme, soulagé. J'étais amoureux d'elle. Très amoureux, même. C'est la plus jolie fille que j'aie jamais vue, la plus gentille. Avec elle, je me suis jamais senti comme le fils des domestiques, parce qu'elle ne m'a jamais regardé comme ça.

— Partageait-elle vos sentiments ?

— C'était le cas. Même si elle s'est fiancée.

Une douleur de ce genre, Martial ne la connaissait que trop bien. Erwan lui fut alors plus sympathique, comme un frère de souffrance.

— L'avez-vous revue à partir de ce moment-là ?

— Oui, je l'ai revue. De loin, parce qu'elle refusait de m'approcher.

— Pourtant, vous n'avez pas renoncé à elle. Jusqu'à dire des bêtises en public au sujet de la mort de son époux...

— Marie, c'est toute ma vie, vous comprenez ? Son premier baiser a été pour moi. Les autres, au manoir, ils n'auraient jamais voulu qu'elle aille avec un gars comme moi. Son père me l'a expliqué un jour, juste après l'annonce des fiançailles. « Tu n'es plus un enfant, Erwan. Alors je vais te parler comme on parle à un homme. Le temps des jeux avec Marie est passé. Elle doit vivre sa vie désormais. Et toi, de ton côté, tu dois vivre la tienne. Ces deux vies ne se rencontreront jamais pour n'en former qu'une. Ne l'espère pas, car c'est impossible. Me comprends-tu ? Impossible ! Et je veillerai à ce que cela le reste. » Vous savez ce qu'il a fait ensuite ? Il m'a donné de l'argent, un gros paquet de billets. Il m'a dit que c'était pour m'aider à avancer, à me construire un avenir. Alors que cet avenir, il venait de me le tuer.

Il avait réduit les gaz et la barque avançait au ralenti. Il baissait la tête, courbé par la rage et l'humiliation mélangées.

— Il a acheté mon renoncement, et il y a mis le prix. J'ai accepté cet argent. Je l'ai caché dans la maison de ma grand-mère et je suis allé à Paimpol pour essayer de m'engager sur les rares bateaux qui font encore les campagnes de pêche dans les eaux du Nord. Là-bas non plus, ils n'ont pas voulu de moi. Alors, j'ai trouvé ce petit boulot. Et j'ai consenti à piocher dans l'argent du père Lestage. Ce moteur, c'est lui qui me l'a payé !

— Il semble que vous vous soyez ouvert de certains de vos projets récemment. Projets qui incluent Marie.

— Je sais que son mari était un de vos amis. Il est aussi celui qui me l'a prise. Et je pense que sa mort, si triste soit-elle, est un signe du destin.

— S'il s'avère qu'elle n'a pas été accidentelle, vous rendez-vous compte que ce genre de propos peut vous conduire devant un juge ?

— Au moins, tout le monde pourra entendre mon histoire, comment on m'a payé pour que je n'empêche pas ce mariage... Marie m'avait promis que, si sa famille s'opposait à notre union, elle partirait avec moi, dans un endroit où ils ne pourraient pas nous trouver.

— C'était une promesse d'enfant, Erwan.

— Alors pourquoi cet argent ? Si son père était si sûr de sa fille, que pouvait-il craindre ? Que je vienne pleurer toutes les nuits sous ses fenêtres ? Que je lui écrive des lettres durant des années ? Vous voulez la vérité ? Je lui en ai écrit une de lettre, une seule. Il y a un an environ. Je lui ai dit qu'on m'avait parlé d'un endroit où la terre est si vaste qu'on en donne à tout le monde. Que, dans cet endroit, tout est à faire et que, pour peu qu'on soit vaillant, on peut faire beaucoup. Il y a même des lacs si étendus qu'on croirait des mers. À Noël dernier, j'ai trouvé une enveloppe chez moi, qu'on avait glissée sous ma porte. Il y avait juste mon prénom écrit dessus. Et dedans, il y avait ça.

Il glissa une main fébrile sous sa chemise et en ressortit un pendentif qui était attaché à son cou par un lacet.

— Je me suis renseigné, ça représente une feuille d'érable, le symbole du pays dont je lui ai parlé dans ma lettre. Qu'auriez-vous compris à ma place ? C'était le rappel d'une promesse qui n'est pas morte.

Erwan Le Flahec avait repris de l'assurance. Il était assez étonnant de le voir naviguer entre deux âges, basculant tantôt vers l'un, tantôt vers l'autre. Il pouvait être désarmant de sincérité et de vulnérabilité, tout comme devenir rustre, presque animal. Dans les deux cas, la colère était sa maîtresse et son guide.

Revenu à l'hôtel pour le déjeuner, Martial ne parvenait pas à détacher son esprit de la silhouette à la cape rouge. Il ne se rendit même pas compte de ce qu'on lui servait à manger, n'ayant désormais qu'une hâte, celle de revenir là-bas le plus rapidement possible.

— La pluie arrive, le prévint l'hôtelier. Elle sera sur nous avant ce soir.

Il ne l'écouta que d'une oreille et se retrouva rapidement sur les sentiers. Il força son pas pour retrouver la grève face à Morbic. Une fois sur place, il chercha vainement une trace, un indice prouvant qu'il n'avait pas rêvé. Une fois encore, il ne trouva rien. Alors, il déambula dans la lande, parmi les fougères et les ajoncs, au gré de pistes plus ou moins visibles qui dessinaient une sorte de labyrinthe ne pénétrant jamais au cœur des broussailles. On restait à la porte d'un monde caché où seuls les lapins semblaient tolérés. Même si le vent était encore perceptible, la présence de la mer ne s'y devinait presque plus. Dans ces enchevêtrements, le paysage ne ressemblait plus à une île, mais plutôt à un territoire de l'entre-deux, mystérieux et acariâtre. À deux reprises, Martial tomba même sur des marécages. Les fougères s'écartaient au tout dernier moment pour laisser place aux roseaux filandreux. Les sons étaient ici étouffés, le vent presque mort, et il régnait une sorte de moiteur étrange. La lande du Nord était la terre des légendes, celle des nuits peuplées de créatures plus ou moins malveillantes. Errer dans un tel endroit après la tombée du jour était un signe d'allégeance à l'impénétrable.

Ne croisant pas âme qui vive, Martial poussa jusqu'au phare du Paon. La tourelle était carrée et une maison d'habitation lui servait de base. Deux femmes s'affairaient à son pied, dans les bourrasques plus violentes qu'ailleurs. Elles le virent arriver de loin et suspendirent leurs gestes en même temps. Comme il continuait d'avancer, elles se redressèrent, mains sur les hanches, et se rapprochèrent l'une de l'autre.

— On comprend mieux, en venant jusqu'ici, pourquoi ce phare a été construit à cet endroit. Les rochers en contrebas sont spectaculaires.

Le Paon toisait une pointe de granit rose, où les roches, debout, rivalisaient de formes rocambolesques. La mer venait s'y fracasser avec rage et, des quelques gouffres, remontait sa plainte.

— Cela doit être une sacrée responsabilité de tenir ce feu allumé. Avant de venir sur cette île, je ne savais pas que des femmes pouvaient être embauchées pour s'occuper des phares.

— Il n'y a pas vraiment le choix par chez nous, répondit la plus âgée des deux. Les hommes, il n'y en a pas de trop sur l'île.

— La Compagnie aurait pu prendre des hommes du continent...

— Ce qui est à Bréhat doit rester à Bréhat. Voilà comment on voit les choses par ici. Nous autres, nous ne leur coûtons pas cher. C'est ça qu'ils voient en premier. Peu importe qui s'occupe de la tâche. Au Four, il paraît qu'ils ont même mis des invalides de la guerre qui ne connaissent rien à la mer. Nous, au moins, la mer, on la connaît.

— On vous loge dans cette maisonnette ?
— Le temps de nos gardes. Deux nuits consécutives.
— Et la journée ?
— Un phare vit la nuit et dort le jour. On a plus de libertés quand le soleil est levé.
— Le vent doit faire un sacré boucan dans votre logement. C'est impressionnant !
— Le vent, on s'y fait. Par contre, quand la tempête s'abat, c'est autre chose. Vous voyez ce gouffre, juste en bas ? C'est là qu'est le marteau du Paon. Il frappe sans s'arrêter, et alors là, impossible de fermer l'œil.

Les deux femmes, rassurées, se remirent à l'ouvrage. Pourtant, Martial n'en avait pas fini.

— Tout à l'heure, il m'a semblé apercevoir quelqu'un dans la lande, avec une cape rouge. Vous ne l'auriez pas vu, par hasard ?
— On n'est là que depuis une heure et on n'a vu personne d'autre que vous.

La plus jeune des deux femmes, plus menue, se tenait en retrait et laissait répondre son aînée. Elle sortit de sa réserve.

— Vous savez, dans cette partie de l'île, il se passe toujours de drôles de choses. Il n'y avait qu'une femme qui portait une cape comme vous avez dit et qui osait s'aventurer dans le coin. C'est sans doute elle que vous avez vue.
— Vous parlez de Mme Lestage, n'est-ce pas ?

La jeune femme acquiesça tandis que l'autre faisait mine de n'être préoccupée que par le nettoyage de sa cuve.

— Mme Lestage est morte…

— Je vous l'ai dit : des choses étranges... Quand on traverse la lande, il arrive que l'on voie ce qui ne devrait pas être vu.

— Avez-vous été témoin de certains phénomènes ?

— Oui. Comme vous, j'ai reconnu le fantôme de la mère Lestage. Et il y en a d'autres. Cette terre est la leur. Mieux vaut ne pas y traîner.

— Justement, Mme Lestage y venait souvent.

— Oui, c'est vrai. Y compris la nuit. Les diableries qui naissent dans ces friches ont besoin d'adeptes. Une fois, j'étais en haut de la tour et je les ai vues, elle et la Rousse. Elles portaient des lanternes. Elles sont passées sur l'île aux Lépreux, en marchant sur la mer. On sait ce qui se passe ensuite là-bas.

— Moi, je l'ignore.

— Des messes noires, reprit la plus âgée. De la sorcellerie. C'est ça qu'on essaye de vous dire, mon bon monsieur. Si Mme Lestage venait ici, c'est parce qu'elle était devenue une fidèle de l'Ombre. Et c'est pour cela qu'aujourd'hui, elle est une non-morte, comme on en trouve beaucoup dans la lande.

— Je suis étonné que personne ne se soit élevé contre ces pratiques.

— La Rousse, y vaut mieux pas lui chercher querelle. Le vieux Grégoire a essayé il y a deux ans. Il est allé lui dire en face qu'il allait l'embrocher avec sa fourche et mettre le feu à sa maudite maison si elle ne fichait pas le camp. Deux jours après, il est devenu comme fou, courant sur les chemins en hurlant qu'une meute de loups était à ses trousses. Il était si effrayé qu'il a brisé net la mâchoire du père Caillaux quand celui-ci a tenté de l'arrêter. Grégoire a couru jusqu'au port et s'est jeté à l'eau, bien décidé à traverser à la nage. Depuis, il est chez les fous, à Saint-Brieuc, et il n'en sortira jamais. On raconte qu'il passe son temps à hurler de terreur... La Rousse, on la laisse faire sa cuisine avec le diable tant qu'on n'a pas à y goûter. Il suffit de se tenir éloigné de sa maison. Et de ne pas traverser la lande de nuit.

Martial eut droit aux oiseaux qui évitaient Morbic, aux animaux qui n'entraient jamais dans l'enclos de l'ancien cimetière aux Lépreux de Saint-Riom, à la faille du Marteau qui prédisait la date des mariages, aux feux follets des marécages annonçant les tempêtes avec deux jours d'avance. Et elles lui racontèrent la légende des naufragés hurleurs.

— Pour une terre de magie, il y a toujours eu des femmes comme la Rousse. Et elles ont toutes vécu dans la maison d'Ar-Gall. Personne d'autre qu'elles ne peut habiter là-bas, à cause des mauvais esprits.

12

Ar-Gall se blottissait dans un creux qui ne s'ouvrait que vers le sud, à l'abri des mauvais vents. Si fougères et ajoncs disparaissaient, la végétation restait touffue, désordonnée et donnait au lieu un visage d'abandon. Et puis la propriété finissait par apparaître, basse et trapue. Les murs étaient faits de pierres épaisses, dont le gris tirait sur le noir. Côté sentier, ils offraient les caractéristiques d'une forteresse, ne se permettant que quelques ouvertures étroites et multipliant les angles droits, qui les rendaient presque agressifs. Une seule porte s'y ouvrait, pleine et lourde, enchâssée sous une arche où, dans une niche, une gargouille à la figure démoniaque montait bonne garde.

Il avait commencé à pleuvoir, une pluie fine qui rajoutait à la sévérité des bâtiments en faisant pleurer les pierres qui s'assombrissaient davantage. Les broussailles et les arbustes se pressaient dans le dos de Martial et il avait la sensation de se retrouver pris dans les mâchoires d'un étau. Il frappa à la porte. Une première fois, puis une deuxième. Il n'obtint aucune réponse, si ce n'est le son du ruissellement de la pluie. La troisième fois, il y ajouta la voix, sans plus de succès. Il s'apprêtait à longer le mur pour tenter de trouver une autre percée quand, soudain, il y eut un claquement sec, métallique, et la porte s'entrouvrit en grinçant. Martial, immobile, attendit, mais rien d'autre ne se passa. Il s'approcha et la poussa doucement, du bout des doigts. Le battant s'ouvrit sans résister.

— Mademoiselle Briant ? lança-t-il dans le vide.

Il devinait une cour aux pavés mal ajustés et un arbre qui trônait en son centre, petit par la hauteur, mais épais. Plus loin, il n'y avait plus aucun mur. Un grand champ s'échappait vers la mer, que l'on parvenait à distinguer entre deux mamelons couverts d'herbes folles. Il n'y avait plus de noirceur, plus de sensation d'étouffement ni d'enfermement, bien au contraire : tout semblait plus ouvert et plus lumineux.

Comme personne ne lui répondait, il pénétra dans la cour. À sa droite, il découvrit un jardinet en arc de cercle, bien entretenu. À sa gauche, la maison commençait son enfilade. Sous ses pieds, les pavés tanguaient dans un claquement mou. Il alla ainsi jusqu'à la limite du champ en friche. Il se retourna et découvrit que la maison présentait un tout autre visage. Les ouvertures étaient plus nombreuses, très larges. Celles qui perçaient le toit, et que le chaume venait épouser en s'arrondissant, avaient même un côté délicat. Les boiseries étaient blanches. Il ne manquait plus que des fleurs pour se retrouver devant une chaumière digne d'un conte pour enfants.

— Mademoiselle Briant ? appela à nouveau Martial.

Il s'approcha de la première porte-fenêtre. Il se pencha jusqu'au ras des vitres sans déceler le moindre signe de vie à l'intérieur. Alors il décida de ressortir. Il regagna la lourde porte qui s'était ouverte toute seule, agrippa sa grosse poignée et commença à la tirer derrière lui. Il jeta un dernier coup d'œil à la cour et là, il ne put s'empêcher de sursauter. Une femme se tenait debout devant l'arbre au large tronc. Figée comme une statue, apparue comme par enchantement. Elle était grande et élancée, dans une longue robe verte dont les pans de tissu se superposaient en corolle. On ne pouvait que remarquer ses longs cheveux roux qui tombaient en ondulant sur ses épaules, à peine caressés par la pluie. Et son visage aussi blanc que le lait, légèrement rosi aux pommettes, tandis que des commissures profondes donnaient à sa bouche l'expression d'un sourire permanent. Ses yeux clairs, plus écartés que la normale, lui conféraient un regard hypnotique. Martial était impressionné.

— Mademoiselle Briant ? réussit-il à bégayer. Veuillez m'excuser, la porte était ouverte et j'ai pris la liberté d'entrer. Je m'appelle Martial de La Boissière.

— Bonjour, Martial. Je m'attendais à une visite plus précoce de votre part.

Sa voix était douce et musicale, à l'encontre de l'image animale qu'elle dégageait.

— Je ne suis arrivé sur l'île qu'hier.

— Je sais. Hier matin, par le premier bateau. Je sais aussi pourquoi vous êtes venu. C'est pour cela que je croyais que vous alliez vous précipiter pour m'interroger après tout ce qu'on a dû vous raconter sur mon compte.

Elle n'avait pas bougé d'un pouce, les yeux fixes.

— Peut-être avez-vous craint que les rumeurs ne vous accablent en venant ainsi chez moi.

— Je ne crains pas les rumeurs, mademoiselle.

— Craignez-vous davantage la pluie, Martial ? Parce que je vous inviterais bien à me suivre à l'intérieur, où nous serions bien mieux pour discuter.

En guise de réponse, Martial revint dans la cour et referma la porte. Ce ne fut qu'à partir de ce moment-là qu'Élisabeth Briant se mit en mouvement, sa robe dansant harmonieusement autour de ses jambes. Elle entra la première, s'écartant ensuite pour permettre à Martial de faire de même.

Ils se retrouvèrent dans une grande pièce plutôt claire, lambrissée d'un bois à la peinture discrète, qui laissait apparaître ses zébrures. Le plafond était haut, lui aussi patiné de blanc. Les meubles, de style anglais, au bois couleur miel, délimitaient plusieurs espaces. Une longue table et un grand buffet occupaient le coin le plus proche de l'entrée, près d'une première cheminée où vivotait un feu discret. Quatre fauteuils regroupés autour de deux guéridons, les pieds bien enfoncés dans un tapis épais, constituaient un premier salon. Enfin, à l'autre bout de la salle, deux grands sofas regardaient une seconde cheminée dont les braises participaient aux nuances de rouge et d'orange qui animaient ce coin-là. Deux très grandes bibliothèques occupaient une large partie du mur d'en face. Leurs étagères ployaient sous le poids des livres. L'odeur qui régnait dans cette pièce rappelait celle de l'herbe fraîchement coupée et des soirées d'été. L'endroit était chaleureux. Même la pluie qui tombait derrière les fenêtres en devenait agréable.

— Aimez-vous le thé, Martial ? Moi, j'en raffole. C'est mon côté anglais.

Elle disparut derrière une porte, qui resta ouverte. Martial prit le temps d'arpenter la salle. Les tableaux accrochés rappelaient tous le feu, celui du soleil qui se couche, celui qui réchauffe, mais aussi celui qui ravage. Ils étaient tous d'une grande qualité et troublaient par la manière dont ils embrasaient l'espace. Dans les bibliothèques, quelques objets hétéroclites devançaient les dos des ouvrages : un gros trousseau de clés noires suspendu à une potence en bois brut ; plusieurs boules de verre à l'intérieur desquelles des volutes colorées avaient été emprisonnées ; de nombreux bougeoirs de toutes les formes, chacun remodelé par les avalanches de cire blanche... Les livres alignés là étaient en français et en anglais. Ils étaient mélangés sans logique apparente, les différences de taille rendant les étagères aussi biscornues que la maison. Thoreau et Kipling y côtoyaient Taine, Gautier et Hugo.

— Je les range par ordre de lecture, lança Élisabeth de la cuisine, où elle le regardait, les bras croisés.

— Vous lisez beaucoup...

— Je dévore ! Asseyez-vous, Martial. C'est presque prêt.

Elle déposa un long plateau sur la table basse et s'installa en face de lui.

— Vous ne m'en voulez pas de vous avoir appelé par votre prénom, j'espère. Alors, faites-moi plaisir et appelez-moi par le mien. Vous avez, je pense, quelques questions à me poser.

Le thé avait un parfum fruité que Martial ne connaissait pas.

— C'est un mélange de ma composition, dit Élisabeth en le versant lentement dans sa tasse.

Ses mains étaient fines, ses ongles soignés, son port de tête gracieux, comparable à celui d'une ballerine. Elle était très belle, d'une beauté peu courante, sauvage.

— Par quoi commençons-nous alors ? Peut-être devrais-je parler un peu de moi.

Face à elle, Martial se sentait gauche, un peu comme quand il était monté à bord de la barque d'Erwan. Il se sentait trop normal.

— Je m'appelle donc Élisabeth Briant. Je porte le nom de ma mère, qui portait elle-même celui de sa mère. Nous sommes toutes issues d'une lignée de filles-mères. Ma grand-mère est née sur cette île et a vécu quelque temps dans cette maison. Mais elle a choisi de partir. Elle a traversé la Manche quand ma mère était encore une enfant. C'est pour cela que je suis née dans les Cornouailles, sur la terre des pirates ! Il y a une autre tradition chez nous, qui est de mourir jeune. Donc je me suis retrouvée très tôt orpheline.

— Qu'est-il arrivé à votre mère ?

— Elle a été pendue. Ne faites pas cette tête, Martial ! C'est la vérité. Pendue haut et court, à Plymouth.

— Pour quel motif ?

— Elle a été reconnue coupable d'empoisonnement. Elle faisait passer les grossesses non désirées. Par deux fois, elle a dû intervenir pour une jeune fille abusée par son père. Elle a décidé que c'était au tour de cet homme de boire une de ses tisanes spéciales...

— Vous ne connaissez pas votre père ?

— Votre courtoisie est touchante. Je ne suis pas habituée à tant de manières, je dois vous l'avouer. Non, je ne connais pas mon père. Ma mère elle-même ne semblait pas le connaître.

— Qu'êtes-vous devenue ensuite ?

— Un orphelinat à Londres tout d'abord puis un autre à Jersey quand on m'a considérée plus française qu'anglaise. De celui-là, j'ai réussi à m'enfuir et à prendre un bateau. Je croyais arriver en France et je me suis retrouvée en Irlande. Alors j'y suis restée quelque temps. Avant que je ne décide de revenir m'installer dans la maison de ma grand-mère, au plus grand désespoir des habitants de cette île, qui pensaient en avoir fini avec nous. Disons que, par le passé, un ou deux messieurs irlandais, plutôt fortunés, ont eu la faiblesse de tomber amoureux de moi. Chaque fois, c'étaient des hommes mariés qui n'avaient pas trop intérêt à ce que je me montre peu discrète sur nos relations. Il fallait donc m'éloigner. Or, cela a un prix, un prix conséquent. Ce qui me permet d'être à l'abri pour un moment. Bien que je trouve un complément de revenus grâce à mon côté sorcière, qui rapporte pas mal. Je suis plutôt douée dans mon genre, sans vouloir me montrer trop prétentieuse. Mes tisanes et mes onguents ont plutôt bonne réputation à terre.

— J'espère ne rien risquer en buvant ce thé.

— Qui sait ?

Elle le regardait fixement. Ses longs cils lui donnaient un air de poupée.

— Mademoiselle Briant...

— Élisabeth.

— Oui, Élisabeth... Je voudrais que vous me parliez de votre relation avec Marie-Gabrielle Lestage. On dit que vous étiez devenues très proches.

— Quand je me suis installée ici, elle a pris la tête d'une croisade à mon encontre. Elle était complètement obsédée par sa religion, une véritable fanatique ! Vous savez à qui elle me faisait penser ? À cette bonne femme qu'on retrouve dans les classiques anglais, celle qui s'habille tout en noir, avec un vilain chignon au sommet de la tête, une langue de vipère et des yeux noirs qui respirent la méchanceté. C'était Marie-Gabrielle telle que je l'ai vue la première fois. La chasse aux sorcières aurait été autorisée par la loi, elle m'aurait envoyée au bûcher et elle aurait insisté pour allumer elle-même le brasier.

— Cela ne semble pas vous avoir inquiétée outre mesure.

— Non. Je n'ai pas facilement peur. En revanche, je fais très peur aux autres. Et Marie-Gabrielle était terrifiée. J'ai un peu joué avec cela, je dois le reconnaître, histoire de lui donner une petite leçon. Les voir sortir de leurs gonds, elle et tous ceux qui lui emboîtaient le pas, était un vrai plaisir.

— Que vous reprochait-elle, au juste ?

— De vivre dans une maison hantée, celle des sorcières. De ne pas aller à la messe. De connaître les sorts. Et, par-dessus tout, d'aimer que l'on m'aime et de ne pas m'en cacher. Sur cette île, il n'y a quasiment que des bonnes femmes, entourées de gamins et de vieux. Elles passent leurs journées à courir après leurs vaches ou leurs moutons, à extirper de quoi manger de leur lopin de terre, à couper les ajoncs de la lande et à filer sur le pas de leur porte. Mais, la nuit, elles redeviennent des femmes, de vraies femmes, avec leur solitude et leurs envies. Elles le taisent parce que cela leur fait honte. Mais moi, je ne me tais pas. J'aime être libre de choisir par qui et quand je veux être aimée. En faisant venir des messieurs sous ce toit, je mets ces femmes face à leurs mensonges, je révèle une partie de leurs secrets. Alors elles se mettent en colère. Plus ce qui se passe dans leurs têtes et dans leurs ventres leur fait honte, plus elles enragent. Donc on raconte que je me prostitue, que je cours les bordels chaque fois que je passe sur le continent. Marie-Gabrielle le disait plus fort que les autres, elle était la plus enragée. Forcément, c'est chez elle que le feu couvait le plus...

— Connaissez-vous réellement les sorts ?

— Oui, je les connais. Et cette maison est bien hantée par les esprits comme on le dit. Croyez-vous aux esprits, Martial ? Non, n'est-ce pas ? Moi, j'y crois...

— Comment Marie-Gabrielle a-t-elle pu changer d'avis à votre sujet ?

— Grâce au sabbat.

— Élisabeth, s'il vous plaît !

— Je ne plaisante pas. Elle est venue à un sabbat et cela l'a convaincue. Savez-vous ce qu'est un vrai sabbat de sorcières ? On trouve un endroit loin de tout, bien abrité. On fait un feu au centre d'un cercle de pierres. Mais il n'y a pas de messe inversée, on n'invite pas Satan à se joindre à nous et on ne finit pas par voler sur un balai. Un sabbat, Martial, c'est un moment où on devient enfin nous-mêmes, où on gagne notre liberté, en oubliant les règles établies. Une femme libre, c'est embêtant, n'est-ce pas ? Mieux vaut alors faire courir des bruits alarmants... Dans un sabbat, Martial, on se drogue. Comme dans une fumerie d'opium à ciel ouvert. Il y a des plantes qui, jetées dans le feu, dégagent une fumée qui vous rend libre.

— Comme la jusquiame...

— De belles vertus pour cette plante, et sans effets secondaires. On a même le droit d'oublier ce qu'elle nous a fait faire. Oublier en apparence, parce que cela reste au fond de nous. Dans ces réunions, il n'y a plus ni Dieu ni diable. Il n'y a que des êtres libres, sans honte et sans interdit. Marie-Gabrielle est venue et elle a découvert ce qu'était la liberté.

— Il y avait de la jusquiame chez elle, parmi d'autres plantes.

— Je sais. Je les lui ai fournies. Elle y avait pris goût.

— C'est ce qui s'est passé en juin dernier, quand on l'a retrouvée nue, au petit matin ? C'était un sabbat ?

— Qu'elle a souhaité pratiquer seule. Elle avait tellement vécu dans un carcan que, lorsqu'elle a découvert comment s'en débarrasser, elle vivait des hallucinations très expansives. Et la nudité était pour elle comme un symbole.

— Combien étiez-vous à suivre ces rituels ?

— Combien ? Mais nous n'étions que toutes les deux !

— Je n'arrive pas à imaginer la manière dont vous vous y êtes prise pour l'approcher et la convaincre de vous suivre.

— Je l'ai trouvée un beau jour en train d'errer dans les endroits où j'aime me promener. L'été qui a suivi le décès de sa mère. Elle était brisée. Elle n'avait même plus de venin à me cracher au visage et plus la force d'avoir peur de moi. Elle m'a fait de la peine. Mon pire ennemi était à terre et je lui ai tendu la main. J'ai parlé avec elle. Simplement parlé. Quelques jours plus tard, elle est venue ici, comme vous l'avez fait aujourd'hui.

Elle voulait que nous parlions encore. Alors, je lui ai montré la magie des plantes. Pour qu'elle retrouve le sommeil, tout d'abord... Et puis elle voulait être libre comme moi, être une mauvaise femme au moins une fois dans sa vie... Au cours du sabbat, elle s'est découverte, telle qu'elle était vraiment. Et ce qu'elle a trouvé lui a plu.

— Le chapelet sans croix qu'on a retrouvé dans ses affaires, c'était pour marquer sa conversion ?

— Je le lui ai offert comme un symbole.

— Le talisman ?

— Un porte-bonheur fabriqué par mes soins, avec du bois d'épaves. Les livres aussi viennent de moi.

— Dans cette nouvelle vie, il semblerait qu'elle soit tombée amoureuse...

Élisabeth ne réagit pas tout de suite. Elle prit le temps de boire. Quand elle reposa sa tasse, avec une infinie délicatesse, elle reprit la parole.

— Je crois, sans m'avancer, que cela a été la seule fois de son existence où elle a vraiment aimé quelqu'un. Malheureusement, un amour déçu.

— Vous voulez dire qu'il n'était pas partagé.

— Il l'a été, au début. Mais le temps ne reste pas immobile, il fait son travail.

— Iriez-vous jusqu'à me révéler le nom de cet homme ?

— Non, Martial. Je suis navrée, mais cela m'est impossible.

Martial, qui s'était redressé sur son coussin, s'avança jusqu'au bord du sofa, comme s'il voulait se rapprocher d'Élisabeth et la pousser à céder.

— Elle avait pourtant l'intention de partir.

— Elle y a songé très tôt, dès qu'elle a compris qu'on ne lui laisserait pas vivre sa nouvelle vie.
— Vous a-t-elle parlé de l'argent ?
— Tout à fait. Elle m'a dit que l'argent n'était pas un problème, qu'elle en avait. Beaucoup. J'espère que vous n'allez pas me demander où elle l'a caché. Parce que, voyez-vous, si je le savais, je ne serais pas ici en train de vous répondre. J'aurais filé avec !
— Je pense que vous savez que M. Lestage vous accuse du meurtre de son épouse et, même si cela a moins d'importance à ses yeux, de celui de son gendre.
— J'ai entendu ce bruit-là, effectivement. On a pourtant dit à ce triste monsieur de se méfier de moi.
— Comme le vieux Grégoire aurait dû se méfier ?
— Ah ! On vous l'a raconté ? Le pauvre vieux, il voulait m'embrocher et me faire rôtir.

Pour la première fois, Élisabeth esquissa un vrai sourire, découvrant légèrement ses dents, retroussant son nez et illuminant ses yeux verts. Cela ne dura qu'un bref instant. Puis, à son tour, elle se pencha en avant. Il sembla à Martial que son regard était devenu plus sombre, cerclé de noir, et que son visage s'était creusé.

— Il faut vraiment se méfier de moi, Martial.

Ce fut comme une ombre qui passa dans la pièce. Puis, sans crier gare, elle s'enfonça à nouveau dans les coussins et l'ombre disparut.

— M. Lestage peut passer ses nerfs sur moi, rien ne corrigera ce qu'il a fait. S'il y a un coupable dans cette histoire, c'est bien lui. C'est lui qui l'a rendue malheureuse, qui ne l'a pas soutenue quand elle en avait besoin, qui a accaparé ses enfants et, pour finir, qui a pris pour maîtresse sa propre nièce. Marie-Gabrielle était au courant. Parce que la nièce en question a aussi fréquenté le lit de son fils aîné, et que ça a failli mettre un sacré bazar dans la famille.

— Vous ne devriez pas prendre ses accusations à la légère. Il a sans doute raison sur un point : le naufrage de son voilier n'est pas accidentel.

— Je ne prends pas cela à la légère. Je n'ai rien à craindre, c'est tout.

— Alain Monsignac était mon ami. Je crois qu'il était l'homme de qui Marie-Gabrielle est tombée amoureuse.

Élisabeth le laissa continuer.

— Je crois qu'elle avait prévu de partir avec lui, à bord du voilier qu'il venait de mettre à l'eau et qu'il avait caché près d'ici. Mais il a renoncé. Comme vous avez dit, les choses sont devenues trop compliquées. Et je crois qu'elle ne l'a pas supporté… Quelqu'un est monté à bord du voilier d'Alain après le drame. Cette personne a pris soin de retirer les affaires que Marie-Gabrielle avait préparées. Et cela pour que le scandale n'éclabousse pas cette famille et, par le même coup, pour protéger la mémoire de mon ami. Cette personne, c'était vous, n'est-ce pas ?

— Vous me tendez un piège, Martial. Vous cherchez à m'obliger à répondre à une interrogation à laquelle j'ai déjà refusé de répondre.

Elle avait dit cela sans marquer la moindre émotion, ce qui découragea Martial d'insister.

— Peut-être pourriez-vous alors me parler de la cape rouge ?

Elle fronça un peu les sourcils en signe d'étonnement.

— Marie-Gabrielle ne se séparait jamais d'une cape rouge. Et celle-ci a disparu.

— Je porte souvent un modèle similaire, en vert. Elle lui plaisait beaucoup. Alors je lui en ai cousu une. Aussi rouge que possible. Je ne sais rien de ce qu'elle est devenue.

— Il m'est arrivé une drôle de chose ce matin. Dans la lande, j'ai aperçu quelqu'un portant un habit identique.

— Marie-Gabrielle, sans doute.

— Je ne crois pas à ce genre de phénomène, Élisabeth. Je crois plutôt qu'une personne s'amuse à jouer les fantômes.

— Les esprits restent, Martial. Ils errent à la recherche d'un refuge. Marie-Gabrielle est morte dans de telles conditions qu'elle s'est égarée. Elle cherche encore l'endroit et le moment où elle pourra trouver enfin le repos... On dit que les vrais sabbats se déroulent aux solstices et aux équinoxes. Ce soir, c'est l'équinoxe d'automne. À la nuit tombée, je vais me rendre sur Morbic et j'y tiendrai une cérémonie à ma façon, avec mes propres croyances. Ce sera mon dernier hommage à mon amie. Je serais honorée que vous acceptiez de m'accompagner. Nous pourrons, si vous le souhaitez, penser également à celui que vous pleurez.

— M'invitez-vous à un sabbat ?

— Appelez cela comme vous voulez... En vous écoutant depuis tout à l'heure, je constate que vous éprouvez de la bienveillance envers Marie-Gabrielle. Je croyais être la seule. Venez avec moi ce soir. Je vous promets que vous comprendrez mieux ce qui s'est passé dans la vie de Marie-Gabrielle. Mon invitation vous met-elle mal à l'aise, Martial ?

— Je ne sais trop à quoi m'en tenir.

— On saura que vous étiez avec moi, cela ne fait aucun doute, et on parlera de vous en mauvais termes. Or vous m'avez affirmé ne pas craindre les rumeurs. Faites-moi confiance, s'il vous plaît. Autant que moi, je vous fais confiance.

13

Élisabeth se tenait à l'endroit où, le matin même, Martial avait attendu le canot du fils Le Flahec. Elle s'avança dans le halo de la lampe-tempête qu'il avait empruntée à son hôtel. Elle était vêtue d'une longue cape verte, la capuche rabattue sur ses épaules. Sa chevelure explosait de rouge.

— Pas de mauvaises rencontres sur le chemin ? demanda-t-elle le plus sérieusement du monde.

Lors de sa traversée de la lande, il s'était arrêté à plusieurs reprises, surpris par des bruits dans les broussailles. Cependant, ce n'était pas cela qui expliquait son retard. Il avait hésité à venir. Non pas par souci des convenances, mais parce qu'il ne cessait de penser à cette femme depuis leur rencontre. Il s'en sentait coupable.

— J'ai craint un moment que vous ne me fassiez faux bond.

— Je l'ai craint également.

Elle se contenta de hocher la tête. Un mouvement de ses jambes souleva quelque peu sa robe longue et découvrit ses pieds nus.

— Déchaussez-vous. Vous pouvez laisser vos souliers ici, ils ne vous seront d'aucune utilité sur l'îlot.

Martial s'exécuta, s'asseyant sur un des rochers pour retirer ses brodequins et ses chaussettes.

— Il va falloir vous montrer bien obéissant, Martial. Du moins le temps que nous franchissions ce bras de mer. Vous allez mettre vos pas dans les miens, avec précision. Sinon, vous serez quitte pour un bon bain ou, au choix, une rencontre douloureuse avec un rocher immergé.

— Nous ne flotterons donc pas au-dessus de l'eau ? C'est pourtant ce qu'on m'avait prédit.

— Il y a un gué là-dessous. Dont le secret ne se transmet qu'entre initiés.

Élisabeth écarta un pan de sa cape, révélant une lampe-tempête qu'elle alluma avec une grande dextérité à l'aide d'un briquet. Lanterne en avant, l'autre bras toujours enfoui sous sa cape, elle s'avança vers la mer, obliquant vers la gauche depuis la grève. Elle n'hésita pas la moindre seconde au moment d'entrer dans l'eau. Elle ne s'enfonçait dans la mer que jusqu'à hauteur des chevilles. Martial sentit d'abord le froid lui glacer les pieds puis un sable fin et mou, dans lequel il était presque agréable de marcher sans qu'aucune pierre ne le contrarie, ni aucun rocher ne le frôle. Il suivait Élisabeth de très près. Il entendait la jeune femme murmurer entre ses dents. Au début, il crut qu'elle récitait une incantation. Mais, en tendant l'oreille, il comprit qu'elle comptait ses pas et, dès que le compte était bon, elle changeait de direction, vers la droite ou vers la gauche.

C'est ainsi qu'ils abordèrent Morbic, en zigzaguant dans l'obscurité. Une fois sur l'îlot, Élisabeth accéléra le pas, franchit la crête rocheuse et bascula sur l'autre versant. Le sentiment d'avoir changé de monde fut identique pour Martial, comme lorsqu'il était venu là tout seul. Il était même plus fort, à la faveur de la nuit.

Aux abords du cercle, Élisabeth posa sa lanterne sur un des gros rochers gris et dénoua sa cape. Elle portait la même robe que l'après-midi. Une sorte de baluchon en drap pendait dans son dos. Elle s'en délesta et en extirpa plusieurs branches de bois clair et des briquettes de plantes séchées. Elle dressa le tout au centre du rond de pierres et alluma un feu qui, malgré l'humidité, ne tarda pas à gonfler. Ce n'est qu'alors qu'elle éteignit sa lampe, invitant Martial à en faire de même.

— Tout commence par le feu. Le feu, c'est la chaleur et la lumière, la vie autant que la mort. Approchez-vous, Martial. Venez vous asseoir dans le cercle avec moi. Marie-Gabrielle adorait cet endroit. Elle disait qu'il était comme le ventre de sa mère puisque c'est ici qu'elle est née une deuxième fois.

Elle se redressa et plaça les mains droit devant elle. Puis elle parla à la nuit et aux flammes, d'un ton grave et caverneux.

— J'en appelle à Belzébuth et aux anges déchus !

Martial écarquilla les yeux. Elle ne put se retenir d'éclater de rire en se rasseyant.

— Je me moque de vous. Mais avouez que c'était tentant... Voilà comment se passe un sabbat : on s'assoit autour d'un feu, on se parle, on se dévoile. Et si on veut aller plus loin, on se laisse porter par la magie des plantes.

Les flammes faisaient danser les traits de son visage, lui donnant tantôt un air angélique, tantôt un air inquiétant.

— Qu'entendez-vous par « plus loin » ?

— La fumée vous permet de voyager vers votre passé ou votre avenir, elle vous aide à affronter vos pires cauchemars et à entrer dans vos rêves. Et, quand vous refusez d'entendre ce qui se cache en vous, elle vous aide à mieux écouter. Marie-Gabrielle a entrevu ce que serait sa vie si elle était libre. Elle a découvert sa sexualité. Elle a parlé à son frère et à sa mère. Elle a pu découvrir tout ce qui lui restait à accomplir. Elle a su. Su comme on ne sait pas souvent, avec ce sentiment si agréable que les choix que vous faites sont forcément les bons parce que, face à vous, il n'y a plus que des évidences.

Ses yeux clairs étaient fixés sur le brasier qui ne faiblissait pas.

— Parlez-moi de vous, Martial. N'hésitez pas à vous libérer à votre tour. Quel est ce poids qui pèse autant sur vos épaules ?

Il ne répondit pas, embarrassé.

Voyant qu'il ne souhaitait pas se livrer, elle sortit un petit objet en bois d'un des revers de sa robe, qui ressemblait à une coque creuse, allongée aux deux extrémités. Elle la contempla, puis arracha quelques brins d'herbe qu'elle saupoudra. Avec une certaine lenteur, elle approcha alors sa main libre des braises rouges et en saisit une poignée.

— Bon sang ! s'écria Martial.

Elle ne manifesta aucune douleur et garda des gestes posés. La main refermée sur les tisons, elle les malaxa jusqu'à ce qu'une fine poudre noire coule de sa paume, dans le creux de sa petite coque. Quand ce fut fait, elle rouvrit la main et se contenta de souffler dessus pour en chasser les dernières poussières. Elle ne portait aucune trace de brûlure. Elle leva l'objet désormais plein devant sa bouche et souffla à nouveau. Une petite flamme jaillit du mélange. Alors, elle se leva, le lumignon dans la main, et dégrafa le col de sa robe. Celle-ci tomba à ses pieds, la révélant entièrement nue, blanche comme l'ivoire, rousse comme le feu. Martial en eut le souffle coupé. Elle le dévisageait, lui qui, subjugué, était resté assis par terre, le bas de pantalon roulé au-dessous des genoux. Puis elle quitta le cercle pour marcher jusqu'à la mer. Elle pénétra dans l'eau, avança encore, jusqu'à ce que ses longues boucles effleurent l'onde. Avec délicatesse, elle posa la coque enflammée.

— C'est pour toi, Marie-Gabrielle. Pour que tu trouves la route.

À ce moment-là, un souffle de vent se leva et vint rider l'eau autour de ses hanches. La coque de bois fut emportée vers l'obscurité, où elle ne fut bientôt plus qu'un point lumineux dans le noir, avant de n'être plus rien du tout.

Élisabeth revint sur la rive. Elle attrapa sa grande cape et s'enroula dedans avant de venir s'asseoir à nouveau près du feu, les genoux recroquevillés, les yeux fixés sur le bout de ses orteils mouillés.

— Elle avait laissé sa cape ici. En juin, quand elle est venue seule. La cape rouge. Je l'ai retrouvée pliée sur ce rocher.

— Qu'en avez-vous fait ?

— Je la lui ai rapportée.

Martial avait l'impression de trembler comme une feuille. Il prit conscience des battements de son cœur qui résonnaient dans sa poitrine.

— J'ai trouvé une photographie de Marie-Gabrielle prise sur cet îlot, en plein jour. Elle s'y montre entièrement dévêtue, allongée dans l'herbe.

— Il lui arrivait de venir ici pour autre chose que nos cérémonies. Juste pour s'isoler des autres. Ce cliché a été pris avec l'appareil que je lui avais prêté, et je l'ai développé.

— Il y avait quelque chose d'écrit au dos, une citation.

— Elle est de ma main. Une sorte de contribution personnelle.

— Vous savez que j'ai deviné qui tenait l'appareil photographique ce jour-là. Ne pourriez-vous pas simplement me le confirmer ?

Au lieu de répondre, elle fouilla dans une autre poche cachée.

— Tendez la main, Martial. Voici de la jusquiame. Vous placez quelques braises à l'extérieur du feu et vous laissez tomber les graines dessus. Il faut respirer la première fumée, pas plus de trois fois. Rien ne vous y oblige, bien entendu. J'ai moi aussi un voyage à faire, en hommage à nos disparus.

Elle exhiba quelques petites feuilles brunes.

— C'est comparable à la jusquiame mais, contrairement à elle, ça a le mérite de laisser des souvenirs précis. Là où je vais, je veux me souvenir de tout. Faites ce que bon vous semble, mon ami.

Elle se pencha au-dessus du feu et laissa tomber sur les braises les plus proches sa poignée de feuilles.

Celles-ci crépitèrent et une épaisse fumée jaune s'éleva. Élisabeth inspira, une seule fois, les yeux fermés. Puis, revenant en arrière, laissant glisser un pan de sa cape qui révéla ses seins menus, elle laissa échapper un gémissement de plaisir. Elle s'allongea, se lovant sur elle-même comme un serpent, avant de s'endormir aussitôt.

D'abord, Martial ne fit rien d'autre que la regarder dormir. Il aurait voulu se lever et se rapprocher d'elle, remettre en place la cape pour cacher sa nudité et lui éviter d'avoir froid. Mais il ne bougea pas. Au lieu de cela, il tira une des briquettes à l'aide d'un des morceaux de bois. Il laissa tomber dessus les graines qu'il serrait dans sa main. Il respira la fumée, à deux reprises seulement. Cela suffit pour que son corps s'engourdisse. Il était bien. Il se sentait léger, enfin. Et il quitta Morbic.

Il avait marché dans l'unique rue d'un village de montagne, encerclé de cimes enneigées. Le soleil était haut dans le ciel. Les gens devant les maisons et les magasins ne faisaient pas attention à lui. Ils parlaient une langue étrangère, slave peut-être. Au bout de cette rue, il y avait une auberge, tout près d'une belle fontaine croulant sous les fleurs rouges et mauves. Il devait s'y rendre. Il n'était là que pour cela. Il avait poussé la porte et s'était retrouvé dans une salle basse de plafond, assez sombre. Des tables et des chaises étaient disséminées. Un seul client était assis, près d'une petite fenêtre qui s'ouvrait sur l'arrière : un homme carré d'épaules, au crâne dégarni. Il lisait un journal, une chope de bière à moitié vide à portée de main. Martial s'était approché. Quand il n'avait plus été qu'à quelques pas, l'autre avait fini par lever la tête. Il était un peu gras. Ses yeux étaient sombres, son menton barré d'une cicatrice oblique, boursouflée et violette. Il portait des vêtements usés. Il avait dévisagé Martial, l'air étonné. Il lui avait dit quelque chose dans cette langue inconnue. Martial avait alors sorti une photo de sa poche, une vieille photo. L'image d'une famille serbe, le père et la mère, entourés de leurs trois fils et de leur fille unique. Cette dernière avait à peine onze ans. Trois années plus tard, une colonne croate portant l'uniforme de l'Empire autrichien avait débarqué dans leur ferme. La jeune fille avait été violée sous les yeux de ses parents, plusieurs fois. Les soldats l'avaient pénétrée avec des objets, et même des baïonnettes. Avant de couper ses longs cheveux et de les enfouir dans son vagin pour qu'il cesse de saigner. Martial avait lancé cette photo sur la table et l'homme en face de lui s'en était saisi, avant de la regarder longuement.

— C'est la photo que tu m'as laissée le jour où tu m'as échappé.

Il était face à son cauchemar, le mal incarné, l'Ogre qui dirigeait la colonne croate et qui hantait ses nuits depuis tant d'années.

— Comment m'as-tu retrouvé ? siffla Danko Dobelic dans un français presque dénué d'accent.

— Grâce à la magie de la fumée. Tu as enfin un visage !

Martial sortit alors son revolver. Il visa Dobelic, qui n'avait pas esquissé le moindre mouvement.

— J'ai fait une promesse à ces pauvres gens. Mais j'ai aussi besoin de me débarrasser de toi. C'est fini, tu ne m'obséderas plus !

Le Croate avait enfin peur. Son crâne avait volé en éclats. Un mélange de sang et de cervelle avait aspergé les vitres crasseuses de la fenêtre. Puis Martial était sorti de l'auberge et avait redescendu la rue. On ne faisait toujours pas attention à lui.

Le temps s'était envolé. Le village et les montagnes avaient disparu. Il était allongé dans l'herbe, dans une forêt, près d'un ruisseau. Il était de retour à Beaunac. Il était nu, sans avoir froid. Une femme était allongée près de lui. Elle s'était redressée et il l'avait vue, resplendissante, les cheveux détachés, tout aussi nue que lui. Camille ! Elle lui avait pris un long baiser et s'était lovée dans ses bras. Il avait senti ses formes, il avait senti son cœur battre tout près du sien. Elle avait fini par se mettre sur lui. Elle avait ri. Elle était si belle !

— Encore, Martial, lui avait-elle murmuré à l'oreille.

Ils avaient fait l'amour. Elle avait remué doucement au-dessus de lui. Elle avait gémi. Il avait tendu la main pour écarter les mèches blondes et voir son visage. Soudain, les mèches n'étaient plus blondes, mais rousses. Le soleil avait disparu et il faisait nuit. Il n'y avait plus de forêt ni de ruisseau. Il était sur Morbic. Ce n'était plus Camille, mais Élisabeth. Il était en elle et se laissait faire, heureux de penser que cela ne finirait jamais.

Plus tard encore, il y avait eu la mer, à perte de vue. Il était tout en haut d'une falaise. Le vent était si violent qu'il savait qu'une bourrasque pouvait le faire décoller du sol et l'emmener dans ses tourbillons, comme une tornade. Camille était à nouveau à ses côtés. Elle l'avait regardé en pleurant.

— Pourquoi m'as-tu fait ça, Martial ? Pourquoi m'as-tu menti ?

— Mais c'est toi qui m'as menti !

— Tu m'avais dit que je pouvais m'en sortir, que je pourrais vivre à nouveau. Tu m'as menti. Pourquoi m'as-tu fait ça ?

Il n'avait su que répondre. Camille avait fait un pas de plus vers le bord de la falaise. Elle lui avait jeté un dernier regard, et lui s'était senti paralysé, incapable de l'en empêcher. Un deuxième pas et le vent l'avaient fait basculer dans le vide. Il l'avait vue disparaître dans les vagues. Alors, il avait sauté à son tour. La chute n'avait pas été longue. Il s'était vite retrouvé sous l'eau, sans brutalité, sans avoir froid. Camille était en train de se débattre, lançant des cris inaudibles. Il avait voulu attraper la main qu'elle lui tendait, en vain. La mer le faisait remonter vers la surface, quand elle tirait Camille vers le bas. Lorsqu'elle avait compris qu'il ne parviendrait pas à la sauver, elle s'était calmée. Elle avait cessé de se débattre. Elle lui avait souri. Il avait arrêté de résister et s'était laissé porter jusqu'à la surface. Quand sa tête avait émergé des vagues, il avait hurlé. Un hurlement qui portait toute la douleur du monde. Et ce hurlement l'avait réveillé, ne lui laissant que ces bribes de souvenirs.

Il était allongé dans l'herbe près du feu qui flambait encore un peu. Élisabeth s'était rhabillée. Elle le regardait, assise en tailleur.

— Bienvenue parmi nous, Martial.

Avec lenteur, il se releva, persuadé d'être bientôt assailli par un mal de crâne insupportable. Or, il n'en fut rien. Il se sentait en pleine forme, comme s'il avait dormi durant des heures. Pourtant, il faisait encore nuit. Et la brume était en train de tomber devant les premières lueurs de l'aube que l'on devinait au loin.

— Quelle heure est-il ?

— Bientôt six heures.

— J'ai l'impression de ne m'être assoupi que quelques minutes.

— Félicitations, Martial ! Vous venez de vivre votre premier sabbat. Vous voilà devenu un sorcier, un fidèle de Satan. Allons hanter la lande !

Il se sentait apaisé, un peu hébété, mais serein. Il suivit Élisabeth, ne prenant même pas garde à la traversée du bras de mer. Il se rechaussa ensuite et ils marchèrent côte à côte, sans un mot, jusqu'à la jonction des deux îles. Élisabeth s'arrêta.

— Croyez-vous un peu plus à la magie, Martial ?

— Je ne sais pas vraiment ce que je dois croire.

— Si nous ne devions pas nous revoir, sachez que je suis très heureuse de vous avoir connu.

— C'est également mon cas, Élisabeth. Faites attention à vous.

— Je pense que ce serait plutôt aux autres de faire attention à moi. Qu'en pensez-vous ?

Elle lui sourit. Avant de faire volte-face et d'emprunter le chemin de droite, Martial s'aperçut qu'elle était pieds nus. Il la regarda qui s'éloignait avec grâce. Quand il ne fut plus capable de la voir, il se remit en marche. Les couinements des poulies des puits avaient commencé leur sérénade matinale tandis qu'il pénétrait dans l'hôtel encore endormi. Il monta dans sa chambre et resta un long moment à contempler la photo de Marie-Gabrielle. Puis les mots qu'Élisabeth avait écrits au dos après l'avoir développée pour elle.

Quand du bruit se fit entendre dans les escaliers, il se décida à faire sa toilette. Il se déshabilla entièrement. Il y avait des brins d'herbe collés sur ses fesses et, dans ses poils pubiens, du sperme séché. Il revit Élisabeth nue sur lui. Juste une seconde. Des trois souvenirs que la jusquiame lui avait laissés, il sut qu'un d'eux était réel.

Il n'eut pas le temps d'être troublé davantage. À peine descendait-il pour prendre son petit déjeuner que Ronan Le Flahec déboula dans la salle de restaurant, hors d'haleine.

— M. Lestage voudrait vous voir de toute urgence. C'est au sujet de Madame. Elle est revenue.

— Je vous demande pardon ?

— Mme Lestage est revenue. Elle s'est relevée d'entre les morts !

14

Le cimetière de Bréhat était attenant à l'église du bourg. Les tombes y étaient modestes, pour la plupart, et la tradition voulait qu'elles soient parsemées de cailloux blancs. Cependant, dans le fond de l'enclos, une parcelle différait des autres. Ce n'était pas une tombe, mais un caveau qui ressemblait à une petite chapelle, avec un toit à deux pentes couvert d'ardoises et une croix de granit en pignon. Une porte pleine, en fer, le fermait tandis que, sur les côtés, deux minces vitraux permettaient à la lumière d'entrer un peu.

Le caveau était celui des Lestage, bâti à grands frais pour accueillir la dépouille de la mère de Marie-Gabrielle. Il n'y avait que deux clés pour l'ouvrir : l'une se trouvait au manoir, l'autre au presbytère.

Douze places y étaient prévues, sur quatre rangées. En bas, deux de ces emplacements étaient occultés par des dalles en marbre noir, fixées par quatre gros clous à tête ronde. Les noms des défuntes y étaient gravés en lettres dorées, suivis de leurs dates de naissance et de décès. Martial était accroupi devant celui de l'épouse Lestage. Le caveau était régulièrement nettoyé et fleuri par Antoinette Le Flahec. Pourtant, en avant de la dalle, le sol portait deux traces rectilignes et parallèles, deux stries qui avaient marqué le marbre blond sur environ deux mètres. Les clous, fichés en profondeur, avaient pris un peu de jeu. Ce panneau avait été rouvert, Martial en était certain. Et on avait tiré le cercueil hors de son logement.

Il finit par se relever et rejoignit Baptiste Lestage à l'extérieur. Le curé, petit homme chauve et sec, ne tenait pas en place.

— Voudriez-vous me raconter une nouvelle fois ce que vous avez vu cette nuit, mon père ?

— Je me suis réveillé vers une heure, pour satisfaire une envie pressante. Au moment de me recoucher, j'ai entendu des bruits de pas et de conversation dans la ruelle. J'ai écarté le rideau de la fenêtre de ma chambre pour regarder de qui il s'agissait. Comme je m'y attendais, c'était le jeune Le Flahec accompagné du vieux Gourier. Ils rentraient chez eux, visiblement moins éméchés que d'ordinaire, ce qui les rendait plus bavards.

Le presbytère faisait face au cimetière. Martial avisa la façade couverte de lierre.

— De quelle fenêtre s'agit-il ?

— Celle de droite. Ce qu'il faut que vous compreniez, c'est qu'Erwan a tendance à faire du tapage lorsqu'il a bu. Je voulais m'assurer qu'il rejoindrait sa maison sans chercher à faire d'histoires comme c'est déjà arrivé. J'étais prêt à me recoucher quand il m'a semblé apercevoir un mouvement dans le cimetière. Les deux hommes dans la ruelle ont également vu quelque chose à travers la grille parce qu'ils se sont arrêtés net, ont fait silence et regardé dans la même direction. Nous avons tous les trois distingué une silhouette avancer parmi les tombes. Elle tenait une source de lumière très faible, à peine perceptible, qui suffisait néanmoins à la découper dans l'obscurité. Elle venait du coin de l'église, celui-là. Et elle s'est dirigée vers le caveau. Juste avant de parvenir devant la porte, la lumière est devenue plus forte, comme si le pan de tissu sous lequel elle était cachée s'était soulevé. Elle était vêtue d'une cape rouge, cette cape rouge que nous connaissons tous. Elle s'est immobilisée et là, d'un seul coup, elle est entrée dans le caveau sans en ouvrir la porte. Je vous mentirais si je vous disais que je n'étais pas terrifié. Néanmoins, le Seigneur m'a donné la force de surmonter ma peur. Je me suis habillé en vitesse, j'ai attrapé une lanterne et me suis précipité. Erwan et Gourier étaient tétanisés. Ils en avaient même oublié leur ivresse. Je les ai contraints à me suivre dans le cimetière. Cette porte était bien verrouillée. Dans ma précipitation, je n'avais pas pensé à prendre ma clé, celle que M. Lestage m'a confiée. J'ai laissé mes deux compagnons près du caveau et je suis revenu la chercher le plus vite possible. Je crois n'avoir jamais senti mon cœur battre aussi fort qu'au moment où j'ai ouvert.

Il s'arrêta un moment, respirant bruyamment.

— Il n'y avait personne à l'intérieur. Tout était exactement comme vous venez de le voir.

— La porte était verrouillée, vous en êtes certain ?

— Dieu m'en est témoin.

— Et la clé ?

— Elle était à sa place quand je suis allé la récupérer.

— En était-il de même pour la vôtre, monsieur Lestage ?

— Nous la rangeons dans le tiroir de la commode du hall. Ma domestique l'y a remise après être passée ici, ainsi qu'elle le fait deux fois par semaine. Elle s'y trouvait encore ce matin… Dieu du ciel ! Nous avons tous pensé la même chose, n'est-ce pas ? Cette silhouette, cette nuit, c'était Marie-Gabrielle. Elle paye aujourd'hui le prix de ses relations diaboliques en se voyant refuser le repos éternel. Elle est devenue une non-morte !

Le curé, à ses côtés, marquait son approbation en hochant la tête avec insistance.

— Les non-morts n'existent pas, monsieur Lestage. Ou bien, il faut les appeler des vivants. Cette nuit, trois témoins ont vu une ombre à peine éclairée juste au moment où ils étaient près du cimetière. Erwan et son acolyte faisaient pourtant assez de bruit. On a dû les entendre arriver de loin, n'est-ce pas ? Au lieu de se cacher en attendant qu'ils passent leur chemin, notre silhouette se montre. Mieux que cela, elle s'arrange pour révéler à tous ceux qui la regardent qu'elle porte une cape rouge, identique à celle qui appartenait à votre épouse et qui est introuvable. On l'a vue disparaître ? Comme elle l'aurait fait en se tenant contre cette porte et en soufflant sa lanterne au bon moment. Monsieur le curé a précisé que la porte était fermée et qu'il n'y avait personne à l'intérieur du caveau. Personne n'a donc pu entrer.

— Ce n'est pas ce qui a été dit.

— Les clous qui ferment la stèle de votre épouse ont été descellés, et ces traces sur le marbre indiquent qu'on y a fait glisser son cercueil. Pourquoi une créature qui aurait le pouvoir de passer au travers d'une porte métallique lourde et épaisse irait-elle s'embêter à retirer une dalle ? Quelqu'un est l'auteur d'une très vilaine farce. J'ai moi-même aperçu une silhouette portant une cape rouge, hier matin. On veut nous faire croire à l'impensable.

— Pourquoi ferait-on cela ? s'indigna le curé.

— Peut-être pour torturer davantage M. Lestage et sa famille. Peut-être pour mettre l'accent sur les pratiques peu orthodoxes de Mme Lestage et jeter à nouveau le discrédit sur Mlle Briant...

— Je n'entends rien à ce que vous dites, protesta Baptiste Lestage. Vous m'invitez à rester lucide, mais l'êtes-vous encore, monsieur de La Boissière ? Il semblerait qu'au cours des dernières heures vous vous soyez rapproché de celle dont vous venez de citer le nom.

Martial ignora la saillie et continua.

— Ce qui s'est passé cette nuit n'est rien d'autre que du folklore, qu'un coup monté. On voulait des témoins et on en a eu trois ! C'était inespéré, vous l'avouerez, à une heure aussi avancée de la nuit.

— Vous avez cependant reconnu que la tombe de ma femme a été profanée.

— Oui, elle l'a été. Et c'est cela qui me préoccupe le plus. Si Mme Le Flahec a été observatrice lorsqu'elle est venue fleurir et nettoyer ce caveau, nous pourrons deviner la date approximative de la profanation. En attendant, je crois en connaître la raison. Quelque chose de précieux a été enfermé en même temps que votre épouse.

— Il n'y avait rien de précieux, pas même un petit bijou.

— Il y avait sa bible.

— Sa bible ? Il s'agit d'une édition très commune.

— Aucune autre ne contient le poème rédigé par Mme Lestage.

Baptiste Lestage resta interdit.

— Il y a maintenant une chose que nous devons faire, poursuivit Martial en baissant le ton. Une chose très difficile, peut-être même insupportable.

— Je le sais, répondit le notaire. J'y songe depuis qu'on m'a prévenu.

— Cette femme doit retrouver Dieu après en avoir été privée si longtemps ! s'écria le curé. Seules nos prières peuvent l'y aider. Profaner sa sépulture ne ferait qu'ajouter à sa damnation. N'écoutez pas cet homme, je vous en conjure. Je sais ce que j'ai vu cette nuit !

— Nous allons ouvrir ce cercueil, mon père. Je veux en avoir le cœur net.

— Il faut des autorisations pour cela !

— Je vais vous demander de détourner le regard un moment, mon père. Je saurai me montrer reconnaissant de votre soutien et de votre bienveillance à l'égard de mon épouse et de ma famille.

Sans plus écouter les jérémiades du prêtre, le notaire pénétra dans le caveau et invita Martial à le rejoindre. Quand ce fut fait, il ferma la porte.

— La mort a une odeur dont il est difficile de se débarrasser. Elle a aussi un visage, un visage terrible…

— Ne vous inquiétez pas pour moi, monsieur de La Boissière. Je saurai faire face. Allons-y !

Un par un, sans aucun effort, Martial retira les quatre clous de la stèle. Puis, avec l'aide de Lestage, il écarta la dalle et la posa sur le côté. L'odeur était déjà forte. Ils saisirent le cercueil et le firent glisser sur le sol, par-dessus les cicatrices qu'il avait déjà laissées.

— Voilà. Nous y sommes. Il est encore temps de reculer, monsieur.

— Ouvrez-le. Ouvrez-le vite, qu'on en finisse.

Le notaire avait reculé de deux pas, livide. Il pressait un mouchoir en boule contre ses narines. Martial dévissa alors les écrous dorés qui bloquaient le couvercle. Il souleva celui-ci, le faisant pivoter sur ses charnières.

Dans une puanteur telle qu'il n'en avait connu qu'à la guerre, il dévoila, à la lumière des vitraux, le visage décharné de la morte. Par endroits, la peau était boursouflée, comme si elle était gorgée d'encre noire. Ailleurs, elle n'existait plus. Quelques cheveux filasse parsemaient encore le crâne hideux.

— Seigneur ! laissa échapper son mari.

Les mains squelettiques étaient croisées au-dessus d'une bible poussiéreuse qui reposait sur ce qui avait été, autrefois, son ventre. Mais ce que Martial voyait, c'était la cape rouge que la morte portait sur ses vêtements, une longue cape rouge, déjà attaquée par l'humidité.

— Jamais on ne l'a habillée ainsi ! affirma Lestage. On ne l'a pas enterrée avec cette cape, je vous en donne ma parole. Et il y avait des témoins ! Vous avez tort, monsieur de La Boissière. La bible est toujours là. Et cette cape corrobore la version du curé.

— Elle est moisie par endroits. Regardez. Ce vêtement est enfermé ici depuis un moment.

— Peu importe ! Vous avez fait fausse route. Je vais demander à l'abbé de bénir à nouveau le corps de Marie-Gabrielle avant que nous ne refermions ce maudit couvercle.

— Encore un instant, s'il vous plaît. Me permettez-vous de prendre cette bible ?

— Non ! Elle en aura encore plus besoin maintenant que nous savons quelle malédiction elle doit endurer.

— Je veux seulement la regarder.

Le notaire hésita puis donna son accord d'un geste du bras.

Martial souleva ce qui restait des deux mains. Avec la plus infinie délicatesse, il dégagea le livre pieux. La couverture était déformée et les pages étaient rêches, presque cassantes. Le poème était rédigé sur la page de garde. Les mêmes vers, la même mise en page que dans la copie de Baptiste, avec les quatre strophes bien séparées. Cependant, tout n'était pas identique. Certaines lettres étaient dessinées différemment des autres, un peu plus droites et un peu plus hautes. Cela aurait pu être imperceptible, sans y regarder de près. Martial sortit son carnet et, dans sa propre reproduction du texte, il souligna les lettres en question.

— Que faites-vous donc, pour l'amour du ciel ?

— Encore une minute, s'il vous plaît.

Quand il eut terminé, il remit la bible en place. Lestage ouvrit alors la porte et appela le curé.

— Elle est dans son cercueil et porte bien la cape rouge que vous avez vue cette nuit. Vous devez la bénir, mon père. Vous devez lui permettre de trouver le repos.

— Alors, cet homme doit sortir. Regardez ce qu'il vous a poussé à faire !

Martial se releva et passa devant les deux autres, pas mécontent de pouvoir respirer normalement.

— Les morts restent morts, monsieur Lestage. Seuls ceux qui restent leur inventent une autre destinée.

— Vous blasphémez, mon fils ! Dans un lieu sacré ! Il n'est pas étonnant que vous vous soyez fourvoyé avec la sorcière.

Martial ignora le prêtre et continua à s'adresser au notaire.

— Quand vous aurez terminé ce que vous devez faire dans ce caveau, rejoignez-moi et je vous montrerai pourquoi quelqu'un a profané la tombe de votre épouse.

Martial sortit du cimetière près duquel régnait une agitation inhabituelle. À côté de l'église, un petit regroupement s'était formé. La rumeur avait parcouru l'île, et on venait voir de ses propres yeux l'endroit où le « maléfice » avait été constaté. Martial remarqua les regards inquisiteurs que certains lui lançaient. Sa nuit sur Morbic l'avait rangé du mauvais côté.

Il s'éloigna, trouva la plage de Guerzido déserte. Il s'assit sur un muret et reprit le poème de Marie-Gabrielle. Les transformations apportées lui donnaient un autre visage :

Avec Prestance,
Ils dérobent
auX Îles fantastIques
l'aImé et le rêVe.

Avec Panache,
défIant l'horIzon de leurs toIles tendues,
auX Vents complIces et aux astres bIenveIllants,
ils sourient, onduleuX.

*<u>A</u>insi <u>P</u>assent
de beau<u>X</u> bateau<u>X</u> rap<u>I</u>des et lum<u>I</u>neux,
d'une <u>V</u>aleur comparable
au<u>X</u> château<u>X</u> dressés vers le c<u>I</u>el.*

*<u>A</u>ttends <u>P</u>atiemment,
depuis les caillou<u>X</u> gr<u>I</u>s ;
ces oiseau<u>X</u> <u>V</u>oleront à to<u>I</u> en am<u>I</u>s f<u>I</u>dèles,
e<u>X</u>citant le <u>V</u>ertige de leurs a<u>I</u>les ag<u>I</u>les.*

Il releva les lettres ainsi mises en évidence :
AP
I
XII
IV

AP
III
XVIII
X

AP
XXII
V
XXI

AP
XI
XVIII
XVII

Des chiffres romains ! Quatre séries précédées de la mention « AP », ces deux lettres leur donnant un sens. Martial essaya de se remémorer les objets et les meubles qu'il avait vus dans la chambre de la défunte, quelque chose dont le nom commençait par ces initiales. Mais cela pouvait tout aussi bien être un lieu, quelque part sur l'île.

Sans attendre le retour de Baptiste Lestage, il se décida à pousser jusqu'au manoir. Il y trouva une maisonnée bouleversée.

Antoinette Le Flahec était dans la cuisine. Elle préparait le déjeuner, mais ses gestes trahissaient une grande fébrilité. Quand Martial l'interrogea au sujet des dalles abîmées du caveau, elle ne put s'empêcher de se signer, ce qu'elle fit au moins quatre fois de plus durant leur rapide entretien.

Elle avait remarqué les rayures sur le marbre blond. Elles n'y étaient pas avant l'enterrement de sa patronne, elle était formelle. Elle les avait attribuées aux croque-morts.

— Elles étaient peut-être là quand j'y suis revenue pour la première fois. Mais, ce jour-là, j'étais encore si bouleversée par la mort de Madame que je n'y ai pas prêté attention.

Martial ne voulut pas lui répondre quand elle demanda pourquoi il s'intéressait à ce détail. Pas plus qu'il ne lui raconta ce qui se passait au cimetière.

— Peut-être sauriez-vous s'il y a ici une carte de l'île.

— Une carte ? Il y en a une dans la bibliothèque. Si personne ne l'a déplacée en tout cas.

Elle laissa ses légumes en plan et la rapporta peu de temps après à Martial. Celui-ci la déplia sur la table de la cuisine. Il repéra quatre lieux qui portaient les initiales recherchées. « Quatre lieux pour quatre strophes », pensa-t-il. Le plus au nord correspondait à la pointe du Paon qui, en breton, portait le nom d'Ar Paun. Le plus au sud n'était autre que le pont qui agrafait les deux parties de l'île : Ar Prad. Entre les deux, il y avait Ar Palud sur la côte est et Aod Plat sur la côte ouest. Quatre points de départ, pour quatre droites qui se croisaient au milieu de la lande. Martial partit du principe que la première strophe correspondait à la pointe du Paon et qu'ensuite on descendait en respectant le sens horaire : est-sud-ouest. Il lui fallait maintenant trouver la signification des coordonnées chiffrées. Pourquoi trois chiffres ? Une orientation couplée avec une distance ?

Il n'eut pas le temps d'y réfléchir plus longtemps : Baptiste Lestage pénétra dans la cuisine en empruntant la porte de derrière, qu'il claqua avec colère.

— J'exige des explications, monsieur de La Boissière. Je veux savoir si vous êtes avec moi ou contre moi !

Martial replia posément la carte.

— Sans doute pouvons-nous trouver un lieu plus adapté à ce genre de conversation, proposa-t-il avec le plus de calme possible.

L'endroit en question fut, une nouvelle fois, la chambre de Marie-Gabrielle.

— Vous vouliez me donner votre version des faits, je crois. Il va falloir vous montrer convaincant, l'ami. Parce que, jusqu'à présent, vous avez eu tout faux.

— Quelqu'un a bien ouvert le cercueil de votre épouse, a priori peu de temps après son enterrement. Je pense toujours que la bible pourrait être la cause d'un tel geste. Mais il y a aussi la cape… Si votre épouse n'a pas été inhumée avec, quelqu'un l'en a vêtue.

— Savez-vous ce que c'est que d'habiller un mort, monsieur de La Boissière ? Savez-vous l'épreuve que cela représente ? Il faut être sacrément dérangé pour s'abaisser à de telles extrémités. Ou bien être démoniaque. Continuez avec votre histoire de bible, s'il vous plaît.

— En recopiant le poème de votre épouse, vous n'avez pas tenu compte du fait que certaines lettres étaient différentes des autres.

Martial sortit son carnet.

— J'ai pris la liberté de reproduire à mon tour ce poème l'autre jour. Puis, ce matin, j'ai souligné les lettres que votre épouse a calligraphiées de manière particulière. Il y en a jusqu'à cinq par vers. C'est le code qu'elle vous a laissé. Vous avez raison sur ce point-là, le poème vous était destiné. Voilà ce que cela donne… Des chiffres romains. J'essaye de trouver la signification des lettres A et P. J'ai trouvé quatre lieux qui comportent ces initiales sur l'île. Il se pourrait bien que l'argent que votre femme a dérobé soit caché là-bas, dans la lande.

Baptiste Lestage resta debout, à lire longuement, le visage encore marqué par la colère.

— Cette nuit, quelqu'un a organisé une petite mise en scène. J'ai déjà émis deux hypothèses sur les raisons de cette supercherie macabre. J'en ajouterai une troisième désormais : on voulait que notre attention soit portée sur le caveau, on voulait nous pousser à vérifier, à ouvrir le cercueil comme nous l'avons fait.

Le notaire rendit son carnet à Martial. Il semblait s'être radouci.

— La cape, c'est un coup de votre nouvelle amie. Elle a donc trouvé la bible et l'or par la même occasion. J'aurai la tête de cette putain, vous pouvez me croire ! Je ferai ce qu'il faut pour cela.

— L'or est peut-être encore à sa place.

— Vous me permettrez d'en douter, monsieur de La Boissière. Cependant, je vous laisse une chance de prouver ce que vous avancez. Rendez ce code intelligible et montrez-moi cette fameuse cachette. Pour l'heure, j'ai besoin d'un remontant. La matinée a été difficile. Veuillez m'excuser de m'être emporté tout à l'heure. Quand j'ai su où vous étiez allé cette nuit...

— Je suis parti sur les traces de votre épouse, monsieur. Rien de plus. J'ai essayé de comprendre ce qui avait tant bouleversé sa vie.

— Avez-vous compris ?

— Mme Lestage ne s'est adonnée à aucun acte de sorcellerie, du moins pas de la manière dont vous l'entendez. Il était plutôt question de plantes hallucinogènes.

— Vous êtes en train de m'expliquer que Marie-Gabrielle se droguait.

— C'est le seul moyen qu'elle a trouvé pour surmonter son chagrin. Quand la religion n'a plus réussi à la soulager.

Ce midi-là, à table, personne ne sembla faire preuve d'un réel appétit. Baptiste Lestage présidait avec, à sa droite, les deux jeunes filles de la maison, silencieuses.

Il avait eu beau donner des consignes pour que rien ne transpire, Martial pensa qu'elles savaient déjà tout ce qui s'était passé depuis la nuit dernière, jusqu'à l'ouverture du cercueil. En face d'elles, Robin Vellout, l'homme de confiance, qui avait débarqué au milieu de la matinée, se montra plus bavard.

Il était plutôt bel homme, malgré des traits un peu grossiers. Ses yeux étaient mangés par des pommettes trop rondes et le nez était à l'avenant. Néanmoins, il avait de la prestance, une allure assez athlétique et volontaire. Il avait le contact facile et le verbe dense. Au cours du déjeuner, il fut le seul à essayer de briser la glace. Pourtant, quelque chose dérangeait Martial dans son attitude. Il était certes très sympathique à première vue. Mais ses façons étaient celles de quelqu'un qui souhaite appartenir à une classe sociale plus élevée que la sienne, pensant qu'il suffit pour cela d'en imiter les codes. Tout ce qu'il faisait ou disait manquait de naturel, et donc de franchise. Il tentait d'enterrer ses complexes sous une surenchère d'effets.

— Je travaille pour M. Lestage depuis 1912, répondit-il lorsque Martial lui posa la question. J'étais dans une banque auparavant.

— Vous êtes banquier ? fit mine de s'étonner Martial, qui savait pertinemment qu'il n'en était rien.

— Robin était coursier, lança Baptiste Lestage depuis son bout de table. Mais j'aimais bien son côté décidé. Alors, je lui ai proposé un poste à l'étude, et il a su gagner ma confiance, ce qui n'est pas une mince affaire, je dois le reconnaître. Il a réussi à obtenir la place qui est la sienne aujourd'hui.

Vellout afficha un sourire figé. Il aurait sans doute préféré que son patron évite ce genre de rappel devant un étranger.

— Avec Robin, j'ai trouvé quelqu'un avec qui parler. Et, à certains moments difficiles, il a été d'une grande loyauté, ce dont je lui suis redevable. J'ose le dire, Robin fait presque partie de ma famille.

« C'est le "presque" qui lui pose problème, pensa Martial. Avec dix ans de moins, il aurait bien essayé d'épouser une des filles Lestage, au lieu de devoir s'effacer devant les gendres. »

— Mes fils se font du souci pour moi. Ils voudraient que je revienne à Paris et que j'oublie ce manoir. Voilà pourquoi ce cher Robin est ici aujourd'hui. Il a pour mission de me convaincre de lever le camp, tandis que ces deux jeunes filles, elles, espèrent bien que je ne l'écouterai pas. N'est-ce pas, Marthe ?

— Si vous me le permettez, monsieur, l'été a été largement en deçà de nos espérances à Sables-d'Or. Et il nous reste beaucoup à faire, surtout pour le port de plaisance, maintenant que... Enfin, je veux dire que M. Monsignac s'occupait du dossier de manière exclusive.

— La météo ne nous a pas été favorable, Robin. Et il faut laisser l'arbre faire ses racines avant de le voir grandir. Ce que vous oubliez de préciser à notre invité, c'est que des rumeurs courent. On raconte que, si j'ai décidé de me retirer, c'est que j'ai senti le vent tourner. On m'a toujours prêté un flair incomparable. Alors, nos clients et nos associés s'inquiètent. Il faudrait que je me montre ou que j'explique que, si j'ai pris du recul, c'est uniquement en raison du deuil qui me touche. En gros, rien ne tourne comme il le faut si ce n'est pas moi qui m'en occupe.

Il avait haussé le ton. Son regard s'était assombri.

— La seule chose dont j'ai envie de m'occuper se trouve sur cette île. Rien d'autre ne compte à mes yeux. S'il y a des rumeurs, mes fils doivent se dresser contre elles. Un Lestage n'a pas à se soumettre aux bruits. S'ils avaient bien voulu apprendre à naviguer, ils sauraient que, quand une tempête s'annonce, on commence par tout vérifier à bord, on borde les voiles, puis on l'affronte, avec deux priorités : sortir au plus vite du coup de vent et reprendre le cap qu'on s'est fixé. Prévoir et lutter, voilà les deux maîtres mots ! Des rumeurs ! On n'a que faire des rumeurs !

— Il y en a même qui prédisent la fin du monde, enchérit Vellout pour détendre l'atmosphère.

— J'ai entendu dire cela, ajouta Martial. C'est pour décembre, d'après ce que j'ai compris.

— La fin du monde ! s'étonna Maëlle en sortant de son mutisme.

— Oui, mademoiselle, poursuivit Vellout. Une prédiction très ancienne la situerait au solstice d'hiver.

— L'apocalypse pour Noël ! Qu'en pensez-vous, mon oncle ?

Baptiste Lestage la dévisageait avec une mauvaise humeur non dissimulée. Mais il n'eut pas le loisir de lui répondre, car Martial s'exclama, faisant trembler les verres et sursauter tout le monde.

— Il me faut une bible !

— N'ayez crainte, cher ami. Il ne faut pas croire à ces prédictions, s'amusa Robin Vellout.

Mais Martial ne l'entendait pas. Il fixait avec insistance le notaire.

— Une bible, monsieur Lestage.

Et l'autre comprit.

— Finissez sans nous. Monsieur de La Boissière et moi-même avons à faire. Venez, Martial. Allons lire ma bible.

Ils quittèrent la salle à manger sous les regards médusés. Baptiste prit les devants pour monter à l'étage et invita Martial à pénétrer dans ses appartements.

— Expliquez-moi donc ce qui vient de vous passer par la tête, mon ami.

— L'Apocalypse. AP : l'Apocalypse selon saint Jean, et non les initiales d'un lieu. Le premier nombre donne le chapitre. Le deuxième le verset, et le troisième...

— Le bon mot dans la phrase.

— Tout était dans la bible : le code et sa clé.

La chambre du notaire était plus petite et surtout beaucoup plus sombre que celle de sa femme. Deux fenêtres en façade seulement, un lit à baldaquin aux tentures ocre, un bureau surchargé de papiers, des meubles en chêne... Du tiroir d'une des deux tables de chevet, Lestage sortit une grosse bible reliée en cuir.

— Chapitre un, verset douze, quatrième mot, dicta Martial.

Le notaire tourna les pages fébrilement, ayant cependant pris la peine de s'asseoir sur le bord de son lit.

— « *Je me retournai pour découvrir la voix qui me parlait.* » Pour.

— Chapitre trois, verset dix-huit, dixième mot.

— « *Je te conseille d'acheter chez moi de l'or éprouvé par le feu...* ». Or. Bon sang, Martial ! Vous avez fait mouche !

— Chapitre vingt-deux, verset cinq, vingt et unième mot.

— « *La nuit ne sera plus, et ils n'auront besoin ni de la lumière d'une lampe, ni de la lumière du soleil, parce que le Seigneur Dieu les éclairera.* » Lumière.

— Chapitre onze, verset dix-huit, dix-septième mot.

— « *Les nations s'étaient irritées, ta colère est venue, ainsi que le temps de juger les morts...* »

Baptiste Lestage releva la tête.

— Pour-Or-Lumière-Morts, égrena-t-il. La lanterne des morts !

15

Durant la dernière année de son existence, et peut-être même avant, Marie-Gabrielle Lestage avait été une vivante gênante. Son époux et, dans une moindre mesure, ses enfants avaient tenté d'en faire une morte convenable. On la présentait comme une victime. Mais elle n'était pas si faible que cela. Ce message codé en était la preuve.

Les louis et les napoléons d'or étaient cachés dans la petite chapelle. Le notaire, suivi de Martial, s'était précipité pour la fouiller. L'autel avait refusé de bouger d'un pouce. Pas une des pierres du mur n'était descellée, tandis que l'inspection du toit et de sa charpente se révéla vaine. Pendant un moment, Martial douta. Un moment seulement, avant de sauter par-dessus le parapet et d'inspecter l'arrondi extérieur, au ras des rochers. Il y avait quatre orifices au pied de la tour, quatre trous de forme carrée, d'une dizaine de centimètres de côté. Leur rôle était de permettre l'évacuation de l'eau quand celle-ci, lors des grandes marées ou des tempêtes, venait lécher les limites de la propriété Lestage. Sur ces quatre orifices, trois étaient plus ou moins bouchés par un amas de vase et d'algues dans lequel Martial plongea la main non sans une certaine réticence. Le quatrième était en revanche plus dégagé, presque propre, bien que suintant d'une humidité malodorante. Martial put y engouffrer son bras jusqu'au coude. Il trouva un sac, grossièrement cousu en toile imperméable. À l'intérieur, il y avait l'or. Tout l'or, le notaire s'en assura immédiatement, comptant les rouleaux de pièces sur place, à deux pas de la marée montante.

Puis Baptiste Lestage serra contre sa poitrine le précieux trésor, et se dépêcha de remonter dans sa chambre afin de le mettre à l'abri. Il expliqua qu'il y avait un coffre là-haut qu'il tenait pour inviolable.

— Je ne comprends pas ce qu'a cherché à faire mon épouse, déclara-t-il, visiblement soulagé, après être redescendu. Elle dérobe cet or puis le cache, mais souhaite que je le récupère. Pourquoi ne pas l'avoir rendu d'une manière plus simple qu'avec cette énigme à laquelle je n'ai rien entendu ?

Martial ne put répondre. Qu'aurait-il dit, sinon ? Que, jusqu'au bout, elle avait cru pouvoir fuir avec celui qu'elle aimait ? Qu'elle avait laissé l'or au plus dégourdi ? Se pouvait-il alors qu'elle imagine qu'on veuille faire d'elle une morte convenable, en l'enterrant avec sa bible, dans des habits qu'elle avait rejetés ?

— Le fait que l'or vous revienne prouve au moins que celui ou celle qui a ouvert le cercueil de votre épouse n'a pas davantage fait attention au poème.

— Vous pensez que cela va disculper votre amie, n'est-ce pas ? Je me suis fourvoyé sur ce point. Je vous l'accorde, elle n'a pas volé notre argent. Mais il y a tout le reste...

Tout le reste.
Martial s'échappa du manoir pour aller en parler de vive voix avec l'intéressée. Alors qu'il coupait à travers champs, il l'aperçut visiblement occupée dans son jardin, cheveux attachés et habillée en homme.

— Je guettais votre venue, lui dit Élisabeth. J'ai même différé ma sortie en mer pour ne pas vous rater.

— J'ignorais que vous naviguiez.

— Naviguer est un bien grand mot. Je possède un petit canot. Vous avez dû passer devant. Je l'équipe de son moteur et je lui laisse faire tout le travail. Ainsi, je ne suis pas tributaire des passeurs qui, j'en suis persuadée, ne seraient pas très gentils avec moi.

— La journée a été mouvementée, se justifia Martial.

— Et elle n'est pas terminée. Vous n'êtes peut-être pas au bout de vos peines, surtout en venant jusqu'ici.

Il se sentit rougir.

— Alors, il s'en est passé de belles cette nuit ?

Il rougit davantage.

— Je ne m'en souviens pas vraiment...

— Ce qui se passe lors d'un sabbat ne doit plus exister ensuite, l'interrompit-elle. Laissez les souvenirs de cette nuit s'en aller. Ne conservez que ceux qui vous permettent d'y voir plus clair. Je parlais du cimetière. Je sais écouter et voir. Vous avez ouvert son cercueil, n'est-ce pas ? Que cherchiez-vous ? Vérifier qu'elle était toujours à sa place ?

— Il fallait faire taire ces histoires de non-morte avant qu'elles ne deviennent trop pénibles pour la famille. Cela n'a pas été un exercice des plus agréables. Néanmoins, il m'a permis d'avancer et de retrouver deux choses importantes. La cape rouge en premier lieu. J'imagine combien il a dû être pénible de manipuler son cadavre pour le vêtir à votre manière...

— La fréquentation de maître Lestage est-elle en train de vous changer, Martial ? Voilà qu'à votre tour vous me mettez en accusation.

— Je sais que c'est vous. Hier, lorsque je vous ai dit que j'avais vu une silhouette en cape rouge, vous m'avez dit que c'était sans doute Marie-Gabrielle, avec ses habits de morte. Or, on ne l'a pas inhumée avec cette cape. Ses habits de morte étaient tout autres... Comment avez-vous fait pour ouvrir le caveau ?

Elle ne chercha pas à lutter très longtemps.

— On apprend beaucoup dans les endroits où je suis passée avant de devenir adulte. Notamment à crocheter les serrures... Elle méritait d'avoir cette cape avec elle.

— Vous avez pris des risques insensés. Si quelqu'un vous avait vue...

— Martial, vous allez finir par me vexer ! Vous brûlez que je vous avoue l'avoir trouvée sur ce voilier caché, n'est-ce pas ? Je vous dirai plutôt que quand je désire quelque chose, je l'obtiens toujours. Je voulais cette cape pour qu'elle puisse accompagner mon amie. Et je l'ai eue. Quelle est cette deuxième chose que vous avez retrouvée dans le cercueil ?

Martial soupira.

— L'or.

— Il était caché là-dedans ? Tiens donc, je ne l'y ai pas vu !

— Marie-Gabrielle a laissé une sorte de poème qui, en fait, permettait de retrouver le butin.

— Ce cher M. Lestage doit être aux anges maintenant. Le voilà à la tête de la fortune qu'il a convoitée toute sa vie.

— Il est déjà riche à millions.

— Ce n'est pas ce que disait Marie-Gabrielle... Je vais y aller, Martial. Je dois être sur le continent avant ce soir. Accepteriez-vous de marcher avec moi jusqu'à la grève ?

Ils revinrent vers l'étrange maison. Un sac de voyage attendait Élisabeth dans l'entrée. Elle ferma ensuite la porte à clé et cacha celle-ci dans un interstice entre deux pierres, au-dessus du linteau.

— Est-ce bien prudent de laisser ainsi votre maison quasiment ouverte durant votre absence ? s'inquiéta Martial.

— Ce qui ne serait pas prudent, ce serait d'y pénétrer sans y être invité... Resterez-vous longtemps à terre ? Serez-vous encore là à mon retour, Martial ?

— Je ne le sais pas encore. Il me manque quelques éléments avant de clore mon enquête. Je persiste à penser que Marie-Gabrielle Lestage est tombée amoureuse de son gendre. Ensemble, ils avaient prévu de partir le plus loin possible. Alain avait le bateau pour cela, et Marie-Gabrielle l'argent. Mais, dans le courant de l'été, il a renoncé. Les préparatifs étaient pourtant bien avancés. Sa belle-mère a essayé de le convaincre. Le temps de la traversée depuis Saint-Brieuc, elle a joué sa vie, dans tous les sens du terme. Si Alain persistait, elle avait prévu qu'ils mourraient là, en mer, à quelques mètres de son île adorée. Le moment idéal pour simuler un accident est celui où la veille du sémaphore cesse pour laisser place au feu du Paon. D'où l'arrivée tardive au port alors qu'elle aurait pu prendre un train plus tôt. Je crois qu'elle a tué Alain. Sans violence, peut-être en l'empoisonnant. Puis elle a sans doute avalé le reste du breuvage et s'est laissée tomber à l'eau quand le voilier a été projeté contre les rochers. En faisant croire à un naufrage, elle évitait que le scandale de sa liaison ne soit révélé. Peut-être pensait-elle à sa fille ? C'est comme pour l'or qu'elle avait caché. Elle ne souhaitait pas qu'il soit perdu.

Ils étaient parvenus au bord de la grève boueuse. Le canot était équipé d'un moteur plus imposant que celui du fils Le Flahec, arrimé à sa poupe. Il sembla à Martial, juste l'espace d'un instant, qu'Élisabeth était moins allante, les épaules plus basses, et que son regard était devenu noir. Quand il cessa de parler, elle retrouva sa posture habituelle, grande et droite, le visage et les yeux traversés par la lumière.

— Allez-vous révéler tout cela ?

— La personne qui a effacé les traces à bord de l'*Arctic Tern* a oublié une photographie.

Il sortit le cliché de Marie-Gabrielle nue et le tendit à Élisabeth.

— L'autre image est moins compromettante que celle-ci. On y voit Alain à la barre de son voilier... Pour l'heure, Marie Monsignac pense que l'*Arctic Tern* est dans un hangar du côté de Saint-Malo. Mais elle finira bien par le trouver. En revanche, il ne faudrait pas qu'elle voie cette fameuse photo.

— Si vous essayez de me convaincre d'aller sur ce bateau pour faire disparaître cette photographie, je vous répondrai toujours la même chose, Martial : je n'ai pas l'intention de tomber dans les pièges que vous me tendez. Donc, je ne connais pas ce voilier ni l'endroit où il est ancré. En revanche, je connais la photo dont vous me parlez. Je l'ai également développée et agrémentée d'un petit texte que je jugeais adapté. À mon tour d'essayer de vous piéger. J'ai bien compris que vous ne direz rien aux Lestage, mais vous souhaitez tout de même avoir la preuve qui vous manque. Comment allez-vous la trouver ?

— Je vais retourner dans l'épave. Pour y dénicher le moyen qu'elle a trouvé pour empoisonner mon ami.

— Promettez-moi de vous montrer prudent, Martial. Il y a déjà eu trop de morts dans cette histoire... Bien. Il est temps pour moi de vous dire au revoir.

Elle tendit sa main pour qu'il la serre.

— C'est à mon tour d'affirmer que je suis content de vous avoir connue, Élisabeth. Sincèrement.

— Je vous en remercie. J'espère que la jusquiame aura laissé un peu de moi dans votre mémoire.

Encore une fois, Martial se sentit rougir jusqu'à la racine des cheveux.

— Elle a de la chance, continua-t-elle, faisant mine de ne pas s'apercevoir de son embarras. Celle dont vous avez prononcé le nom plusieurs fois. Camille, c'est bien cela ? Vous semblez terrifié à l'idée de la perdre et pourtant vous êtes ici, à vouloir percer les secrets de morts, quand vous devriez être à ses côtés.

— Je l'ai perdue il y a déjà longtemps.

— Qu'en savez-vous ? Je crois plutôt que c'est vous qui êtes perdu. Quand cette femme est loin, vous vous languissez d'elle et quand elle est près de vous, vous la repoussez.

— Comment savez-vous cela ?
— Je suis sorcière, l'auriez-vous oublié ?

Ils se quittèrent sans un mot de plus, sans même un geste d'au revoir. Élisabeth monta à bord de son canot avec une dextérité qui fit envie à Martial. L'embarcation s'écarta lentement du rivage avant de prendre un peu de vitesse, traversa l'anse de la Corderie et disparut dans la brume naissante. À aucun moment, Élisabeth ne se retourna.

16

La brume était épaisse. Martial avait attendu que la marée soit favorable pour se rendre une nouvelle fois sur les lieux du naufrage du *Saint-Liboire*.

De bonne heure, ce matin-là, il était allé trouver Joseph Le Cleuziat et lui avait exposé sa requête. Mais cette fois-ci, le patron du canot de sauvetage ne put l'accompagner. Il voulut même le dissuader de tenter une nouvelle exploration de la coque abîmée qui, compte tenu du temps et de l'état de la mer, devenait de plus en plus instable. Quand il comprit qu'il gaspillait sa salive à lui faire ainsi la leçon, il lui indiqua quelqu'un qui accepterait de lui louer une barque pour la journée. Il insista sur quelques règles à respecter autour des écueils et sur les horaires de la marée.

Martial s'était retrouvé seul et ramait tranquillement, forçant sur les bras afin d'épargner son dos fragile, loin des rochers, quitte à rallonger son itinéraire. Il parvint ainsi aux abords de l'épave vers treize heures, au moment où celle-ci émergeait à la faveur de la marée descendante.

La scène de l'accident était telle qu'il l'avait découverte la première fois. La proue du voilier se dressait toujours vers le ciel, embrochée sur la roche. La brume lui donnait une allure encore plus fantomatique. Martial jeta l'ancre à une distance prudente. Il patienta encore tandis que l'eau continuait de descendre. La barque tanguait sans exagération, accompagnée d'un léger clapot. Avec tous ces îlots disséminés tout autour, immobiles dans cette mer figée, on aurait pu se délecter d'une telle quiétude. Mais il suffisait de regarder les vestiges du voilier pour que ce sentiment s'estompe aussitôt.

Une heure plus tard, Martial se déshabilla, ne conservant que ses sous-vêtements. Il avait les paumes entamées par les rames. Le sel brûla ses plaies quand il se mit à l'eau. Il nagea jusqu'aux premiers débris. Il contourna cet amas et vint toucher la coque d'une main. L'entrée du carré était juste là, sous ses pieds.

Il avait prévu d'effectuer de courtes plongées, chacune ayant pour but d'inspecter un petit périmètre de la cabine. Il souhaitait remonter tous les objets qu'il trouverait pour les observer en surface. Avant sa première immersion, il pensa, comme la veille, qu'il pénétrait dans un caveau. Sauf que, cette fois, il n'y avait pas de cadavre à déterrer.

À l'intérieur, il se sentit aussitôt oppressé. Du coup, il resta sous l'eau moins longtemps qu'il ne l'avait espéré. Il remonta des morceaux de planche qui s'étaient détachés et une gaffe presque intacte. Il mit de côté une trousse noire, fermée par un long lien en cuir, qui contenait des instruments de navigation. Il l'avait trouvée dans un rangement près d'un sac assez lourd, qui contenait une tenue imperméable en toile cirée blanche qu'il renonça à déplacer de peur que son poids ne fasse bouger l'épave. Plus loin, ce fut un cartable au cuir déjà mangé par l'eau salée. Les papiers qu'il contenait n'étaient plus qu'une pâte gluante qui se déversa lentement dès que Martial ouvrit le rabat.

Il ne compta pas combien d'apnées furent nécessaires pour trouver ce qu'il était venu chercher, mais cela lui sembla assez rapide. La gourde métallique était encore pleine à en juger par son poids. Elle était parfaitement fermée par un bouchon en céramique dont le joint en caoutchouc n'était pas encore poreux. Elle était gravée aux initiales d'Alain ainsi que du blason de la Royale. Quand Martial la remonta à la surface, il osa un cri de triomphe qui rebondit contre le brouillard de plus en plus dense.

De retour à bord de son canot, il déboucha la gourde et porta le goulot à son nez. L'odeur d'eau croupie masquait tout le reste. Il en versa alors un peu dans le creux de sa main. Elle ressemblait encore à de l'eau, peut-être un peu plus foncée. Il n'y avait aucun dépôt visible. Mais il était sûr que ce qui avait tué Alain était bien là-dedans.

Il retira ses sous-vêtements et enfila ses vêtements secs. Ignorant la douleur de ses paumes blessées, il entreprit de rentrer, satisfait.

Il cessa de ramer une première fois quand la nausée le prit. Sa bouche était sèche. Des sueurs glacées lui mordaient le cou et le dos. Il lui sembla que la barque tanguait de plus en plus. Le mal de mer ! Il avait le mal de mer ! Il se retourna et tenta d'estimer la distance qu'il lui restait à couvrir avant de toucher l'île, qui étirait sa masse sombre derrière le voile de brume.

Il n'était même pas à la moitié du parcours. Il s'aspergea le visage et la nuque, s'efforçant de ramer à nouveau. Ses mains étaient en feu comme si les plaies s'élargissaient et que quelque chose les fouillait en profondeur, jusqu'à l'os.

Ses forces le trahirent à leur tour. Il tirait sur ses bras, mais ceux-ci semblaient engourdis, presque inertes. Il aurait voulu s'approcher d'un des îlots pour mettre pied à terre, le temps pour lui de recouvrer ses esprits, mais il avait suivi un arc de cercle pour passer au sud du chapelet rocheux et, là où il se trouvait, il n'avait droit qu'à de petits pitons inhospitaliers et d'accès trop difficile.

Il eut envie de s'allonger, juste un moment, persuadé que, s'il ne voyait plus la mer, son mal passerait aussitôt. Il rentra ses avirons. Il jeta l'ancre, qui racla le fond avant de tirer sur sa chaîne d'un coup sec. La barque dansait sur place et il la maudissait pour cela. Il se recroquevilla, transi de froid, les yeux fixés sur le ciel qu'il ne pouvait voir. La nausée disparut. Il se sentait revivre. Toutefois, ses bras restaient inertes et il devait supporter un picotement très désagréable au bout des doigts. Il avait la gorge sèche, mais ne pouvait rien avaler sans que la nausée ne revienne. Il lui suffisait d'attendre, c'est ce qu'il pensa. Attendre.

La barque fut soudain heurtée. Il y eut un choc suivi d'un mouvement inhabituel. Martial sortit de sa torpeur. Il se releva à regret. Rien n'avait percuté l'embarcation. L'ancre chassait et labourait la roche sans trouver où se fixer. Le canot dérivait dans le courant. Il faisait sombre, beaucoup plus sombre qu'un instant auparavant. Et le brouillard était devenu si épais qu'on n'y voyait pas à vingt mètres. Martial vérifia sa montre. Il était près de dix-neuf heures. Il s'était endormi. Il se sentait encore mal, l'estomac ravagé et les muscles engourdis. Il eut l'impression de consentir un effort démesuré pour sortir l'ancre de l'eau et, ensuite, fixer les avirons. Il rama comme il put. Il peinait à se tenir assis. Ses oreilles bourdonnaient. « Je vais m'évanouir », pensa-t-il. Il lui fallait résister, tenir encore un peu. « Ils vont venir me chercher. » Mais, au fond de lui, il n'avait qu'une envie : quitter la barque, se mettre à l'eau et nager. Il sentait qu'il était capable de nager et qu'après il n'aurait plus le mal de mer. Il lui suffisait d'emporter la gourde d'Alain, bien calée sous sa chemise pour qu'elle ne lui échappe pas.

Puis il entendit des voix. Au départ, il crut que c'était le bruit dans ses oreilles qui s'amplifiait. Mais il distingua bientôt des plaintes, comme l'expression d'une souffrance. Elles se transformèrent alors en cris d'effroi, en cris de mort. Elles provenaient des profondeurs. Plus le jour s'en allait, plus elles prenaient sa place. Les naufragés hurleurs… Leurs hurlements étaient si stridents que Martial entendit à peine, au loin, un coup de canon. L'alerte du sémaphore. La nouvelle chaloupe de Le Cleuziat allait être mise à l'eau, avec son puissant moteur. C'était sans doute sa première sortie, et elle était pour lui. Combien de temps mettrait-elle avant de le retrouver ? Il n'avait aucune lumière, rien pour se signaler. Il était censé être plus au nord, parmi les écueils. Combien de temps ? Une demi-heure ? Pas moins, assurément.

Martial ne se sentait plus capable de rester à bord de sa barque, qui ne cessait de gîter. Il lâcha les avirons. Il prit la gourde en fer-blanc et la glissa sous ses vêtements. Puis, avec peine, il bascula par-dessus bord et se laissa tomber à l'eau.

Le froid lui donna un coup de fouet. Une fois encore, il crut pouvoir reprendre vie. Les cris des naufragés se firent plus lointains. Ses muscles fonctionnaient à nouveau et le mal de mer avait disparu. « Tu as bien fait. Il faut nager, maintenant. Nager aussi longtemps que tu le peux. Tu vas bien finir par trouver un caillou sur lequel te percher ! »

Il était dans le noir. La nuit s'était abattue sur lui sans qu'il s'en aperçoive. Il se sentait lourd dans l'eau, trop lourd, aussi se débarrassa-t-il de ses chaussures. Il ne voyait plus rien, quel que soit le côté. Il n'y avait plus de nord ni de sud. Il n'y avait plus de barque ni d'île. Il mesura à cet instant toute la portée de son erreur. Il sut qu'il allait mourir.

Vers sa droite, il crut entendre le ronflement d'un moteur. Il nagea donc dans cette direction, mais le bruit se déplaça sur sa gauche puis à nouveau sur sa droite. « Je devrais voir leurs lanternes, réfléchit-il. Je devrais voir le gris de la brume. Aucune nuit n'est aussi sombre qu'une caverne. Je ne vois rien. Je ne vois plus rien ! Je suis aveugle ! »

L'obscurité était dans ses yeux. Ce n'était pas le mal de mer, c'était autre chose. Il pensa à du poison. Il y pensa si fort qu'il put même le deviner en train de cheminer dans ses veines. Les naufragés hurleurs criaient à nouveau, l'appelaient à l'aide. Tandis que lui ne pouvait appeler personne.

Soudain, il y eut un point lumineux devant lui. Assez loin certes, néanmoins cette minuscule lueur venait de vaincre l'obstacle de sa cécité tout en déchirant la brume. Il nagea dans sa direction. Il était certain qu'il s'agissait de la lanterne des morts, qu'elle était son guide depuis la chapelle. Les cadavres des naufragés remontaient à la surface. Il les frôlait avec ses bras et ses jambes, était contraint de les écarter pour pouvoir avancer. Les corps étaient putréfiés. Ils ressemblaient à la dépouille de Marie-Gabrielle.

Le feu dans la tourelle du manoir brillait plus fort désormais. Il venait à sa rencontre. Martial crut bientôt distinguer l'ombre de l'île, la pointe rocheuse avec la demeure des Lestage.

Parmi les plaintes des naufragés, il entendit son prénom. « Martial ! Martial ! » C'était une voix de femme. « Laissez-moi tranquille ! » aurait-il souhaité hurler à son tour, mais sa gorge était trop enflée et ne laissait passer aucun son, à peine de quoi respirer. La voix de femme recommença, plus forte, plus proche. « Martial ! Martial ! » Il la reconnut. C'était celle de Camille.

Alors il cessa de nager. « Je t'entends, Camille. Je parviens à t'entendre. » Il flottait comme un bouchon au beau milieu d'une mer d'ébène. Camille l'appelait sans relâche. « Ils imitent sa voix pour m'attirer. Tu dois nager, Martial. Tu dois nager encore. Suis la lumière ! » Il savait qu'il n'en avait plus la force et qu'il allait se noyer.

« Martial ! Martial ! » Une autre, plus grave, plus puissante, une voix de stentor : « Martial ! Répondez, nom de Dieu ! »

Alors, il oublia sa gorge en feu, il oublia son épuisement, il oublia ses yeux presque morts, il oublia le poison. Il trouva au fond de ses entrailles un dernier souffle pour crier dans la nuit : « Je suis là ! » Son cri s'envola et résonna autour de lui. Il se mit sur le dos, se laissant flotter encore quelques instants. Il savait qu'il n'y avait personne. « Je suis là ! » murmura-t-il, le timbre cassé. Il attendit ensuite que les naufragés hurleurs l'emportent.

Une main puissante lui agrippa l'épaule. Son corps devint alors plus léger. Il quittait l'eau, il s'envolait au-dessus d'elle.

« Je vous tiens, rugit la grosse voix. Et je ne vous lâcherai pas ! »

« Martial ! Ouvre les yeux ! » La voix de Camille, à nouveau.

Ouvrir les yeux ? Mais ils sont déjà ouverts. « Ouvre les yeux, Martial ! Je t'en supplie ! » Tu pleures, Camille. Pourquoi pleures-tu ?

Il y eut le rugissement d'un moteur. Il était dans le creux de deux bras, comme les bras d'une mère. Une main fine lui caressait le visage. La mort était-elle donc si douce ?

« Ouvre les yeux ! Regarde-moi ! Ne me laisse pas ! Je t'en supplie, ne me laisse pas ! »

La lumière jaillit, aveuglante. Camille était penchée au-dessus de lui, dans la lueur d'une grosse lanterne.

À côté d'elle, Raoul, la mâchoire serrée, le regard loin devant lui, tenait la barre du canot, qui filait sur l'eau.

Camille lui embrassait le front et même les lèvres.

— Poison, réussit à murmurer Martial à son oreille.

— Raoul ! Il a dit quelque chose ! Répète-le, Martial, je n'ai pas entendu !

— Poison, souffla-t-il dans un râle.

Et, d'une main encore un peu vivante, il vint taper sur son ventre, qui résonna d'un son métallique. Camille ouvrit sa chemise trempée et trouva la gourde.

— J'ai compris. J'ai compris, répéta-t-elle.

Martial entendit ces mots rebondir et rebondir encore. La nuit revint dans ses yeux. Il ne resta plus qu'un point lumineux, celui d'une lanterne posée sur le rebord d'une ouverture percée dans le mur d'une chapelle.

Quand ce treizième feu de Bréhat disparut, il sut que c'était fini.

Troisième partie

Chasma gês

« Un grain est un grain, monsieur Jukes, reprit le capitaine, et un navire en pleine puissance n'a qu'à y faire face. Le sale temps court ainsi de par le monde et la seule chose à faire est de l'affronter... »

Joseph Conrad, *Typhon*

17

Camille avait déjà connu la fin du monde.

Le monde qui avait été n'était plus que nuit et décombres. La poussière emplissait l'air.

Celui à venir... Pendant longtemps, elle avait pensé qu'il n'y aurait pas de monde à venir pour elle. Elle avait tout perdu, ceux qu'elle aimait, son âme. Elle avait erré comme une rescapée. Une survivante. Seule. À Beaunac, elle avait trouvé une prison douce, faite de collines et de forêts, de rivières et de prairies. Elle attendait que tout cela cesse. Elle n'avait que vingt-cinq ans et, pourtant, sa vie était derrière elle.

De quoi avait-elle été faite ? D'un appartement à Toulouse, quartier Saint-Cyprien. Il était clair, avec de grandes fenêtres et des murs blancs. Le premier souvenir de cet appartement était la lumière. Y compris celle de la nuit, car, dans sa chambre, au-dessus de son lit, il y avait une lucarne. Parfois son père oubliait de tirer le rideau.

Elle se rappelait le jour où, toute petite, son père l'avait emmenée dans les Pyrénées. Il l'avait réveillée de très bonne heure, si tôt que la nuit était encore là.

Une calèche les avait montés jusqu'à un col dont elle n'avait pas retenu le nom. Pour la première fois de sa vie, elle allait voir le jour se lever. Elle scrutait le ciel par-dessus les montagnes, bringuebalée par les chaos du chemin. Elle l'avait scruté aussi longtemps que possible, mais n'avait pas pu résister au sommeil qui se faisait pressant. Elle s'était allongée sur les genoux de son père sans même s'en apercevoir. Quand il l'avait gentiment secouée pour qu'elle s'éveille à nouveau, il faisait jour. Elle avait loupé l'instant magique. Sa déception était immense.

Son père. Un géant aux cheveux gris, à la main si épaisse quand elle y glissait la sienne, toute menue. Ils avaient longtemps vécu tous les deux. Il l'avait élevée seul. Et ce mot, « élevée », n'avait jamais eu autant de sens.

Martial. Ce jeune garçon qui avait débarqué un jour d'hiver dans leur appartement. Il était plus vieux qu'elle. Elle l'avait d'emblée trouvé très beau dans son costume de lycéen. Il aurait pu être un intrus venu déranger sa vie. Au contraire, elle l'y avait accepté. Il était devenu l'autre pilier de son existence. Elle savait que c'était un élève de son père, qu'il venait parfois repasser ses leçons sur un coin de la table de la salle à manger, avant de jouer avec elle. Elle savait qu'il était seul. Elle n'avait pas eu de mère, lui n'avait plus de père. Ils se complétaient parfaitement. Un jour, Martial lui avait dit qu'il allait partir. Elle avait pleuré, c'était peut-être son premier chagrin. Avec son père, ils l'avaient accompagné à la gare. Elle avait regardé le train l'emporter vers un endroit où elle ne serait plus avec lui.

Leur appartement lui avait alors semblé plus sombre. Quand son père avait pris sa retraite anticipée et qu'il avait décidé de le quitter, cela avait presque été un soulagement. Ils avaient pris une petite maison, à Bagnères-de-Luchon, au pied des montagnes. Elle grandissait, son père s'affaiblissait à cause de ses bronches fragiles. Et puis, il y avait eu la guerre. Les hôtels de la ville étaient devenus des mouroirs à soldats. Parmi eux, elle avait retrouvé Martial. À son chevet, elle avait décidé qu'elle ne le quitterait plus. Il allait guérir. Il allait l'aimer comme elle l'aimait. Elle venait tous les jours s'en assurer, sans exception. Jusqu'à ce que l'armée le lui vole à nouveau. Elle continua à lui écrire, comme elle l'avait toujours fait.

Les blessés affluaient. Un jour, dans un des lits, il y eut Édouard. Elle arrivait encore à penser à lui en lui donnant un prénom. Édouard avait été une révolution parce que c'est comme cela qu'elle s'imaginait une révolution, quand des murs s'effondraient et que, à la place, on découvrait de nouveaux espaces. Elle était tombée amoureuse. Si éperdument amoureuse qu'elle avait changé de route. Et s'était trompée. Cette route-là l'avait conduite à la fin de son temps. Avec la mort de son père, la mort de son amour pour Édouard, et la trahison envers Martial, qui avait pourtant fini par l'aimer.

Ce dernier l'avait récupérée, comme on récupère un objet abîmé, sachant qu'il ne sera plus d'aucune utilité, mais lui évitant ainsi d'être détruit. Au haras de Beaunac, on faisait la même chose avec les chevaux de course qui ne pouvaient plus courir : on leur évitait d'être achevés.

Martial lui avait ouvert les portes d'un monde à venir. En l'obligeant à rompre son immobilité, il lui avait offert un peu d'élan. Elle s'était donc remise en mouvement et était partie en quête de sa vie passée. D'abord Toulouse. L'appartement de Saint-Cyprien existait toujours. Une gentille famille y demeurait et l'autorisa à le visiter. Il était moins lumineux que dans ses souvenirs, et la lucarne dans son ancienne chambre avait aujourd'hui une vitre opaque. Le quartier avait peu changé, mais il n'y eut personne pour la reconnaître aux halles et l'appeler « la petite mademoiselle » comme autrefois. Au lycée national, elle avait trouvé quelqu'un qui avait connu son père, un ancien élève devenu depuis professeur d'algèbre.

— Charles Purseau. C'était un nom célèbre entre ces murs. Comment l'avez-vous connu ?

— C'était mon père.

L'homme en face avait été décontenancé.

— J'ignorais qu'il avait eu des enfants. J'ai été son élève en 1905, je crois...

— Il ne parlait jamais de son travail quand il était chez nous. J'ai eu l'occasion de le voir enseigner quand il a remplacé un des instituteurs de Bagnères-de-Luchon parti pour le front. Mais je n'ai jamais su comment il était au lycée, quel genre d'enseignant...

— Il m'est difficile de vous répondre, mademoiselle. C'était il y a longtemps, et la matière qu'il enseignait n'était vraiment pas mon fort.

— Vous parliez pourtant de célébrité à l'instant.

Le professeur d'algèbre cessa de la regarder et chercha des yeux un point auquel se raccrocher sur la cloison d'en face. Il s'agita sur sa chaise et le col de sa chemise parut devenir trop étroit, car son visage s'empourpra au point de devenir violet.

— C'était si terrible que cela ? lui demanda-t-elle.

— Vous n'avez jamais rien entendu sur sa carrière ?

— Seulement des rumeurs assez lointaines.

— En toute franchise, il avait du mal à se faire respecter. Ses cours étaient très denses, voyez-vous, jusqu'à en devenir hermétiques. Je suis navré d'avoir à vous répondre de cette façon. C'était un homme éminemment respectable, cela ne fait aucun doute. Mais, dans ce lycée, il n'y avait pas grand monde pour le respecter.

Cela bouleversa Camille avant que la colère ne prenne le dessus.

À Luchon, elle revit leur maison et son petit jardin et l'école qui avait poussé son père à interrompre sa retraite pendant quelques années, celle où elle avait commencé à enseigner sitôt sortie de l'École normale. Et elle revit surtout les montagnes chéries de son père, qu'il évoquait avec emphase, expliquant comment elles lui avaient offert une partie de leurs forces et, ainsi, sauvé la vie. Elle décida d'y monter, d'aller se rendre compte par elle-même. Elle projeta tout d'abord une escapade d'une journée avant de trouver que son idée manquait d'envergure. Lorsque la santé de son père lui avait interdit l'altitude, il lui avait avoué que son rêve avait été de traverser ce massif d'est en ouest, des rivages de la Méditerranée à ceux de l'Atlantique. Il le lui avait redit sur son lit de mort.

« Je pars avec deux regrets, ma fille. L'un des deux est de ne pas avoir pris le temps de réaliser ce rêve dont je t'ai parlé un jour… Les Pyrénées. En franchir toutes les vallées… »

Elle n'avait pas eu besoin de lui demander quel était son deuxième regret, car elle le connaissait : c'était de l'avoir laissée se perdre.

Elle voulut parcourir ce chemin à sa place. À la fin du mois de juin, elle commença son périple au pied du Canigou. Bien équipée, elle avait marché et marché encore. Elle avait fini par comprendre la montagne, la fascination qu'elle était capable de provoquer. Le face-à-face avec ces titans prouvait qu'il y avait encore une vie. Surtout, elle avait vu le soleil se lever.

Elle se dit que, si elle allait au bout sans flancher, elle pouvait encore se relever, retrouver celle qu'elle avait été. Elle écrivit à Martial. Non pas parce qu'il le lui avait demandé, mais parce qu'elle en ressentit le besoin. Ils étaient là-haut avec elle, lui, son père, et même Édouard. Ils l'aidaient à ignorer ses pieds blessés, ses tendons douloureux, son dos entamé par les lanières du sac et endolori par les nuits à dormir sur les cailloux. Le jour où elle vit l'océan, la première étape de sa rédemption s'acheva.

Elle se soigna, retrouva des forces avant de monter à Paris. Toujours sur les traces de son père, étudiant brillantissime, promis à une carrière universitaire à laquelle il avait pourtant renoncé. Elle retrouva trois articles qu'il avait publiés du temps où il fouillait la Grèce. À ce stade-là, elle se sentit à nouveau perdue et replongea dans l'obscurité.

Une voix lui disait d'aller dans « l'autre village », d'aller revoir ces gens, de retourner en enfer. Et cette même voix, comme un écho, lui intimait aussi qu'elle devait prendre le bateau et aller retrouver Édouard. Non pour essayer de l'aimer à nouveau, mais seulement pour le voir, voir comment il s'en sortait de son côté, parce que lui, l'enfer, il en connaissait tous les recoins.

Elle voulut ignorer cette voix et tenta de se raccrocher à quelque chose, à un signe qui lui indiquerait la piste à suivre. Elle le trouva par hasard, dans un journal vieux de quelques jours, qui avait été abandonné dans le salon de sa pension. On y évoquait un drame, le naufrage d'un bateau en Bretagne qui avait coûté la vie à deux personnes. Elle reconnut le nom d'une des deux victimes : Alain Monsignac. L'ami de Martial, celui qui l'avait accompagné chez ce médium pour une séance de spiritisme où on lui avait annoncé sa mort prochaine, par noyade.

La nouvelle l'avait touchée. Elle ressentit l'envie de parler à Martial. Elle téléphona à Beaunac et tomba sur Denise, qui lui vouait une féroce animosité.

— Monsieur de La Boissière s'est absenté quelques jours.

— Savez-vous où il se trouve ?

— Il est en Bretagne, je crois. Essayez donc de rappeler une autre fois.

Et elle lui raccrocha au nez.

Trois jours après, elle réussit à obtenir un rendez-vous avec maître Collas, un rendez-vous particulier pour lequel elle dut débourser une coquette somme d'argent. Elle se présenta à la porte de son appartement, dans un immeuble cossu du quartier de l'Opéra. Un grand homme chauve la conduisit jusqu'à un salon décrépit et la pria de s'asseoir à une grande table ovale.

Le médium portait un costume noir qui n'était plus à la mode depuis au moins dix ans. Elle remarqua ses yeux, plus enfoncés que la normale dans leurs orbites, avec des arcades sourcilières proéminentes qui renforçaient le malaise. Collas s'assit près d'elle avant de lui demander de tendre ses mains qu'il prit dans les siennes, les serrant un peu trop fort. Il ferma les yeux, dans le silence le plus complet. Cela dura un long moment avant qu'il ne lâche les mains de Camille et ne se redresse sur sa chaise.

— Je ne parviens pas à voir, veuillez m'excuser. Les ondes sont bien présentes, mais elles sont si emmêlées que je m'y perds. Il y a tant de choses qui se bousculent en vous, mademoiselle. Beaucoup de culpabilité, beaucoup de doutes également. Je vais essayer à nouveau, mais vous devrez m'aider pour que nous puissions parvenir à un résultat.

Il reprit sa posture et les mains de Camille. Un autre moment passa mais, cette fois-ci, le médium réussit à voir un peu mieux.

— Je crois qu'il y a un homme. Il vous aime. Je l'entends vous appeler par votre prénom. Camille, n'est-ce pas ? Pourquoi vous appelle-t-il ?

— Je l'ignore.

— Savez-vous de qui il s'agit ?

— Je n'en suis pas certaine.

— Cela signifie-t-il qu'il pourrait y avoir plus d'un homme ?

— Je pense qu'il s'agit de Martial, mon ami d'enfance.

— Je connais cet homme. Il est venu ici il y a quelques mois. J'entends sa voix, mais il fait nuit. Je ne parviens pas à le distinguer. Il a l'air d'être en détresse.

— C'est bien lui. Il a failli avoir un accident il y a plus d'un an. Je n'étais pas présente, mais on m'a raconté que, lorsqu'il a cru que c'était fini, il a crié mon prénom.

— Il vous aime. Cependant vous vous éloignez de lui. Parce que vous avez des doutes.

Camille s'impatienta. Elle retira ses mains.

— Je crois que j'ai commis une erreur en venant ici. J'ai cru... Quand on m'a raconté ce que vous aviez été capable de prédire, j'ai pensé que vous aviez peut-être un vrai don.

Collas ouvrit ses yeux terrifiants, mais Camille ne se démonta pas.

— Vous essayez de m'embobiner, monsieur. Vous ne voyez rien et vous n'entendez rien. Vous tentez seulement de me soutirer des informations afin de pouvoir broder autour.

— Mademoiselle...

— Ne vous fatiguez pas !

— Je vous en prie, mademoiselle. Comprenez bien que je suis soumis à des forces que je ne contrôle pas tout le temps. Je suis incapable de voir sur commande. C'est pour cela qu'en général je refuse les séances particulières.

— Pourquoi avoir accepté celle-ci dans ce cas ?

— Ce que vous avez dit pour obtenir ce rendez-vous m'a convaincu, quand vous avez évoqué M. de La Boissière et son ami malheureusement décédé, comme je l'avais prédit par deux fois.

— Deux fois ?

— M. Monsignac est revenu me consulter.

— Est-il prévu que vous me rendiez mon argent, monsieur Collas ?

— Certains me traitent de menteur, mademoiselle. Mais je ne peux tolérer qu'on me fasse passer pour un voleur. Votre argent vous sera rendu dans son intégralité.

Camille repoussa la chaise sur laquelle elle était assise.

— Souhaitez-vous que nous fassions une dernière tentative ? proposa Collas. Sans que vous ayez à prononcer la moindre parole.

Camille dévisagea le médium. Elle n'était pas en colère, juste vexée. Sans attendre son accord, Collas referma les yeux et posa sa main droite sur la sienne.

— Vous vous êtes arrêtée devant l'océan. Or, votre traversée n'est pas terminée. Vous auriez dû marcher encore, car c'est de l'océan que viendra votre résurrection. Vous allez sur la mer. Celui qui vous attend s'y trouve. Et il a besoin de vous. Il est aussi perdu que vous, il ne sait plus où il se trouve. Il ne supporte plus d'avoir mal, parce qu'il souffre depuis trop longtemps. Vous êtes une part de sa souffrance... Allez sur la mer. Cet homme y mourra. Ensuite, vous pourrez vivre à nouveau.

Collas s'était tu, épuisé, le visage livide et le front en sueur. Le grand chauve s'était précipité.

— La séance est terminée, mademoiselle. Maître Collas doit se reposer. Votre argent est dans le tiroir du meuble d'angle, dans l'entrée. Au cas où vous voudriez le récupérer...

Camille ressortit de là bouleversée, et sans son argent. Quand elle retrouva ses esprits, elle entreprit les démarches pour rejoindre l'Argentine. Édouard lui avait fait perdre le fil de sa vie. C'était bel et bien à lui de l'aider à le retrouver.

Elle prit le train pour Nantes, mais il lui fallut encore trois jours de plus pour trouver une place à bord d'un bateau. Elle prit le temps d'écrire à Martial, peut-être pour la dernière fois avant longtemps.

Une cabine de deuxième classe l'attendait sur un navire qui appareillait à dix heures. Elle quitta son petit hôtel de Saint-Nazaire beaucoup trop tôt. Il régnait une grande agitation sur les quais. Le paquebot mit un temps fou à se détacher du quai puis à traîner sa grosse carcasse hors du port. Quand il prit enfin la mer, il laissa un énorme sillage derrière lui. Camille le regarda disparaître. Ensuite, elle quitta le banc sur lequel elle était assise. Elle retourna à la gare et chercha un moyen de regagner Beaunac. Elle venait de franchir la deuxième étape de sa rédemption.

Lorsqu'elle débarqua au domaine, Martial était encore absent. Elle reçut un accueil glacial de la part de Denise et de son mari. Peu lui importait. Elle prit à peine le temps de faire un brin de toilette et de se changer avant de monter au haras. Raoul était dans un enclos, en train de faire trotter un poulain magnifique qui semblait beaucoup s'amuser au bout de sa longe. Sans la moindre hésitation, elle enjamba la barrière. Elle connaissait l'aversion qu'il avait pour elle. Dès qu'il l'aperçut, il changea d'attitude et elle eut l'impression d'être le diable incarné. Son visage qui n'en était plus un parvenait encore à exprimer l'embarras, la colère et la méfiance. Elle eut droit aux trois à la fois.

— Où est-il ? Où est Martial ? demanda-t-elle sans préambule. Au manoir, ils refusent de me répondre.

— Il s'occupe d'une de ses enquêtes, réussit à cracher Raoul.

— Où est-il ? Vous devez me le dire, Raoul. Je sais que vous ne m'aimez pas et, pour tout vous avouer, je ne vous aime pas non plus. Mais je dois retrouver Martial au plus vite. Je crois qu'il court un grave danger.

Le géant défiguré hésita.

— Un danger ?

— Oui. J'en suis persuadée.

— Il a appelé, il y a deux ou trois jours. Il était en Bretagne et il voulait se rendre sur une île.

— Vous souvenez-vous du nom de cette île ?

— Non. C'est Denise qui a pris la communication. Quel danger court-il ?

— Trouvez-moi le nom de cette île, bon sang ! Descendez voir cette vieille rombière et faites-la parler !

L'île en question s'appelait Bréhat, Denise l'avait noté sur un morceau de papier. Face à Raoul, elle fut bien obligée de le montrer.

— C'était pour savoir où le joindre s'il y avait des problèmes, se justifia-t-elle.

— Maintenant, vous allez décrocher ce téléphone et trouver quelqu'un à qui parler là-bas. Il faut faire passer un message à Martial. Avez-vous compris ?

Denise était au bord des larmes, mais elle opina du chef. Camille continuait à s'agiter.

— Lucien, vous allez me conduire à la gare. Je monte chercher mes affaires et nous partons immédiatement.

— Mademoiselle, si vous me permettez, vous devriez vous reposer un peu avant de repartir. On va prévenir Monsieur et vous ferez le voyage demain.

— Je veux partir tout de suite ! J'aurai tout le temps de me reposer ensuite, quand il sera hors de danger.

— Je ne suis pas certain que vous aurez un train à cette heure-là...

— Je vais vous y emmener, interrompit soudain Raoul, qui était resté dans un coin de la cuisine comme s'il craignait de la salir. On va prendre la voiture. On va partir tout de suite, ainsi que vous l'avez dit.

Ils n'atteignirent Paimpol que le lendemain après-midi. Raoul avait conduit tout le temps, refusant de s'arrêter pour dormir. Au port, on les informa qu'une vedette ferait la traversée depuis la pointe de l'Arcouest à dix-sept heures. Ils patientèrent au bord de l'eau. La brume laissait deviner l'ombre de Bréhat, noire et basse.

Un peu plus tard, sur le bateau, Camille comprit ce que Raoul avait dû endurer depuis des années. Les regards ne lâchaient pas sa figure monstrueuse. Pour les gens présents à bord, il n'était qu'un monstre de foire, et on désapprouvait qu'il ose se montrer en public. Il avait pourtant choisi de se tenir le plus à l'écart possible. Aussi décida-t-elle d'aller s'asseoir à côté de lui.

— Le jeune homme qui nous a fait monter à bord et qui s'est occupé des amarres connaît Martial, lui confia-t-elle. Il dit qu'il est toujours sur l'île et qu'il a pris une chambre à l'hôtel du port.

Raoul hocha la tête. Il avait du mal à supporter l'une de ses premières confrontations avec le monde extérieur depuis longtemps.

— Je vous remercie de m'avoir conduite jusqu'ici, Raoul. Vous devez être épuisé.

— Ça va, articula-t-il avec peine.

S'il avait pu se cacher, il l'aurait fait.

— Je vous dirais bien de ne pas faire attention à tous ces gens qui vous dévisagent, mais je crois que je me comporte aussi mal qu'eux.

— C'est faux, dit-il un peu plus fort. Je leur fais peur ou je les dégoûte mais, au bout du compte, le seul sentiment qu'ils me consentent, c'est la pitié. Alors que vous, je ne vous fais pas pitié. Vous me l'avez encore montré hier, par ce que vous m'avez dit en venant me chercher.

— Qu'est-ce que je vous ai dit ?

— Que vous ne m'aimiez pas.

— Je suis désolée, Raoul. J'étais en colère...

— Vous m'avez parlé comme on parle à un homme normal. Depuis que j'ai ce visage, on ne me brusque jamais, on me considère comme un malade. Seul Martial ne m'a jamais traité ainsi. Et vous. En me disant ça en face, vous ne pouvez pas savoir le contentement que vous m'avez procuré... Comment savez-vous qu'il est en danger ? Qui vous l'a dit ?

— Je suis allée consulter ce médium, qui a bien failli me fourvoyer. Et, au moment d'embarquer, tout est devenu limpide. J'ai su où je devais être. Avec qui. J'ai eu un mauvais pressentiment concernant Martial.

À l'hôtel, on l'informa que M. de La Boissière était sorti depuis la fin de la matinée. Elle chercha à savoir où on pouvait le trouver, mais l'hôtelier ne put, ou ne voulut pas, lui en dire plus. À peine consentit-il à l'orienter vers le manoir des Lestage.

Un homme plutôt bourru vint jusqu'au portail après qu'elle eut secoué la cloche de toutes ses forces.

— Je cherche M. de La Boissière, lui répondit-elle quand il lui demanda la raison de sa visite.

— Que lui voulez-vous ?

— Je dois lui parler de toute urgence. Pourriez-vous le prévenir, s'il vous plaît ?

Raoul tournait la tête pour n'offrir à la vue de cet homme que son profil le moins abîmé.

— De la part de qui ?

Camille hésita avant de répondre.

— Je suis sa fiancée.

— Je ne peux pas prévenir votre fiancé, mademoiselle, parce qu'il n'est pas ici au moment où je vous parle.

— Savez-vous où nous pouvons le trouver ?

— Il est parti derrière les îlots, avec un canot qu'il a loué au port.

— Quelqu'un est avec lui ?

— Non. Il est seul. Je peux vous conduire auprès de M. Lestage, si vous le souhaitez. Il pourra vous expliquer la situation mieux que moi.

Camille sentit son ventre se nouer. Elle suivit l'homme le long d'une allée dont elle ne vit rien. Pas plus qu'elle ne put admirer le manoir. Elle se retrouva à l'intérieur comme si elle venait de traverser un tunnel.

— Aujourd'hui, la mer est bienveillante, elle ne prendra personne. Malgré la brume.

L'homme qui lui avait affirmé cela semblait sûr de lui.

— Monsieur Lestage, je ne connais rien à la mer ni aux bateaux. Mais, ce que je sais, c'est qu'on ne peut pas laisser un homme seul à bord d'une barque alors que le brouillard s'épaissit et que la nuit est sur le point de tomber. Ne vous est-il pas venu à l'idée qu'il pouvait se trouver en difficulté ?

— Mademoiselle, vous vous inquiétez pour rien. M. de La Boissière est quelqu'un de décidé, à qui on ne peut faire entendre raison que difficilement. Mais, s'il y avait eu le moindre risque, je ne l'aurais pas laissé s'engager au milieu des récifs. S'il n'est pas revenu d'ici la fin de la veille du sémaphore, ils enverront un canot pour l'aider à rentrer. Je me suis personnellement assuré qu'ils soient informés de sa sortie.

— Je vais trouver un bateau, ce n'est pas ce qui doit manquer sur cette île, quitte à en voler un. Et je vais aller le chercher moi-même !

— Je vous garantis, mademoiselle, que l'idée n'est pas bonne. Il vous faudrait aller contre la marée et, le temps que vous parveniez jusque là-bas, Martial sera à l'abri depuis un moment. Finalement, c'est vous qu'on sera obligé de venir secourir.

— N'y a-t-il pas de bateaux équipés d'un moteur ?

— Il y a le canot de sauvetage. Et aussi celui du fils de mes domestiques.

— Où peut-on le trouver ?

— Je ne crois pas qu'il ait terminé son service. Il ne pourra pas vous conduire avant la nuit.

— Eh bien, nous le conduirons nous-mêmes. J'ai un ami qui m'a accompagnée et je le crois capable de manœuvrer une telle embarcation. Où sont les parents de ce jeune homme ?

— Mais, mademoiselle, le canot n'est pas à eux...

Il lui fallut négocier longuement avec le père Le Flahec pour qu'il accepte de prêter le bateau de son fils et de l'équiper de son moteur. Cinquante francs furent nécessaires pour emporter le morceau. Ensuite, il y eut une attente interminable durant laquelle Raoul et elle patientèrent au bord d'une anse où l'embarcation était ancrée.

Elle pensait qu'un bateau à moteur était capable d'aller plus vite que celui-là. Raoul était à la manœuvre, cramponné à la barre, peu à son aise de se retrouver ainsi au-dessus de l'eau. Ils avaient emporté une lanterne tandis que les bancs de brume s'amoncelaient et risquaient de rendre la nuit plus précoce. Sur l'île, dans leur dos, un coup de canon retentit, le signal donné aux sauveteurs pour qu'ils aillent enfin s'occuper de Martial, qui n'était toujours pas revenu. La mer prenait des teintes noires. Camille avait du mal à distinguer quoi que ce soit. Elle se tenait à l'avant, la lanterne à bout de bras, ce qui ne lui était pas d'une grande utilité. Si elle avait pu s'avancer davantage, elle l'aurait fait.

Ils avaient évité les récifs en virant le plus au sud possible. La chance les avait conduits à la silhouette oblongue d'une barque à la dérive. Raoul les mena droit dessus, et elle constata avec effroi que Martial n'était pas à son bord.

Alors, désespérée, elle l'appela. Elle cria de toutes ses forces, jusqu'à s'en déchirer la gorge. Raoul cria à son tour. Et une voix dans la nuit leur répondit. Celle de Martial. Elle savait d'où elle provenait.

Dans la lueur de la lanterne, elle le vit flotter, à quelques mètres à peine. Alors, Raoul abandonna la barre et se pencha par-dessus bord pour attraper le corps inerte. Il le remonta avec une facilité étonnante, avant de l'allonger. Camille le prit dans ses bras, tandis que Raoul les ramenait aussi vite que possible vers l'île, prenant pour cap une lumière fixe et vive qui semblait les guider à travers le brouillard.

18

Dans la gourde, mélangé à l'eau croupie, on avait trouvé de l'aconit à forte dose. Les médecins de l'hôpital de Saint-Brieuc s'étaient déclarés impuissants.

« Cet homme devrait être mort, avait dit l'un d'eux. Avec une seule gorgée, il y avait de quoi périr dans l'heure.

— Comment aurait-il pu boire cette eau d'une puanteur insupportable ? » s'était alors interrogée Camille.

Martial était inconscient depuis son sauvetage. Il était allongé dans un des lits d'une grande salle au premier étage. On l'avait isolé des autres malades à l'aide de deux paravents.

« Il est à la frontière entre la vie et la mort, avait cru bon d'expliquer une des religieuses responsables des soins. Il est entre les mains de Dieu. Vous devez prier pour lui, mademoiselle, c'est de cette manière que vous l'aiderez le plus. »

Camille avait insisté pour rester à son chevet, mais on lui avait demandé de respecter les heures de visites tout en lui répétant qu'il n'y avait rien à faire contre l'aconit.

Au soir du troisième jour, s'étant à nouveau fait chasser de la grande chambre, elle se décida à pénétrer dans la chapelle où elle retrouva Raoul.

— J'ignorais que vous étiez croyant, murmura-t-elle.

— Je ne le suis pas, répondit-il sans la regarder. Mais j'aime les églises… Je me dis que j'aurais pu aller plus vite ou vous écouter plus tôt. Nous serions arrivés à temps.

— J'ai besoin que vous ayez un peu d'espoir, Raoul. Parce que, toute seule, je crains de ne pas en avoir la force.

Camille pleura. Elle ne se souvenait plus depuis quand elle ne s'était pas laissée aller ainsi. Cela faisait des mois qu'elle avait tout contenu et voilà que tout lui échappait. Elle plongea sa tête entre ses mains, pliée en deux sur le banc inconfortable. Raoul ne sut trop que faire. Il la regarda ; ses épaules étaient secouées de sanglots. Finalement, d'un geste défiant tout ce qu'il était, un monstre timide et solitaire, il posa une de ses grosses mains sur son dos tout frêle. Elle se redressa, se colla autour de son bras et posa sa tête contre son épaule de géant. Soudain, il se sentit plus fort, plus grand. Presque beau.

— Je vais y croire aussi, Camille.

Pour la première fois, il l'avait appelée par son prénom.

— Ils ne viennent jamais vérifier la chapelle, continua-t-il tandis que la jeune femme pleurait toujours. Du moins, cela fait deux nuits qu'ils n'y viennent pas. Si nous attendons encore un peu, nous pourrons essayer de nous faufiler dans sa chambre sans qu'ils nous remarquent. Vous pourrez être auprès de lui…

Elle leva vers lui des yeux dévastés.

— C'est là que vous passez votre temps depuis le début ?

— C'est mon ami. Il a besoin de moi.

— Seigneur ! Je me sens inutile et ridicule. Je m'agite dans tous les sens, je vocifère après tout le monde pendant que vous, sans bruit, vous faites exactement ce qu'il faut.

— Depuis cinq jours, je vous vois remuer ciel et terre pour lui sauver la vie. Vous n'êtes pas inutile, et encore moins ridicule.

Elle parvint à lui sourire entre deux sanglots.

— Vous devriez essayer de dormir un peu. Je vous réveillerai quand ce sera la bonne heure.

Raoul laissa passer trois heures avant d'oser la réveiller. Elle avait les yeux endormis et les cheveux défaits. Cela la rendait encore plus belle. Sans bruit, ils sortirent de la chapelle et traversèrent le long couloir plongé dans la pénombre. La religieuse de garde n'était pas à son poste, à l'entrée de la grande salle.

— Dépêchons-nous avant qu'elle ne revienne.

— Comment faites-vous ensuite ?

— Il y a le paravent.

— Et quand elles font leur tournée ?

— Je me glisse sous le lit…

Ils prirent place au chevet de Martial, dont l'état ne semblait guère avoir évolué. Des veilleuses étaient allumées aux quatre coins de la grande salle. Elles donnaient une lumière apaisante.

— Je voudrais bien que le médecin qui s'occupe de lui se renseigne davantage. Je suis persuadée qu'à Paris on saurait le sortir de là. Je ne suis pas certaine qu'ici, ils savent ce qu'ils font.

— Ils se trompent, lança une voix dans leurs dos.

Camille et Raoul sursautèrent en même temps.

— Ils ne cherchent pas où il faut, c'est pour cela qu'ils ne comprennent pas. Et ils ignorent qu'il existe un antidote à l'aconit.

Une femme se tenait devant le lit. Elle portait une longue robe dont le velours jouait avec la faible lueur qui parvenait jusqu'à eux. Une abondante chevelure rousse tombait sur ses épaules, et son visage, très pâle, se creusait d'ombres étranges.

— Qui êtes-vous ? s'inquiéta Camille, essayant de ne pas parler trop fort.

— Je m'appelle Élisabeth. J'ai fait la connaissance de Martial il y a quelques jours, sur l'île. Je m'étais absentée et je n'ai eu vent de la nouvelle que cet après-midi.

— Comment êtes-vous parvenue jusqu'ici ?

— Je pourrais vous renvoyer la question... Êtes-vous Camille ? Martial a eu l'occasion de me parler de vous. Je suis heureuse de vous rencontrer, même si les circonstances n'ont rien de très heureux.

— Pourquoi dites-vous que les médecins ne cherchent pas dans la bonne direction ?

— Martial n'a pas bu l'eau de la gourde. Tout simplement parce qu'il savait qu'elle était empoisonnée. C'est pour la récupérer qu'il a plongé dans l'épave. Il voulait rapporter une preuve.

— Une preuve de quoi ?

— De l'assassinat de son ami.

Camille fut quelque peu déconcertée.

— Cela signifie-t-il que Martial n'a pas été empoisonné ?

— Si, il l'a été. Mais accidentellement. L'aconit est une plante magnifique. Elle tue aussi sûrement que le venin d'un cobra tout en étant par ailleurs capable de soigner. Il faut simplement savoir s'en méfier, ne jamais penser qu'on l'a apprivoisée. Si on en ingurgite, on meurt en deux heures maximum en perdant petit à petit toutes les fonctions de son corps, tout en demeurant conscient, ce qui est sans doute le plus terrible. Cependant, l'aconit peut aussi empoisonner par un simple contact avec la peau. Une lésion, même infime, lui permet de s'infiltrer en vous. C'est ce qui s'est passé pour Martial. S'il n'est pas mort, c'est que l'aconit était dilué.

— Pouvez-vous le guérir ?

Sans un mot, l'étrange femme s'approcha du lit, contournant la chaise sur laquelle était assise Camille. Elle affichait un demi-sourire permanent et son regard avait quelque chose de fascinant. D'une main, elle souleva la tête de Martial et, de l'autre, elle porta à sa bouche une fiole.

— Demain, il se réveillera. Mais il lui faudra un peu plus de temps pour recouvrer ses capacités. L'aconit prend beaucoup et ne rend qu'avec mauvaise grâce. Il aura besoin de repos et de patience. Vous devez l'emmener loin d'ici, loin de cette île.

— Madame, je ne sais que penser de tout cela.

— Je ne vous demande pas de m'accorder une confiance aveugle, car on vous aura sans doute parlé de moi.

— Si vous êtes celle que je crois, on vous a désignée comme étant à l'origine de l'empoisonnement de Martial.

— Si je l'avais fait, il serait mort.

— On vous a accusée de bien d'autres choses.

— Que vous ont-ils raconté ?

— Que vous êtes une sorcière. Que vous avez causé la mort de Mme Lestage et de M. Monsignac. Que vous avez des mœurs dissolues. Que vous avez couché avec Martial…

— Je vois… Ce qu'ils vous ont dit est vrai. À une exception près. De ces quatre affirmations, une seule est fausse.

— Laquelle ?

— Je vous laisse deviner… Je vous souhaite une bonne nuit à vous et à votre garde du corps. Je me suis occupée de l'infirmière pour que nous ne soyons pas dérangés. Vous devriez avoir encore une heure devant vous avant qu'elle ne se réveille.

Elle repartit, aussi légère que l'air, dans le frottement discret des pans de sa robe. Camille avait fait un pas pour la rattraper, mais Raoul l'interrompit. Dans son lit, Martial avait changé de physionomie. Il était toujours inconscient, mais cela ressemblait davantage à un sommeil paisible, tandis que ses joues retrouvaient quelques couleurs.

Comme Élisabeth l'avait annoncé, il ouvrit les yeux dans la matinée. Sa vue était encore un peu brouillée, il se sentait vidé de toute force, ne parvenant pas à bouger le bras gauche et à peine le bras droit.

Cependant, il était vivant. Camille était à ses côtés et lui serrait la main.

— Je me souviens de t'avoir entendue m'appeler, lui dit-il d'une voix désaccordée. J'ai eu une attaque, n'est-ce pas ?

Son père était mort de cette manière, Martial le lui avait raconté un jour, il y a longtemps.

— Non, ce n'était pas une attaque. De l'aconit est passé dans ton sang.

— De l'aconit ?

— On a fait analyser le contenu de la gourde que tu portais. L'eau était empoisonnée.

— Alain... murmura-t-il.

— Je sais. Tu as ta preuve. Je préviendrai la police dès que tu le souhaiteras.

— Non, réagit-il. Il ne faut rien dire.

— Les médecins vont t'interroger.

— Il ne faut rien dire, répéta-t-il. Comment ai-je été empoisonné ?

— La personne qui t'a soigné pense que le contenu de cette gourde s'est infiltré par une plaie.

Martial réfléchit, le souffle court, les yeux cernés d'une fatigue grise.

— J'en ai versé un peu dans le creux de ma main, finit-il par se rappeler. Qui est-ce qui m'a guéri ?

— Une femme. Une femme que tu connais et qui semble en savoir long sur les poisons.

— Élisabeth... Est-elle venue jusqu'ici ?

— Oui, cette nuit... Tu devrais te reposer, Martial. Nous parlerons de tout cela plus tard.

— Je voudrais rentrer chez moi.

— Il va falloir te montrer patient. Tu n'es pas en état de voyager. Je te promets que, dès que tu iras mieux, j'organiserai ton retour.

— Je me souviens qu'il y avait Raoul avec toi.

— Oui. Il doit faire les cent pas quelque part dans cet hôpital.

— Où sommes-nous ?

— À Saint-Brieuc.

— Et vous êtes venus, tous les deux… Vous m'avez sauvé la vie. Vous étiez dans un petit bateau et vous m'avez retrouvé.

— Je vais chercher Raoul, dit Camille en se levant.

— Attends ! Comment se fait-il que vous ayez été là ?

— C'est une longue histoire… Disons que nous avons tous eu beaucoup de chance.

Au fond de la grande salle, la porte s'ouvrit et Raoul apparut, la casquette en toile à la main. Il s'approcha du lit à grandes enjambées, essayant comme il le pouvait de masquer son émotion.

— Raoul ! Mon ami ! J'ai finalement réussi à te faire sortir de ta tanière. Il m'a fallu sortir le grand jeu !

— J'avoue que vous m'avez eu, Martial. Mais je vais attendre que vous alliez mieux pour vous râler dessus… Camille, les médecins arrivent.

— Nous allons nous faire remonter les bretelles, grimaça la jeune femme. Nous ne sommes pas censés être là.

Une grappe d'hommes en blouse blanche pénétra dans la chambre sans discrétion.

— Qui sont ces personnes ? tonna celui qui était le chef de meute. Les visites sont interdites à cette heure-ci et M. de La Boissière a besoin de repos.

— Ce sont des personnes qui me sont très proches, parvint à articuler Martial de sa voix éraillée. Je tiens à ce qu'elles soient ici.

— Cher monsieur, si tout le monde faisait pareil, je vous laisse imaginer la pétaudière dans laquelle nous serions amenés à travailler ! Comment vous sentez-vous ?

— Usé.

— C'est un moindre mal, croyez-moi sur parole. Savez-vous ce qui vous est arrivé ?

— J'ai voulu manipuler de l'aconit, pour une expérience.

— Une expérience avec de l'aconit !

— Tout à fait.

— Dois-je en déduire que c'est vous qui l'avez introduit dans cette gourde ?

— Oui, docteur. Sans penser à protéger mes mains. Quand pourrai-je rentrer chez moi ?

— Tout doux, mon jeune ami ! Il faudra vous montrer patient. Votre priorité désormais, c'est de bien boire et de vous reposer. Et ces deux personnes vont devoir vous laisser.

Camille et Raoul s'étaient écartés du lit.

— Nous reviendrons te voir cet après-midi, dit sagement la jeune femme.

— Non ! Raoul, je voudrais que tu retournes à Beaunac dès que possible. Dis à Denise de contacter l'infirmière qui a soigné sa sœur l'hiver dernier. Nous l'installerons au manoir le temps qu'il faudra. Mais, auparavant, elle devra venir jusqu'ici pour s'occuper de moi durant le voyage. Je ne voudrais pas abuser de ton temps, Camille, mais pourrais-tu me trouver un moyen de locomotion ? Le train serait plus indiqué, je crois.

— Monsieur de La Boissière, seriez-vous devenu sourd ? gronda le médecin-chef.

— Je vous offre encore quelques jours, docteur. Après quoi, je quitterai cet hôpital. Je signerai tout ce qu'il faudra. Je pense pouvoir guérir plus vite si je retrouve ma maison. Mon ami, ici présent, va tout organiser.

— Nous nous passerons de l'infirmière, lança Camille. Je m'occuperai de toi durant le trajet. On pourrait t'allonger à l'arrière de la voiture et prévoir plusieurs étapes. Et une fois là-bas, j'aurai tout le temps pour t'aider à te remettre sur pied.

— Tout le temps ?

Martial regardait fixement Camille, qui avait déjà attrapé son manteau.

— Reprends des forces pendant qu'on arrange tout, lui dit-elle avec un beau sourire.

Elle passa devant les médecins interloqués, la tête droite. Elle s'éloigna avec tous les regards braqués sur elle.

— Mais qui est donc cette jeune femme ? tempêta le médecin.

Raoul, qui s'apprêtait à la suivre, se retourna.

— C'est sa fiancée, monsieur.

19

Martial mit trois semaines à recouvrer une vue satisfaisante. Il lui en fallut deux de plus pour récupérer l'usage total de son bras gauche, deux autres encore pour être capable de manger normalement. Si, au bout de ces deux mois, il avait l'impression d'être revenu dans le monde des vivants, ses nuits restaient peuplées de sensations de noyade : son lit se transformait en une barque retournée par les flots, tandis qu'il ne cessait d'apercevoir la lueur de la lanterne des morts à travers ses paupières closes.

Camille s'était dévouée corps et âme pour le soigner. Secondée par Raoul, elle avait pris en main la gestion du domaine. Quand Martial montra des signes encourageants de guérison, elle vint à son tour peupler ses nuits, d'une tout autre manière. Comme les bonnes consciences restaient hors des limites de la propriété, elle s'installa même dans sa chambre.

Ils ne parlèrent pas de Saint-Nazaire, de la lettre qu'elle lui avait envoyée, annonçant son départ pour l'Argentine. Ils ne parlèrent pas d'Élisabeth ni de ce qui s'était passé sur l'îlot de Morbic. Sauf pour évoquer la manière dont Martial s'était débarrassé de l'Ogre, Danko Dobelic.

En revanche, ils parlèrent de la mort d'Alain et de sa belle-mère, de la famille Lestage et de ses secrets, du choix de Martial de taire ce qu'il avait découvert.

— Tout cela grâce à une plante... Il faudrait peut-être que j'en prenne aussi, peut-être parviendrais-je à me débarrasser de certains fantômes.

On était le lendemain du 11 novembre. Et, pour ne pas déroger au temps si bizarre de cette année-là, il neigeait. Une vraie neige d'hiver, lourde et abondante. Une des plus précoces qu'on ait connue. Le feu était vif dans la cheminée de leur chambre. Il y faisait bon. Camille était encore couchée, se prélassant dans le lit tandis que Martial s'était approché de la fenêtre.

— « Les arbres aux racines profondes sont ceux qui montent haut. » C'était la phrase fétiche du colonel Monsignac. Peut-être même celle qui a dissuadé Alain de s'enfuir comme il l'avait prévu. Et cela l'a tué... Tu sais quoi ? Je n'arrive à condamner personne dans cette tragédie, pas même Marie-Gabrielle. En revanche, je m'en veux énormément. J'ai revu Alain au mois de mars, nous avons passé un moment ensemble, nous avons parlé, et je n'ai pas été capable de deviner à quel point il souffrait. Il aurait eu besoin d'un ami avec qui partager son fardeau. J'ai du mal à m'imaginer l'enfer qu'il a dû vivre, écartelé entre deux vies, à devoir mentir continuellement, à trahir les siens...

— Moi, je me l'imagine tout à fait.

— Excuse-moi, je ne voulais pas...

— Tu as raison d'évoquer un enfer, continua Camille, un coude enfoncé dans les oreillers. S'il existe, c'est réellement à cela qu'il doit ressembler. Rester en vie revient à se condamner à ne jamais s'en extirper.

— As-tu déjà pensé à ne pas rester en vie ?

— Oui, répondit-elle sans hésiter, ses yeux si clairs rivés sur les flocons. Plusieurs fois. Je me suis même raccrochée à cette idée. Le jour où je n'aurais plus eu la force, il me restait cette échappatoire.

— La seule chose rassurante, c'est que tu en parles au passé.

— Il y aura toujours ce poids.

— J'ai songé à la possibilité qu'Alain ait voulu en finir. Qu'il soit responsable de tout ce qui s'est passé ce jeudi-là. Mais je crois que, s'il avait voulu mourir, il aurait choisi la pleine mer, et non un vulgaire rocher. Et il l'aurait fait avec son propre bateau.

— On ne meurt pas en mer. Les sauveteurs me l'ont expliqué le soir où ils t'ont transporté jusqu'à Saint-Brieuc. On disparaît. Je trouve cela atroce autant que très noble.

Martial soupira, comme s'il voulait clore le sujet.

— C'est incroyable combien je peux aimer la neige, dit Camille après un long moment de silence. Tu ne voudrais pas qu'on sorte, cet après-midi ? On pourrait passer par la combe et remonter jusqu'en haut de la colline. De là, on domine tout le village. Au retour, on passerait chez Raoul pour l'inviter à dîner avec nous. Si c'est moi qui le lui demande, il ne refusera pas. Il deviendra tout rouge, mais il ne refusera pas. Qu'est-ce que tu en dis ? Martial ? Qu'est-ce qui se passe ?

Martial avait le regard rivé aux flammes. Il semblait ailleurs.

— Martial ? Tu ne te sens pas bien ?

Il réagit enfin quand elle posa sa main sur son épaule, sursautant presque.

— Tout va bien, la rassura-t-il. J'étais en train de penser à quelque chose.

— Cela avait l'air important !

— C'est à propos de ce que tu as dit tout à l'heure. Ce n'est rien… Tu veux que nous marchions jusqu'au sommet de la colline ? Je suis d'accord, évidemment.

L'ascension devint une sorte de rituel qu'ils accomplirent plusieurs jours d'affilée, même après la fonte de la neige, qui disparut aussi vite qu'elle était apparue. La première fois, Martial peina tellement qu'il en fut découragé.

— Je serai guéri le jour où je serai capable de grimper jusqu'ici sans avoir à m'arrêter en chemin, déclara-t-il.

— Alors, on essayera tous les jours…

Ce qu'ils firent. Puis, un matin, il s'avança crânement :

— Aujourd'hui, je sens que ce sera la bonne.

Malheureusement, il se mit à tomber des cordes peu de temps après. La pluie ne se calma qu'en toute fin d'après-midi. Alors, il attrapa sa cape et une pile électrique dans le cellier.

— Que fais-tu ? lui demanda Camille.

— Je grimpe !

— Il va bientôt faire nuit.

— Si tu veux bien m'attendre, nous n'aurons qu'à dîner un peu plus tard.

— T'attendre ? Je viens avec toi !

Martial parvint à gravir la pente sans faire de pause et prétendit n'avoir ressenti aucune douleur dans ses articulations, ce qui était faux. Camille, qui s'était agrippée à son bras, n'en finissait plus de se serrer contre lui, inquiète des bruissements qui leur parvenaient de la forêt plongée dans le noir. S'il se déclarait guéri, pensait-il, il pourrait enfin savoir quels seraient les projets de la jeune femme, car il ne croyait toujours pas qu'elle envisage un avenir à Beaunac. Une fois là-haut, il éteignit la lampe.

— La dernière fois que je me suis retrouvé ainsi en pleine nuit, j'ai failli mourir, lança-t-il sur un ton de défi.

L'obscurité les enveloppait.

— C'est quoi cette lueur qu'on devine là-bas ?

— Je crois qu'elle provient de l'église. De la lueur des cierges.

— Sans elle, on ne pourrait même pas deviner qu'il y a un village tapi dans ce creux. Tout est si sombre !

— Elle me rappelle la lanterne des morts...

— Elle ne devrait pas s'appeler la lanterne des morts. Mais plutôt la lanterne des vivants.

Le froid humide qui tombait sur eux n'avait rien d'agréable.

— Tu ne veux pas qu'on redescende maintenant ? proposa Camille.

Martial ne répondit pas. Il semblait à nouveau absent, comme le matin de la première chute de neige. Il ne voulut rien lui dire de ce qui le préoccupait ainsi.

Les jours qui suivirent, il resta enfermé dans son bureau la plupart du temps. Quand elle venait le déranger, Camille le trouvait assis, le regard dans le vide, aussi immobile qu'une statue. Ou bien penché sur des feuilles de papier noircies de son écriture et de ses dessins.

— Tu ne dis plus rien, tu manges à peine, et rien ne semble t'intéresser, lui reprocha-t-elle, en colère. On dirait que tu es devenu indifférent à tout. Même Raoul s'en est rendu compte. Vas-tu finir par dire ce qui ne va pas ?

Il avait levé vers elle une tête fatiguée, pas vraiment chaleureuse.

— C'est à cause de moi ? insista-t-elle. Tu n'as plus envie que l'on essaye de construire quelque chose ensemble ?

— Pourquoi n'es-tu pas montée sur ce paquebot ? se contenta-t-il de lui demander d'un ton acéré... La lettre que tu m'as postée de Saint-Nazaire... Elle était avec le courrier qui m'attendait. Tu as oublié de la faire disparaître.

— Je n'ai rien oublié ! Si je l'avais voulu, tu ne l'aurais jamais lue. Mais je n'ai plus envie de mentir.

— Pourquoi n'as-tu pas pris ce bateau ? demanda-t-il à nouveau.

Elle le dévisagea.

— Je te l'ai déjà expliqué, Martial. J'y ai vu clair.

— Ton entrevue avec Collas, c'était avant ou après ?

— Que cherches-tu à me faire dire ? Que notre couple ne tient qu'aux dires d'un voyant ?

De sa manche, elle sortit un petit mouchoir à carreaux et s'essuya les yeux. Ce geste-là, il l'avait toujours adoré.

— Excuse-moi. En fait, je crois m'être trompé.

— Je le crois aussi, lui répondit-elle du tac au tac.

— Au sujet de Bréhat...

Elle ne put que soupirer, haussant les épaules, avant de s'apprêter à quitter le bureau.

— Attends. Il faut que je te montre quelque chose. Viens t'asseoir avec moi, ma chérie.

Martial avait dessiné l'archipel de Bréhat, avec les pourtours de l'île, ses deux ports, son pont. Le manoir des Lestage y était marqué d'une croix rouge. Un deuxième croquis retraçait le trajet du *Saint-Liboire* de Saint-Brieuc jusqu'au rocher fatal. Mais le schéma qu'il avait bâti à partir des différents protagonistes de cette histoire semblait plus important à ses yeux.

Il le tendit à Camille. Tout en haut, on trouvait le couple Lestage : Baptiste, cinquante-trois ans, notaire et homme d'affaires, marié à Marie-Gabrielle Delaborde, quarante-quatre ans, disparue en mer le jeudi 20 août 1925, puis retrouvée morte sept jours plus tard. La formule « disparue en mer » était soulignée. Les quatre enfants du couple, en dessous, reliés par des lignes tracées à la règle. Jean-Baptiste, vingt-sept ans, marié à Christine Fauré, de deux ans sa cadette ; le couple avait deux enfants, Blanche, trois ans et Louis, un an. Pierre-Jean, vingt-quatre ans, avocat, marié à Élise Buffet, vingt ans, et père d'une petite Catherine depuis quelques mois. Marie Monsignac, vingt ans, mère d'un petit Rodolphe, veuve d'Alain Monsignac retrouvé noyé dans le bateau de son beau-père, le jeudi 20 août au soir. La dernière de la fratrie était Marthe, dix-sept ans. À côté de cette ligne, Martial avait ajouté le nom de Maëlle Delaborde, vingt-deux ans, nièce de Baptiste et Marie-Gabrielle. Puis, plus bas et à gauche, il avait placé les noms des domestiques, Ronan et Antoinette

Le Flahec, ainsi que leur fils, Erwan. Un nom occupait le coin opposé, celui de Robin Vellout, l'homme de confiance de Baptiste Lestage. Enfin, tout en bas de la feuille, il y avait celui d'Élisabeth Briant, sans autre indication.

— Tous ces liens s'entrecroisent. Je sais que Maëlle a une liaison avec son oncle tandis qu'une rumeur toute parisienne l'a mise dans le lit de son cousin, Jean-Baptiste. Rumeur fondée aux yeux de sa tante, qui en a parlé à Élisabeth. Erwan Le Flahec est amoureux de Marie et, maintenant qu'elle est veuve, entrevoit l'espoir de la retrouver malgré l'hostilité du clan Lestage. Selon lui, Marie partage ses sentiments, ce qui reste à prouver, mais n'est pas impossible. Il pense avoir reçu un signe d'elle, avec une sorte de bijou rappelant son projet au Canada. Si Marie n'y est pour rien, quelqu'un de cruel s'amuse avec ce jeune homme. Ces deux-là se sont connus enfants puis adolescents : un amour qui naît à ces âges-là ne passe jamais tout à fait.

— Quoi qu'il arrive ? demanda Camille, dardant ses yeux rougis sur ceux de Martial.

— Quoi qu'il arrive... Enfin, le plus important, Marie-Gabrielle Lestage avait une liaison avec un homme que j'ai identifié comme étant Alain.

— Je ne vois toujours pas où tu veux en venir. Tu m'as affirmé que ton ami a été assassiné par Marie-Gabrielle puis qu'elle s'est suicidée.

— Je reste persuadé que c'est ce qui s'est passé. Cependant, il y a des détails qui ne collent pas. Toutes ces pièces ne s'emboîtent pas bien. Par exemple, rien, absolument rien, n'étaye cette liaison entre Alain et sa belle-mère. Ils ont été plus que prudents ou ont eu beaucoup de chance que rien ne soit éventé. Un autre point : si Marie-Gabrielle s'est suicidée, d'où vient la blessure que le médecin a relevée sur son crâne ? On a pensé qu'elle s'était cogné la tête en tombant par-dessus bord ou que la bôme l'avait percutée quand elle a perdu le contrôle du voilier. Mais s'il s'agissait d'une autre cause ? Et le gros sac en toile qu'elle avait en descendant du train, où est-il passé ? Personne ne l'a retrouvé et il n'était même pas censé être en sa possession. Je me suis trop rapidement détourné d'une question pourtant majeure : qui avait intérêt à ce que Marie-Gabrielle Lestage meure ? La réponse est la suivante : quasiment tout le monde. D'abord il y a l'argent : pour un million en or, les têtes sont capables de tourner dans le mauvais sens. Toutes les têtes... Cet argent est une bouée de sauvetage inespérée pour le mari qui a été trop gourmand avec ses projets de station balnéaire. Ça représente également une clé vers l'indépendance pour les enfants, ainsi qu'une tentation forte pour ceux qui côtoient cette famille et, parmi ces suspects, j'ose inclure Alain. Il y a aussi cette liaison. Quelqu'un qui l'aurait découverte aurait pu vouloir les punir tous les deux. Enfin, n'oublions pas le jeune Le Flahec, qui veut sa revanche et qui, en une soirée, voit la chance lui sourire, si on peut appeler cela une chance : son rival est écarté et la famille qui a causé son malheur est décapitée.

— Tout cela me paraît bien embrouillé. Si tu es convaincu que ta première idée est la bonne, pourquoi cherches-tu à démontrer le contraire ?

— Tu m'as fait douter. Par deux fois, tu as prononcé des mots qui m'ont marqué. Tu ne t'en souviens pas ? Le matin où il a neigé si fort : « On ne meurt pas en mer, on disparaît... » C'est pratique de disparaître, cela peut arranger bien des situations compromettantes. Un peu plus tard, quand nous avons évoqué la lanterne des morts, tu m'as dit qu'on devrait plutôt l'appeler la « lanterne des vivants »... Imagine simplement que Marie-Gabrielle ne soit pas morte dans le naufrage. Qu'elle s'en soit sortie saine et sauve. Elle a une occasion unique d'être rayée du monde des vivants. La voilà libre et riche, pouvant mener loin des siens l'existence dont elle rêvait. Pour cela, il lui suffit de nager en direction de cette lanterne qu'elle fait allumer tous les soirs et qui lui sert de point de repère. Et, pour nager, elle a ce gros sac bien gonflé, comme un flotteur... Tout prouve qu'elle avait prémédité son coup : le voyage à Paris, ce fameux sac et même l'heure de l'accident. Ce n'était pas pour échapper à la vigie du sémaphore qu'elle a tout fait pour que le voilier se présente dans la passe au crépuscule, comme je l'ai d'abord cru. C'était pour pouvoir compter sur sa lanterne des morts ! Imagine-la parvenir sur le rivage, au pied de son manoir. Elle a caché son or dans un endroit où elle peut le récupérer, sans avoir à pénétrer dans la propriété ni risquer d'être découverte. Imagine maintenant que la chance l'ait fuie : quelqu'un l'a vue, ou pire, sait ce qu'elle manigance. Si cette personne a des intérêts à voir Mme Lestage mourir, elle tient là une occasion unique. Le meurtre parfait ! Elle la tue, en la frappant à la tête, et remet son corps à la mer... Quel que soit le moment où on le retrouvera, les coupables seront le voilier et les rochers.

— Si tu dis vrai, la liste des suspects est réduite : ils n'étaient pas très nombreux sur l'île ce soir-là.

— Sauf si elle a été assassinée plus tard ! Toute sa famille était alors revenue. Pas une des personnes de ce schéma n'était absente, à l'exception des belles-filles et d'Alain, malheureusement pour lui.

— L'un des mobiles serait l'argent. Pourquoi donc tuer cette femme avant d'avoir mis la main sur son or ?

— Peut-être l'assassin a-t-il cru qu'elle avait récupéré son or quand il s'en est pris à elle. Ou bien, le million ne l'intéressait nullement. Ou encore, dernière possibilité, il savait où le trouver.

— Mais c'est toi qui l'as trouvé !

— Je sais. Ce point-là m'échappe encore. Baptiste Lestage a peut-être menti : il aurait pu déchiffrer le message comme je l'ai fait. Ou bien encore Élisabeth : elle a ouvert le cercueil, elle a sûrement vu la bible. Si je suis sa logique, à la vue du livre, elle l'aurait retiré du caveau, considérant cela comme une injure aux volontés de son amie. Pourtant, la bible est restée…

La photographie de Marie-Gabrielle Lestage que Martial avait dérobée trônait sur une des étagères, bien en évidence. De son regard enjoué, la morte semblait s'amuser de la scène, de les voir tous les deux assis sur le tapis, au milieu d'un grand fouillis.

— Il y a autre chose qui ne colle pas, continua Martial. Quand j'ai demandé à Élisabeth si l'amour qu'avait découvert cette femme était partagé, elle a suggéré qu'il ne l'était plus. Il semblerait donc qu'Alain ait fini par se détacher de sa belle-mère. Alors, pourquoi envisager malgré tout une fuite avec elle ? Pourquoi cacher la mise à l'eau de son voilier, faire tous les préparatifs pour un long périple, s'il ne l'aimait plus ? Il n'a pas renoncé à son projet, il l'a simplement différé pour une raison que j'ignore et qui, je l'espère, n'a rien à voir avec Collas. Je n'aimerais pas découvrir que sa conduite a été guidée par cet escroc.

— Un escroc doué, intervint Camille. Ou un vrai médium...

Martial la dévisagea.

— Je dois repartir pour Bréhat.

— Martial !

— Il est plus que temps.

Martial se leva et prit une enveloppe dans l'un des tiroirs de son bureau.

— Elle est arrivée au courrier d'hier...

« Cher monsieur de La Boissière,

Puisse cette lettre vous trouver en meilleure santé. J'ai beaucoup prié pour vous durant ces quelques jours où nous ne savions pas si vous alliez survivre. Par la grâce de Dieu, ce fut le cas. Votre départ précipité de l'hôpital de Saint-Brieuc ne m'a pas permis de venir vous rendre visite pour m'assurer de l'avancée de votre guérison. Il ne m'a pas non plus permis de vous adresser tous les remerciements que je vous dois, non seulement pour avoir retrouvé l'argent de ma pauvre épouse, mais aussi pour ne pas avoir ébruité ce que vous avez appris. Permettez-moi donc de vous remercier à travers cette lettre.

Cependant, je ne vous écris pas que dans ce but. Je souhaitais également vous informer de la suite de mes investigations ici, à Bréhat. Si vous êtes parvenu à mettre en lumière certains faits restés obscurs, je pense que, malgré tous vos efforts, les zones d'ombre sont encore nombreuses. Ce qui vous est arrivé est tombé à point nommé pour éviter que vous n'alliez plus loin. Je dois vous dire, en toute modestie, qu'à mon tour, je crois être parvenu à apporter de la lumière là où il en manquait. Quand cette lettre vous parviendra, j'espère que Mlle Briant sera sous les verrous. Elle a introduit dans la gourde le poison qui a tué Alain et, en conséquence, mon épouse. Elle a profané sa tombe pour cette ridicule histoire de cape, mais surtout pour retrouver l'or que Marie-Gabrielle, dans sa folie, avait choisi de cacher. Cette même folie a été provoquée par Mlle Briant, à coups de poisons. Nous savons tous les deux qu'elle a continué à l'abreuver des stupéfiants auxquels elle l'avait accoutumée.

Il se pourrait que, lors de l'enquête de police qui se profile, on vous sollicite pour un témoignage. Je tenais donc à vous prévenir et j'espère que vous ne m'en voudrez pas d'avoir cité votre nom.

Peut-être aurons-nous l'occasion de nous revoir. D'ici là, je vous souhaite le meilleur pour les temps à venir, et que ceux-ci se placent sous la bénédiction de Notre Seigneur.

Bien à vous,
Baptiste Lestage. »

Camille rendit la lettre à Martial.

— Je me sens responsable, enchaîna-t-il. Un assassin court toujours et doit être satisfait de voir que tout accuse quelqu'un d'autre. Je dois essayer de trouver les preuves de ce que j'avance. Je crois savoir par où commencer.

— Et nous, que devenons-nous ?

Il s'interrompit à nouveau dans son élan exalté.

— J'espérais que nous aurions pu fêter Noël ici, tous ensemble. Tu veux partir et que je me morfonde à attendre ton retour ?

— Tu n'auras pas à m'attendre. Je veux que tu viennes avec moi. J'ai besoin de toi, Camille.

— Pour ton enquête ?

Il lui prit les mains.

— J'ai besoin de toi, répéta-t-il.

20

— Tout s'écroule autour de moi, Martial.

Marie Monsignac avait fini par s'installer à Bréhat, avec son fils. C'était elle qui avait accueilli Martial lorsque, à peine arrivé sur l'île, il avait sonné au portail du manoir.

— Mon père ne va pas bien, avoua-t-elle d'emblée, mal à l'aise. Ma jeune sœur ne savait plus comment faire avec lui. Il passe ses journées à rabâcher la même chose, au sujet de la mort de notre mère. Il s'enferme dans cette chambre et n'en sort que pour les repas, refusant d'y laisser entrer qui que ce soit. Il ne s'intéresse à rien d'autre, ni à ses affaires, ni à la navigation. Il n'a qu'une obsession, prouver la culpabilité de cette Élisabeth Briant.

Elle paraissait épuisée. Elle avait beaucoup maigri et ses traits étaient creusés, fanant sa beauté et lui ajoutant des années.

— Je crois qu'il est en train de sombrer comme elle. Il est en train de devenir aussi détraqué que ma mère. À croire que ce sont ces murs qui portent le malheur en eux. Quand elle a quitté Paris pour venir vivre ici, je ne dis pas qu'elle allait pour le mieux, mais elle avait toute sa tête... Je sais ce qu'elle a fait à Alain sur le voilier. Je crois même que je l'ai toujours su, avant même que vous ne trouviez le poison. Mon père refuse de l'admettre. Lui qui l'a ignorée une grande partie de son existence la porte au pinacle et se défend de voir en elle une meurtrière. C'est bien plus commode d'accuser Mlle Briant. Mon Dieu ! C'est horrible, Martial. Quand on sait l'homme qu'il était et qu'on voit ce qu'il est devenu !

On entendait des pas dans le manoir, des portes qui s'ouvraient et se refermaient, des bruits d'ustensiles du côté de la cuisine. Les sons d'une vie qui suivait son cours.

Bréhat était désormais battue par le froid. Martial la trouva étonnamment grise, presque noire sous le ciel chargé. Il ne savait pas s'il s'agissait des teintes habituelles de ses hivers ou bien si c'était lui qui, désormais, lui avait associé cette image. Il en était de même avec la demeure des Lestage.

— Il a eu des crises de démence, à plusieurs reprises. Après l'une d'elles, plus sévère que les autres, Marthe a sollicité l'aide de mes frères. La dernière a eu lieu il y a deux jours à peine. Nous avons entendu des hurlements en pleine nuit. Il a fallu forcer la porte de sa chambre parce que, là aussi, il s'enferme à double tour. On l'a retrouvé prostré dans un coin, en sueur, et avec des yeux... Dieu du ciel, ses yeux ! Il ne cessait de hurler, des cris de terreur. Il criait que notre mère était dans sa chambre, qu'elle était sortie de sa tombe, dans un tel état de décomposition que les chairs pendaient de son visage. Qu'elle s'était cachée derrière le rideau, et il nous suppliait de ne surtout pas le soulever. Ronan a tout fouillé pour lui prouver qu'il n'y avait rien. Pas plus de revenants que de nuée de gros insectes noirs qui, d'après lui, avait envahi sa chambre, se glissant sous les draps et sous sa chemise de nuit. Pour s'en débarrasser, il s'était blessé. Des écorchures sur tout le corps... Lors de la crise qui a déclenché l'appel de Marthe, il s'est mis à courir dans les couloirs, entièrement nu, prétextant que ses habits de nuit avaient pris feu, qu'il était victime d'une combustion spontanée causée par la sorcière. Avant que quiconque n'ait pu l'en empêcher, il a ouvert une fenêtre et s'est jeté dans le vide. Par miracle, il est tombé dans les fourrés... Après ses moments de folie, il reste inconscient de longues heures et très affaibli durant plusieurs jours, ne se souvenant plus de rien sinon de sa peur, qui est si forte qu'il craint de s'endormir. Il faut lui administrer un somnifère pour qu'il ne se force pas à rester éveillé.

Marie se retenait de pleurer, comme le jour où Martial lui avait rendu visite, rue de Saint-Simon. Elle tournait maintenant la tête vers les hautes fenêtres qui, malgré le temps maussade, parvenaient à éclairer la pièce. Comme si le froid qu'on devinait derrière les carreaux l'aidait à se retenir de craquer.

— On a trouvé le voilier d'Alain, reprit-elle au bout d'un moment. Il était dans une crique pas très éloignée d'ici. Je le croyais toujours en chantier. J'ai demandé qu'on le ramène ici. J'ai compris lorsque je suis montée à bord. J'ai compris ce qu'Alain se préparait à faire. Vous le saviez, n'est-ce pas ? Il vous avait annoncé son intention de partir, de reprendre la mer...

— Non, il ne m'a rien dit de tout cela.

— Je croyais qu'il était heureux. Je pensais pouvoir lui faire oublier la mer, du moins un peu.

Elle quitta son fauteuil pour aller resserrer les bûches dans la cheminée. Elle ne se rassit pas, ne cessant de se triturer les mains.

— Ma mère souhaitait mourir. Elle n'avait nullement besoin de le tuer pour cela. Des imprudents qui tombent à l'eau, il y en a souvent, et elle n'était pas très prudente dans ses dernières années. Elle l'a empoisonné pour le punir, parce qu'elle avait découvert son projet. Il m'est revenu récemment quelque chose qui s'est passé ici, cet été, et qui aurait dû m'alerter. Un beau matin, elle a frappé à ma porte alors que je n'étais pas encore habillée. Alain était parti avec le bateau de Papa, comme il le faisait quasiment tous les jours. Elle ne parlait plus à personne, pourtant, là, elle a eu beaucoup de choses à me dire. Elle m'a toisée de la tête aux pieds, comme si elle me voyait pour la première fois. « Tu es belle, ma fille, m'a-t-elle lancé. Mais tu as la beauté de ta jeunesse. Et la jeunesse ne sait que s'enfuir. Comme ton époux. » Je lui ai répondu que mon époux ne s'enfuyait pas, contrairement à elle. Ma pique n'a pas semblé l'atteindre. Aussi a-t-elle continué, avec un de ces sourires que je ne lui ai connus que vers la fin et que je ne supportais pas. Vous savez, un sourire narquois et distant. Surtout le cœur en l'occurrence. « Il te manquera toujours de quoi le retenir. Tu auras beau essayer, tu n'y parviendras pas. Sais-tu ce qu'il te manque ? Un horizon à offrir. » Je lui ai à nouveau répondu, de plus en plus en colère. Je lui ai dit que si Alain passait le moins de temps possible au manoir, ce n'était pas pour me fuir, mais pour la fuir, elle. Elle a simplement hoché la tête, je me souviens très bien de ce geste. « Tu es aveugle, a-t-elle renchéri. Aveugle et sourde, telle une vraie Lestage. Quand tu te rendras compte de ce qui se passe, tu devras te rappeler que tu n'y es pour rien. Tu n'avais aucune chance d'éviter cela. Parce que tu n'as pas ce qu'il faut pour l'empêcher. Comme ton père. Comme tes frères. » Elle semblait si fière d'elle à ce moment-là... J'aurais voulu la...

Marie ne termina pas sa phrase, soudain surprise de sa propre rage.

— Elle n'a pas attendu que je la chasse pour sortir de ma chambre. Cela a été la dernière fois que je lui ai adressé la parole. Le soir même, j'ai supplié Alain de nous ramener à Paris. Il m'a raisonnée, m'a rappelé l'état fragile de ma mère... Sur le coup, je me suis dit qu'à la défendre ainsi, elle qui le méprisait ouvertement, il se montrait grand seigneur. Et que, si lui était capable d'agir de la sorte, je me devais d'en faire autant. Alors nous sommes restés. Aujourd'hui, j'ai compris qu'il ne pouvait pas quitter l'île, du moins pas de cette manière... Ma mère est morte et je pense qu'elle l'a mérité. Alain disait toujours que la mer était sévère quand elle rendait sa justice, mais qu'elle avait le mérite d'être juste. Justice a été faite, Martial. Je ne parle pas de mon époux. S'il désirait me quitter, il en avait le droit. Il n'avait pas à mourir pour cela.

— Je suis navré. J'ai retrouvé l'*Arctic Tern* avant vous. Je suis monté à bord. Et je ne me sentais pas le courage de vous en parler...

— Je ne vous en veux pas. Vous êtes le seul à rester loyal envers Alain. Cependant, il y a une question à laquelle j'aimerais que vous répondiez, s'il vous plaît. Pensez-vous qu'il y avait une autre femme ?

Martial essaya de masquer son embarras en répondant vite. Vite et mal.

— La mer était sa maîtresse. C'est avec elle que vous avez dû le partager. Elle a fini par l'emporter, lui et ses secrets, si tant est qu'il y en ait eu d'autres.

Marie inspira profondément puis revint s'asseoir, les yeux à nouveau embués.

— Est-il possible que vous puissiez nous aider ?

— Je suis revenu pour cela. Je peux essayer de parler avec votre père. Malheureusement, je ne suis pas certain qu'il acceptera de m'entendre.

— J'insiste pour que vous vous installiez ici, le temps de votre séjour. Je ne vous garantis pas une maison emplie de gaieté, mais je me sentirais rassurée. Nous sommes trois femmes seules, avec un petit garçon, pour affronter l'enfer que nous fait vivre notre père.

— Que faites-vous des époux Le Flahec ?

— Leurs appartements sont loin des nôtres.

— Et vos frères ?

— Ils viendront bientôt. Mais ils doivent se débattre avec les affaires que mon père a abandonnées. Notamment avec cette histoire de Sables-d'Or qui pourrait bien provoquer notre ruine. Acceptez, je vous en prie !

— Je ne suis pas venu seul, cette fois. Une amie m'a accompagné.

— S'agirait-il de cette fiancée qui vous a sauvé la vie en faisant preuve de tant de bravoure ? Ne me dites pas que vous avez laissé cette jeune femme dehors ! Il fait un froid de loup. Elle est également la bienvenue.

Courez donc la chercher. Elle a impressionné beaucoup de gens par ici, à commencer par mon père. Alain la connaissait-il ?

— Non. Je crois lui en avoir parlé, dans une lettre, du temps de la guerre. Je suppose qu'il ne s'en souvenait pas.

— Je vais faire préparer vos chambres.

Elle se leva à nouveau et partit donner des ordres du côté des cuisines. Martial quitta à son tour son fauteuil et s'approcha d'une des fenêtres. Elle donnait sur la terrasse et sur la chapelle arrondie. La lanterne des morts...

Il ne courut pas chercher Camille, restée au port. En fait, il ne put se retenir de se rendre à Ar-Gall. Revoir Élisabeth l'obsédait. Il longea l'anse de la Chambre et put contempler l'*Arctic Tern*. Le voilier ne semblait pas à sa place ainsi mis en quarantaine, avec toujours cette mer qui ne voulait pas de lui. Cette vision acheva de glacer Martial.

Il s'approcha de la maison biscornue, le cœur battant, fendant la lisière de la lande que l'hiver imminent rendait encore plus étrange à force d'immobilité. Sa déception fut grande lorsque, après avoir frappé plusieurs fois à la porte, puis fait le tour pour se présenter sur la terrasse, il constata qu'il n'y avait personne. Le canot n'était pas à sa place en bordure de la Corderie.

Il revint donc vers le pont. Parvenu au sommet de la côte, il se retourna pour coiffer du regard cette terre dépeuplée. Il espérait encore voir Élisabeth en parcourir un des sentiers.

Il y avait bien quelqu'un, mais ce n'était pas elle. Marthe Lestage, silhouette menue perdue sous un long manteau noir, revenait du nord d'un pas nonchalant. Depuis son observatoire, et sans chercher à se cacher, Martial l'attendit. Dès qu'elle ne fut plus qu'à quelques pas, il prit les devants.

— Mademoiselle Lestage ! Je vous ai reconnue de loin. Je suis ravi de vous revoir.

— Monsieur de La Boissière... J'ignorais que vous reveniez parmi nous.

— Comment allez-vous, Marthe ?

Elle lui sourit. Elle avait tiré ses cheveux sous son bonnet, mais cela ne parvenait pas à durcir son visage, qui paraissait toujours aussi fragile, menacé par le moindre souffle de vent.

— Je crois que vous êtes le premier à me poser la question.

— Votre sœur semble inquiète pour vous. Tout à l'heure, elle vous cherchait et, quand elle a su que vous étiez sortie par ce froid, j'ai bien vu qu'elle se faisait du souci.

— Ma sœur ne se fait du souci que pour elle-même et pour son fils.

— Je constate que vous ne craignez pas la lande, enchaîna-t-il, sans relever.

— Pas plus que le froid, rétorqua-t-elle d'une voix timide. J'aime bien ce coin parce qu'ici, la nature a réussi à faire plier les hommes et les a obligés à reculer. Maman me disait que la lande ne se raconte pas, qu'on doit la ressentir. Quand je voulais venir marcher avec elle, elle refusait, car, selon elle, il fallait y venir seule. Parce qu'il fallait y voir une métaphore de notre existence : nous avons tous une partie cachée, inquiétante, désertique et battue par les vents. On peut l'ignorer toute sa vie ou bien, avec un peu de courage, s'y aventurer. Depuis qu'elle est morte, je viens souvent et j'y découvre chaque fois quelque chose de nouveau.

Ils continuèrent à marcher côte à côte, repassant le pont pour retrouver les chaumières et les jardins cultivés.

— Je sais ce que vous avez trouvé au sujet de ma mère. J'ignore si vous avez raison, mais vous devez savoir que la transformation qu'elle a vécue ne l'a pas rendue mauvaise, comme tout le monde le pense. Elle l'a rendue plus heureuse. Quand j'étais au manoir, le soir, avant de me coucher, il m'arrivait d'aller me glisser dans son lit pendant quelques instants. Elle me prenait dans ses bras. Elle m'expliquait que ce qui la rendait le plus heureuse était de savoir que moi, j'avais compris ce qu'était la lande. « Toi, tu as un horizon. Ne le perds jamais de vue, ma chérie. » Je l'entends encore me murmurer cela à l'oreille, soir après soir, de peur que quelqu'un d'autre ne l'entende.

— Vous aurait-elle confié autre chose ?

— À part ça, nous ne nous parlions pas beaucoup. Elle ne m'a rien dit de ses secrets, mais je sais qu'elle avait décidé de partir. La veille de son départ pour Paris, quand je suis venue dans sa chambre, j'ai senti que ce serait la dernière fois, qu'elle ne reviendrait pas. Elle a sans doute tué Alain comme vous l'avez démontré. Parce qu'elle avait fini par le détester. Je les ai entendus un jour où j'étais descendue jusqu'aux rochers pour échapper à ma cousine. Ils ne m'ont pas vue quand ils sont venus au bord de la terrasse alors que j'étais juste en dessous. Leur dispute se faisait sans cri, d'une voix presque normale, ce que je trouve bien pire. Je n'ai pas tout saisi, mais ma mère lui a lancé une phrase que je n'ai pas oubliée : « Les choses inutiles, on les tolère jusqu'à ce qu'elles soient de trop, qu'elles vous encombrent. Alors, on s'en débarrasse. Et vous, aujourd'hui, vous êtes de trop. » Elle pouvait être cruelle, je ne le nie pas. Mais elle n'était pas folle.

Ils se turent un moment.

— Savez-vous de quoi je rêve ? Que mon père guérisse, qu'il décide de repartir pour Paris et qu'il m'autorise à rester ici, seule.

— Quand votre mère parlait d'horizon vous concernant, elle n'entendait sûrement pas le fait de vivre en recluse. Vous êtes trop jeune pour vous retirer du monde, Marthe.

— Vivre ici, même seule, n'a rien d'une prison, bien au contraire. C'est plutôt un tremplin. Et j'espère bien pouvoir trouver quelqu'un avec qui je pourrai partager cela. À la pointe du Paon, il y a un gouffre. Savez-vous ce qu'on dit à son sujet ?

— Qu'il est capable de prédire l'avenir des jeunes filles qui lui demandent combien d'années encore elles vont le rester. Avez-vous jeté votre pierre ? Le gouffre vous a-t-il répondu ?

— Non, je n'ai rien jeté. Je me tiens au-dessus de lui et j'écoute le bruit de la mer.

— Marthe, je vais me permettre de vous poser une question indiscrète, question à laquelle je crois déjà avoir une réponse. Je m'en voudrais si vous le preniez mal parce que j'aimerais que vous me voyiez comme un ami. Si vous n'avez pas jeté de pierre, n'est-ce pas parce que ce n'est pas un mari que vous attendez ? Mais plutôt une compagne ?

La jeune fille blêmit et ralentit d'un coup son pas.

— N'est-ce pas cela qui a fini par vous rapprocher de votre mère, quand elle a compris que vous étiez différente ? Si elle vous conseillait de ne pas perdre de vue votre horizon, c'était une invitation à ne pas essayer de changer ce que vous êtes.

Les grands yeux noirs de Marthe s'emplirent de larmes.

— Ma mère s'est montrée plus dure avec moi que n'importe qui d'autre dès qu'elle a su. Puis, un jour, sans que rien ne le laisse prévoir, elle s'en est excusée. Et a cessé de me considérer comme une malade. Je suis redevenue sa fille et j'ai eu la chance de la voir heureuse.

21

Baptiste Lestage avait fait l'effort de se lever et de s'habiller. Assis dans un grand fauteuil près d'une des fenêtres de sa chambre, il avait tant maigri qu'il flottait dans ses vêtements. Avec sa couverture en laine posée sur les genoux, il n'était plus que l'ombre de lui-même.

— Veuillez m'excuser de vous recevoir ainsi, cher ami, mais, comme on a déjà dû vous l'expliquer, j'ai eu quelques ennuis de santé.

Sa voix était morne, beaucoup moins assurée. Son visage semblait composé de plusieurs morceaux disjoints.

— J'ai vu à quoi l'enfer ressemble, Martial. Je pensais déjà avoir eu peur dans ma vie, mais je me trompais. J'ignorais ce qu'était la vraie peur, celle qui dure et ne vous lâche pas, jusqu'à en devenir insupportable... J'ai revu mon épouse. Elle se tenait ici, dans cette chambre, il y a deux nuits de cela. Je l'ai vue comme je vous vois. Elle a voulu me parler, mais sa langue était si putréfiée qu'elle n'a rien pu me dire. Mon Dieu ! Si vous saviez par quoi je suis passé durant ces quelques heures ! Un médecin de Saint-Brieuc affirme qu'il s'agit d'attaques causées par une grande fatigue morale. Il pense que je subis le contrecoup des événements qui m'ont touché au cours de ces derniers mois. Il m'a donné de quoi retrouver le sommeil et a bien récité la leçon que lui ont dictée mes enfants, me conseillant de changer d'air, si possible à Paris. Rassurez-moi, vous n'allez pas me répéter les mêmes recommandations ? Ce n'étaient pas des attaques, Martial. Vous le savez aussi bien que moi. C'est un coup de cette sorcière. Elle m'a empoisonné comme elle a essayé de le faire avec vous.

— Mlle Briant ne m'a pas empoisonné, monsieur Lestage. Elle m'a plutôt sauvé la vie.

— C'est votre charmante fiancée qui vous a sauvé, j'en ai été le témoin. Sans elle, vous ne seriez plus des nôtres. Cette odieuse créature tente de me faire subir le même sort, parce que je suis sur le point de la confondre. J'ai une preuve qui la conduira tout droit en prison, puis, je l'espère, sur l'échafaud. Elle veut se débarrasser de moi. Toutefois, elle me connaît mal, je suis plus coriace qu'elle ne le pense.

— Je vous le répète, monsieur, vous vous méprenez sur Mlle Briant.

— Dieu du ciel, l'ami ! Comment pouvez-vous encore la défendre ? Peut-être la craignez-vous ? À moins que ce ne soit autre chose...

Malgré sa faiblesse, la rage qui demeurait en lui réussissait à le redresser contre son dossier et à colorer quelque peu ses joues.

— Je ne sais pas si je dois la craindre, répondit Martial d'un ton froid. Néanmoins, cela devrait être votre cas. Elle en sait beaucoup concernant votre famille, des faits qui, s'ils étaient exposés au grand jour, feraient voler en éclats tout ce que vous avez bâti. Si vous l'y obligez, elle s'en servira pour vous atteindre et, croyez-moi, elle vous touchera bien plus que vous ne sauriez l'imaginer. Il n'y aura ni sort ni malédiction. Seulement des révélations qui seront bien pires.

— Seriez-vous en train de me menacer, monsieur de La Boissière ?

— Monsieur Lestage, tous ceux que j'ai rencontrés depuis ce matin pensent que vous êtes en train de perdre la raison. J'ignore quelle preuve vous croyez détenir, mais toutes vos accusations sont construites sur du vide. Personne ne vous écoutera. On ne verra dans tout cela qu'un signe supplémentaire de votre démence. Il est temps pour vous de reconnaître les faits. Votre épouse a assassiné votre gendre en lui faisant boire de l'aconit.

— Puis elle s'est suicidée... Je sais, vous me l'avez déjà racontée, cette histoire ! Mais, dites-moi, si vous la jugez terminée, que faites-vous donc ici ?

— Je suis revenu pour éclairer certaines zones d'ombre. Cependant, rien qui puisse abonder dans votre sens.

— Patientez quelques jours, et vous verrez que je vais battre cette putain à son propre jeu. Je suis allé chez elle, il y a trois jours, pour le lui dire en face. Juste après, voilà que je tombe malade, victime d'un mal étrange. N'est-ce pas troublant ? Parce que je sais qu'elle est entrée chez moi, dans cette maison, dans cette chambre même. Et elle m'a laissé un message pour que je le sache, pour que je sois informé du fait que j'étais à sa merci.

— Un message ?

— L'autre matin, en remontant ici, j'ai trouvé un louis d'or par terre, dans le cabinet de toilette. Il était en tout point similaire à ceux de mon épouse. Imaginez bien que mon sang n'a fait qu'un tour. J'ai pensé que, durant la nuit, on m'avait cambriolé. Avec ce que ce médecin m'a prescrit, j'ai le sommeil très lourd. J'ai donc vérifié mon coffre. J'en avais scellé les bords avec de la cire, or celle-ci était intacte. Une seule clé peut l'ouvrir, et elle est suspendue jour et nuit autour de mon cou. J'ai tout de même ouvert : il ne manquait pas une seule pièce ! Alors j'ai fait comme elle, je lui ai adressé un message, face à face. Elle n'a pas aimé cela, je vous l'assure. Elle joue bien son rôle : elle tente de vous tuer puis accourt pour vous soigner, ce qui permet de l'innocenter. L'autre jour, peu après notre entrevue, elle a quitté l'île, n'étant pas sur place quand j'ai été victime de ma crise. Elle se croit invulnérable et c'est là qu'est son point faible.

Le notaire semblait fier de lui. Il respirait fort, comme si cela lui coûtait. Pourtant, si son corps le lâchait, son esprit restait aiguisé.

— Nos divergences n'enlèvent rien à l'estime que je vous porte, mon ami. Après tout, nous cherchons tous les deux à faire éclater la vérité.

— Si je parvenais à réunir les derniers éléments qui me manquent, seriez-vous disposé à m'écouter vous exposer les faits tels qu'ils se sont déroulés ?

— En guise de réponse, Martial, je vous retourne la question…

— Je suis persuadé qu'il a fabriqué une fausse preuve et qu'il est allé la cacher chez elle. Il sait qu'elle s'est absentée... Je n'arrive même pas à deviner s'il est souffrant ou s'il simule.

Avec Camille, Martial faisait le tour de l'éperon rocheux, un moyen pour eux de se retrouver seuls quelques instants, pendant que le jour tirait à sa fin.

— C'est dans un sacré panier de crabes que tu nous as emmenés. La nièce, par exemple. Voilà une jeune femme très dévouée et très attirante, dotée d'un énorme instinct de survie. Elle sait se rendre indispensable auprès du maître de maison, au cas où sa mission aux côtés de sa cousine devrait cesser. Quant à Marie, elle a beau se donner du mal, le costume de maîtresse de maison ne lui va pas, pas davantage que celui de veuve éplorée. Elle ressemble à une poupée de porcelaine avec laquelle on n'a jamais le droit de jouer.

— Et encore, tu n'as pas rencontré tous les autres : les deux fils et M. Vellout...

— Drôle de maison, effectivement ! L'endroit est charmant, mais l'intérieur ne sent pas très bon. À ce propos, je me permets de te dire que je ne suis pas très rassurée de me retrouver toute seule dans cette grande chambre perdue dans les étages. Encore moins en te sachant en train de fouiner dans la maison de cette femme.

— Si M. Lestage a effectivement caché quelque chose là-bas, je dois le trouver avant qu'il ne lui envoie les gendarmes.

Baptiste Lestage voulut dîner avec eux, dans la grande salle à manger. Mais, au milieu du repas, il fut contraint de remonter se coucher, incapable d'avaler quoi que ce soit et souffrant de violents maux de tête. Marie essaya comme elle le put de le remplacer, mais Camille avait raison, le rôle ne lui convenait pas. Du coup, la conversation fut laborieuse et les silences nombreux. Ils se retrouvèrent ensuite dans le petit salon.

— Souhaitez-vous une infusion ? proposa Maëlle. C'est l'heure à laquelle j'en monte une à mon oncle... Je ne serai pas longue.

— Peut-être pourrais-je vous aider ? proposa Martial.

C'est ainsi qu'il suivit la jeune nièce jusque dans les cuisines.

— Nous avons pour habitude de ne pas retenir les domestiques après le dîner, justifia-t-elle, pleine d'entrain.

Elle disposa des tasses sur un plateau en acajou. Martial la devança et se saisit de la bouilloire. Il versa l'eau dans une tisanière assortie aux tasses.

— Votre oncle semble encore très fatigué...

Alors que, depuis le début, elle voletait dans la cuisine, elle cessa de s'agiter. Appuyée sur le rebord de la longue table, une main sur la poitrine, elle ne put contenir ses larmes.

— Nous avons toutes les trois eu si peur ! Il était comme fou... Il hurlait, se débattait. Il s'était labouré la peau jusqu'au sang... Aujourd'hui, c'était une bonne journée. Il s'est levé, il a fait sa toilette, il a essayé de manger un peu... Je crois que votre arrivée n'y est pas étrangère. Elle l'oblige à se forcer.

— L'autre soir, avant cette crise, avez-vous remarqué quelque chose qui n'allait pas ?

— Pendant le dîner, il n'a presque rien avalé. Quand je suis montée le voir, un peu plus tard, je l'ai trouvé très pâle. Je le lui ai fait remarquer, et il m'a répondu qu'il travaillait sur un point qui réclamait beaucoup d'attention et que c'était cela qui le fatiguait. Moins de deux heures après, il se mettait à hurler...

— Marie m'a parlé d'un traitement que lui a prescrit le médecin après la première alerte.

— Du phénobarbital. Je le lui donne en même temps que son infusion. Dix gouttes tous les soirs. Cela semblait le soulager. Je vais monter si vous le voulez bien. Pourriez-vous apporter le grand plateau dans le salon ?

Alors qu'elle s'apprêtait à prendre la tasse, elle suspendit son geste.

— Il faut lui sortir ces idées de la tête. Sinon, il va en mourir.

— Votre oncle est du genre têtu.

— Il ne lâche jamais prise. Mais ce qui est sans doute une qualité dans les affaires peut devenir un défaut quand ce à quoi on s'accroche n'est qu'un souvenir. Celui de son épouse.

Elle avait dit « son épouse » et non « ma tante ».

— Il s'enferme toute la journée dans cette chambre pour y retrouver une morte. C'est comme si...

Elle hésita.

— Comme s'il l'aimait plus que de son vivant, compléta Martial.

— C'est ce que je pense... Je sais que vous avez deviné pour nous deux. Il me l'a dit. Il a été si bon avec moi et nous étions tous les deux si seuls... Je ne voudrais pas que vous alliez croire que...

— Je ne crois rien du tout, mademoiselle. Et je ne vous juge pas. J'apprécie même votre franchise. Votre tante était-elle au courant de votre liaison ?

— Oui. Quand je suis venue ici, en juin, j'ai compris qu'elle savait, rien qu'à sa façon de me regarder.

— Et Marthe ?

— Marthe vit dans son monde, vous savez. Elle ne regarde jamais ce qu'il y a autour.

— Vos cousins, peut-être ?

— Non, pas le moins du monde.

Elle n'avait pas répondu de la même manière. Sa bouche s'était tordue et elle avait marqué une hésitation. Martial choisit cependant de ne pas insister. Il se saisit du plateau. Maëlle se dirigea vers le grand escalier qu'elle monta avec grâce. Il la regarda un bref instant puis se dirigea vers le petit salon, veillant à ne rien renverser.

22

Le froid était moins intense. Les nuages, plus nombreux, laissaient de belles trouées par lesquelles la lune se reflétait sur la mer. Cette dernière était formée et, même le long des côtes abritées, le clapot était indiscipliné.

Martial, lanterne à la main, s'assura à nouveau de l'absence du canot d'Élisabeth. Puis il baissa la lumière en s'approchant de sa maison et traversa le champ en friche. Il s'arrêta à mi-chemin et attendit.

C'était une nuit bizarre. Dans une obscurité bleu acier, on sentait que quelque chose se préparait. Et Martial ne cessait de retarder le moment où il allait pénétrer dans la maison d'Ar-Gall, se rappelant qu'Élisabeth lui avait fait remarquer que « l'imprudence serait d'entrer en mon absence ».

Au moment où il se décida enfin, son attention fut attirée par une lueur qui dansait au loin, sur la lande. Il y avait quelqu'un qui, comme lui, était de sortie, lanterne à la main, à cette heure avancée. Mais cette personne ne bougeait pas. Elle restait dans un même périmètre, lançant ses faibles éclats tantôt à droite, tantôt à gauche. Martial préféra vérifier lui-même. Il dépassa son objectif et se lança sur les sentiers de la lande.

La lueur provenait des marécages. Il resta à l'écart de ceux-ci, derrière une bordée d'arbres nains. De l'eau stagnante, des flammèches argentées naissaient soudainement avant de mourir aussitôt et d'être relayées par d'autres un peu plus loin. Et ceci dans le silence le plus total. Cela ressemblait à des éclairs qui, au lieu de s'abattre du ciel, montaient vers lui. Les jours à venir s'annonçaient dangereux à en croire ces feux follets.

Il revint sur ses pas. Parvenu devant la grande porte vitrée, il frappa au carreau. Discrètement tout d'abord, puis plus fort. Rien ne bougea à l'intérieur. Il se retourna, observa la trouée entre les deux buttes, et ne vit que la mer houleuse. Alors, il tendit le bras et se saisit de la clé cachée au-dessus du linteau.

Martial connaissait déjà la pièce dans laquelle il entra, avec ses fauteuils et ses sofas, ses tapis épais et ses étagères remplies de livres. Il se contenta d'y promener le faisceau de sa lanterne, se dirigeant tout d'abord vers la cuisine. Vaste et très ordonnée, elle était dotée d'une cheminée et d'un four à pain. L'odeur tenace du feu de bois s'y mariait à des parfums sucrés. Il ne s'attendait pas à y trouver grand-chose et repassa rapidement dans la grande salle. Il ouvrit les portes d'une petite armoire pour n'y découvrir que des provisions. Plus loin, les tiroirs de la commode ne contenaient que du linge de table, tout un nécessaire de couture et de nombreuses longueurs de tissu aux bordures effilochées. Il passa la main sous les piles de serviettes et dans les plis des nappes, veillant à les laisser intacts. Il détailla ensuite une grande partie du nécessaire à couture.

La maison était silencieuse et immobile. Rien ne semblait pouvoir l'éveiller. La porte qu'il poussa, dans le fond, donnait sur un vestibule. Un escalier montait vers l'étage, en un seul angle droit. Ses marches, parfaitement cirées, brillaient dans la lumière. Au-delà, les pièces se succédaient en enfilade, séparées par des portes similaires, pleines et lourdes, qui ne grincèrent pas lorsque Martial les ouvrit. De grandes fenêtres regardaient vers le sud, dénuées de tentures ou de rideaux.

La première de ces pièces ressemblait à un autre salon, plus petit et plus chaleureux, tout en tons vermeils. Un seul fauteuil s'y trouvait avec, à ses côtés, une petite table ronde sur laquelle était posé un livre, une anthologie de poèmes anglais. Une page était marquée par une rose rouge séchée, dont la tige avait été débarrassée de ses épines. Martial lut. Il parcourut les autres feuilles du volume. En de nombreux endroits, des passages étaient soulignés au crayon. Il fut incapable de traduire la plupart d'entre eux et reposa le livre avant d'inspecter les murs ornés de tableaux. On y retrouvait les mêmes thèmes que dans la pièce voisine, à savoir le feu et la tempête. Cependant, ici, s'y ajoutaient la neige et la nuit. La qualité artistique de ces peintures était indéniable. Martial les contempla, les trouvant à son goût. Il les souleva et ne vit rien de suspect à leurs versos.

Un large bureau trônait dans la pièce suivante. Les étagères couvraient à nouveau les murs et les livres étaient nombreux. Des volumes, certains anciens, couvraient des champs aussi divers que la médecine, la géographie, l'astronomie ou les mathématiques. Martial crut avoir mis dans le mille quand il débusqua une bible glissée derrière une de ces rangées. Or il n'y avait aucune annotation à l'intérieur, y compris dans l'Apocalypse de saint Jean.

Dans le premier tiroir du bureau, il y avait un nécessaire d'écriture. Dans le deuxième, un coffret en bois exotique. Celui-ci s'ouvrit sans résistance. Il ne contenait que quelques feuilles d'un papier blanc ordinaire, pliées en quatre. Il s'agissait de lettres, toutes tapées à la machine, proférant menaces et insultes. Élisabeth y était traitée de « pute » ou de « putain du diable », on lui souhaitait de « crever », de « pourrir dans sa maison de merde », afin qu'elle ne puisse plus « contaminer » qui que ce soit. On lui expliquait vertement que, si elle ne quittait pas l'île, on se « chargerait d'elle » et qu'ensuite on mettrait « le feu à cette baraque maudite comme cela aurait dû être fait depuis longtemps », si possible avec elle à l'intérieur. Il y avait aussi des reproductions de gravures. L'une d'elles représentait une femme aux longs cheveux, pendue par les bras à une poulie, des poids aux pieds. Nue jusqu'à la taille, elle faisait face à trois hommes, richement habillés, qui s'adressaient à elle avec une agressivité manifeste. Dans le fond, un quatrième homme tournait la roue qui actionnait la poulie et qui écartelait peu à peu la malheureuse dont le visage ne portait aucun signe de souffrance, ni de force ni de haine. Seulement de la lassitude. Les autres gravures étaient du même ordre, lapidation, empalement ou bûcher achevant le supplice.

Au moment où il s'apprêtait à sortir du bureau, Martial se figea, le ventre noué. Il était certain d'avoir entendu, sur la terrasse, le « cloc » d'une des dalles. Il souffla la flamme de la lanterne et s'approcha de la fenêtre. La lune continuait de jouer les invitées fugaces, tantôt vive, tantôt masquée. Elle plongeait la cour dans l'ombre ou bien l'inondait. Il resta un long moment aux aguets mais, dehors, rien ne bougea ou ne se fit entendre. Alors il ralluma sa lanterne et continua son exploration.

Il tomba sur une pièce plus vaste et plus froide, au plafond bas et au sol moins rectiligne. Cette pièce sombre, ouverte par deux lucarnes sur l'arrière, contenait des alignements de pots en terre cuite et de jarres bouchées avec du liège et du tissu. Suspendues aux solives, des plantes et des fleurs de toutes sortes séchaient en bouquets, aidées en cela par une cheminée au foyer si large qu'on pouvait y brûler d'un coup la moitié d'un arbre. Une table de travail épaisse, similaire à un établi, était couverte d'ustensiles permettant de couper, de piler, de ciseler, de moudre... Des débris de feuilles et de tiges se mêlaient à cet attirail.

Martial vérifia chacun des pots. Il huma des odeurs agréables et d'autres franchement repoussantes. Il reconnut les graines de jusquiame. Pour le reste, sa science en la matière était trop pauvre pour identifier quoi que ce soit.

Il y avait enfin une dernière porte dans un coin, basse, fermant une petite pièce aveugle et vide, à l'exception d'une échelle en bois posée contre un des murs. Une trappe se découpait dans le plafond. Le lourd panneau ne s'ouvrait que partiellement en basculant, si bien que Martial dut le maintenir d'une main tandis que de l'autre, il tentait d'éclairer ce qui ressemblait à un vaste grenier couvert de poussière et de toiles d'araignées. Avant qu'il ne soit capable de le faire, il vit un homme qui le dévisageait, un grand chauve doté d'yeux minuscules. Ses entrailles et sa poitrine se glacèrent, sa tête fut déchirée d'un sifflement sourd. Contrôlant mal ses gestes, il faillit basculer dans le vide, se rattrapa comme il put et dut pour cela lâcher la trappe. Il parvint à lever sa lampe. Il n'y avait pas d'homme dans ce grenier désert. Seulement un amas de cordes suspendues et une grosse poulie d'un autre temps qui coiffait le tout : le corps et la tête.

Mal remis de ses émotions, il redescendit. Sur le coup, il pensa avoir refermé la trappe et reposé l'échelle contre le mur. Il se retrouva dans la pièce principale avec soulagement. Il passa en revue toutes les étagères. Parfois, il ouvrait un des livres, quand le titre était en français. Des passages étaient soulignés, toujours du même coup de crayon.

— Où as-tu caché tes fausses preuves, espèce de vieux fou ? grogna-t-il à voix haute.

En guise de réponse, au-dessus de sa tête, une lame du plancher grinça. Un craquement, un seul, mais bien distinct. Il avait connu une telle frayeur dans le grenier que la peur ne trouva aucun terrain fertile pour prendre racine. Il se précipita au pied de l'escalier.

— Il y a quelqu'un ? cria-t-il.

Le silence en retour, tel qu'on n'en trouve jamais dans les vieilles maisons. Puis à nouveau un bruit, plus marqué, quelque part dans l'enfilade des pièces du bas. Il les traversa ; elles étaient dépeuplées et immobiles. Sauf la dernière. L'échelle était posée contre la poutre centrale, bien calée, et la trappe avait pivoté, laissant passer un courant d'air gelé. Il grimpa à nouveau.

Le grenier était vide. Il referma la lourde trappe et ôta l'échelle.

Enfin, il monta à l'étage. Les marches grincèrent sous ses pas comme si elles n'avaient pas eu à supporter le moindre poids depuis des lustres. Il déboucha sur un palier joliment lambrissé. Une lucarne ronde laissait passer les éclats de la lune. On avait l'impression de ne plus être dans la même maison : l'étage paraissait plus clair, plus étroit, plus féminin. La porte de gauche cachait une pièce blanche. Deux chiens-assis regardaient la mer au loin. Sous le premier, une grande table était encombrée de matériel de dessin et de peinture. Sous le second, un chevalet était dressé. Le reste n'était que cartons à dessin et toiles posées debout ou empilées. Martial les passa en revue. Il découvrit de simples esquisses au crayon, des aquarelles, des peintures à huile... On y reconnaissait Bréhat, souvent vue de la lande, l'Irlande et d'autres îles, des forêts profondes et des vallons dépeuplés. L'orage menaçait continuellement quand ce n'était pas la brume qui enveloppait un phare ou un chemin qui s'enfonçait dans un bois. Souvent des ruines mangées par la végétation racontaient une vie passée et disparue. Le soleil existait, toujours voilé, soit par les nuages épais, soit par les frondaisons. On trouvait de tout dans ces tableaux, de tout sauf des gens.

La chambre d'Élisabeth était située en face. Une pièce charmante, aux proportions idéales. Un grand lit faisait face à une fenêtre large, qui venait interrompre la pente du toit orientée au sud. Le coton blanc de l'édredon ou des rideaux maintenus ouverts par une tresse rouge renvoyaient la lumière de la lanterne. Les montants du lit, les deux chevets, le petit secrétaire et la coiffeuse étaient à l'avenant, en bois blond. Sur cette dernière, quelques bijoux mettaient en valeur des pierres colorées et de la nacre. Dans un miroir repliable, une carte était coincée. Quatre phrases en anglais y étaient rédigées, à l'encre écarlate.

« *So runs my dream, but what am I ?*
An infant crying in the night
An infant crying for the light
And with no language but a cry »

Dans l'un des chevets, Martial dénicha un carnet aux pages recouvertes d'une écriture fine et assurée. Des citations se succédaient, chacune suivie du nom de l'auteur et de l'ouvrage dont elle était extraite. Il n'y avait pas de classement à proprement parler. Elles semblaient être copiées dans l'ordre des lectures. Par réflexe, Martial chercha la dernière en date : « *On n'aime que ce qu'on ne possède pas tout entier* », extraite de *La Prisonnière*. Dans les pages précédentes, l'anglais se mélangeait au français, les auteurs célèbres y fréquentaient de parfaits inconnus.

Dans cette chambre il n'y avait qu'un livre, à la couverture fatiguée. Une version illustrée de *L'Île au trésor*. Aucun passage n'était souligné au crayon. En revanche, plusieurs pages comportaient des taches d'encre. En haut de la page cent soixante-dix-sept, on avait, avec la même encre, posé une addition. Les gravures n'étaient pas épargnées. L'*Hispaniola* voyait quelques-unes de ses voiles coloriées, plus loin c'était la chemise de Jim Hawkins ou encore les feuilles d'un palmier. Martial referma le livre, un élan nouveau se dessinant dans son cerveau et, avec lui, de la clarté dans les zones encore obscures. « Une montre, un couteau... » récita-t-il. Puis, posant sa main à plat sur la couverture défraîchie : « Un livre ! »

Il reprit les carnets et chercha la citation qu'Élisabeth avait voulu accrocher au-dessus de sa coiffeuse, destinée à être lue tous les jours, comme un rappel indispensable. Il s'agissait d'un poème de Tennyson. Son anglais avait beau être rouillé, il fut suffisant pour comprendre. « Et pour tout langage un cri », un dernier vers effroyable, celui d'une souffrance, la souffrance de l'autre veuve d'Alain, qu'il avait cherchée au mauvais endroit.

Une nouvelle fois, la maison le rattrapa et vint refermer ses mâchoires sur ses entrailles. Car, malgré la porte fermée, il entendit les marches de l'escalier grincer. Il ne chercha pas à réduire ou à éteindre sa lanterne. Des pas montaient, lentement, lourdement. Jusqu'au palier qui craqua. Le silence immédiatement après. La poignée de la porte bougea. Mais rien ne se passa. Martial se précipita et la tira d'un mouvement brusque. Derrière, il n'y avait personne. Alors, il descendit l'escalier sans chercher à se montrer discret, traversa la grande pièce et déverrouilla la porte d'entrée. Il referma derrière lui et remit, d'une main tremblante, la clé dans sa cachette. Puis, parce qu'il avait l'impression d'être suivi par une ombre, il courut droit devant lui, trébucha à plusieurs reprises et reprit sa course effrénée. La sensation d'être poursuivi disparut quand il franchit le seuil entre les deux buttes et qu'il atteignit la côte.

La lune réapparut et, comme une fusée éclairante dans les tranchées, révéla le champ de bataille dans son dos. Il n'y avait personne d'autre que lui. Juste un long pré couvert d'herbes folles et, dans le fond, la silhouette basse de la maison biscornue.

23

— Si Marie-Gabrielle est parvenue à nager jusqu'à l'île, elle aura repris pied non loin de son point de repère, la lanterne des morts.

Martial n'avait pas beaucoup dormi. Longtemps après son retour au manoir, il avait senti une présence menaçante. Si bien que, à plusieurs reprises, il avait cru entendre quelqu'un marcher dans son dos, une respiration, les frottements d'un vêtement. Or il n'y avait personne, il s'en était assuré maintes fois.

Camille était censée rester sagement dans sa chambre, afin de respecter les convenances en vigueur sous ce toit. Martial lui avait promis de lui faire signe dès que son expédition nocturne serait achevée. Il s'était aventuré à son étage pour frapper doucement à sa porte. Elle lui avait aussitôt ouvert, comme si elle patientait depuis son départ, la main sur la poignée. Il lui avait garanti que tout allait bien, même s'il n'avait pas trouvé ce qu'il cherchait. Il s'était fourvoyé depuis le début et, maintenant que son erreur était révélée, il y voyait plus clair.

Elle ne lui avait pas laissé le loisir de s'appesantir. Il était hors de question qu'elle reste seule une minute de plus. Soit Martial pénétrait pour de bon dans sa chambre, soit elle le suivait dans la sienne. Une fois enfermés, il pourrait lui parler autant qu'il le voudrait. Il n'était redescendu qu'au petit jour.

La marée basse du matin leur avait donné l'occasion de mieux observer la pointe rocheuse sur laquelle était bâtie la demeure des Lestage.

— Imagine la scène. Elle nage jusqu'ici, ou du moins pas très loin. Elle sort de l'eau, harassée et trempée jusqu'aux os. Qu'a-t-elle prévu ensuite ?

— Si ce que tu dis est vrai, il lui a fallu revêtir des vêtements secs.

— Elle les aura préparés.

— Puis se cacher... Je ne vois rien sur ce promontoire qui puisse offrir un quelconque refuge, remarqua Camille, les cheveux au vent. Aller plus loin présentait le risque de s'approcher trop près des maisons et d'être repérée. À moins qu'elle ait trouvé un moyen de se dissimuler dans ce fichu manoir.

— Il y a bien une cache dans les rochers. Suis-moi.

Des gerçures profondes creusaient le granit en de nombreux endroits. C'était surtout le cas dans l'avancée la plus au nord, où la roche renonçait à défier la mer et abandonnait la lutte en une déclivité brutale.

— Il suffit d'attendre que les eaux se retirent entièrement. Il y a une faille là-dessous, j'en ai vu le sommet hier après-midi. Le bruit du clapot laisse penser qu'elle s'évase ensuite. Mais je n'ai pas eu le temps d'y descendre.

Ils patientèrent, faisant mine de se promener le plus tranquillement du monde.

— Il y a trop de coins et de recoins dans ce manoir, se plaignit Camille. Et les couloirs sont interminables. Quand je pense que cette femme y vivait seule...

— Le vide va très rapidement se remplir. Les deux fils arrivent aujourd'hui avec leurs petites familles. Et j'ai compris que Robin Vellout était également convié pour les fêtes.

— J'aimerais mieux qu'on ne soit plus ici pour Noël.

Elle se blottit dans ses bras, alors que le vent forcissait.

— Il paraît qu'une tempête nous arrive droit dessus, murmura-t-elle d'un ton neutre. On a encore le temps de s'enfuir avant de se retrouver coincés.

— Si je n'étais pas parti sur une fausse piste, j'avoue que ce serait tentant, en effet. Mais maintenant que je sais...

Le livre dans la chambre d'Élisabeth avait appartenu à Alain. Ce n'était pas avec Marie-Gabrielle qu'il avait une liaison, c'était avec elle. C'est elle qui le pleurait en cachette, sans personne pour entendre son chagrin, qui n'était pas censé exister. Si elle était revenue à bord de l'*Arctic Tern*, ce n'était pas pour récupérer les affaires de son amie, mais les siennes.

— Voilà pourquoi elle savait où se trouvait le voilier. Voilà pourquoi Alain venait si souvent dans le coin pour mieux disparaître ensuite... J'ai été aveugle ! Je crois bien lui avoir dit, lors de notre première rencontre, que, pour elle, la mort d'Alain était sans doute de moindre importance. Bon sang ! Quel idiot ! Je lui dois des excuses.

— Même si elle redevient la principale suspecte ?

Martial ne répondit pas.

— Cette crevasse doit nous raconter quelque chose, Camille. Il faut absolument qu'elle nous parle.

L'espace entre les rochers était étroit. Quand la mer laissa place à un sol couvert d'un sable immaculé, Martial sauta. Il aida Camille à le rejoindre. Puis, en s'accroupissant, il se faufila non sans mal dans la faille, obligé de s'y présenter de profil. Trois pas plus loin, comme il l'avait deviné, la fissure s'évasait pour former un cercle de roche au centre duquel on pouvait se tenir debout. La voûte était percée de deux grosses fentes qui laissaient passer la lumière du jour. Le sable, à ses pieds, était plus meuble et détrempé qu'à l'entrée. Le granit avait ici perdu de sa couleur : il virait au noir, suintant et rayé de filaments d'algues brunes. Au fond, une autre cavité s'ouvrait, à hauteur d'homme. Une sorte d'alcôve dont on mesurait mal la profondeur. Avec Camille, ils étaient serrés l'un contre l'autre, faute de place. Il sentait son cœur battre à tout rompre et il en fut reconnaissant, car le sien battait au moins aussi fort.

Martial sortit de sa poche une bougie qu'il alluma sans attendre. Il jeta un coup d'œil dans la petite grotte qui n'était guère profonde, mais suffisamment pour que, allongé, on y soit à l'abri de la marée. Il se glissa à l'intérieur. Le bruit de sa respiration était amplifié et en devenait rauque. Il trouva une roche sèche. La bougie au ras de son visage, il voulut inspecter la moindre aspérité, mais ne trouva rien d'autre que de la pierre lissée par les siècles.

— Je suis trop épais pour cette grotte. Je n'arrive pas à m'y mouvoir comme je le souhaiterais. Voudrais-tu essayer ?

Sans attendre et masquant mal son enthousiasme, Camille prit sa place. Il la vit disparaître dans la cavité, ne laissant dépasser que ses bottines.

— Il y a un autre creux au-dessus de l'entrée, annonça-t-elle. Attends... Il y a de la cire, Martial ! De la cire de bougie ! Je n'arrive pas à voir plus loin. Mais ce trou est assez profond.

— Essaye d'y passer la main.

— La main ? Si ça se trouve, il y a des bestioles, là-dedans...

Elle poussa un petit cri effrayé.

— J'ai touché quelque chose ! Une sorte de mollusque... Martial ? Tu es toujours là ?

— On doit savoir ce qu'il y a exactement là-dedans, ma chérie.

Il l'entendit soupirer. Puis plus rien. Et la main de Camille surgit de la bouche de la cavité, un objet informe suspendu au bout de ses doigts serrés. Martial se précipita pour s'en emparer. Il s'agissait de morceaux de caoutchouc cousus ensemble.

— C'est une baudruche qui, une fois gonflée, devait être assez grosse. Une bouée...

Camille ressortit de l'alcôve peu après.

— Il n'y a rien d'autre. Pas de sac en toile.

— Elle a nagé jusqu'ici. Elle s'est changée et a attendu. Celui ou celle qui l'a tuée aura été obligé de la rhabiller avec ses vêtements de voyage et se sera servi du sac pour regrouper les affaires restantes.

Le fil de ce drame devait être déroulé autrement. Marie-Gabrielle voulait utiliser la traversée en bateau pour simuler un accident et disparaître. Son but était de fuir vers une autre vie, vraisemblablement avec cet amant, ce quatrième personnage qui s'était si bien fait oublier. L'assassinat d'Alain était un dommage collatéral de son plan, parce que, vivant, il devenait un témoin gênant. Elle savait pourtant, à ce moment-là, que celui avec qui elle désirait refaire sa vie ne voulait plus d'elle. Peut-être avait-elle espéré que, la sachant libre, il allait revenir vers elle. Libre et riche.

— Cela n'a pas dû être aisé de sortir le corps par cette faille, remarqua Camille.

— Rien n'a dû être aisé. Il a fallu faire montre d'un grand sang-froid. Et avoir beaucoup de chance.

Soudain, il y eut du bruit au-dessus de leurs têtes. Les sons d'une conversation passèrent au travers des fissures du plafond de granit.

— Je t'ai déjà dit de ne plus venir ici !

— Mes parents y habitent. Je peux tout de même leur rendre visite.

Erwan Le Flahec parlait à voix haute quand Marie tentait désespérément de baisser le ton.

— Tu me mets dans une situation embarrassante.

— Te savoir tout près et ne pas pouvoir te voir...

— Tu dois arrêter ça !

— Regarde-moi dans les yeux, dis-moi que tu ne m'aimes plus, et j'arrêterai.

Un silence.

— Tout cela est impossible, Erwan, reprit Marie.

— Je peux te rendre heureuse. Vraiment heureuse, loin de tout ça, loin d'eux. Tu n'as qu'un mot à dire et je t'offre une nouvelle vie.

— Erwan ! C'est plus compliqué que ça...

— Tu sais que ton père ne sera plus un problème très bientôt. Qu'est-ce qui te retient ? Tes frères ? Ta sœur ?

Dis-moi ce qu'il y a sur cette île qui compte vraiment à tes yeux, à l'exception de ton fils ?

— Il y a toi, finit-elle par répondre.

Camille regardait Martial avec de grands yeux. Elle lui adressa un « Oh ! » muet. Il lui fit signe de rester tranquille. Or elle récidiva tout en tournant la tête vers l'entrée de leur cachette.

— L'eau, murmura-t-elle, avant de s'écarter et d'attirer à nouveau son regard vers la faille.

La mer semblait surgir du sable. Le passage allait bientôt être inondé. En haut, Marie pleurait, sans doute dans les bras du fils Le Flahec, suffisamment à l'écart du manoir pour s'épancher sans être vue. L'eau ne tarda pas à traverser les chaussures de Camille, et cette dernière se mordit les lèvres. Elle s'agrippa aux épaules de Martial.

— Nous pouvons partir dans quelques jours, reprit Erwan au-dessus d'eux. Tout est possible là-bas. Tout, à condition d'être audacieux. J'ai plein d'idées.

— Si seulement tu avais pu me proposer cela plus tôt...

— Je l'ai fait.

— C'était déjà trop tard à l'époque. Déjà trop tard...

Il y eut un long et profond soupir.

— Je ne peux pas partir tout de suite, reprit Marie. Avant, il y a des choses qui doivent être réglées. Je n'ai pas l'intention de faire une croix sur ce qui me revient. Laissons passer les fêtes... Nous verrons ensuite.

— Marie, ne nous fais pas ça ! Si tu attends trop, tu renonceras, nous le savons tous les deux.

— Pour la vie dont tu me parles, il faut avoir les mains pleines.

— J'ai de quoi payer la traversée et notre installation…

— Et après ? J'ai appris une chose, Erwan, au cours de ces derniers mois : la liberté n'a pas de prix, mais elle a un coût. Il nous faut de quoi l'acheter.

— Si tu vendais le voilier ?

— Il appartient à mon fils désormais… Non, je peux avoir l'argent autrement, et bien plus rapidement. Comme tu l'as dit, mon père ne sera plus un obstacle d'ici peu. Je dois juste me mettre d'accord avec mes frères. Ils arrivent tout à l'heure.

— Les traversées vont être interrompues après midi. À cause de la tempête. Si ces deux abrutis ne passent pas ce matin, tu ne les verras pas avant Noël.

— Ils passeront. Et nous réglerons ce que nous avons à régler. Attends que je te fasse signe, Erwan. Et ne cherche plus à me voir.

— Je voudrais juste une réponse, Marie.

— Je te l'ai déjà donnée, il y a plusieurs mois.

— Tu parles du pendentif ?

— Crois-tu vraiment qu'on puisse avoir droit à une deuxième naissance là-bas ?

Son ton s'était radouci.

— Oui, je te le promets.

Les voix s'éloignèrent enfin. Martial avait de l'eau à mi-mollet et elle était gelée. Elle pénétrait par la brèche en flots continus. Pour Camille, grelottant de froid, elle avait dépassé les genoux. Il la poussa vers la sortie, avant de la rejoindre à l'extérieur, au sec sur les rochers.

Bizarrement, le ciel semblait plus dégagé qu'au début de la matinée. De grosses taches de bleu s'y dessinaient un peu partout. En revanche, le vent était de plus en plus violent.

— J'ai un mauvais pressentiment, Camille. Un très mauvais pressentiment.

Elle essayait de se réchauffer comme elle le pouvait, et cela semblait difficile.

— À cause de ce qu'a dit Marie ou bien à cause de la tempête ?

— Peut-être bien les deux.

24

Vers l'ouest, l'horizon se couvrait d'une barre nuageuse sombre qui paraissait immobile. « Quand elle sera sur nous, nous serons entre les mains de Dieu », avait dit Antoinette Le Flahec.

Une agitation inhabituelle était apparue sur l'île. Chacun se préparait à affronter « la tempête du siècle ». Comme Erwan Le Flahec l'avait annoncé à Marie, les liaisons avec le continent cessèrent après la dernière vedette de la matinée. C'est par celle-ci que les frères Lestage étaient arrivés, accompagnés de Robin Vellout.

Jean-Baptiste et Pierre-Jean avaient laissé leurs épouses et leurs enfants à Paris, censés ne les rejoindre au manoir qu'à la veille de Noël. Eux étaient venus en éclaireurs, alertés par l'état de santé de leur père. Comme Martial les entendit dire, il était hors de question qu'ils fassent subir à leurs femmes les tourments de l'été précédent, quand les humeurs de leur mère avaient transformé les vacances en enfer. Néanmoins, la présence de Vellout attestait d'une autre réalité. Il y avait une atmosphère de fin de règne dans la maison

Lestage et, ainsi que l'avait dit Marie, le moment était venu de régler certaines affaires.

Leur père présida le déjeuner, entouré des siens. Bien qu'affaibli, il tenait à montrer qu'il était toujours le maître à bord. Le repas se déroula dans une ambiance bizarre. Les deux frères ne goûtaient guère la présence de Camille et de Martial. Néanmoins, ils essayaient de se forcer à se montrer aimables et liants, et cela sonnait faux. Marie, de son côté, avait repris son rôle de maîtresse de maison et ses sourires inexpressifs. Assise à sa gauche, Marthe ne cachait pas ses mauvaises dispositions. On ne s'adressait pas à elle, faisant même mine de ne pas s'apercevoir de sa présence. Maëlle fut elle aussi fort différente. Moins bavarde, moins spontanée, elle gardait les yeux fixés sur un périmètre resserré autour de son assiette, ne les levant que pour jeter un coup d'œil furtif à Jean-Baptiste, et uniquement à lui, avant de les baisser, les joues de plus en plus exsangues. Robin Vellout, comme lors du premier déjeuner que Martial avait partagé avec lui, parla beaucoup. Il fit à nouveau référence aux rumeurs d'apocalypse et remarqua que la tempête qui arrivait tombait pile au moment du solstice d'hiver.

Baptiste Lestage ne disait pas grand-chose et ne cessait d'observer son monde, sans faire montre d'une grande bienveillance à en juger par l'expression de son regard, qui, comme l'horizon, était barré d'une ligne de nuages noirs.

L'après-midi démarra par une première réunion dans le bureau. Le notaire, ses deux fils et son homme de confiance s'y enfermèrent sitôt le café avalé. Installés dans le petit salon en compagnie de Marie et de son ouvrage au crochet, Martial et Camille tentaient de s'occuper. Ils observaient, à la dérobée, la jeune veuve, très préoccupée, voire impatiente. Quand Martial alla reposer le livre qu'il faisait semblant de lire dans la bibliothèque, il put saisir quelques bribes de ce qui se disait dans la pièce voisine, où le ton était monté. On parlait de Sables-d'Or et on évoquait un possible retrait.

— Nous ne nous retirerons de rien, pestait Baptiste Lestage. Le plan est viable.

— Si la conjoncture se retourne, nous perdrons tout, argumentait le fils aîné.

— Vous êtes des tièdes, toi et ton frère. J'ai en vue cet objectif depuis des années. Les loisirs, voilà dans quoi les gens vont se ruer à l'avenir. C'est un coup gagnant, quoi qu'il arrive.

— Père, c'est votre projet. Reprenez-en les rênes, et nous vous suivrons. Sinon, comprenez bien que...

— Comprendre quoi ? cria le notaire d'une voix qui dut résonner dans toute la maison. Que, même quand on vous met tout en main, vous vous débrouillez pour le lâcher ?

— Nous avons perdu de nombreux clients. Des rumeurs courent à votre sujet et nos associés ne cessent de s'inquiéter. Je trouve cela injuste que vous nous rendiez responsables de la situation. S'il y en a un qui a lâché, c'est bien vous.

— Comment oses-tu me parler comme cela ? Ta mère est morte et tu me reproches de la pleurer ?

— Père, vous ne la pleurez pas. Vous détestez perdre, voilà la vérité ! Est-ce vraiment notre mère que vous regrettez ou le fait d'avoir été humilié par tout ce que son décès a révélé ?

— Tu me fais honte ! Tu entends ? Tu me fais honte !

— Et vous, vous nous faites peur. Vous êtes en train de couler et vous menacez de nous entraîner tous par le fond. Nous ne nous laisserons plus faire, père, ni nous deux ni Marie. Si vous souhaitez reprendre la direction de l'étude, faites-le sur-le-champ. Sinon, passez la main, donnez-nous les signatures et laissez-nous gérer les affaires comme nous l'entendons.

— Tu viens chez moi me donner des ordres ! À moi !

— Je ne vous donne pas d'ordres. Je vous laisse le choix.

— Et si je refuse de choisir, qu'allez-vous faire, ton frère et toi ?

— Nous avons un rapport du médecin. Il fait état de troubles psychologiques importants…

Le silence retomba dans le bureau. Martial ne bougeait pas d'un pouce.

— Hors de ma vue, tous les deux ! grinça finalement le notaire.

— Il faudra bien que vous nous donniez une réponse. Et il sera également question de l'argent laissé par notre mère. Nous trouvons illégitime que vous en conserviez l'usufruit. En particulier pour l'or que vous n'avez même pas pris la peine de remettre à la banque. Vous n'avez pas à le conserver pour l'utiliser à votre guise. Il s'agit de notre héritage.

— Tu veux une réponse, eh bien, tu vas l'avoir. Dans quelques jours, j'en aurai terminé ici et je dirigerai de nouveau l'étude. Toi et ton frère prendrez immédiatement la porte. Je suis prêt à fermer les yeux sur vous, Robin. Même si votre présence aux côtés de mes fils laisse à penser que vous êtes d'accord avec eux.

— Je vous reste fidèle, monsieur, protesta Vellout d'une voix moins assurée que lorsqu'il paradait en société. Si vous revenez, j'en serai le premier ravi. Mais comprenez bien que nous ne pouvons pas demeurer longtemps dans une situation intermédiaire, qui laisse planer trop de flou autour de vos affaires.

— Nous reparlerons de votre avenir plus tard. Je n'en ai pas terminé avec les réponses que mes fils exigent... Je ne partagerai rien, vous m'entendez ? Ce que votre mère a laissé ne vous reviendra qu'à ma mort, à moins que je ne décide de le léguer à quelqu'un d'autre. Il se pourrait bien que je change quelques-unes des dispositions de mon testament. Allez dire cela à votre sœur.

— Vous faites bien de parler de testament. Vous avez fait invalider celui de notre mère juste après sa mort...

— Votre mère n'avait plus toute sa tête. Au lieu de m'accuser, remercie plutôt le ciel que ce testament ait pu être rejeté. Parce que vous n'auriez rien eu, pas le moindre centime. Elle avait choisi de tout léguer à Marthe.

— Elle détestait Marthe ! Elle l'a rejetée dès qu'elle a su ! Vous n'allez pas nous faire croire qu'elle en avait fait son unique héritière.

— Il faut croire que votre jeune sœur a été plus habile que vous. Maintenant, je vous le répète : sortez de cette pièce. Dès que le bateau pourra à nouveau faire la traversée, je veux que vous quittiez cette île. D'ici là, évitez de m'adresser la parole. Je ne discute pas avec les vautours, je les chasse !

La porte du bureau s'ouvrit avec violence et se referma tout aussi brutalement. Les deux frères se retrouvèrent dans le couloir, ignorant la présence toute proche de Martial.

— Le vieux fou ! pesta Jean-Baptiste. C'est pire que ce que Marie avait laissé entendre.

— Il faut maintenant espérer que les dispositions que nous avons prises réussiront à le faire fléchir.

— Il cédera, sois-en certain. Plus vite qu'il ne le croit !

Ils s'éloignèrent. Dans le bureau, si le ton était retombé, la conversation continuait. Baptiste Lestage avait vociféré encore quelques secondes avant de se calmer.

— Vous avez bien fait de me prévenir, mon ami.

— C'est la moindre des choses, monsieur, répondit un Vellout mielleux.

— La situation à Sables-d'Or est-elle si préoccupante ?

— La station se développe moins vite que nous ne l'avions prévu. Nous avons trop de parcelles sur les bras et les acquéreurs se montrent timides. L'embellie économique ne durera pas éternellement. Il faut accélérer le mouvement.

— À combien estimez-vous cette accélération ?

— Cinq cent ou six cent mille francs. Il faut lancer les travaux du port sans attendre.

— Vous les aurez.

Camille, sans doute lassée de tenir compagnie à Marie, était montée dans sa chambre. Martial l'imita. Mais il était dit que les éclats de voix qui accompagnaient le séisme dans la maison Lestage seraient comme le vent, peu décidés à s'éteindre. Martial entendit d'abord Robin Vellout pénétrer dans la chambre voisine de la sienne.

Les lames du parquet grincèrent, comme si l'homme faisait les cent pas. Jusqu'à ce qu'on frappe à sa porte, si fermement que Martial crut que c'était à la sienne que l'on cognait. Vellout ouvrit et la voix de Jean-Baptiste résonna.

— Il va falloir que nous sachions exactement quelle est votre position, Vellout. Nous n'avons que faire d'une girouette !

— Vous connaissez déjà ma position. Votre père n'est plus apte à diriger l'étude. Vous devez prendre la suite sans tarder. Certains clients continueront de s'en aller, mais l'hémorragie sera vite stoppée. Vous devez lancer vos propres projets ensuite, c'est ainsi que vous serez légitimés.

— Nous vendrons nos parts à Sables-d'Or pour commencer. Vos investisseurs sont-ils toujours d'accord avec les conditions ?

— Oui, monsieur. Mais je crains que votre père ne soit plus coriace que nous ne l'avons cru. Il y a un mois, il était disposé à tout vous céder. Il semble avoir changé d'avis.

— Je me méfie de Marthe. Ce qu'elle est parvenue à faire avec notre mère, elle a tout aussi bien pu le faire avec notre père.

— « Les gens sans bruit sont dangereux… » cita Vellout.

— Mes parents étaient disposés à l'envoyer dans un institut où sa maladie pouvait être soignée. Il suffisait d'une intervention sur le cerveau, une lobotomie… Mais ils ont préféré l'enterrer ici, pensant qu'elle serait inoffensive. Elle s'est révélée bien plus néfaste. La petite peste !

— Je vous le répète, des difficultés inattendues peuvent se présenter. M. Lestage est inflexible quand il est en colère. Et il n'a pas le pardon facile.

— Mon père est beaucoup plus vulnérable qu'il ne le croit. Et sa santé précaire devrait l'inciter à se ménager davantage...

Sur ces mots, le fils aîné quitta la chambre de Robin Vellout. À nouveau, dans celle-ci, le plancher se remit à grincer au rythme des va-et-vient de l'ancien coursier.

Marthe Lestage était-elle cet être calculateur que son frère suspectait ? Martial avait du mal à le croire. Maligne, elle l'était assurément. Mais il avait senti chez elle un attachement sincère pour sa mère. Depuis que celle-ci avait changé d'avis à son égard. Et cette situation, maintenant qu'elle revenait à Martial, prit une tout autre signification.

Une nouvelle fois, il sentit cette petite décharge électrique le long de sa colonne vertébrale, de celles qui, de manière plutôt agréable, viennent chatouiller le corps quand on dépasse une énigme.

Il ne put résister très longtemps. Au diable, les conventions ! Il traversa sa chambre sans discrétion, puis ce fut le couloir et l'escalier en chêne pour atteindre le deuxième étage. Il frappa à la porte de Camille. Il lui raconta, par le détail, tout ce qu'il avait entendu. Mais surtout il lui expliqua pourquoi il affichait ce petit sourire satisfait.

— Marthe sait quelque chose au sujet de la liaison de sa mère et, à sa façon, je crois qu'elle a essayé de me le dire. Je viens à peine de le comprendre... C'est tellement évident que je ne l'ai pas vu. Marie-Gabrielle a cessé de condamner sa fille quand elle a découvert qu'elles étaient semblables.

— Tu veux dire qu'elle aimait les femmes ?

— Pas les femmes. Une femme !

— Élisabeth ?

— Ce n'était pas qu'une question d'amitié entre elles. Quand j'ai demandé à Élisabeth si elle pouvait m'avouer quel était l'homme avec lequel Marie-Gabrielle avait une liaison, elle m'a répondu qu'elle ne le pouvait pas. Et pour cause ! Il n'y a jamais eu d'homme. Quand je lui ai demandé si l'amour que cette femme éprouvait était partagé, elle m'a répondu qu'il l'avait été, au début...

— Avant qu'elle ne tombe à son tour amoureuse d'Alain.

— L'histoire du sabbat raté, au cours duquel Marie-Gabrielle a failli perdre la vie, ressemble à s'y méprendre à une tentative de suicide. Ensuite, d'une manière que j'ignore, elle a tout compris de la raison de l'éloignement de son amante : Alain !

— Elle l'a tué pour se venger. Peut-être même en espérant qu'Élisabeth allait lui revenir. C'est pour cela qu'elle espérait toujours s'enfuir avec elle. Quand cette dernière a compris ce qui s'était passé sur le voilier... Martial, je crains que ton amie ne soit dans de beaux draps. Tout l'accuse.

Le sourire de Martial s'était effacé.

— Je sais, répéta-t-il plusieurs fois. Il se pourrait que Baptiste Lestage ne se soit pas trompé.

À ce moment-là, ils entendirent des pas qui se rapprochaient. Puis on frappa à la porte. Antoinette Le Flahec avait l'air embarrassée.

— Excusez-moi de vous déranger, mademoiselle, mais sauriez-vous où je pourrais trouver M. de La Boissière ?

Camille s'écarta.

— Oh, monsieur... Je crois que nous avons un problème. Mme Monsignac nous a demandé de vous faire venir.

— Que se passe-t-il ?

— Il y a cette maudite femme, Mlle Briant, qui est au portail et qui demande à parler à M. Lestage. Elle refuse de partir tant qu'elle ne l'aura pas vu.

— Où se trouve M. Lestage ?

— Il est enfermé dans la chambre de Madame.

Martial dévisagea Camille. D'un geste de la main, il l'invita à le devancer dans le couloir, mais elle ne bougea pas, toujours accrochée à la poignée de la porte.

— Il vaut mieux que tu y ailles seul. Si elle doit parler à quelqu'un, c'est à toi, et seulement à toi qu'elle le fera.

Martial se sentait coupable, coupable d'être ravi de la revoir enfin.

25

Au bas de l'allée, Marie et Ronan étaient d'un côté du portail. De l'autre côté, Élisabeth se tenait droite, ses longs cheveux roux s'envolant dans les bourrasques jusqu'à lui cacher le visage. Elle ne prit la peine de les écarter et de les nouer rapidement que lorsque Martial fut assez près.

— Élisabeth... J'ignorais que vous étiez revenue.

— Martial, ce serait plutôt à moi de vous faire cette remarque. Je devrais être fâchée que vous n'ayez pas pris la peine de me rendre une petite visite. Comment allez-vous ?

— Mieux, grâce à vous.

— Cette femme veut rencontrer mon père, interrompit Marie. Nous lui répétons sur tous les tons que c'est impossible, mais elle refuse de partir.

— Je dois lui parler. Dans son propre intérêt et dans celui de sa famille.

— Je ne pense pas que M. Lestage accepte de vous recevoir, lui répondit Martial.

— Il va devoir s'y plier, Martial. Cet homme se permet de pénétrer dans ma maison en mon absence et d'y cacher certaines choses censées prouver que j'ai tué sa femme. J'imagine que, sans cette tempête, les gendarmes seraient déjà chez moi, à tout fouiller. S'il refuse de me parler et de s'expliquer, c'est moi qui déposerai plainte.

— Avez-vous trouvé ces fausses preuves ?

— Bien entendu. Il n'est pas assez malin pour me duper. Il m'a suffi de faire croire que j'avais quitté l'île.

Élisabeth fixa Martial avec insistance. Ses commissures se creusèrent. L'espace entre ses deux yeux s'élargit.

— Accepteriez-vous de me dire de quoi il s'agissait ?

— Je peux même vous le montrer.

Elle écarta un des pans de sa cape et en sortit un petit sac en tissu. Un à un, elle en extirpa des objets.

— Ceci est une copie d'un mauvais poème que vous avez déjà lu, Martial. Dans chaque mot, il y a des lettres majuscules qui ont été soulignées puis reportées en face de chaque vers. Voyez vous-même. Au bout du compte, il y a ce code que vous avez dévoilé et qui donnait l'emplacement de l'or caché par Marie-Gabrielle... Pour que cette feuille ait un sens, il a ajouté cette clé. Si je ne m'abuse, elle doit ouvrir la porte du caveau. Inutile de chercher dans le manoir ou au presbytère, les clés sont à leur place. Celle-ci est une troisième qui n'existait pas il y a encore deux semaines. M. Lestage est comme une limace, il laisse derrière lui une traînée de bave. Cela le rend facile à suivre... Ce n'est pas tout. Il y avait aussi ce portefeuille en cuir et ce qu'il contenait, à savoir cinq cents francs et un billet de train : départ de Paris-Saint-Lazare, jeudi 20 août, arrivée à Saint-Brieuc.

— C'est le portefeuille de Madame ! s'exclama Antoinette en mettant ses mains devant sa bouche.

— Il semble bien qu'il ait souffert d'un séjour prolongé dans l'eau, continua Élisabeth.

Martial se retourna vers la domestique.

— Madame Le Flahec, quand avez-vous vu ce portefeuille pour la dernière fois ?

Antoinette ne répondit pas, faisant mine de fouiller les recoins de sa mémoire avant de hausser les épaules.

— Je vous en prie, insista Martial. Vous devez nous dire la vérité. Nous pourrons peut-être éviter que les choses n'empirent.

Elle jeta un regard vers son mari qui demeurait interdit, comprenant lui aussi qu'elle mentait.

— Il était dans l'un des sacs de voyage, finit-elle par déclarer. Après le naufrage. Quand nous avons défait les affaires de Madame, que les sauveteurs ont retrouvées.

Marie, les bras croisés, assistait à toute la scène sans dire un mot.

— Ce n'est pas tout, poursuivit Élisabeth. J'ai moi aussi des amis bien placés qui ont eu la délicatesse de m'avertir. Je suis censée partir pour l'Amérique dans quelques jours, à bord d'un transatlantique, un aller simple, en première classe, que j'aurais payé avec ceci.

Elle exhiba trois louis d'or.

— Je pense qu'elles doivent manquer dans le trésor laissé par Marie-Gabrielle. Maintenant, je dois parler à M. Lestage.

Elle forçait sa voix pour couvrir le vent. Elle posa les trois pièces en or sur le rebord d'un des piliers. Quant au sac en tissu, il disparut à nouveau sous sa cape.

— Ronan, veuillez ouvrir à Mlle Briant.

— Mais, madame Monsignac, votre père a interdit que…

— Ouvrez ce portail et, ensuite, allez chercher mon père. Dites-lui que, s'il n'accepte pas de sortir, Mlle Briant sera invitée à entrer dans le manoir.

Il y avait de la glace dans les ordres de Marie. Le Flahec ne chercha pas à discuter. Il déverrouilla le portail puis fit volte-face pour remonter l'allée. Il n'eut pas à aller bien loin. Une voix tonitruante résonna dans le vent.

— Que fait cette putain chez moi ?

Baptiste Lestage n'avait pas pris la peine de se couvrir et marchait vers eux d'un pas assuré.

— Père, il semblerait que Mlle Briant ait trouvé chez elle des objets vous appartenant.

— Et tu es assez sotte pour la croire. Décidément, ma fille, tu montres aujourd'hui un visage bien décevant.

Élisabeth ne quittait pas le notaire des yeux, qui le lui rendait bien. Chacun d'eux pouvait ainsi fusiller l'autre de toute sa haine. À ce petit jeu, la jeune femme, très calme, paraissait l'emporter sur un Lestage au visage empourpré et au cou trop serré par le col de sa chemise.

— Espèce de sorcière, tu oses venir chez moi répandre ton poison ! Fais un pas de plus, et tu recevras la correction que tu mérites. Ronan, apportez-moi le fusil.

Le Flahec ne savait pas s'il devait obéir. Il essayait de trouver parmi ceux qui étaient là une réponse à son hésitation.

— Ronan, allez-vous m'obéir, pour l'amour de Dieu ! Ou bien faut-il que j'aille le chercher moi-même ?

— Cessez de hurler sur ce pauvre homme. Vous ne croyez tout de même pas qu'un simple fusil pourra me faire reculer, j'espère. Je suis venue vous voir, monsieur Lestage, pour vous prévenir de ce que vous risquez si vous continuez de me harceler. J'ai trouvé les objets que vous avez disséminés chez moi. Je peux également prouver que, le 12 décembre dernier, je ne pouvais pas me trouver à Cherbourg, en train d'acheter un billet avec ces louis d'or. Je vous renvoie vos menaces, vieux débris. Vous n'êtes pas de taille.

— Personne ne m'a jamais fait plier. Ce n'est pas une traînée comme toi qui va y parvenir.

Lestage, de plus en plus en colère, le visage cramoisi, s'approcha de la jeune femme, jusqu'à la toucher. Avant que Martial n'ait pu s'interposer, il saisit Élisabeth par les épaules, prêt à la renverser. Mais, aussitôt, il se figea et desserra son étreinte. Ses deux bras retombèrent le long de son corps. Élisabeth tenait la pointe effilée d'une dague contre sa gorge.

— Élisabeth !

— Ne vous inquiétez pas, Martial. Je ne cherche qu'à me défendre. Je suis certaine que M. Lestage va rapidement retrouver son calme. N'est-ce pas, maître ?

Elle passa sa main libre derrière la nuque du vieil homme et lui donna un baiser furtif.

— Vous qui connaissez si bien la bible, dit-elle en se retirant la dague disparaissant dans sa manche, vous savez sans doute ce qu'est le baiser de la mort. Soit il signifie que l'on engage sa parole à cesser les hostilités, soit, au contraire, que celles-ci iront à leur terme. Il vous appartient de choisir.

Puis elle toisa l'assistance médusée de son regard étrangement beau et recula pour passer de l'autre côté du portail.

— Messieurs, madame. Tenez-vous à l'abri. Un souffle de fin du monde va passer sur nous lors des prochaines heures.

Elle se retourna et, d'une allure tranquille, traversa la digue éclaboussée par une mer de plus en plus menaçante.

Baptiste Lestage était pétrifié. La haine n'avait pas quitté son regard, pas plus que la colère, les traits de son visage. Martial franchit à son tour le portail et tenta de rattraper Élisabeth.

Malgré ses appels, elle continuait de s'éloigner. Ses cheveux s'étaient dénoués et le vent les chamboulait à nouveau. Ce n'est qu'après avoir parcouru la digue glissante puis s'être suffisamment éloignée de la presqu'île qu'elle ralentit.

— L'humiliation que vous venez de faire subir à M. Lestage ne va pas aider à apaiser les choses, je le crains.

— Il s'en remettra... J'ai menti sur un point, voyez-vous, Martial. Il n'a pas le choix. Il sait que je peux le réduire en miettes s'il s'obstine.

— Il ne faudrait pas que tout cela tourne mal.

— Il ne me fera rien, ne vous inquiétez pas. Il continuera à se comporter comme il l'a toujours fait : il passera son chemin pour éviter la défaite.

Élisabeth conservait ses bras à l'abri sous sa cape. Malgré l'air frais qui la giflait, elle conservait sa pâleur.

— Je crois que je dois vous présenter des excuses, reprit Martial.

— Des excuses ? Pourquoi donc ?

— Pour ne pas avoir compris plus tôt la souffrance que vous avez dû endurer en silence, pour l'avoir même accentuée avec mes questions et mes remarques. Je sais que c'est avec vous qu'Alain voulait s'enfuir et refaire sa vie. Je sais que c'étaient vos affaires qui étaient déjà installées dans son bateau et que vous avez été obligée, je n'ose imaginer à quel prix, d'aller récupérer. Je sais que vous l'aimiez…

Elle garda la même posture, le regard porté loin devant. Rien dans son visage ne bougea. Aucune émotion ne transparaissait, si ce n'est qu'elle ne répondit pas et que son pas, jusque-là aérien et assuré, ralentit et se désaccorda.

— Je suis venu chez vous hier soir, poursuivit Martial. J'ai inspecté votre maison. Je n'ai aucune excuse, sauf que je savais que M. Lestage y avait caché quelque chose de compromettant. J'espérais le trouver avant la police… J'ai découvert le livre d'Alain, celui que vous gardez dans votre table de chevet. J'ai vu les vers que vous avez accrochés à votre miroir… Je voudrais trouver les mots pour vous dire que je suis avec vous, qu'Alain était mon ami et que vous pouvez compter sur moi. Or, je ne peux pas vous dire tout cela. Parce que je sais aussi que Marie-Gabrielle, après l'avoir tué, a réchappé du naufrage. Elle a nagé jusqu'à l'île, pour se cacher dans une petite grotte, tout près de son manoir. C'est là qu'on l'a assassinée. Et je crois que c'est vous qui avez commis ce meurtre.

Élisabeth marchait si près de l'eau que celle-ci mouillait ses chaussures. Son allure avait retrouvé sa prestance, ses épaules étaient plus droites.

— Il y a plus d'un an, vous avez commencé une liaison amoureuse avec elle, continua Martial. Cela a révolutionné sa vie. Puis il y a eu Alain et, à votre tour, votre vie a été bouleversée. Vous avez délaissé Marie-Gabrielle, organisé cette fuite au bout du monde... Malgré tous vos efforts, elle n'a pas compris que c'était fini entre vous, elle a cru qu'elle vous ferait changer d'avis. Jusqu'à ce qu'elle se rende compte que c'était son propre gendre qui causait son malheur. Peu de temps avant de partir pour Paris, elle vous a écrit une lettre où elle vous déclarait sa flamme, que vous lui avez retournée sans la lire. Alors, elle a décidé de se débarrasser d'Alain, pensant qu'il était le seul obstacle à son bonheur.

Élisabeth cessa de marcher. Cette fois-ci, ses yeux retrouvèrent leur mobilité. Martial ne s'en était pas rendu compte, mais ils étaient parvenus en bordure de l'anse de la Chambre. L'*Arctic Tern* était toujours là, sa superbe silhouette ballottée par les flots de plus en plus remontés.

— C'est un bateau magnifique, n'est-ce pas ? Il va devoir affronter la tempête en restant attaché. Quand on est fait comme lui, on ne supporte pas d'être immobile. Parce que l'immobilité vous tue à petit feu.

— Élisabeth...

— Vous êtes tout excusé, Martial. Pour vous être introduit chez moi sans mon accord.

— Vous n'avez pas développé ces photographies après avoir prêté votre appareil photo : vous les avez prises vous-même.

Elle ne le regardait toujours pas, le regard fixé sur le voilier.

— Pourquoi Alain a-t-il différé votre départ la première fois ?

Soudain, elle fit face à Martial, un vrai sourire apparaissant enfin sur ses lèvres.

— Votre façon d'essayer d'obtenir des réponses est très amusante… Je vous dois bien des réponses, puisque vous vous comportez comme un ami. Alain a eu un mauvais pressentiment. L'état de santé de son père l'a fait hésiter. S'y est ajouté ce que ce médium lui a prédit, une mort prochaine en pleine mer. Cependant, je crois surtout que c'est la culpabilité qui le rongeait, l'idée de se montrer déloyal lui était insupportable. J'étais disposée à m'accommoder de tout, pour peu que cela vienne de lui. S'il avait renoncé définitivement à ses îles du bout du monde, je l'aurais accepté. Au début du mois d'août, il m'a dit qu'il était enfin décidé. Alors, nous avons repris nos préparatifs… Et il est mort.

Elle souriait toujours.

— Je vois bien que je vous choque, Martial. Vous seriez peut-être plus à l'aise si je pleurais, si je m'apitoyais sur mon sort et maudissais les responsables de ce gâchis. Chacun de nous exprime la souffrance à sa façon. Je l'ai tellement côtoyée que j'ai refusé qu'elle soit mon maître. Voyez-vous, c'est pour cela que j'ai recopié les vers de Tennyson. Je m'y retrouve décrite telle que je suis, un cri permanent mais un cri silencieux. Vous-même connaissez ce silence, je crois. Vous le pratiquez. J'ai aimé Alain et je l'aime toujours. J'aime l'idée de l'avoir connu, d'avoir partagé de nombreux moments avec lui. J'aime qu'il m'ait prouvé que j'étais capable de partager quelque chose avec quelqu'un, même si ce n'était qu'un rêve. J'aime le retrouver parce que, tant que je suis vivante, il vit aussi. Il ne mourra qu'avec moi. Tout reste, le son de la voix, les odeurs, les gestes... On croit les oublier mais, au détour du sommeil, ils ressurgissent, intacts, et vous avez droit à d'autres moments... Vous pensez que j'ai tué Marie-Gabrielle pour me venger ? Mais la vraie vengeance aurait été justement de la laisser en vie. Croyez-moi, celui ou celle qui l'a tuée l'a plutôt délivrée. Ai-je répondu à vos questions, Martial ?

— M. Lestage ne vous laissera pas vous en sortir comme cela, je le crains. Vous savoir libre et vivante l'insupporte.

— Cela l'insupportait déjà pour son épouse. Il devrait cependant se méfier. À trop vouloir se concentrer sur ma personne, il oublie qu'il a d'autres ennemis, au sein même de sa maison. Et vous, Martial, si vos accusations sont fondées, allez-vous me laisser m'en sortir ? Me laisseriez-vous partir, comme vous l'avez fait avec cet assassin il y a plus d'un an, afin de protéger vos propres intérêts ? Ne faites pas cette tête, voyons ! La jusquiame vous a rendu plutôt bavard. Je me permets cependant un conseil, Martial. Ne soyez pas comme ce voilier, à ne jamais pouvoir prendre le large. Regardez devant et non derrière.

26

Quand Martial revint au manoir, Baptiste Lestage s'était à nouveau enfermé dans la chambre de son épouse. Marie et ses deux frères discutaient des derniers événements. Ils le prirent à témoin, à commencer par Jean-Baptiste.

— Notre père a-t-il fait tout ce dont cette femme l'accuse ?

— Je le crains. Comment va-t-il ?

— Il est fou de rage, répondit Marie. Il va finir par être victime d'une nouvelle attaque.

— Autant que vous soyez au courant, monsieur de La Boissière. Nous allons prendre des dispositions pour l'éloigner de cette île dans les meilleurs délais. Il a besoin de repos, c'est une évidence.

Martial se contenta de hocher la tête.

— Sauriez-vous où se trouve Camille ?

— Elle est avec Maëlle et Marthe. Dans la bibliothèque. Elle s'est laissé embrigader pour une partie de cartes.

Martial laissa la fratrie Lestage à son complot et se dirigea vers la bibliothèque dont la porte était entrouverte. Les trois filles étaient assises autour de la table ronde. Bien que peu enthousiastes, elles étaient concentrées sur leur jeu et ne le remarquèrent pas. Il les observa depuis le couloir. Maëlle lui tournait le dos, et il ne voyait d'elle que son cou gracile découvert par ses cheveux joliment attachés. Marthe affichait un air sombre, celui des mauvais jours. Elle s'agitait sur sa chaise, les mains dévorées d'impatience. Lorsqu'une bourrasque plus forte que les autres fit trembler les fenêtres, elle ne sursauta même pas, ne l'ayant visiblement pas entendue, et resta les yeux fixés sur ses cartes, au contraire de ses deux compagnes. Enfin, il y avait Camille. Elle avait embelli, ces derniers temps, Martial s'en rendit compte. Ses cheveux avaient foncé et rendaient justice à son visage fin. Ses yeux avaient viré vers un bleu plus soutenu sans que cela les rende sombres. Tout en elle était remarquable. Pourtant, Martial ne parvenait pas à s'en satisfaire. Il avait beau l'observer, il ne la voyait pas. Alors qu'il ne cessait de voir Élisabeth sans avoir besoin de la regarder.

Le manoir tremblait sur ses fondations et les sifflements du vent se répondaient en écho, tantôt par les boiseries des fenêtres, tantôt par les conduits des cheminées. Dehors, la barre de nuages avait quitté l'horizon et s'approchait de l'île.

Martial remonta dans sa chambre et tenta de remettre une nouvelle fois les choses en ordre. Si certains pans de cette affaire étaient désormais éclairés, d'autres restaient désespérément dans l'ombre. Cette ombre démarrait en fait au moment où Marie-Gabrielle Lestage, son forfait accompli, revenait sur l'île, accrochée à sa bouée de fortune et guidée par sa lanterne des morts.

On frappa à sa porte. Ronan Le Flahec voulait fermer les volets le temps que dure la tempête. Martial s'en chargea lui-même et put se rendre compte à quel point le vent avait forci et comment le ciel était sombre. Il essaya de se souvenir de la première fois où il avait entendu parler de cette prédiction annonçant la fin des temps pour le solstice d'hiver. Cela lui rappela la réunion du mois de mars, à Paris, sous la neige. Et s'imposa à lui l'image d'Alain, leur discussion au café, mais aussi la séance de spiritisme, responsable de tant de maux. Il se laissa aller à imaginer un autre rendez-vous. Alain lui aurait confié son secret et, mis en confiance, lui aurait présenté Élisabeth. Il l'aurait trouvée envoûtante, sans aucun doute. Il aurait compris Alain. Comment ne pas le comprendre ? Il le lui aurait dit. À son tour, il aurait parlé de Camille à Alain. Son ami lui aurait ouvert les yeux, lui disant à quel point cette jeune femme était parfaite. Il lui aurait parlé de pardon, faisant à nouveau référence à celui que Martial refusait d'accorder à ses parents depuis tout ce temps. Il l'aurait convaincu. Quelqu'un capable de prendre le cœur d'Élisabeth avait la force d'y parvenir. Et Martial aurait fait ce qu'il fallait. Aujourd'hui, il ne serait pas poursuivi par l'image de Camille coulant à pic dans la mer déchaînée, après être tombée de la falaise, et de lui, incapable de la sauver… Tout cela s'était joué sur un rien. Une heure de plus passée à discuter. Un vrai repas entre vieux amis au lieu de s'attabler avec ce satané maître Collas. Un coup de fil le lendemain, pour qu'on se retrouve quelque part, dans Paris recouvert de neige, au lieu d'errer tout seul comme une âme en peine dans les rues désertes. Un rien…

Martial ne descendit qu'à l'heure du dîner. En bas, les conversations se faisaient discrètes, quand elles avaient lieu. Ici aussi, on se tassait, on se faisait petit et on laissait faire le vent. Seul Robin Vellout essayait de jeter des passerelles entre les petits groupes. Pour une fois, Martial ne le trouva pas insupportable, malgré sa volonté de donner son avis sur tout. On murmurait, dans l'attente du maître des lieux.

Baptiste Lestage se présenta avec un retard inhabituel. Il ne dit pas un mot, se contentant de se poster devant la double porte. Quand il fit demi-tour pour se diriger vers la salle à manger, tout le monde le suivit en silence.

Il ne paraissait plus en colère, seulement froid, peut-être même absent. Il mangea peu et but beaucoup. De l'eau au début, sans que cela se remarque trop, bien que Martial le vît vider deux verres consécutifs d'un trait. Puis du vin rouge. Chaque fois, il reprenait ensuite sa posture de sphinx, ignorant les autres qui ne savaient comment se comporter.

Le repas terminé, tout le monde, comme à l'accoutumée, se dirigea vers le petit salon. Ronan Le Flahec vint murmurer quelque chose à l'oreille de son patron. Celui-ci sortit alors de son mutisme.

— Ronan me demande l'autorisation d'accueillir son fils pour la nuit. Le toit de sa maison semble avoir déjà souffert du vent. Quelqu'un y voit-il une objection ? Sûrement pas toi, Marie, j'imagine.

Marie se leva d'un bond, furieuse.

— Père ! Vous dépassez les bornes !

— Ne serait-ce pas plutôt toi qui les as dépassées depuis longtemps ?

— Je ne supporte plus que vous me traitiez de cette manière.

— Je te traite comme tu le mérites ! Comme vous le méritez tous. Je préfère me retirer et vous laisser à vos fadaises. Comment dit-on dans ces cas-là ? Bon vent, c'est bien cela ? Jamais cette expression n'aura été mieux choisie que ce soir. Maëlle, mon enfant, pourras-tu me monter ma tisane ?

— Monsieur, ma femme peut s'en occuper. Il n'est pas encore l'heure et…

— Non, laissez, Ronan. Maëlle va préparer cela, n'est-ce pas ? Dites à votre fils qu'il peut rester ici cette nuit.

Au moment où il s'apprêtait à quitter la pièce, un fracas sourd fit trembler les murs et tinter les chandeliers en cristal. Camille laissa échapper un petit cri de stupeur et chercha la main de Martial.

— C'est le marteau du Paon, expliqua le domestique. Cette fois, la tempête est sur nous.

— C'est le moins que l'on puisse dire, mon brave, grogna le notaire en passant devant lui. C'est le moins que l'on puisse dire…

L'ampleur du bruit déclenché par la chute répétée du rocher du gouffre du Paon, sa régularité, toutes les trente secondes environ, et les vibrations qu'il déclenchait dans tout ce que contenait le manoir monopolisaient l'attention. On finissait par s'y faire, comme pour le tonnerre qui accompagne un orage, sauf que ce tonnerre-là ne s'arrêtait jamais.

La sortie de Lestage avait réussi à faire taire Robin Vellout. Quant à Marie, livide, elle pleurait en silence, sans que personne ne fasse un geste dans sa direction.

Sa cousine s'occupa de remplir une des tasses du service et y versa une bonne cuillère de miel. Puis, s'apercevant qu'elle n'avait pas pris le petit plateau habituel, elle repartit vers la cuisine, laissant la tasse fumante sur un coin de la table.

— Ne nous laissons pas abattre par tout cela, suggéra Jean-Baptiste, soudain chaleureux. Marie, veux-tu bien faire le service ? Nous avons des invités. À moins, cher Martial, que vous ne préfériez un petit alcool. J'avoue que j'en ai plus envie que de cette infusion de bonne femme.

La vie revint un peu dans le petit salon, un tout petit peu. Marie ravala ses sanglots et saisit la tisanière. Son frère aîné exhuma d'un placard une bouteille dépourvue d'étiquette. Vellout et Pierre-Jean furent partants. Au même moment, Maëlle revint avec son petit plateau et y déposa la tasse avec un soin particulier. Elle la monta enfin à son oncle.

— À la tempête ! lança Jean-Baptiste en levant son verre.

Seul Robin Vellout lui répondit en riant :
— À la fin du monde !

Maëlle redescendue, elle reprit sa place en silence à côté de Marthe et sirota, comme les autres, la tisane brûlante. Le grondement du marteau du Paon faisait tinter les petites cuillères. Son roulement était ensuite étouffé par celui du vent, beaucoup plus fort. Martial eut l'impression que le manoir allait se décrocher de son socle rocheux pour être précipité dans la mer. Aussi sursauta-t-il plus que de raison quand il y eut un choc plus violent que les autres. Quelque chose venait de tomber et de se fracasser sur le sol.

— Ça vient du premier, fit remarquer le plus jeune des frères Lestage.

Ils se levèrent tous d'un bond. Marie s'avança la première vers le pied de l'escalier, mais Jean-Baptiste la devança jusqu'à la porte de la chambre du notaire.

— Père ? Tout va bien ?

Aucune réponse. Il se retourna vers les autres qui le suivaient de près. Martial n'attendit pas plus longtemps. Il sortit de la file et frappa à son tour à la porte de la chambre de Lestage.

— Monsieur Lestage ?

Et comme il n'obtint pas plus de réponse, il essaya d'ouvrir. La porte était verrouillée de l'intérieur. Mais, ayant déjà été défoncée quelques jours plus tôt par Ronan, elle ne résista pas à un rude coup d'épaule.

La table de chevet du côté de l'entrée était renversée et son marbre brisé en deux morceaux. Baptiste Lestage se tordait sur son lit, en sueur et le souffle rauque. Il jeta à Martial un regard empli de douleur et de détresse.

— Il faut un docteur ! Immédiatement !
— Il n'y en a pas sur l'île, gémit Marie.
— C'est une attaque ? Comme les autres fois ?

Jean-Baptiste s'était écarté, choqué par la scène.

— Non, ce n'est pas comme les autres fois, lui répondit sa sœur. C'est beaucoup plus violent... Maëlle, qu'a conseillé le médecin en cas de crise ?

La jeune femme pleurait, adossée au mur, les mains plaquées sur ses joues comme si son visage allait se fendre en deux.

— Maëlle, je t'en prie !

Elle tenta, tant bien que mal, de ravaler ses larmes.

— Il a dit qu'avec le médicament, il n'y en aurait plus.

— A-t-il pris le sien ce soir ?

— Oui, comme d'habitude. Je l'ai versé dans sa tisane.

Pendant ce temps, Martial tentait de calmer le notaire. Mais il ne savait que faire, tandis que cet homme était en train de mourir sous ses yeux. Ses pupilles dilatées lui donnaient un air effrayant, presque surnaturel. Les commissures de ses lèvres étaient recouvertes d'une croûte blanchâtre.

— Quelqu'un doit aller chercher Mlle Briant. Elle seule peut le sortir de là.

Personne ne bougea dans la chambre. Une rumeur traversa le petit attroupement agglutiné dans l'entrée de la chambre. Sans pour autant créer un mouvement.

— Pour l'amour du ciel, personne ne va-t-il donc lever le petit doigt ? Faut-il que j'y aille moi-même ?

— Mlle Briant ? finit par répéter Jean-Baptiste.

— Avez-vous une meilleure idée ?

— Il est dangereux de sortir par un temps pareil et je ne vois pas ce que cette femme peut faire...

— Je vais y aller ! lança une voix assurée, derrière tout le monde.

C'était Erwan Le Flahec qui, à la suite de ses parents, avait rejoint l'étage. Sans attendre les réserves de l'aîné des Lestage, on l'entendit dévaler l'escalier.

Baptiste Lestage semblait faire des efforts démesurés pour continuer de respirer. Lâchant le drap, il agrippa le bras de Martial. Les râles qu'il laissait échapper étaient effrayants. Pourtant, il parvint à murmurer : « Maëlle. » Martial se tourna vers elle qui était toujours adossée au mur, hébétée.

— Mademoiselle, s'il vous plaît. Il vous réclame.

Elle ne sut d'abord que faire, d'autant plus que ses cousins et Marie se retournèrent tous les trois vers elle, le regard inquisiteur.

— Venez, n'ayez pas peur. Il doit se calmer. Aidez-le.

S'essuyant le visage d'un revers de la manche, Maëlle s'approcha. Dès qu'il la vit, Baptiste lâcha le bras de Martial et tendit sa main vers la jeune femme, qui, une fois assise au bord du matelas, la prit entre ses doigts fins et y déposa des baisers en se remettant à pleurer.

Tout le monde semblait bouleversé, tout le monde sauf Marthe. Le clan montrait son désarroi, se resserrait, alors que Marthe restait délibérément à part.

Antoinette Le Flahec monta une bassine d'eau et une serviette-éponge. Elle aida Maëlle à tamponner le visage de son oncle et elles essayèrent de le faire boire un peu, sans succès. Personne ne prenait plus garde au vent qui se déchaînait ni au pilonnage du marteau du Paon. On attendait là, impuissants. On laissait la mort s'approcher sans pouvoir lui faire barrage. Et les minutes qui suivirent furent interminables, insupportables même, comme le bruit de l'agonie de Lestage.

Quand Élisabeth pénétra dans sa chambre, plus d'une demi-heure après, Baptiste Lestage était encore vivant. Elle laissa tomber sa cape sur la première chaise.

Elle portait, en bandoulière, une grande besace en drap. Elle se pencha sur le notaire. Elle lui souleva les paupières puis lui ouvrit la bouche. Ensuite, elle lui palpa la gorge et les chevilles.

— Martial, soyez gentil de faire sortir tout le monde. J'ai besoin de calme et d'espace. Votre fiancée et vous, vous m'assisterez.

Martial n'eut pas besoin d'intervenir. Tous quittèrent la chambre, soulagés, y compris Maëlle. Camille referma la porte.

— Le jeune homme qui m'a contrainte à traverser la moitié de cette île malgré la tempête a parlé d'une attaque. Or, ce n'en est pas une. Cet homme a été empoisonné. Il me faudrait trouver comment le poison lui a été inoculé.

— L'empoisonnement remonte-t-il à longtemps ?

— Moins de deux heures.

— Alors ça s'est forcément passé ici, dans cette chambre.

— Que contenait cette tasse ?

— De la tisane.

— Il l'a bue ce soir ?

— Oui. La tisane et les gouttes que le médecin lui a prescrites. Ce sont sans doute les deux seules choses qu'il ait avalées depuis le repas.

Elle passa son doigt dans le fond de la tasse puis le porta à sa bouche. Les yeux fixes, elle fit ensuite jouer sa langue contre son palais avant d'aller cracher un petit jet de salive dans la cheminée.

— Prenez cette tasse, Martial, et conservez-la telle qu'elle est, avec ce qui reste du liquide. Le poison s'y trouve. Je dirais de la belladone mélangée à de l'aconit.

Récupérez également le flacon d'où proviennent ces gouttes.

— Existe-t-il un antidote ?

Élisabeth se tenait maintenant au pied du lit, les bras croisés, regardant son ennemi juré gémir de plus en plus doucement dans des draps jaunis par sa transpiration.

— L'antidote à la belladone est l'aconit. Mais, comme il en avait déjà avalé, si je lui en fais prendre ne serait-ce qu'une goutte de plus, je le tue.

À ce moment-là, Lestage se remit à s'agiter, comme s'il se réveillait et que ce réveil était encore pire. La douleur repartait dans sa poitrine et semblait même se propager à sa gorge. Il roulait sur place, le corps tétanisé. Il ouvrit les yeux et chercha à se redresser. Quand il vit Élisabeth devant lui, il eut tout de même la force de tendre vers elle un doigt tremblant, mais menaçant.

— Je vous en prie, Élisabeth. Si quelque chose est possible, il faut le faire maintenant.

— Monsieur Lestage, vous avez été empoisonné, dit-elle le plus tranquillement du monde. La douleur va finir par s'estomper parce que vos muscles vont se paralyser petit à petit. Vous ne verrez plus, vous n'entendrez plus, puis votre cœur s'arrêtera. Plus vous vous agiterez, plus vous aurez mal.

— Élisabeth ! supplia Martial.

— Il y a une chose à faire immédiatement, répondit-elle. Faites revenir ses proches.

Camille ouvrit la porte de la chambre.

— Bon sang, Élisabeth ! Ne me dites pas que vous êtes impuissante !

— Ses pieds sont froids et le ventre est déjà ballonné. C'est trop tard, Martial.

En un seul bloc, les Lestage pénétrèrent dans la chambre, au ralenti. Élisabeth, les bras croisés, leur fit face.

— Votre père perdra bientôt toute possibilité de communiquer avec vous. Si vous avez des choses à lui dire ou si lui-même en a à vous dire, ne tardez pas.

— Que lui arrive-t-il ? demanda Marie, en tête de cortège.

— Il a été empoisonné.

La façon dont elle avait annoncé cela ajouta à la stupeur qui frappa tout le monde. Et cette fois-ci, Marthe porta la main à sa bouche et ses yeux trahirent de la peur.

Élisabeth reprit sa cape et sortit. Baptiste Lestage décéda quelques minutes plus tard.

27

— Monsieur de La Boissière, lança Jean-Baptiste, pourriez-vous nous expliquer tout cela ?

Ils étaient tous regroupés dans le salon, y compris les époux Le Flahec et leur fils.

— Je crois que vous avez tous fort bien compris. M. Lestage a été empoisonné. Les taches violettes apparues sur sa langue et son corps ne laissent aucun doute. Ainsi que l'implication de personnes présentes dans cette pièce.

Il y eut des protestations, quelques cris, mêlés au bruit du vent.

— Est-ce que vous vous incluez, votre fiancée et vous, dans le lot des suspects ?

— Monsieur Vellout, contrairement à vous tous, Camille et moi n'avons aucun intérêt au décès de M. Lestage.

— Pour qui vous prenez-vous à nous jeter ainsi des accusations à la figure ?

L'homme de confiance avait haussé le ton.

— Vous avez réaffirmé votre loyauté à votre patron hier après-midi, je l'ai entendu. Vous l'avez informé de ce que ses fils préparaient et vous l'avez convaincu d'investir une nouvelle somme d'argent à Sables-d'Or, une somme importante. Dans le même temps, vous poussez ces mêmes fils à vendre les parcelles de Sables-d'Or à des investisseurs que vous avez trouvés, et vous les aidez à évincer leur père. On pourrait facilement en déduire qu'en jouant ainsi sur les deux tableaux, vous poursuivez un but bien précis, un but personnel. Auriez-vous des vues sur cette station balnéaire, sur ce projet qui, à vos yeux, porte bien son nom ? Seriez-vous acheteur, par hasard ? Que trouverions-nous si nous cherchions du côté de ce groupe d'investisseurs qui serait prêt à délester l'étude Lestage de ce morceau de plage ?

Vellout, qui avait reculé d'un pas sous la saillie, se rebiffa à nouveau.

— Vous interprétez particulièrement mal les choses, cher monsieur. Je sais ce que j'ai dit et ce que j'ai fait, et cela n'a rien à voir avec ce que vous avez cru entendre.

— Toujours est-il que M. Lestage mort, la vente ne tardera plus à se faire.

— Espèce de fumier ! rugit Jean-Baptiste en se levant de son canapé et en pointant son doigt vers Vellout.

— Je suis capable d'en dire autant sur chacun de vous, l'interrompit Martial. Permettez-moi de vous exposer les faits et pardonnez-moi par avance de la brutalité dont il va me falloir faire preuve : Marie-Gabrielle Lestage vit ici en recluse, toute dévouée à sa religion. Mal mariée, dépossédée de ses propres enfants par un époux puissant, elle a choisi de se retirer du monde. Soudain, voilà qu'elle change radicalement de comportement, devenant à peu près l'inverse de ce qu'elle était. On l'explique par la folie. Or elle n'est pas folle. On met en avant l'influence néfaste d'Élisabeth Briant, qui l'aurait « ensorcelée ». Ensorcellement il y a eu. Cependant pas comme vous l'entendez. N'est-ce pas, Marthe ? Vous seule étiez au courant, vous seule l'aviez deviné. Votre mère a entretenu une liaison amoureuse avec Mlle Briant. Voilà pourquoi vous vous êtes soudain rapprochées toutes les deux, pourquoi elle vous a récupérée ici, vous évitant la maison de fous à laquelle on vous destinait.

Le salon fut à nouveau agité par de multiples protestations. Mais Martial ne se laissa pas impressionner.

— Permettez-moi de continuer, s'il vous plaît. Marie-Gabrielle a pu vivre comme elle l'entendait, se pensant à l'abri. Mais elle a compris que l'abri en question ne tiendrait pas très longtemps. Elle a donc imaginé une fuite avec sa maîtresse. Le plan était simple : elle devait récupérer l'or qui lui revenait. Elle a acquis une certaine connaissance des plantes grâce à son amante. Assez pour provoquer le malaise de son époux lorsqu'ils se sont rendus au coffre, au printemps dernier. Malaise qui lui a permis d'escamoter ses louis d'or. Deuxième étape du plan : disparaître. Il y a la mer, et tout le monde est au courant qu'elle ne sait pas nager. Un accident est vite arrivé. Au cours d'une traversée en bateau, par exemple... Malheureusement pour elle, Mlle Briant ne veut plus d'elle. Elle a essayé de la convaincre jusqu'au bout, mettant même ses projets à exécution. Elle a improvisé un aller-retour à Paris, après l'Assomption, pour justifier de devoir monter à bord du bateau. Dans ses bagages, elle a emporté ceci.

Martial exhiba l'informe morceau de caoutchouc déniché dans la caverne.

— Une bouée, voilà ce que contenait le sac en toile que personne n'a jamais retrouvé. Elle devait donc tomber à l'eau, au moment où le jour déclinait. Les recherches étaient alors impossibles et, guidée par la lanterne des morts, elle savait vers où nager pour aborder la presqu'île. Elle avait caché son or en dehors des murs de la propriété, elle avait un refuge sur cette pointe, qui lui permettait de passer pour morte... Mais abandonnons-la un moment pour nous intéresser à Alain, le premier mort de cette sombre histoire. Nous savons qu'il a été empoisonné avec de l'aconit mélangé à l'eau de sa gourde. Il était sans doute déjà mort quand le voilier a percuté les récifs. Qui a fait cela ? Une seule personne en avait la possibilité : Marie-Gabrielle. Pourquoi l'a-t-elle fait ? Parce qu'elle a appris que c'est pour son gendre qu'Élisabeth l'avait quittée, et c'est son projet de fuite au bout du monde qu'ils s'apprêtaient à lui dérober, à bord du voilier qu'Alain venait de mettre à l'eau dans le plus grand secret. Ce soir-là, sur le *Saint-Liboire*, elle s'est débarrassée de son rival, dans l'espoir que cela passerait pour un accident dû à un malaise. Sauf que dans les heures ou peut-être même les jours qui ont suivi, quelqu'un l'a assassinée puis a jeté son corps à la mer. Quand la marée s'est décidée à le rendre, on a cru avoir trouvé la deuxième victime de l'accident. Le meurtre parfait en quelque sorte. Chacun de vous a pu le commettre car, à un moment ou à un autre, vous vous trouviez sur l'île. Pourquoi tuer M. Lestage ? Il y a l'or tout d'abord. Un million, cela fait une sacrée somme, y compris pour son époux, qui ne peut en disposer à son gré tant qu'elle est vivante. Le problème est qu'on ne sait pas où il est caché. Marie-Gabrielle a laissé un message codé pour en désigner l'emplacement, au cas où elle ne s'en sortirait pas. Je crois bien que ce message vous était destiné, Marthe. Mais votre père l'a intercepté. Sans pour autant trouver le trésor. Pourquoi tuer Mme Lestage ? Pour se venger d'elle, pour la punir de ce qu'elle a pu faire... L'histoire ne s'arrête pas là. Voilà que M. Lestage a changé à son tour. Il s'est découvert amoureux de son épouse. Il s'est obstiné à mettre en accusation Élisabeth Briant. Je crois qu'il avait deviné la relation qui avait uni Marie-Gabrielle et Élisabeth. Cela l'a révulsé, humilié, mis dans une rage qui ne voulait pas se tarir. Il fallait que Mlle Briant paye sa faute, il fallait un châtiment à la hauteur de la pécheresse qu'elle était. Mais, dans ce duel à distance, il a perdu pied et est passé à son tour pour fou, folie étayée par plusieurs crises violentes au cours desquelles il a été victime d'hallucinations, la dernière datant d'à peine quelques jours. Cette folie tombe à point. Elle arrange même beaucoup de monde.

Cette fois, il n'y eut personne pour s'élever contre le récit de Martial. L'assemblée était assommée.

— Le poison était dans la tasse. Quelqu'un l'y a mis. Mais pourquoi tuer M. Lestage ? L'or, une fois encore. Il le cache dans un coffre de sa chambre, coffre qu'on l'a obligé à ouvrir, très récemment, en faisant croire à un vol. Pourquoi tuer M. Lestage ? Pour se venger de lui, qui n'a jamais hésité à faire preuve d'une grande dureté, y compris avec les membres de sa propre famille, et de s'attirer ainsi bien des rancunes...

Seul Pierre-Jean osa prendre la parole.

— Monsieur de La Boissière, permettez-moi de vous demander où sont les preuves de ce que vous avancez. Nous ne savons même pas ce que contient cette maudite tasse. Si cela se trouve, notre père n'a jamais été empoisonné comme l'a laissé entendre cette sorcière. Je vous trouve bien prompt à tirer des conclusions sur la seule base de vos convictions.

— La tasse sera analysée, tout comme le flacon de phénobarbital. Le corps de votre père porte déjà les stigmates de l'empoisonnement. Et lorsque les analyses confirmeront la présence du poison, la police ne lâchera aucun d'entre vous. Monsieur Vellout, on se penchera sur cette question de rachat des parcelles de Sables-d'Or, ainsi que sur vos visites très régulières à Marie-Gabrielle. Monsieur et madame Le Flahec, on s'intéressera également à vous. Tout cet or, à portée de main, et une patronne si fragile... Vous ignoriez où se trouvait l'argent quand Marie-Gabrielle l'a caché. Erwan n'échappera pas non plus aux suspicions, d'autant plus qu'il était présent au manoir ce soir, ce qui est une fâcheuse coïncidence. Il sera vite démontré que vous projetiez de partir vous installer au Canada, avec une somme d'argent que vous prétendez posséder, emmenant celle que vous n'avez jamais cessé d'aimer. Marie, vous lui rendez bien cet amour, n'est-ce pas ? Votre union avec Alain était un mariage de raison, vous vous êtes pliée à la volonté de vos parents. De quoi être amère. Erwan est là, qui vous tend la main. En lui envoyant le pendentif qu'il porte depuis sur lui, vous l'avez encouragé à ne pas renoncer. Parce que vous aviez besoin de cette main tendue, vous pensiez pouvoir la saisir un jour, le plus tôt possible. À condition d'avoir de quoi financer cette nouvelle vie. Avec cet héritage dont Marthe a été privée. Votre mère, mademoiselle, avait choisi de tout vous léguer, mais votre père a fait invalider son testament. Voilà un mobile qui intéressera aussi les enquêteurs, à n'en pas douter. Parlons de vos frères, à présent. L'étude Lestage bat de l'aile et ils craignent que Sables-d'Or ne les précipite vers la ruine. L'argent de l'héritage tomberait à point pour remettre les choses sur les rails, n'est-ce pas ? Or, là aussi, non seulement votre père bloque la succession Delaborde mais, en plus, il menace de vous renvoyer tous les deux. Sans sa mort, vous perdiez tout. Et, Jean-Baptiste, personne n'oubliera que vous avez déjà beaucoup perdu à cause de votre père. Vous avez dû renoncer à votre cousine, par souci des convenances, mais aussi parce que votre père la convoitait. Maëlle, vous avez dû énormément souffrir de cette situation. Votre oncle vous a beaucoup donné en échange de votre compagnie. Aviez-vous le choix de partir ? Non, pas tant qu'il était vivant. Il vous a mise en cage, mais sa mort vous ouvre de nouvelles perspectives. Vous êtes la seule à avoir eu l'occasion d'empoisonner sa tisane en toute quiétude...

Camille était restée en arrière, embarrassée par ces accusations qu'il lançait à la volée.

— Comprenons-nous bien. Chacun d'entre vous a eu, à un moment ou à un autre, la possibilité d'empoisonner la tisane de M. Lestage avant que celui-ci ne la boive. Tout comme, au cours de la journée d'hier, vous avez eu la possibilité d'introduire le poison dans le flacon de phénobarbital. À ce stade, seules les analyses nous diront où se trouvait le mélange fatal. Maintenant, si vous voulez bien me suivre, j'aurais plusieurs choses à vous montrer.

— Où souhaitez-vous nous emmener ?

— Dans les chambres de vos parents, Marie.

Les accusations proférées par Martial avaient produit leur petit effet, et tout le monde choisit de faire profil bas, de crainte de trop attirer l'attention et donc de nouvelles suspicions. L'appartement sentait le renfermé et les braises froides. Il révéla toute sa blancheur dans la lumière des nombreuses lampes. Martial se dirigea immédiatement vers le coin près de la cheminée et il descella sans forcer les lames du plancher pour révéler la cachette de Marie-Gabrielle.

— M. Lestage m'a montré ceci lors de ma première visite. Dans cette cache, Mme Lestage avait dissimulé plusieurs objets liés à son histoire avec Mlle Briant, à commencer par ces quatre flacons.

Il les sortit de leur rangement et les aligna tous les quatre par terre.

— Aconit, belladone, jusquiame et datura. Ce qui signifie que le poison utilisé ce soir était disponible dans la maison pour qui en aurait besoin, à condition de pouvoir pénétrer dans cette chambre. Croyez-moi sur parole, des quatre, seul l'aconit est inodore.

— La porte de cette chambre reste toujours fermée et mon père y veillait scrupuleusement. Pour venir chercher un de ces poisons, encore fallait-il trouver un moyen de l'ouvrir.

— Votre réflexion est pertinente, Jean-Baptiste. Je vais en tenir compte, je vous le promets, mais, avec votre permission, j'y répondrai un peu plus tard. Si vous le voulez bien, allons maintenant dans la chambre de votre père.

— Martial, je ne trouve pas cela très convenable. À titre personnel, je ne me sens pas très à l'aise de vous suivre dans la pièce où il repose, alors même que le curé n'a pas béni le corps.

— Je vous entends bien, Marie. Je ne me sens pas très à l'aise non plus, cependant nous n'avons pas le choix.

Ils se retrouvèrent devant le lit sur lequel reposait M. Lestage, dans son costume noir, un chapelet dépassant de ses mains jointes. Sa tête était encore enveloppée dans une bande de tissu, le temps que les muscles finissent de se rigidifier et que sa mâchoire puisse ainsi rester fermée. Malgré les draps changés, l'odeur de la diarrhée qui avait achevé son agonie était toujours prégnante, la tempête empêchant qu'on ouvre les fenêtres. Ici, Martial baissa la voix autant qu'il le put.

— Je voudrais que vous m'indiquiez où se trouve le coffre de M. Lestage.

Ils se regardèrent tous les uns les autres.

— Je pourrais le chercher moi-même, mais cela prendrait un peu plus de temps. N'ayez aucune inquiétude, cela ne vous rendra pas plus suspects à mes yeux.

Toujours aucune réponse. Martial sortit la clé de sa poche.

— M. Lestage gardait cette clé sur lui. J'ai préféré la conserver, le temps que la lumière soit faite. Je souhaite ouvrir ce coffre et observer ce qu'il contient. Cependant, je veux faire cela devant témoins…

— Il est dans le sol du cabinet de toilette, finit par dire Marthe. Sous le carrelage.

Tous les regards convergèrent.

— C'est maman qui me l'a montré, se justifia-t-elle, apeurée.

— Je vous remercie, Marthe. Pourriez-vous m'indiquer où exactement ?

La jeune fille fendit le petit attroupement et, dans le cabinet de toilette, souleva un carreau au pied de la baignoire. La tête d'un coffre tubulaire dépassait à peine du ciment dans lequel celui-ci était scellé. Des traces de sceaux en cire rouge brisés maculaient ses jointures. La clé glissa dans la serrure sans résistance. Martial y enfonça la main et en ressortit un paquet de velours noir, lacé par un ruban. Il déroula le tissu sur le sol et révéla plusieurs rouleaux d'un fin papier.

— Voici les louis d'or et les napoléons.

Il défit un des papiers. Les pièces, bien serrées, étaient parfaitement alignées.

— Quelle valeur par rouleau, approximativement ?

— Au moins cent mille francs, répondit Pierre-Jean sans hésiter.

— Il y a dix rouleaux dans ce sac. Tout le monde est-il d'accord ? Juste un petit détail... On dit que l'argent n'a pas d'odeur, mais pourriez-vous sentir celui-ci ?

Le fils aîné, vers lequel Martial s'était dirigé en premier, se pencha au-dessus du rouleau qui lui était présenté. Il recula avec une grimace. Son frère fit la même chose. Martial arrêta là. Il enferma sans tarder l'argent dans le velours noir, refit le nœud et reposa le tout dans le coffre, qu'il ferma à clé.

— L'odeur est celle du datura. Après les mésaventures dont j'ai été victime il y a quelques semaines de cela, j'ai pris la peine de lire certaines choses sur les plantes toxiques. Le datura est un hallucinogène assez puissant. Mais, contrairement à la jusquiame, il a des effets secondaires particulièrement désagréables, et il faut plusieurs jours, après l'avoir respiré ou avalé, pour retrouver des sensations normales. Je crois que c'est cela qui a provoqué les « crises » de M. Lestage. Il m'a mis sur la piste quand il m'a raconté ce qui lui était arrivé l'autre jour, avec ce faux cambriolage. Il a trouvé une pièce d'or dans sa chambre, par terre. Immédiatement, il a cru avoir été dépossédé de son trésor et a donc ouvert son coffre et recompté son or. Le soir même, il était victime d'une seconde attaque, affirmant avoir vu son épouse dans sa chambre ainsi qu'une nuée d'insectes dans son lit. Je suis prêt à parier que chacune de ses crises correspondait à un jour où il a ouvert le coffre.

— Monsieur de La Boissière, vous semblez prendre plaisir à jouer avec nos nerfs. Savez-vous qui est à l'origine de tout cela, oui ou non ?

— Il me manque quelques éléments pour être aussi affirmatif. J'ai néanmoins une idée assez précise.

Quand Martial fut seul avec Camille, elle lui demanda qui était coupable de ces meurtres.

— Je n'en ai absolument pas la moindre idée. Mais il faut qu'eux le croient.

28

— Comment saviez-vous pour l'or ? demanda Marie.
Assise à côté du lit de son père, dans cette chambre malodorante, à peine éclairée de quelques cierges, elle avait laissé son regard se porter vers l'entrée du cabinet de toilette, et la question était venue d'elle-même.
— J'ai un peu triché, avoua Martial, assis de l'autre côté du lit. J'ai vérifié avant.
— Vous saviez où trouver le coffre ?
— J'ai réussi à le découvrir assez rapidement, une fois que M. et Mme Le Flahec m'ont laissé seul dans cet appartement.
— Vous souhaitiez réussir votre effet... Ce qui a été le cas.
La jeune femme était fatiguée. Elle n'avait pas dormi, tenant à veiller le mort. Erwan Le Flahec s'était à nouveau dévoué pour braver la tempête et avait réussi à ramener le curé, qui avait béni la dépouille. On avait retiré le bandage autour de la mâchoire du notaire. Il semblait dormir paisiblement, mais son visage avait changé, comme s'il avait rétréci.

« Je n'ai pas tué mes parents », avait dit d'emblée Marie, après avoir accepté que Martial reste un moment avec elle.

Puis, après un silence, elle avait parlé du coffre dans le cabinet de toilette.

« J'aurais préféré que ce soit avec une autre femme, avait-elle continué. J'aurais préféré qu'Alain aille avec une autre femme que cette... que cette femme-là. »

Avec ses yeux cernés et la lumière blafarde qui l'éclairait, elle avait une apparence plus humaine, moins froide. La façon dont elle s'exprimait était également plus sincère, moins calculée. Martial la trouva touchante.

— J'ai cru l'aimer. Quand je l'ai connu, j'ai vraiment cru que je l'aimais. Il avait une telle prestance, une telle solidité. Je ne me suis pas mariée avec lui parce qu'on m'y a forcée. Je l'ai réellement voulu. J'ai vu en lui quelqu'un qui pouvait me sortir de là et, au lieu de lui en laisser la possibilité, je l'ai condamné à s'enfermer avec moi. Au bout de quelques semaines de vie commune, il n'a cherché qu'à me fuir, qu'à fuir ma famille, ne serait-ce que pour quelques heures. Et moi, je n'ai pas essayé de l'en dissuader.

Elle releva la tête et la franchise acheva de lui rougir les yeux.

— J'aime Erwan. Je l'ai toujours aimé. J'ai eu la lâcheté de me forcer à l'oublier pendant un temps. Il a beaucoup souffert par ma faute, mais je vous jure qu'il n'est pas capable de faire le mal. J'aimerais vous en persuader.

— À quel moment avez-vous pensé saisir la main qu'il vous tendait ?

— Dès qu'il s'est manifesté à nouveau... L'hiver dernier, quand il m'a envoyé une lettre. Je ne vais pas vous mentir : je veux le suivre, j'aspire à une autre vie, pour moi comme pour mon fils. Et j'ai besoin d'argent pour y parvenir. Je voulais que mon père accepte de nous laisser tous les quatre toucher notre part, celle qui nous revient de droit après la mort de notre mère. Si je suis venue m'installer ici, c'est pour tenter de le convaincre autant que pour me rapprocher d'Erwan. Pour autant, cela ne fait pas de moi une meurtrière.

La porte de la chambre s'ouvrit doucement dans le dos de Martial. Erwan Le Flahec passa la tête dans l'embrasure.

— Excusez-moi, je ne savais pas que vous étiez là.
— Entrez, Erwan, je vous en prie.
— Je voulais seulement savoir si Marie avait besoin de quelque chose...

Martial se leva de sa chaise.

— J'ai envie de me dégourdir les jambes. Être enfermé ne me convient pas. Asseyez-vous, Erwan. Je vous laisse. Une question, cependant. Le toit de votre maison est-il réellement abîmé ?

Le fils Le Flahec s'affaissa quelque peu.

— Il ne l'était pas quand j'en suis parti, répondit-il sans essayer de biaiser. Je m'inquiétais pour Marie, à cause de la tempête.

— Essayez donc de la convaincre de dormir un peu.

Le manoir n'en finissait plus de grincer et de craquer de toute part. Martial se réfugia dans la chambre de Marie-Gabrielle. Il s'assit au bureau, face aux trois portes-fenêtres barricadées. Les battants souffraient de la pression extraordinaire du vent. Ils en tremblaient. Il ouvrit le tiroir central et sortit le cahier dans lequel Baptiste Lestage avait pris ses notes. Ce n'était pas à proprement parler un journal, mais plutôt une trace des différentes étapes de son enquête. Dans les premières pages, les faits étaient exposés. Plus on avançait, plus les choses devenaient confuses, désordonnées. La découverte de l'aconit dans la gourde d'Alain était ainsi rapidement expédiée sur un coin de page. En revanche, les impressions personnelles prenaient le dessus. Et revenait très souvent la haine pour Élisabeth. Jusqu'à ce que, dans les dernières feuilles manuscrites, soit évoquée la possibilité de mettre le feu à la maison d'Ar-Gall. Les dernières lignes étaient récentes, puisque Lestage y faisait référence à son ultime crise. Il évoquait la possibilité d'un poison qu'Élisabeth lui ferait prendre. Et ses doutes se portaient sur le phénobarbital. « Elle a mis là-dedans quelque chose qui me tue à petit feu, assurément. Dès que ce sera possible, je vais faire analyser ce produit. »

Le jour devait commencer à poindre. Il y eut bientôt du bruit provenant des cuisines. La vie reprenait son cours dans le manoir.

Il fut à même de questionner tout le monde avant l'heure du déjeuner. D'abord les époux Le Flahec, puis leur fils. Jean-Baptiste avait été le suivant et ainsi de suite jusqu'à Marie, qui fut la dernière à répondre. Dehors, la tempête avait encore grossi et le mot « ouragan » avait été prononcé par Ronan, qui affirmait ne jamais avoir vu ça. On s'attendait à de gros dégâts et il s'inquiétait beaucoup pour la toiture du manoir qu'il ne cessait d'inspecter, depuis la soupente, persuadé qu'elle allait se soulever. On continua de se mouvoir à l'intérieur à la lueur des lampes à huile, ce qui finissait par devenir insupportable pour Martial, qui avait l'impression d'étouffer.

Camille assista à chacun des entretiens, discrète mais attentive. Personne n'avait rien remarqué la veille, après le dîner. Aucun geste suspect en direction de la tasse de M. Lestage. Si elle s'était un peu attardée à l'étage, Maëlle n'avait pas attendu que son oncle boive son infusion.

— Il préfère la laisser tiédir pour pouvoir ensuite l'avaler d'un trait, expliqua-t-elle.

Puis, se rendant compte qu'elle venait d'utiliser le présent, elle rectifia en baissant les yeux sur ses genoux sagement serrés.

— Je veux dire, il préférait...

Elle avoua sans difficulté avoir eu une liaison avec Jean-Baptiste. À peine arrivée à Paris, à peine recueillie par cet oncle qu'elle n'avait jamais rencontré auparavant, elle était tombée sous le charme de son cousin. Martial et Camille ne surent jamais si elle était vraiment sincère. En revanche, Jean-Baptiste était tombé amoureux d'elle, jusqu'à mettre son mariage en péril. Il ne le reconnut que du bout des lèvres. À quel moment Maëlle avait-elle consenti à partager le lit de son oncle ? Un peu plus tard, le temps pour elle de céder à ses avances répétées. À l'époque, elle continuait de voir Jean-Baptiste, en cachette. Quand il l'avait appris, le notaire était entré dans une colère noire. Son fils fut sommé de mettre un terme à cette liaison et de se réconcilier avec son épouse. Quant à Maëlle, on lui fit comprendre que, si cette aventure devait se poursuivre, elle n'aurait plus sa place dans la famille Lestage.

Les époux Le Flahec savaient ce qu'il se passait. Ils s'étaient rendu compte que leur patron n'appliquait pas à sa personne les règles de vertu qu'il souhaitait voir adopter par tous. Cela ne l'aida guère à se faire apprécier davantage, bien au contraire. Quant à la jeune Mlle Delaborde, ils voyaient en elle une intrigante, prête à beaucoup de concessions pour se faire une place. En cela, ils confirmèrent chacun leur tour que les relations de Maëlle avec sa tante étaient détestables. Dans son dos, cette dernière surnommait sa nièce « la Pompadour » et raillait son prétendu talent artistique. En fait, personne n'ignorait les relations intimes entre Lestage et Maëlle.

La même question se posa concernant la double vie d'Alain. Marie répéta n'avoir compris qu'en découvrant que l'*Arctic Tern* avait été mis à l'eau et qu'il était prêt à appareiller pour un long voyage. Robin Vellout, qui l'avait souvent accompagné lors de ses séjours en Bretagne, commença par reconnaître qu'il ne se doutait de rien, tout en rajoutant qu'il trouvait cependant bizarre qu'il s'absente aussi souvent, tant il lui était difficile d'avouer qu'il ne savait pas, et ce, quel que soit le sujet. Les frères Lestage affirmèrent n'avoir rien suspecté, ce qui était le cas des autres, qui parlaient tous de droiture au sujet d'Alain. Tous, à l'exception de Maëlle. Elle savait. Pas directement, certes, mais parce que son oncle lui en avait parlé.

— Il avait des doutes depuis plusieurs semaines. Il avait appris qu'Alain avait passé une commande à Saint-Malo pour l'avitaillement de son voilier. Alors, il l'a pris à part et Alain lui a expliqué qu'il souhaitait emmener Marie et Rodolphe à Jersey puis à Guernesey, avant la fin de l'été, et qu'il s'agissait d'une surprise. Mon oncle ne l'a pas cru et il a continué à le surveiller. Il a fini par apprendre que, lorsque Alain partait en mer durant l'été, il ne partait pas seul. Qu'il y avait une femme avec lui. Il a compris de qui il s'agissait quand il est revenu ici, au moment de l'Assomption.

— Comment l'a-t-il découvert ? demanda Martial.

— C'est ma tante qui le lui a dit, quand il lui a demandé si elle avait remarqué quelque chose. Le soir même, quand nous nous sommes retrouvés, il ne cessait de maudire Mlle Briant, de dire qu'elle allait payer, qu'il fallait l'empêcher de nuire, qu'elle allait détruire sa famille.

— Que souhaitait-il faire avec Alain ?

Maëlle hésita à répondre. Néanmoins, devant l'insistance de Martial, elle céda.

— Il a seulement dit qu'il n'y avait qu'un sort à réserver aux traîtres. Après ce soir-là, il n'a jamais plus reparlé de lui. Ne serait-ce que pour citer son prénom.

— Si je vous suis bien, Maëlle, vous pensez que votre oncle avait également connaissance de la relation qu'entretenait son épouse avec Mlle Briant.

— Je le pense, mais je n'en suis pas certaine.

De toutes les personnes du manoir, il n'y eut que Marthe pour affirmer être au courant. Elles n'en avaient pas parlé, mais elle l'avait senti. Puis en avait eu la certitude après l'avoir épiée.

— J'ai longtemps eu l'impression que ma mère me détestait, que je lui faisais horreur. Il paraît que, quand elle a appris ce qui s'était passé en pension, elle était la plus remontée. Et puis, soudain, en juin dernier, tout a changé. Je n'étais plus une paria mais, au contraire, l'enfant chérie, un don du ciel... Si elle m'a aussi longtemps haïe, c'est parce que je lui renvoyais sa propre image. Ses penchants ne datent pas de l'an passé. Elle a voulu les combattre, tant elle en avait honte. Je pense même que c'est cela qui l'a poussée à se retirer du monde. Elle n'imaginait pas que ce serait sur cette île que la tentation serait la plus forte...

Marie et ses frères condamnaient Marthe.

— Pouvez-vous imaginer la douleur de son père quand il l'a appris ? ajouta Vellout. Il a tout fait pour étouffer le scandale. Il ne s'est pas contenté de sortir Marthe de cette institution, il a également versé de l'argent aux religieuses pour qu'elles fassent le nécessaire. Il leur a même garanti des dons réguliers tant que l'histoire restait tue.

— Qu'est-ce que ces religieuses avaient donc à faire de plus ?

— Il y a eu deux autres jeunes filles qui, quand cette histoire a éclaté, se sont mises à raconter ce qu'elles avaient eu la faiblesse d'accepter.

— Qu'est devenue la première, celle du fameux scandale ?

— Il n'y avait pas d'autre jeune fille. Il s'agissait d'une enseignante, monsieur de La Boissière. Qui a été renvoyée.

— L'avez-vous revue ?

Marthe, les larmes aux yeux, avait émis un petit « non » à peine audible. Puis, tordant la bouche dans une grimace de douleur, elle avoua que son père l'en avait empêchée.

Il fut question de la morte en cape rouge circulant dans les allées étroites du cimetière en plein milieu de la nuit. Il fut question de la manière de pénétrer dans la chambre de Marie-Gabrielle sans la clé. Il fut surtout question de l'or.

Oui, l'étude Lestage connaissait des difficultés financières. Elles étaient passagères, mais contraignaient les deux frères à se débarrasser des actifs trop spéculatifs, comme les actions à Sables-d'Or.

— Une folie, selon Jean-Baptiste. La réussite de mon père a toujours reposé sur le mélange entre audace et prudence.

— Savez-vous pourquoi notre père ne voulait pas que nous touchions notre héritage ? argumenta Pierre-Jean. Pour pouvoir nous garder sous sa coupe. Si chacun de nous avait reçu sa part, nous aurions eu une belle opportunité de prendre enfin notre indépendance.

— Et d'aller voir ailleurs ?

— Oui, monsieur. Est-ce un mal de désirer construire quelque chose ? Croyez-vous que je sois devenu avocat par passion, que mon rêve était de jouer les ronds-de-cuir dans une étude de notaire, dans l'ombre de mon père puis dans celle de mon frère ? Lui avez-vous demandé, à lui, si le notariat était un choix ? S'il n'avait pas envisagé une autre route ?

— Nous accuser d'en vouloir à l'argent de M. Lestage est injuste, se lamenta Antoinette Le Flahec. Vous savez, l'autre matin, c'est moi qui ai trouvé le louis d'or sur le parquet de sa chambre. J'aurais très bien pu le garder, sans rien dire. Au lieu de ça, je ne l'ai pas touché et je suis immédiatement descendue prévenir Monsieur.

— Où se trouvait exactement cette pièce ?
— Près de la cheminée.
— Pourriez-vous être plus précise, madame Le Flahec ?
— Elle était près de la cheminée, sur le sol.
— De quel côté de la cheminée ?
— À gauche... Je l'ai remarquée quand je suis remontée. Comme tous les jours dès que Monsieur se levait, je suis immédiatement allée dans sa chambre pour ouvrir les fenêtres, aérer le lit et récupérer la bassine et le pot de chambre. Je n'ai pas vraiment eu le loisir de m'attarder. Peut-être que la pièce y était déjà, je ne peux pas vous l'affirmer. Je l'ai remarquée plus tard, quand je suis venue refaire le lit et m'occuper des poussières.
— Comment a-t-il réagi ?
— Il s'est levé de son fauteuil comme s'il avait un ressort sous les fesses. Il a juré aussi, plusieurs fois, tandis qu'il se ruait dans l'escalier.
— Pour sûr qu'il était en colère, confirma Ronan Le Flahec. Pressé comme il était, il aurait renversé ma femme au passage sans même s'arrêter de courir si elle ne s'était pas écartée !

On évoqua la contamination des rouleaux au datura.
— Seul le papier dans lequel les pièces sont entourées est empoisonné, répéta Martial. Et, pour que cela fasse l'effet escompté, il faut se trouver dans un endroit clos et non aéré. C'est pour cela que, le jour où nous avons trouvé l'or et qu'il l'a compté devant moi, il n'a pas été malade.

Jean-Baptiste, Marthe et Erwan firent tous la même remarque : la contamination au datura supposait que quelqu'un ait trouvé l'or avant. Si cet or était le mobile des meurtres, la clé de voûte de toute cette tragédie, pourquoi ne pas l'emporter alors, sans avoir ensuite à assassiner le notaire ?

Quand tous les entretiens furent terminés, Camille insista à nouveau sur ce point.

— Effectivement, quelqu'un a trouvé l'or avant nous. On voulait que M. Lestage le trouve. On voulait qu'en le comptant et le recomptant, il soit victime de ce qui ne pouvait ressembler qu'à une attaque. Ainsi, sa mort trouverait une explication, sans que l'on soupçonne autre chose. Qui aurait pu suspecter un empoisonnement, quand on le savait déjà malade ? On voulait le tuer, Camille. Très tôt, on a prévu de le tuer. La mise en scène dans le cimetière, avec cette morte retournant en pleine nuit dans son caveau, n'était justifiée que par le fait que M. Lestage n'avait pas compris le message codé de son épouse. On a voulu nous faire rouvrir le cercueil. Tout comme l'autre jour, en jetant vraisemblablement une pièce en or par l'une des fenêtres ouvertes de sa chambre, on a voulu qu'il ouvre son coffre.

Camille restait dubitative.

— Le sens de tout cela m'échappe. Tu dis que, depuis le début, c'est M. Lestage qui était visé.

— Non, l'interrompit Martial. Je n'ai pas dit depuis le début, j'ai dit très tôt.

— C'est-à-dire ?

— Juste après la mort de son épouse…

— Donc, les faits accablent de plus en plus Élisabeth. Par exemple, elle était la seule à savoir que, dans sa tombe, Marie-Gabrielle portait cette cape. En jouant à ce petit jeu morbide, dans le cimetière, elle s'est trahie.

— La cape rouge ne prouve rien, quelqu'un d'autre a pu ouvrir le cercueil. Et, grâce à la mort de Lestage, Élisabeth peut être retirée de la liste des suspects.

— Donc, en gros, nous restons dans le brouillard.

— Pas le moins du monde. Au contraire, les choses se sont éclaircies.

— Sais-tu qui est le coupable ?

— Oui, je le crois. Il a commis une erreur, Camille, une grosse erreur !

29

Ainsi que Ronan Le Flahec l'avait craint, une partie de la toiture du manoir commença à céder sous les assauts du vent. Des ardoises s'étaient détachées et laissaient apparaître un trou de plus en plus béant, au gré des rafales. Martial, comme les autres hommes enfermés dans la maison, vint donner un coup de main dans la soupente pour tenter de renforcer les bordures de la brèche et boucher celle-ci avec des planches.

Par cette trouée mitraillée par le vent, il put avoir un aperçu de ce qui se passait sur l'île. Des colonnes gris et noir se dressaient dans le ciel, menaçant de s'abattre de toute leur hauteur. Les quelques arbres qui bordaient la grève du Guerzido ployaient. L'un d'eux avait été déraciné, arrachant dans sa chute une immense botte de terre qui lui servait de sabot. Le marteau du Paon n'en finissait plus de cogner, donnant la mesure de l'attaque, comme un tambour précédant une armée. La fin du monde était sur eux, tandis qu'ils s'acharnaient à réparer les remparts fragilisés de leur forteresse.

On colmata comme on put, selon les instructions précises du domestique. Robin Vellout jouait les bons soldats, voulant prêter la main partout à la fois. Les frères Lestage regardèrent tout cela de loin.

Dans la salle à manger, on devinait à peine quelques rais de jour derrière les contrevents fermés. Et, bien qu'on ait allumé un maximum de lampes, la lumière manquait.

On déjeuna dans un silence plombé. Même Vellout avait renoncé à se donner en spectacle. Il y avait certes la fatigue, mais aussi beaucoup de tension.

— Pensez-vous pouvoir nous faire part de vos premières conclusions ? finit par demander Jean-Baptiste à Martial alors que le repas tirait à sa fin.

— Cela ne saurait tarder, répondit celui-ci.

— Si cela se trouve, nous sommes réellement en train de vivre la fin du monde, ne put s'empêcher de lancer Vellout. Après tout, on ne sait presque rien de ce qui se passe dehors. Le peu que nous avons vu là-haut laisse craindre le pire. Je me suis parfois demandé ce que je ferais si j'apprenais que je n'avais plus que quelques heures à vivre.

— Robin, je vous en prie, geignit Marie. Ce n'est pas le moment.

— Au contraire, la contredit Martial. Pour une fois, je trouve que M. Vellout a bien choisi son moment.

L'homme de confiance jeta à Martial un regard mauvais, aussi noir que possible. Ce dernier l'invita tout de même à répondre à sa propre question.

— Quelle serait votre réponse, cher monsieur, si vous saviez que vous étiez condamné ?

Vellout hésita, décontenancé.

— Je pense que je passerais du temps avec ceux que j'aime.

Si Martial avait voulu être méchant, et il savait l'être, il lui aurait demandé où se trouvaient ces personnes-là, pourquoi, au moment des fêtes, il n'était pas avec elles.

— Moi, je crois que j'oserais faire tout ce qui est interdit et qui me tente, répliqua Marthe. Voir ce que ça fait de ne plus suivre aucune règle.

— Il me semble, ma chère sœur, que tu le sais déjà, persifla son aîné, sans qu'elle daigne relever.

— Je consacrerais tout le temps qui me reste à mettre mon fils à l'abri, continua Marie d'une voix éraillée par le manque de sommeil.

Jean-Baptiste approuva, vite suivi par l'autre frère qui ajouta cependant :

— J'aimerais partir en sachant que ma femme et ma fille seraient saines et sauves. C'est important. Néanmoins, il y a une chose qui me tenterait. Il y a un de nos clients qui nous gâche la vie depuis des semaines, une sorte de faux nobliau, cherchant par tous les moyens à nous causer des ennuis. Je sais que, dans de pareilles circonstances, je ne devrais pas avouer cela, cependant j'aimerais assez lui rabattre son caquet, physiquement parlant. Je crois que je prendrais un plaisir immense à lui faire la peau !

Maëlle ne dit rien, le regard perdu dans le vide, elle ne savait même pas de quoi il était question.

— Et vous, mademoiselle, que feriez-vous ? demanda Jean-Baptiste à Camille.

— L'idée de M. Vellout ne me paraît pas mauvaise... Ou alors, j'irais à la rencontre de toutes les personnes que j'ai pu blesser et je leur demanderais de me pardonner.

Personne ne sembla remarquer l'embarras de Martial.

— Monsieur de La Boissière, nous ne vous avons pas encore entendu, fit remarquer Vellout.

— J'avoue, et je n'en suis pas très fier, que la proposition de Pierre-Jean est séduisante. Savoir que vos ennemis ne vont pas vous survivre... C'est un sentiment assez vil, je le conçois, mais tellement réjouissant quand on y pense. M. Lestage semblait le partager.

Camille comprit enfin où il voulait en venir.

— J'ai pris la liberté de lire les notes qu'il consignait dans son cahier. Quand il a été victime de sa première crise, il a pensé que ses jours étaient réellement comptés. Il a alors envisagé de tuer Mlle Briant.

— Ce ne sont que des mots de colère. Tout comme les miens à l'instant. Jamais je ne serais capable de tuer ce sale type.

Le silence revint autour de la table.

— J'ai demandé aux Le Flahec de se joindre à nous, annonça bientôt Martial. Tout à l'heure, j'ai demandé à Antoinette de préparer de la tisane. Il est temps qu'elle nous la serve.

On disposa les chaises de chaque côté de la table, car personne ne souhaitait se retrouver aux extrémités, places dévolues à M. Lestage et à son épouse. Le plateau sur lequel reposaient la tisanière fumante, le pot de miel et les tasses fut placé au centre.

— Madame Le Flahec, s'agit-il bien de la même infusion que celle qui a été servie hier soir ?

— Tout à fait, monsieur.

Martial se leva. Il versa le liquide bouillant dans une des tasses. Puis il y ajouta une bonne cuillère de miel avant de remuer.

— Je vais avoir besoin de votre concours.

Il sortit alors un flacon de sa poche.

— Voici le phénobarbital que prenait M. Lestage tous les soirs. Mademoiselle Delaborde, combien de gouttes étaient prescrites ?

Maëlle sortit brusquement de sa torpeur.

— Dix gouttes.

Martial pompa le médicament puis, bien en évidence, il versa dix gouttes dans l'infusion.

— M. Lestage aimait bien laisser tiédir sa tisane. Nous allons donc attendre un petit moment, si vous le voulez bien.

— Que cherchez-vous à démontrer ? s'impatienta Jean-Baptiste.

— Il faut que nous sachions comment le poison est arrivé dans la tasse de votre père.

— Sa tasse était peut-être tout à fait saine.

— Je vous garantis qu'on y retrouvera de l'aconit... Je vais faire circuler cette tasse. Il faudrait qu'un ou deux parmi vous acceptent de boire. Ainsi, nous saurons si le médicament est contaminé. Ou bien s'il faut chercher ailleurs.

Ce fut plus que du silence qui s'abattit alors dans la salle à manger.

— Pourquoi ne pas goûter à cette tisane vous-même ? éructa Vellout. Puisque c'est vous l'enquêteur, allez donc au bout de votre enquête.

— Je suis déjà allé au bout. Je sais qui a tué M. Lestage et, quelques mois auparavant, son épouse. Si je pouvais me passer de cette petite expérience, j'en serais fort aise. Malheureusement, le temps nous presse et cette tempête joue contre nous. Il n'y a pas d'autres solutions. Il faut que quelqu'un boive.

— Martial, nous avons tous entendu hier soir qu'il n'y a aucun antidote à ce poison s'il est ingurgité, objecta Marie.

Il acquiesça.

— C'est pour cela que je vous demande de n'avaler qu'une gorgée, pas une de plus. Après tout, j'ai bien survécu à l'aconit.

Il présenta la tasse à Jean-Baptiste Lestage.

— Il est hors de question que je boive, grinça celui-ci.

Son jeune frère, qui ne quittait pas la tasse des yeux, eut un mouvement de recul et refusa en remuant la tête.

Marie ne recula pas. Au lieu de regarder la tisane, elle dévisageait Martial.

— Je sais que vous ne nous feriez prendre aucun risque, dit-elle en tendant la main.

— Cela signifie-t-il que vous acceptez de boire ?

— Non ! Elle ne boira rien du tout !

Erwan Le Flahec s'était levé de sa chaise.

— Personne ne boira ! Vous n'avez pas le droit de nous demander ça !

Martial restait très calme. Il laissa le jeune homme se rasseoir.

— M. Le Flahec dit-il vrai ? Aucun de vous ne souhaite se dévouer, à part Marie ? Pas même vous, monsieur Vellout, malgré toute la force et tout le courage qui sont les vôtres, à écouter vos nombreuses anecdotes ?

— Vous m'emmerdez, La Boissière ! Estimez-vous heureux que je sache me contenir. Il y a un temps, pas si lointain, où je vous aurais proposé de régler cela entre hommes et je me serais régalé de vous donner la leçon que vous méritez.

— Ainsi, vous ne me laissez guère le choix. Marie, je vais vous demander de commencer. Et je boirai juste après vous.

— Il est hors de question que tu acceptes, Marie, vociféra à nouveau le fils Le Flahec.

— Prenez donc sa place, proposa Martial.

Il contourna la table et vint se poster près d'Erwan. Il lui tendit la tasse.

— Parce qu'en acceptant de boire, vous savez que vous innocenterez Marie.

— Monsieur de La Boissière, avec tout le respect que je vous dois...

D'un geste, Martial interrompit Ronan.

— Laissez votre fils choisir, s'il vous plaît.

Erwan, à son tour, ne quittait pas la tasse des yeux. Il la prit entre ses mains, ignorant l'anse joliment ouvragée. Il respirait fort. Puis il regarda Marie, droit dans les yeux.

— Tu disais avoir confiance en M. de La Boissière...

— Si je ne vous forçais pas la main aussi lâchement, l'interrompit Martial, que feriez-vous de cette tasse ?

— Je m'en débarrasserais.

— Faites donc.

— Je vous demande pardon ?

— Jetez-la, Erwan. Qu'elle ne représente plus un danger pour quiconque. Je croyais qu'un de vous l'aurait fait dès le début. Et cela aurait été justifié. Allez-y, je vous en prie.

Erwan se leva, s'approcha de la cheminée et jeta la tisane dans le brasier. Celle-ci fit quelques éclaboussures sur la plaque en fonte tandis qu'elle disparaissait en grésillant sous l'effet de la chaleur.

— Voyez-vous, c'est exactement ce que M. Lestage a fait hier soir, et peut-être même le soir d'avant. Si l'on regarde de près la cheminée de sa chambre, on voit bien des résidus identiques à ceux-ci. Il a noté dans son carnet qu'il suspectait qu'on cherchait à l'empoisonner. Comme vous, il s'est mis en tête que le poison était dans ses gouttes. Et, comme vous, il n'a pas bu sa tisane.

— Pourquoi ne m'a-t-il rien dit ? geignit Maëlle. J'aurais cessé de le forcer à prendre ce remède.

— Pour ne pas éveiller l'attention d'un prédateur, mademoiselle, vous devez lui faire croire que vous êtes déjà à sa merci. Votre oncle ne voulait pas montrer qu'il avait des soupçons. Il s'apprêtait à faire analyser ce flacon. Et on lui aurait dit qu'il ne contenait rien d'autre que du phénobarbital.

— Vous êtes difficile à suivre, Martial. Tout à l'heure, vous nous avez affirmé que l'aconit était dans sa tasse.

— Oui. Il y est toujours. C'est ce que découvrira la police. Mais ce n'est pas ainsi que votre père l'a avalé. En revanche, c'est ce qu'a voulu faire croire l'assassin. M. Lestage n'a pas été empoisonné au moment où nous l'avons cru.

— Était-ce avant ou après ?

— Les deux.

— Comment cela, les deux ?

— Que vous rappelez-vous du dîner d'hier soir ? Moi, j'ai remarqué que votre père n'a quasiment rien mangé, mais qu'en revanche il n'a cessé de boire. Trop pour que cela soit naturel. À ce moment-là, le poison était déjà en lui. Je parierais pour de la belladone, notre troisième plante des sorcières. L'un des signes avant-coureurs est une extrême sécheresse de la bouche. Et elle tue beaucoup plus lentement que l'aconit.

— J'avoue avoir toujours autant de mal à vous suivre, répéta Jean-Baptiste.

— Vous allez rapidement y voir plus clair. L'attaque de votre père était en fait une diversion. Dans la panique qui a suivi, nous avons tous laissé l'assassin faire son œuvre le plus tranquillement du monde. On lui a fait avaler l'aconit quand il était inconscient avant d'en verser un peu dans le fond de sa tasse.

30

— Je répète ce que je vous ai dit cette nuit : vous êtes tous suspects. Chacun de vous avait une raison valable de se débarrasser de Mme Lestage puis de son époux. Si le poison est dans la tasse, ce ne peut être que l'un de vous qui l'y a mis. Et on écarte d'emblée toute personne qui n'a pas pu le faire. Du moins jusqu'à ce qu'elle pénètre dans la chambre du malade, à notre demande de surcroît. À ma propre demande, devrais-je même reconnaître.

— La sorcière !

Antoinette n'avait pas pu s'empêcher d'exprimer le fond de sa pensée.

— Si vous regardez derrière le cou de M. Lestage, à la base de la nuque, vous trouverez une petite rougeur, comme une réaction cutanée allergique. C'est ici qu'un onguent contenant de la belladone a été appliqué, quand Mlle Briant a eu cet accrochage avec lui hier après-midi, accrochage savamment préparé. Rappelez-vous comment elle lui a donné le baiser de la mort, une main passée derrière son cou. Il lui a ensuite suffi qu'on fasse appel à ses services pour essayer de soigner M. Lestage.

En faisant mine de l'ausculter, elle a versé l'aconit dans sa bouche puis dans sa tasse. Il ne lui restait plus qu'à admirer sa vengeance. Ainsi, sa victime a pu sortir de son inconscience grâce à l'aconit, qui a amoindri les effets de la belladone, avant que la quantité ingurgitée ne le tue. Élisabeth m'avait prévenu : l'aconit offre une mort sale, dans tous les sens du terme, parce qu'on se sent mourir et qu'on reste conscient jusqu'au bout. Je vous raconterai tout cela plus tard, tout depuis le début. Mais, pour l'heure, vous comprendrez que j'ai plus urgent à faire.

— Tu ne vas pas sortir par un temps pareil !
— Si, Camille. Je dois aller lui parler. Elle aussi a des choses à me raconter.

Le vent était d'une violence inouïe. Il balayait tout. Ce qui ne pliait pas était condamné à être brisé. La pluie, emportée par les rafales, cinglait comme de la mitraille. Les éclairs, pourtant nombreux, ne parvenaient plus à déchirer l'épaisse chape formée par les nuages titanesques. Tout était martelé, écrasé. Ce n'était même plus une tourmente, c'était un déchaînement barbare, que rien ne semblait pouvoir arrêter.

Camille avait refusé de laisser Martial sortir seul. Elle fut la seule personne qu'il accepta à ses côtés, après qu'elle eut fortement insisté, alors qu'Erwan s'était auparavant porté volontaire pour l'accompagner.

— Dieu seul sait ce que cette femme peut vous faire si elle se sent acculée.

Martial ne pouvait voir Élisabeth comme une menace. Aussi couverts que possible, Camille et lui sortirent du manoir par le sous-sol. Abritée au fond de sa fosse, cette porte était la seule qui pouvait être ouverte sans menacer de s'envoler ou de se disloquer. Ils gravirent ensuite les quelques marches détrempées. Le vent tombait sur eux en tourbillons impatients, les guettant de loin avant de chercher à les atteindre. Le bruit de sa fureur était tel qu'il couvrait celui du tonnerre. Quand ils parvinrent en haut, il ne leur laissa aucun répit, les punissant sans attendre de vouloir ainsi le défier. Martial reçut en plein visage un projectile gorgé d'eau qui faillit lui faire perdre l'équilibre. Sur le coup, il crut qu'il était en sang, la peau arrachée. Les mains sur le visage, il se redressa. Il ne saignait pas et ne trouva aucun objet. Camille, dans son dos, peinait à se tenir debout. Elle était plaquée contre le mur, les bras écartés.

— Tu dois rentrer ! lui hurla Martial.

— Non ! répondit-elle aussi fort qu'elle le put. Si tu y vas, je viens avec toi !

Elle lui tendit la main pour qu'il l'agrippe, ce qu'il fit de mauvaise grâce. Ainsi reliés l'un à l'autre, en un petit convoi tentant de percer une brèche dans le mur d'eau et de vent, ils avancèrent pas à pas.

Ils étaient éperonnés par les bourrasques qui tentaient de les renverser, dans un grondement infernal à déchirer les tympans. Ils purent s'éloigner du manoir, descendre jusqu'au portail qui n'en était plus un, cassé en plusieurs morceaux. L'un d'eux venait se fracasser en rythme contre le muret.

Devant eux, la digue était à peine visible. La mer, bien que basse, envoyait ses paquets par-dessus. Les pieds dans l'eau, ils cherchaient par tous les moyens à conserver leur équilibre ; ils parvinrent à la traverser puis à dépasser le gros arbre déraciné.

Ils avancèrent encore péniblement jusqu'à ce que les premiers escarpements de l'île leur offrent une trêve, les protégeant de la fureur venue de l'ouest. Dès qu'ils le purent, ils enfilèrent une des petites ruelles qui se dessinaient entre les maisons. Là, ils purent progresser plus vite et, dans ce labyrinthe, ils trouvèrent à se faufiler jusqu'au centre du bourg.

Après l'église, ils n'eurent d'autre choix que de reprendre des chemins plus exposés. Ils retrouvèrent alors leur marche saccadée, pliés en deux. La place du village était constellée de morceaux d'ardoises décrochés des toits. Quelques branches d'arbres, certaines assez longues, continuaient de la traverser en roulant jusqu'à ce qu'elles butent contre un mur. En quittant le bourg, on franchissait une nouvelle butte. Là, c'était pire encore. Martial crut qu'il ne pourrait plus avancer. Le vent lui refusait le passage et il ne tenait debout que par miracle. Il ne lâchait pas la main de Camille, quitte à la serrer un peu trop fort. Il chercha le côté gauche du chemin pour quérir un peu d'abri. Des débris les rasaient, quand ils ne s'échouaient pas à quelques pas d'eux. Seules les bordures contre lesquelles ils se tapissaient leur évitaient d'être atteints. Ce fut à ce prix qu'ils purent redescendre l'autre versant.

Le passage du pont se révéla le plus risqué. Le vent s'engouffrait dans l'isthme avec une force décuplée. Quand Martial voulut passer, il se sentit poussé vers la droite et ne put que se jeter au sol pour ne pas basculer par-dessus le parapet. Le reflux avait dégagé un champ de vase, dans laquelle ils s'enfoncèrent jusqu'au-dessus des chaussures. De l'autre côté, vers l'île du Nord, ils durent gravir à nouveau une pente, glissant le long des murs derrière lesquels les îliens se terraient. Mais ces murs s'interrompirent vite. La croix en pierre annonçait la lande et son terrain découvert.

Martial tenait Camille collée contre lui. Il essayait d'anticiper la trajectoire des projectiles arrachés, peinant à garder les yeux ouverts. Or les sentiers leur offrirent un refuge plus efficace et un élan qui leur permit de rejoindre le chemin qui longeait Ar-Gall.

Immédiatement, Martial reconnut l'odeur du feu. Il vit aussi les débris de paille qui passaient au-dessus de leurs têtes, certains encore rougeoyants. Quand ils réussirent à apercevoir la maison d'Élisabeth, celle-ci n'était plus qu'un vaisseau fantôme dans la tempête, et ne restaient plus que quelques murs trop épais, dégoulinant d'humidité, un toit arraché aux deux tiers, tandis que du chaume restant s'échappaient de la fumée et quelques flammèches.

La porte de la cour béait. La terrasse était jonchée de débris. La grande salle était noyée par la pluie. Les étagères étaient presque toutes tombées, et les livres en tas. Les tapis, les sofas et les meubles n'étaient plus que des carcasses informes et noircies. Rien ne semblait pouvoir rester debout ici. Les vitres étaient brisées, une des fenêtres avait disparu.

Martial appela Élisabeth, sans réponse. De l'eau dégoulinait du plafond. En haut, on devinait un trou ouvert sur un ciel de deuil. Il grimpa l'escalier malgré tout, se retrouva en plein air, avec encore et toujours le vent. Des poutres calcinées ne lui barraient même plus le passage tant elles étaient disloquées. L'atelier n'existait plus. Les toiles étaient transformées en pâte gluante quand elles n'étaient pas brûlées. La chambre était à l'avenant. En s'arrachant, la fenêtre avait emporté un morceau de mur. On avait l'impression que d'un bond on pouvait rejoindre la mer au loin. La coiffeuse, comme tous les autres meubles, avait été renversée. Le miroir brisé. Pourtant, le morceau de papier sur lequel étaient écrits les vers de Tennyson y restait coincé. Le vent tentait de l'en déloger, mais il tenait bon. Martial voulut s'approcher pour le prendre et, juste au moment où ses doigts le frôlèrent, il céda et s'envola, emportant ses cris avec lui.

Le plancher vacillait, menaçant, gorgé de pluie. Martial redescendit et essaya de trouver Élisabeth dans les décombres. Camille, hébétée, se tenait debout au milieu du cataclysme. Elle laissa Martial s'engouffrer dans l'enfilade de pièces, jusqu'à celle du fond, avec ses pots emplis d'herbes et de plantes, ne trouvant partout que le chaos. Il souleva chaque étagère renversée, chercha dans le moindre recoin. Il monta même au grenier qui avait été si effrayant quelques jours plus tôt, pour le trouver envahi d'une fumée âcre et épaisse, tandis que le feu progressait encore sous la charpente.

— Elle n'est pas ici. Nous devons nous éloigner, tout peut s'effondrer d'un moment à l'autre.
— Tu crois qu'ils lui ont fait du mal ?
— Je ne sais pas.
— Elle a peut-être trouvé un refuge quelque part.
— Je ne crois pas qu'elle ait le moindre endroit où aller sur cette île. Même la lande n'est plus assez sûre pour elle.

Il s'interrompit. Camille reconnut sa grimace caractéristique, quand il venait d'avoir une idée.

— Le bateau d'Alain ! C'est là qu'elle a pu s'abriter. À bord de l'*Arctic Tern*.

Ensemble, ils repartirent dans la tempête. Le vent semblait les pousser dans le dos, afin qu'ils atteignent l'anse plus vite. Mais il n'y avait aucune bienveillance en lui. Il tentait toujours de les balayer ou de les écraser comme des insectes.

L'*Arctic Tern*, bien amarré, gîtait fortement, le nez tourné vers le large. À sa poupe, une petite embarcation semblait vouloir se lover contre son flanc, terrorisée, ligotée à son bastingage.

— L'annexe ! montra Martial du doigt. Elle ne devrait pas être là !

Ils descendirent jusqu'à la grève. La petite baie était à moitié vidée de son eau. La plupart des bateaux reposaient dans la vase, sur le flanc. Ils pataugèrent dans cette boue malodorante jusqu'à rejoindre la première barque qui touchait l'eau. Il y avait une paire de rames rangée sous le banc. Martial défit l'amarre et tenta de rejoindre le voilier, secoué dans tous les sens, poussé inexorablement vers le large. Il réussit cependant à venir s'arrimer à l'annexe qu'Élisabeth avait utilisée et s'y attacha aussi solidement qu'il le put. Les remous étaient tels que se tenir debout, pour passer d'une embarcation à l'autre, était une gageure. Martial s'y reprit à plusieurs fois avant de monter à bord de l'*Arctic Tern* et d'aider Camille à en faire autant.

Le voilier semblait ne rien craindre des vents du large. Il se plaignait à peine. Ses mâts paraissaient assez solides pour défier, sans rompre, les bourrasques. Il était à l'image de son dernier propriétaire, taillé pour affronter les tempêtes, en héros, quand il n'y avait plus rien d'autre à faire qu'espérer et subir.

L'écoutille centrale était déverrouillée. En dessous, la cabine était éclairée. Et, quand ils descendirent la volée de marches, ils virent Élisabeth assise sur l'une des banquettes. La lanterne éclairait son visage si pâle. Elle avait une plaie à la tempe. Le sang avait séché et collé ses cheveux.

Elle avait posé sur ses épaules une des vestes d'Alain. Elle tenait la photo qu'elle avait prise le jour de la mise à l'eau du voilier. Elle pleurait.

31

Martial était pétrifié, au bas des marches.
— Bon sang ! À quoi est-ce que tu penses ? râla Camille en le bousculant au passage pour s'approcher d'Élisabeth.
Elle se pencha vers son front.
— Il faut soigner cela. Est-ce que ça vous fait mal ?
Élisabeth baissa les yeux vers la photo d'Alain.
— Oui, répondit-elle. C'est presque insupportable.
— Il y a bien une trousse de soins quelque part... Martial, aide-moi !
Il ne quittait pas Élisabeth du regard, tanguant en même temps que le voilier.
— Il n'a jamais bu la tisane, finit-il par lancer. Il a jeté son contenu dès qu'il a pu, parce qu'il pensait que vous essayiez de l'empoisonner. Et j'ai trouvé la marque laissée par l'onguent à la base de sa nuque.
Il n'eut pas besoin d'en dire davantage. Élisabeth, ravalant ses larmes, se redressa sur la banquette.
— Il avait deviné. Dès qu'il a compris pour Alain et moi, il avait deviné ce que j'avais fait à Marie-Gabrielle. Il n'avait aucune preuve, mais il ne voulait pas lâcher

prise. Il avait prévu de me tuer... J'ai voulu disparaître à mon tour, avant que vous ne découvriez la vérité. Vous avez été plus rapide que je ne m'y attendais. Je pensais avoir la tempête de mon côté, finalement elle a joué contre moi en me coinçant ici.

Camille, qui peinait à garder l'équilibre, vint s'asseoir à côté d'elle et commença à nettoyer sa plaie. Ce qui ne l'empêcha pas de continuer.

— Il m'a suffi de souffler sur les braises qui couvaient en Marie-Gabrielle pour que le feu prenne aussi rapidement que dans ma maison. Je lui ai montré ce qu'était la vie de quelqu'un qui oublie ses entraves, qui ose être ce qu'il est vraiment. Nous nous sommes aimées durant quelques mois. Puis je me suis détachée d'elle parce que, malgré tout, elle restait Marie-Gabrielle Lestage. C'est alors qu'elle m'a proposé de fuir avec elle. Elle avait tout prévu : récupérer son or, simuler une disparition en mer, puis partir au bout du monde, avec moi. Elle ignorait alors que j'avais rencontré Alain. Je n'étais jamais tombée amoureuse avant lui. Jamais... Elle ne voulait pas comprendre. En juin, lorsqu'elle s'est enfuie en pleine nuit, elle a cherché à se tuer. Elle m'avait confié, peu de temps auparavant, qu'elle avait laissé une sorte de code permettant de trouver son or et que, s'il lui arrivait quelque chose, elle voulait que je le récupère. Quand je suis allée à son chevet, j'ai tenté à nouveau de lui faire entendre raison, lui promettant qu'elle pourrait à nouveau aimer. Je lui ai répété que je ne voulais pas toucher à son or. Mon tort, ce jour-là, c'est d'avoir cru qu'elle m'avait entendue... J'étais présente quand le canot des sauveteurs a ramené le corps d'Alain. J'ai reconnu les marques de l'aconit sur son visage. Alors j'ai compris ce qu'elle avait fait. Je suis venue jusqu'à la grotte. Elle m'y attendait. Elle pensait que nous pouvions reprendre les choses là où elles s'étaient arrêtées. Elle m'a affirmé qu'elle avait caché avec son or de quoi me faire accuser de la mort d'Alain. Soit je partais avec elle, soit je finissais en prison. Je savais avant de la trouver, avant qu'elle ne me dise cela, que j'allais la tuer. Je n'y suis allée que dans ce but. Je l'ai saisie par les cheveux et j'ai cogné sa tête contre les rochers. Je l'ai habillée avec ses vêtements mouillés et je l'ai laissée dans sa cachette. Puis, une nuit, quand la marée a été favorable, j'ai jeté son corps dans la mer. J'ai mis du temps à comprendre où était son message codé. Quand nous en avions parlé, elle était restée évasive. « Je l'ai écrit dans un endroit où quelqu'un comme toi ne chercherait jamais. » J'ai tourné ça dans ma tête jusqu'à ce que je pense à sa bible. Puisqu'on l'avait enterrée avec, il m'a fallu ouvrir son cercueil.

— Pourquoi l'avoir vêtue de la cape rouge alors ?

— Elle n'en voulait plus. Elle disait que cette cape était le symbole de tout ce qui lui faisait mal. Je voulais qu'elle soit ainsi punie jusqu'au bout. Il se trouve ensuite que cette cape m'a bien servi.

— Quand vous avez fomenté votre plan contre Lestage...

— Elle avait menti. Il n'y avait rien contre moi avec son fichu trésor. Quand son époux est venu fureter de mon côté, il a bien fallu que je me défende. Au début, j'ai pensé que la réapparition de l'or suffirait à le calmer. Mais j'ai compris que sa hargne allait plus loin que cela. Alors, j'ai fabriqué du papier à base de datura et j'ai refait les rouleaux de pièces. Chaque fois qu'il viendrait à les respirer, il était bon pour de sérieux cauchemars et deux ou trois jours en enfer. Il y avait largement de quoi le pousser à quitter l'île, à me laisser tranquille.

— Malheureusement, cela n'a pas été suffisant.

— Non. Il est resté et, au lieu de s'estomper, sa vindicte est devenue de plus en plus agressive. J'ai compris que c'était lui ou moi, mais qu'un de nous deux allait tomber. Il fallait absolument qu'il ait une autre crise. Au mieux, il quittait l'île, de gré ou de force. Au pire, son attaque fatale était justifiée. Comme il semblait moins enclin à compter et recompter la fortune sur laquelle il s'apprêtait à faire main basse, je me suis glissée au pied du manoir, l'autre matin, et j'ai jeté un louis d'or dans sa chambre, pendant qu'on aérait celle-ci. Il ne me restait plus ensuite qu'à attendre la tempête, trouver un moyen de l'empoisonner à la belladone avant qu'on ne fasse appel à mes dons de guérisseuse.

— Et si on avait refusé que vous interveniez ?

— Il serait mort, de toute manière. Je n'aurais simplement pas eu le plaisir de lui montrer que j'avais gagné.

Elle cessa de parler avant d'écarter le bras de Camille avec délicatesse.

— Ça va aller, je vous remercie.

Puis se tournant à nouveau vers Martial :

— Si je n'avais pas oublié cette photo dans le bateau, peut-être n'auriez-vous pas fait le lien entre Alain et moi. Peut-être que, vous aussi, vous auriez lâché prise. Vous savez, il m'avait parlé plusieurs fois de vous.

De votre enfance, de toute l'admiration que vous lui inspiriez.

— De nous deux, il n'y avait que lui qui était admirable, soyez-en certaine.

— Ne soyez pas si sévère avec vous-même, Martial. Ne laissez pas votre mauvaise conscience vous hanter. Regardez plutôt tout ce que vous avez pu faire de bien.

— Je ne peux pas vous laisser vous enfuir, Élisabeth.

— Je n'aurai donc pas le loisir de faire prendre la mer à ce voilier.

— Vous étiez vraiment prête à disparaître ? Pour aller où ?

— Les îles sont faites pour accueillir les naufragés... Je comptais bien en trouver une de plus sur laquelle débarquer.

— Vous avez tout laissé derrière vous. Vos affaires, vos toiles et même vos livres.

— Qu'importe ! J'ai l'essentiel avec moi. Et puis, vous savez bien que pour voyager, il n'y a besoin que de trois choses : une montre, un livre et un couteau.

D'un geste vif, elle fit apparaître une lame effilée, la même avec laquelle elle avait menacé Lestage. Cette fois-ci, la pointe était appuyée contre la gorge de Camille.

— Ne croyez pas que je puisse avoir pitié, Camille. J'ai dû tuer un homme pour rester libre et, si j'y suis contrainte, je tuerai encore.

Elle l'obligea à se lever et, toutes les deux, elles avancèrent vers Martial, qui n'osait bouger.

— Remontez vers le pont, s'il vous plaît, Martial.

À reculons, il gravit les marches, libérant le passage. Élisabeth poussa alors Camille vers la petite cabine de droite dont elle verrouilla la porte, avant de revenir vers Martial.

— Élisabeth, que faites-vous ?

— Je vais vous faire descendre de ce voilier, Martial. Et je vais garder Camille avec moi jusqu'à ce qu'il soit possible de lever l'ancre. D'ici là, vous ne direz rien.

— Il est trop tard ! Ils sont tous au courant de ce que vous avez fait.

— Ils ne viendront pas tout de suite. Pas avec ce temps-là.

Elle le poussa à sortir. Le vent et la pluie le balayèrent à nouveau et il tomba pour de bon. Au moment où il se releva, il sentit la dague lui piquer le cou.

— Je suis navrée d'en arriver là, mon ami.

Il descendit dans la barque qu'il avait empruntée, chuta à nouveau contre le banc. Élisabeth trancha l'aussière et le vent écarta l'embarcation de la coque de l'annexe. Ayant toutes les peines du monde à se redresser, il la vit s'affairer sur le pont. Elle retira les bâches qui protégeaient les voiles enroulées. Puis elle se débarrassa des deux amarres de la proue.

Il comprit qu'elle n'attendrait pas la fin de la tempête pour prendre la mer. La barque dérivait rapidement vers la sortie de l'anse. Malgré le vacarme du vent, il entendit le moteur tourner. Élisabeth levait l'ancre. L'*Arctic Tern* passa sous le nez de Martial. Camille, collée au hublot, hurlait. Il la vit. Et, à présent, il hurlait à son tour. Il l'appelait. Il suppliait.

Alors, il se jeta à l'eau. Il n'était pas loin du rivage. Il n'eut pas à nager longtemps. Il avança à quatre pattes dans la vase, tomba, tenta de se relever et de repartir. Il atteignit la rive et là, affrontant le vent et la pluie de face, il courut. Le voilier, une fois sorti de l'anse de la Chambre, s'aventurerait dans une tempête telle qu'il n'avait aucune chance d'en réchapper. Il devina qu'il piquait vers le nord. Il courut aussi vite qu'il le put, lacéré par les rafales, ignorant les projectiles qui volaient autour de lui, le heurtaient et le renversaient à nouveau. Il se releva chaque fois, malgré ses chairs déchirées. Il suivit la côte, repassa l'isthme et se retrouva bientôt dans la lande. L'*Arctic Tern* réapparut au-delà de Morbic. Élisabeth hissa les voiles, lui faisant prendre de la vitesse. Martial ne cessa pas pour autant de courir, le plus loin possible vers le nord, jusqu'à l'endroit où la terre s'arrêtait.

La mer s'abattait en paquets gigantesques sur la pointe du Paon. Alors que Martial voulait avancer encore, les éléments réunis eurent raison de lui. Une vague immergea la digue, qu'il se préparait à traverser vers le promontoire. Elle le renversa et l'envoya valser dix mètres plus loin. Il s'agrippa à un des rochers, se releva une dernière fois. Au large, le voilier d'Alain se soulevait droit vers le ciel avant de retomber brutalement derrière une vague. Il ne perdait en rien de sa majesté. Il n'était pas le jouet de la tourmente, il la refusait pour maîtresse. On avait même parfois l'impression qu'il ne touchait plus l'eau, qu'il volait au-dessus d'elle, comme pour la narguer. Il s'éloignait. Tous les vents semblaient incapables d'entraver sa marche. Bientôt, Martial ne distingua plus que l'ombre du voilier. Une vague plus haute que les autres le souleva si haut que cette ombre vint se confondre dans le gris irréel des nuages. Elle rebascula derrière la crête noire et y disparut pour ne plus réapparaître. Martial crut entendre un long craquement, un bruit insupportable que le vent lui amenait. Alors, il se laissa retomber, le dos contre un rocher qui lui offrait un abri de fortune.

La vision qu'il avait eue sur l'île aux Lépreux, dans la fumée de la jusquiame, prit alors tout son sens. Camille se noyait sous ses yeux et il était impuissant à la sauver.

Quand le canon du sémaphore fut tiré quelques secondes plus tard, pour annoncer le naufrage du seul bateau à avoir osé prendre la mer ce jour-là, il sut qu'il venait de la perdre.

32

On amena Martial à l'abri, au sémaphore. On lui donna des vêtements secs et on soigna ses blessures. On lui offrit même un café brûlant qu'il refusa. Il était saoulé de vent et de pluie. Il avait eu beaucoup de chance de s'en sortir aussi bien.

Les mêmes qui l'avaient repéré suivaient l'*Arctic Tern* à la longue-vue. Personne ne voulait croire qu'un bateau sorte par un temps pareil. Peu de temps après, on avait vu le grand mât être arraché par le vent. Le canon n'avait été qu'un tocsin, car les sauveteurs ne pouvaient mettre leur canot à la mer.

— Il a coulé. Il n'y a plus rien à faire, dit l'officier de quart.

— Il y avait deux femmes à bord.

Martial crut que cette voix n'était pas la sienne. Il ne cessait de voir Camille en train de couler à pic, lui criant quelque chose qu'il n'entendait pas. Et lui, aspiré vers la surface, incapable d'attraper la main qu'elle lui tendait.

— Qui sont ces deux femmes ?

— Élisabeth Briant et Camille Purseau.

— Qu'est-ce qui leur a pris de prendre la mer en pleine tempête ?

Il ne répondit pas. Plus tard, quand il retrouva un peu de force, il leur révéla que Baptiste Lestage était mort, que sa mort n'était pas naturelle et qu'il fallait prévenir la police dès que possible.

La fatigue eut raison de lui alors que la nuit était déjà bien avancée. Il s'endormit, adossé à une des cloisons de la tourelle d'observation. Quand il ouvrit les yeux, il faisait jour. Le vent avait perdu de sa force, bien qu'encore vigoureux. Et la pluie avait cessé de tomber.

De la tour, on pouvait découvrir une grande partie de l'île, blessée, implorant la pitié du ciel.

— Où sont les autres ? demanda Martial.

— Ils ont tenté une sortie sur la côte nord, le temps de l'accalmie. Ils voulaient juste voir si la mer n'avait pas rendu les... Enfin, si les débris du voilier ne commençaient pas à s'échouer.

Sans réfléchir, Martial sortit à son tour. Ce vent-là lui aurait paru violent, les autres jours. Mais, par rapport à ce qu'il avait dû affronter la veille, il le trouva presque paisible. Il rejoignit les trois militaires non loin de la pointe du Paon. Les débris du voilier revenaient déjà sur l'île. Même mort, l'*Arctic Tern* était encore rejeté par la mer. Il y avait un morceau de sa coque parmi les restes regroupés à l'abri de la marée, avec sa belle peinture nacrée ; et surtout, le couvercle d'un coffre qui portait l'écusson de la Royale et au dos duquel une phrase était gravée dans le bois : « Les arbres aux racines profondes sont ceux qui montent haut. »

— Il n'y a pas de corps pour l'instant, mais il n'est pas certain que la mer les rende, expliqua d'un ton froid le sous-officier.

Martial s'écarta. Ses jambes peinaient encore à le tenir debout. Le regard fixé sur le large, il dut s'asseoir, ou plutôt s'affaler, sur l'herbe rase qui trouvait encore un peu de place entre les rochers. Les militaires le laissèrent là et continuèrent à cheminer le long de la côte. Mais il ne voulait pas que ce soient eux qui la découvrent. Alors, il eut la force de marcher encore dans la tourmente faussement assoupie, jusqu'à les devancer. Trouver son corps le premier. Pour être là avec elle, tout seul. Même pour une minute.

Quand il eut basculé sur le versant est de la pointe, il retrouva la grève grêlée de rochers. Ceux qui avaient prédit la fin des temps pour le solstice d'hiver avaient eu raison. Le monde tel qu'il avait été n'était plus. Son monde à lui en tout cas. Il parvint bientôt à l'endroit où les pelouses rases remplaçaient les cailloux, là où l'île abandonnait le nord et se tournait vers l'est. Morbic le narguait derrière son chenal. La tempête ne semblait pas l'avoir atteint, comme si elle l'avait soigneusement évité.

Il sortit la photographie délavée de Marie-Gabrielle de son portefeuille. Il la déchira en quatre et lâcha les morceaux dans le vent. Ils volèrent vers l'îlot, s'élevant haut au-dessus des flots. Et, tandis que Martial les suivait du regard, il crut distinguer une forme rouge sur la crête de la terre des Lépreux. Une tache écarlate, à peine perceptible. Il y avait une silhouette, qui se tenait debout, revêtue d'une cape rouge. Elle lui faisait face.

Il pensa d'abord à un songe. Or la silhouette ne disparut pas, elle agitait les bras.

Martial dévala la plage. La cape rouge en fit de même, le long du pli qui coupait l'île aux Lépreux en deux. Il n'y avait plus qu'un bras de mer qui les séparait. Martial le traversa tout droit. Il se blessa les genoux et les tibias, il s'immergea deux fois entièrement. Il s'en moquait. Il n'avait pas froid, il n'avait pas mal et il ne regrettait pas de ne pas avoir été assez attentif au gué qu'Élisabeth connaissait. Il aborda l'îlot dans un triste état, mais jamais de sa vie il n'avait été aussi heureux. Camille l'attendait sur la plage et elle se laissa tomber dans ses bras.

— J'ai cru que personne ne viendrait me chercher, réussit-elle à lui dire alors qu'il ne pensait qu'à l'embrasser. Elle m'a fait prendre l'annexe, en espérant que je puisse atteindre l'îlot. Elle m'a donné cette cape pour la nuit... Est-ce qu'elle a réussi à passer ?

Martial lui fit « non » de la tête.

— J'aurais aimé qu'elle s'échappe, Martial.

— Alors, on peut imaginer tous les deux qu'elle l'a fait, qu'elle en a réchappé.

Camille acquiesça.

— Elle m'a donné ceci avant de m'obliger à sauter à l'eau.

Il s'agissait d'un papier plié en quatre, une feuille détachée du livre de bord de l'*Arctic Tern*. D'une plume fine et élégante, Élisabeth avait recopié quelques mots de Jack London : « Ce qui ne bouge pas meurt, et nous ne sommes pas morts. »

Épilogue

Bréhat, 24 décembre 1925

La tempête reprit de la vigueur et souffla durant deux autres jours. Les dégâts sur l'île furent très importants. Partout, quand on cessa de se tapir, on découvrit ce qui restait de ce monde. Passé les premières lamentations, on se rendit compte qu'il restait encore beaucoup.

Martial et Camille choisirent de ne pas rester au manoir. Ils laissèrent la famille Lestage achever de se déchirer à quelques pas du cadavre du père. Ils réussirent à trouver une chambre à l'auberge, où ils attendirent que le calme revienne.

Quand ce fut le cas, ils se rendirent à Ar-Gall. Il ne restait de la maison que quelques pans de murs sans toit. Sur la côte nord, la mer avait rendu d'autres restes de l'*Arctic Tern*. Elle en rendrait encore beaucoup dans les jours et les semaines qui allaient suivre. Mais jamais le corps d'Élisabeth.

Ils ne revinrent sur la presqu'île de Guerzido que pour apporter leur témoignage à la police qui débarqua la veille de Noël, dès que les traversées furent à nouveau possibles. Le manoir, bien que profané par le vent comme le prouvaient les nombreux stigmates laissés par la tempête, était toujours debout. Néanmoins, il paraissait beaucoup plus fragile, comme si ses fondations avaient bougé, comme si leur affaiblissement ne laissait que peu d'espoir de voir la demeure des Lestage coiffer encore longtemps la mer de toute sa superbe. Quant à la tourelle qui servait de chapelle, on n'y avait plus allumé la lanterne des morts depuis les premiers coups de vent. Elle ne s'était pas rallumée pour autant avec l'accalmie.

Martial était aussi pressé que Camille de rentrer à Beaunac. Mais il leur fallut patienter jusqu'à la vedette du soir. Alors, il insista pour l'emmener une dernière fois à la pointe du Paon. Ils firent d'abord face au large, main dans la main. Là-bas, quelque part, il y avait Élisabeth. À nouveau naufragée, comme elle l'avait été toute sa vie. Ils n'en parlèrent pas, mais Martial savait que Camille, comme lui, l'imaginait dans une autre île où elle se serait abritée.

Ils s'écartèrent du promontoire pour se poster au-dessus de la brèche, là où le marteau avait cessé de résonner.

— Tu te souviens de ce qu'on raconte sur ce gouffre, n'est-ce pas ? Au sujet de son pouvoir…

— J'étais persuadée que tu ne croyais pas ceux qui prédisent l'avenir.

— Je ne le crois toujours pas. Collas est un escroc. Et je vais m'atteler à le démontrer. Je n'oublie pas qu'il est pour quelque chose dans la mort d'Alain et dans tout ce qui a suivi.

— Il l'a pourtant encouragé à partir et non à attendre...

— Une mise en scène, des informations glanées avant les séances... Mais, aujourd'hui, j'ai très envie de croire au don de voyance de cette brèche.

Il ramassa un caillou bien rond et bien blanc. Il le tendit à Camille.

Elle se concentra et, après une profonde inspiration, elle lança la pierre dans le gouffre.

Notes

L'archipel de Bréhat aurait pu être dissimulé sous une autre identité dans cette fiction. Mais je lui ai laissé son nom. En revanche, je me suis permis quelques libertés avec sa géographie, son histoire et ses légendes.

L'année 1925 a bel et bien été marquée par un climat totalement déréglé : chutes de neige abondantes, douceurs inexpliquées, été froid et humide... Ainsi que plusieurs tempêtes dont celle, particulièrement violente, qui a touché le pays au moment du solstice d'hiver.

L'Institut Métapsychique International, alors dirigé par le docteur Osty, a effectivement organisé un Congrès spirite international à Paris, au mois de septembre 1925. Sir Arthur Conan Doyle, ardent défenseur du spiritisme, y a rencontré un énorme succès.

La station balnéaire de Sables-d'Or-les-Pins n'a pas eu le destin que beaucoup lui prédisaient. La crise économique du début des années 1930 a eu raison de ses ambitions et a ruiné ses promoteurs, parmi lesquels il n'y a jamais eu de Baptiste Lestage.

Enfin, l'usage de la jusquiame n'est en aucun cas recommandé.